The
Head
of
Goliath

歌利亚的
头颅

赵小蕾……著

中信出版集团 | 北京

图书在版编目（CIP）数据

歌利亚的头颅 / 赵小蕾著. -- 北京：中信出版社，2025.4. -- ISBN 978-7-5217-6856-5

I. I247.5

中国国家版本馆 CIP 数据核字第 2024SX5145 号

歌利亚的头颅
著者：　　赵小蕾
出版发行：中信出版集团股份有限公司
　　　　　（北京市朝阳区东三环北路 27 号嘉铭中心　邮编　100020）
承印者：　河北鹏润印刷有限公司印刷

开本：880mm×1230mm 1/32　　印张：12.25　　字数：230 千字
版次：2025 年 4 月第 1 版　　　　印次：2025 年 4 月第 1 次印刷
书号：ISBN 978-7-5217-6856-5
定价：59.80 元

版权所有·侵权必究
如有印刷、装订问题，本公司负责调换。
服务热线：400-600-8099
投稿邮箱：author@citicpub.com

目 录

001　第一章　　一切都很奇怪
013　第二章　　这就是法则
025　第三章　　那是你的位置，你就待在那里
037　第四章　　比"应该是这样"复杂一些
049　第五章　　最重要的不是逻辑
069　第六章　　被放大的真相
085　第七章　　改变的形态
101　第八章　　正确的决定一定有正确的结果吗？
117　第九章　　不期而遇的小调

131	第十章	能看见的东西都不重要
155	第十一章	预估的无效
179	第十二章	视差
207	第十三章	短暂的倾斜
223	第十四章	稀释的原理
247	第十五章	沉默的革命
265	第十六章	行进的赋格
295	第十七章	不包含在原因里的结果
321	第十八章	一件事情的终结
371	第十九章	祖先的遗迹

第一章

一切都很奇怪

1

人车轰隆隆地从黑暗中驶出，那沉重的吱嘎声像极了矿工的疲惫。快接近终点的时候，一切都明亮了起来。头顶的矿灯光就像把矿底的黑暗肆意地宣泄出来一样，亮得有些刺眼。最后一段嘎吱声还在继续，郭振邦坐在人群中，他的注意力只在人车与铁轨的摩擦声中，他感觉这就像是人类与生活交流的声音，这么想的时候他的心情好了一些。

最近两天郭振邦的心情很不舒畅，要说是哪种不舒畅，他也说不上来，形容起来似乎接近一种"想把什么事情确定下来"的感觉。但到底是什么事情，他又说不清楚，伴随着这种感觉的是一种无力感，这种无力感如果是特别具体的事情，他可能会直接发怒，但他找不到具体的事情，他觉得身边的一切都给他一种别别扭扭的感觉。他只想把什么事情都确定下来，这种感觉时常让他想起一个意象——就是把钉子钉在一块确定的木板上，稳稳地砸进去，不会像在岩石上一样；想起岩石又一阵厌恶感袭来。

人车门打开，矿工们鱼贯而出，很多要好的工友都在开着玩笑，夹杂在其中的几个人在讲黄色笑话，在工潮撤退的人群中传来不规则的零零星星的笑声。没有人跟郭振邦说话，郭振邦也不跟其他人说话。他并不是新人，他已经在屯兰矿上了两年多班了，最初在采掘一队，后来被调到了掘进队，在掘进队他还负责爆破，他喜欢爆破，毕竟自己在部队待了五年。说起来这一年半里除了公事，他跟矿上的工友说的话不超过五句，"把那头抬起来""我走后面""把扳手递给我"之类的。他不是有意为之，只是每次看见工友都会让他有种被压着喘不过气的感觉，这种印象来自他六年级课间的时候被七八个同学叠罗汉压在最底层时产生的生理感受。

矿区浴室水汽氤氲，大家都光着屁股在水流中荡涤着煤尘，好在进入人类社会时显得体面。这么想的时候，郭振邦笑出了声，因为有次他去大门外接东西，没顾上洗澡，在矿区外的街道上，几个木瓜会的村民骑着车子从旁边经过，有几个扭头看着黑黑的郭振邦。郭振邦当时在想，他们不是住在矿区旁边？难道没有见过矿工吗？他被他们那无意识的好奇震慑了。

工友们洗得很快，浴室里眨眼间就没人了。两个浴池里，水很干净。郭振邦一边冲洗一边想着什么，他的身体很精壮，肌肉的线条很完美。郭振邦淋浴冲掉了身上的尘垢，眼睛望着池水，那种想要把什么确定下来的心情还是若隐若现，他望着池水，有种想去泡泡的冲动。他走了过去，站在池子边上，冷水池透着一股沉静，热水池里冒着水汽，显得很聒噪。郭振邦眼也没眨地滑进了冷水池，那刺骨的寒冷顿时针满全身。已经九月了，他这么想着，整个身体沉进了冷水池里。他的意识变得微弱，他想起了弟弟郭宇，想起了王丽娟，此时他的下体竟然在冰冷透明的池水里勃起了。他猛地从池水中坐了起来，非常狠地对着自己的脸就是两巴掌，清脆的耳光声在空旷的浴室里回荡着。王丽娟是他决定了的下半辈子的爱人，这是他单方面决定的，王丽娟并没有答应，但他不会放弃的，他认为只要有决心，王丽娟会看到他的真心；但这个欲望太肮脏了，他不喜欢想到她就勃起，但他这么想的时候勃起得更厉害了。他回想着在勐腊当兵的最后一年，协助缉毒警跟毒贩交战的场景，当时一颗子弹擦着他的头顶打在了身后的望天树干上，那是他最接近死亡的时候。但这并不是最可怕的，随着他们将毒贩包围，他看见刚才枪战时被波及的生灵，一只长臂猿奄奄一息地挂在龙脑香树侧面的枝条上，一只手张开着，那一枪打在了它的脑袋上，脑浆迸射。

　　回去的路上，他脑子里一直想着那只长臂猿的眼神。之后很长一段时间里他都会在梦里见到那只长臂猿，它就坐在对面呆呆地望着他，没有情绪，每次醒来郭振邦都热泪盈眶。退伍之前他去了趟大佛寺，他给长臂猿供了长香，虔诚地为它的亡灵双手合十。

　　一切都安静了下来，郭振邦在冰冷的池水里找回了意识。但穿衣服的时候，王丽娟还是让他有了生理反应，他感到愤恨。王丽娟是他的初中同学，退伍后他在小区看到出落得气质不俗的王丽娟，很快便陷入了爱河。上初中的时候，他们是同班同学，他还经常跟王丽娟坐同桌，虽然每周一次的换座位会暂时将他们分开，但很快下一周他们又会成为同桌。这么想想，那时候他似乎就对王丽娟很有印象。他主动跟王丽娟打招呼，那时候他还穿着退伍的制服，两人相谈甚欢。那时王丽娟刚刚从技校毕业，被分在矿上打扫卫生，她非常讨厌那份工作，看着自己身边的女同学李雪在家里人关系的走动下去了通风科搞监测，她感到愤愤不平；而且周围人的眼神让她觉得打扫卫生非常可耻，一气之下她不再去单位上班。现在她在古交市的一家珠宝店当店员，虽然没有国企的待遇，但至少可以穿得漂漂亮亮。听到这些话郭振邦心如刀割，他在存钱，现在他已经有十四万的存款，包括当兵时的津贴，他会跟王丽娟过上体面的生活的，因为他爱王丽娟。

这便是他在自己与王丽娟的关系里，人为设下禁欲条框的原因，爱必须纯粹，他这么想。而且这样时间长了，每次一勃起他就会对自己产生极强的厌恶，而且会对周围产生敌意。他讨厌集体宿舍的女管理员杨杨，那是一个四十岁出头、风韵犹存的女人，她的胸脯非常丰满，特别是那个屁股，伴随着她主动的一扭一扭，让她成了工友们茶余饭后的谈资。她也清楚自己的吸引力，对工友性骚扰般的玩笑来者不拒，她是郭振邦最讨厌的那类女人，但郭振邦有一次勃起的时候竟然想到了她，他感到愤怒、别扭。

郭振邦在宿舍拿了一个快递，那是他买给郭宇的礼物。在下楼的时候他看见采掘二队的癞子在跟杨杨开玩笑。

癞子："杨姐，都九月份了，裙子穿那么短你老公没意见啊？"

杨杨："我老公的意见就是还不够短。"

癞子："再短就剩裤衩了。"

杨杨："老娘从不穿裤衩，但关你死癞子什么事？看得见摸不着。"

癞子："但我想得着啊。"

此时杨杨看见郭振邦从楼梯上走了下来，对着癞子挥了挥手："滚滚滚，我没时间跟你扯犊子。"郭振邦直接往门外走。

杨杨："哎，小郭你上次卖的那袋米和油，还没给你钱呢。"

郭振邦站在杨杨旁边，杨杨拿出现金。

郭振邦："二百零六。"说完杨杨递给他二百一十元。

郭振邦："我没现金。"

杨杨："不用了，你下次给大姐买块糖就行了。"

郭振邦低着头，有一种很奇怪的感觉袭来。

杨杨："要不就微信。我扫你。"

郭振邦二话没说冲出了宿舍楼，他往前跑了几步，来到了杂货店，他买了块香皂，换开了钱。接着冲回宿舍，将四块钱递给了杨杨。杨杨正准备说什么，郭振邦已经跑出去了，杨杨对着离开的郭振邦，嘴角浮起一个意味深长的笑容。

2

虽然是夜班，但郭振邦此刻毫无睡意。他的铃木250呼啸在街道上，他想着自己把发的大米和油让杨杨卖的事情，感到很别扭，他不应该这样。但矿上的工友一般不缺大米和油，都会把发下来的福利卖掉，而且都会找杨杨。这种规矩是什么时候形成的，他不清楚，因为他来的时候，矿上逢年过节发的福利，有些工友就会自然地找杨杨卖掉，杨杨似乎也很有门路，稍作联系就卖掉了。但自己为什么会找她呢？自己明明很讨厌她，也许是自己懒得去跟别人交流的缘故吧，他这么想着，摩托车已经骑到了名都珠宝的门前，他向着高高台阶上的珠宝店望去，并没有看见王丽娟，只有其他几个店员无所事事地隔着柜台聊天。可能是有些累了，有两个人把高跟鞋趿拉着，让店里蒙上了一层散漫的氛围。郭振邦扭头四处看了看，正准备骑车离开的时候，突然发现王丽娟在前边的金虎便利店门口，跟一个男的站在一起。说是站在一起，他仔细看才发现，那个男的右手撑着树，王丽娟被卡在树和他身体之间。男的不知道在说什么，王丽娟低着头笑了，男的的侧脸看起来也在笑。郭振邦停好摩托冲他们走了过去，他的眼神里有种不容辩驳的确定，看起来目的性很强。王丽娟老远就看见郭振邦了，她眼神有些闪躲，此时那个男的似乎听到王丽娟说了什么，扭过头看着走来的郭振邦。郭振邦气势很足，男的不禁下意识地向后移动了下身体，但随即挺直了腰身。

"下班了吗？"郭振邦看都没看那个男的一眼。

王丽娟支支吾吾地回答着，眼神飘忽不定，她的视线下意识地在那个男的脸上划过。

"回吗？"郭振邦问道。

"今天毛莉回来，我在这边等她。"王丽娟有些胆怯地说道。

"回去等吧，反正她回来也要回家。"郭振邦的语气里没有一丝疑问。

郭振邦准备去骑车，王丽娟也准备离开，那男的此时拽了王丽娟的胳膊一把，郭振邦条件反射般地一巴掌将那男的的手扇开。

"你是不是傻？"那男的不由分说地来了一句。

郭振邦没回话，扭过头直勾勾地盯着那男的。此时周围有几个人嗅出了热闹的气氛，随即找了个安静的位置准备欣赏。

"你妈，你看不出人家不想走？"男的见郭振邦不说话又补了一句。

"你是谁，我不关心，你也走吧，我们要回去了。"郭振邦很平静地说道。

"老子叫贺刚，老子不需要你关心，你以后少缠着王丽娟，要不然……"贺刚话还没出口，声音就哽住了，因为郭振邦的右手非常有力地卡在了他的喉咙上，这一卡力道十足，也就三四秒，贺刚的眼睛已经充血，开始窒息了，他使劲挥动着双手，求生的欲望异常强烈。周围的人已经被吓到了，王丽娟慌忙摇动郭振邦的右手，郭振邦不为所动，王丽娟吓得快哭出来了。郭振邦松开右手，贺刚如同一个死物瘫软在了树旁，树干上白色的防腐剂抹在了他黄色运动服的后背。

"走吧。"郭振邦对着王丽娟说了一句。王丽娟扭头看了眼贺刚，贺刚一口气回了过来，接着狂呕了一阵，恢复了生气。王丽娟看见郭振邦头也不回地朝着摩托车走去，便跟了上去。贺刚看见周围的人看热闹的眼神，突然一阵羞辱感袭来，郭振邦此时已经走到了摩托车旁，距离贺刚很远，贺刚大声地吼了起来："你给老子等着。"以为一切都结束了的人群重新将目光投给了郭振邦。郭振邦什么话都没说，从摩托车旁又折了回去，王丽娟企图阻拦，但看见郭振邦很直接的眼神，就将手缩了回去。郭振邦来到贺刚身边。

"等什么？"郭振邦很好奇地询问贺刚。

此时人群里不知道谁吼了一句："他哥是贺奇，会杀人。"郭振邦扭头看了看已经有些规模的群众，没有找见声音的源头。他回过头看着贺刚，接着用右手抓住了他的手臂，贺刚想反抗，但那是徒劳，他身体和精神都知道。

"别等了，现在就去找你那会杀人的哥。"说着就将贺刚架出了人群。

"你家在哪？走吧。"郭振邦问道。

贺刚一时间不知道怎么反应了。"这要怎么办？"他想着，突然有种想哭的冲动。但郭振邦的行为总给人一种确定感，那是他从未在别人身上看到的。他不是吓唬自己，看来他是真的要去自己家。贺刚想着要不要应付他一下，但郭振邦的右手就像手铐一般，不会给他机会，而且刚才喉咙被扼的感觉太过清晰，他想着，已经开始朝家的方向走。王丽娟就在街对面，看着郭振邦像押一个犯人一般与贺刚一起向着金牛街桥头走去。

路过美特斯邦威专卖店的时候，贺刚见已经远离了看热闹的人群，所以想对郭振邦说些缓和的话，但他一扭头发现郭振邦只是机械地带着他往前走,那股气势有种坚如磐石的力量,他甚至有种说不出话的错觉。又往前走了三百米,名都日用的门前有一个人突然叫了贺刚一声,贺刚好像抓住救命稻草一般回过头去,看见一个留着寸头,因为个子很高所以佝偻着身子的青年。他抽着烟,盯着郭振邦扣住贺刚的手。

"咋的咧?"他问了贺刚一句。

贺刚想说什么,又回头看了眼郭振邦,郭振邦没有要停下来的意思,继续往前走,贺刚面对高个子的提问回了句:"回去寻我哥。"接着就往家的方向走,高个子有些狐疑地抽着烟补了句:"有甚事和我说。"贺刚点了点头,一股乏力感袭来。

齐兴酒店对面的小区很古老,典型的二十世纪九十年代产物,跟它前边已经建成和正在起的高层形成鲜明的对比。贺刚站在小区对面的马路上看了眼郭振邦。

"就这。"贺刚说了句,想说别的但也不知道说什么。

"你喊你哥吧。"郭振邦平静地说道。

"我家就住这。"贺刚有些不解地说道。

"你要不就喊他下来,要不我们就上去,你家在几楼?"郭振邦问道。

"我爸妈在家。"贺刚有些急。

郭振邦第一次仔细端详了一下贺刚,贺刚穿着黄颜色的假潮牌,蓝色的窄脚裤上几条五颜六色的带子无力地飘荡着,自右腰至左大腿处一条装饰用的金色铁链横亘其上,再看他的脸,颧骨很高,单纯的清瘦,因此他的黄色潮牌显得空荡荡的。

"你多大了?"郭振邦问道。

贺刚有些错愕,他不太明白这句话的意思。

"二十五。"贺刚犹豫地说道。

郭振邦看了看贺刚,将头扭开。

"那你在这喊你哥吧。"郭振邦说完放开了贺刚的手。

虽然郭振邦放开了手,但贺刚脑海里一闪即逝的逃跑念头让他觉得很荒唐,他看着立在旁边信心十足的郭振邦,觉得自己肯定没机会,他泄了气一般拿出手机打了个电话。

郭振邦看着贺刚放下手机,紧皱着眉头,似乎在想怎么应对接下来的状况。此时开窗的声音传来,贺刚赶紧抬起头向上望,郭振邦也抬头看了上去。他发现四楼的窗户打开了,一个头发有些自来卷的男人出现在阳台上。这是郭振邦的第一感觉,男人,而不是贺刚这样的男孩。男人在窗户跟前立了两分钟,他在看郭振邦,郭振邦也在看他,紧接着他关上了窗户,离开了阳台。

贺刚还是有些紧张,郭振邦却只是站着,就像在欣赏贺刚的紧张一样。此时男人从小区门口走了过来,这就是贺刚的哥哥贺奇。他跟郭振邦差不多高,一米七五左右,但眼睛很小,看起来跟贺刚没有什么相似之处,而且他脸上似乎带着天生的笑容,给人一种不祥的感觉。他径直走到贺刚旁边,用古交话跟贺刚交流了几句,接着扭头看着郭振邦。

"歪你是想怎地了?"贺奇问道。

"这你要问你弟,他让我等着。"郭振邦应道。

"你打他了?"贺奇紧接着问道。

"不算打,只是制止他的一些行为。"郭振邦的声音没有起伏。

贺奇盯着郭振邦半天没说话。

"那要怎的了?"贺奇问道。

"我说了,你要问他,问我没用,是他让我等着。"郭振邦重复道。

此时贺奇扭过头问贺刚。

"你想怎的了？"贺奇问贺刚。

贺刚有些恐惧地微抬着头看着哥哥，贺奇知道这只是吓唬别人的一种手段。但他不知道怎么说，眼前的这件事形成了一种很难解释的局面，贺奇从来没有遇见过，如果换作是别人，贺奇可能会直接动手，一场斗殴会解决一件事情；但眼前这个人给他一种不仅仅是亡命之徒的感觉，如果动手，结果可能会跟现在的局面一样让人难以解释。他不喜欢这种感觉，因为在他经历过的大大小小的斗殴中，他从未失去控制过，但今天这个局面不能说失去控制，只是他强烈地感觉到要做一些自己一定不会做的事才能平息，他有种走出舒适区的别扭感。

"我不会再找王丽娟了。"贺刚面对眼前的沉默首先说话了。

贺奇突然在贺刚的脑袋上扇了一巴掌。刚才贺刚已经跟贺奇说过王丽娟的事情，但贺奇觉得仅仅是这件事，眼前这个男人不会来到楼下。

"道歉。"贺奇说道。

贺刚有些错愕，他似乎没听懂一般看着贺奇。贺奇没有重复刚才的话，刚才那些话就像一个已经看清却不敢承认的现象继续展现在贺刚的面前，他自我消化了一下，扭过头看着郭振邦，接着抬起头，像失去力气一般跟郭振邦说了句"对不起"。

郭振邦看了眼贺奇，接着又看了眼贺刚，没再说话，扭头离开了。此时贺奇望着远去的郭振邦长舒了一口气。

"离他远点。"贺奇盯着郭振邦对贺刚说。

"谁？"贺刚问道。

"他，那女的。"贺奇说道。

"不闹他，哥？"贺刚问道。

"他是个疯子。"贺奇说着扭头朝家走去，一副如释重负的模样。

3

走回去的路上，郭振邦并没有如释重负的感觉，那种想要把什么确定下来的感觉依然在。今天这件事情让他非常想跟王丽娟把话挑明，但他害怕被拒绝吗？这么想的时候他低声唱了一句音符，很快这个意识就被藏了起来。

王丽娟在郭振邦的摩托车前站着，恐惧写在脸上。郭振邦从远处走了过来，此时郭宇要去大学报到的事情第一次出现在他的意识里。他走过来骑上摩托车，想着要跟郭宇说的话。王丽娟的恐惧并没有消退，她想要问郭振邦，但郭振邦显然在想别的事情。郭振邦发动摩托，王丽娟坐在了后座，同事张晓丽跟她打了声招呼，她没看见。郭振邦的摩托车呼啸着喷上了大川西路的单行道，逼迫后边一辆疾驰的雅阁猛地刹了车。

第二章 这就是法则

1

郭礼隽的右手提着六味斋的卤猪耳，这是小儿子郭宇最爱吃的。自行车的后座上用红色的塑料绳捆着一个牛皮纸包裹，那是他跟工会主席殷作福要的笔记本，他觉得郭宇到大学做笔记应该用得上。他从来没这么开心过，这种开心已经维持了快俩月了。西安交通大学，是谁都能考上的吗？这么想的时候他感觉自己所有的气都随着扬起的眉一起吐了出来。郭礼隽正这么想着，一辆摩托车呼啸而过，停在了七号楼的楼下。郭礼隽停下了脚步，看见王丽娟从摩托车上下来，她远远地叫了一声叔叔，郭礼隽事务性地点了点头。王丽娟扭头朝家里走去，郭礼隽已经把自行车停在了楼下，郭振邦没跟郭礼隽说话，只是走过来把郭礼隽车后边的笔记本抱了下来，提起车前边的菜，接着郭振邦准备接郭礼隽手里的猪耳，郭礼隽没松手，说道："这个我拿。"

郭振邦轻巧地拿着一堆物品朝着七楼走了上去。望着健步如飞的郭振邦，郭礼隽拿出一根烟点了起来。王怀先，那个已经五十八岁的好色之徒，前几天散步的时候郭礼隽还看见他从"大世界"——那个找小姐的地方出来。郭礼隽想到这就一阵不舒服，虽然王丽娟没表现出她爸爸的遗传特性，但这种没有表现给了郭礼隽一种非常不牢靠的感受，她应该看不上郭振邦吧？这么想的时候郭礼隽往地上吐了口口水，自言自语道："我还看不上你呢。"接着郭礼隽将烟头扔在地上，朝家走去。

2

苏以沫跟郭宇静静地坐在水泉寨公园古色古香的回廊上。苏以沫充满了古代女子的恬静。她留着长发，虽然已经高考完了，但她依然穿着古交一中的校服，只是平时扎起的马尾如今散落下来，风一吹，高中时代似乎真的结束了。郭宇这么想着，内心涌起一阵幸福。

"你一定要给我写信，我不喜欢微信。"苏以沫并没有看郭宇，说道。

"那我平时不联系你了？"郭宇有些着急地看着苏以沫。

"不是啊，但你还是要写信。"苏以沫说得很坚定。

"我的字那么丑，微信可以帮我藏拙。"郭宇跟苏以沫开着稚嫩的玩笑。

"你知道吗？只有写信你才会雕琢你的内心，才会让很多心里话变得隽永，我想这就是诗的魅力。"苏以沫认真地说道。

"因为有你，邮局应该不会倒闭。"郭宇继续开玩笑。

苏以沫突然扭过头盯着郭宇，郭宇被盯得有些不好意思。

"你在学校怎么不这么开玩笑？总那么闷闷不乐的。"苏以沫笑着问郭宇。

郭宇被苏以沫这么一问，竟然不知道怎么回答了。

"你现在这个样子好像在学校的时候啊。"苏以沫被逗笑了。

郭宇望着苏以沫，心里又漾起一阵幸福。

"郭宇，到西安一定要学好专业，我们以后要一起造轮船，环游世界。"苏以沫憧憬着未来。

"我会去青岛找你的。"郭宇望着苏以沫说道。

"要是我也能考到西安就好了。"苏以沫回应着郭宇。

"海洋大学也很好啊。"郭宇赶紧安慰苏以沫。

苏以沫又笑出了声。

"你可真是个木头,我哪里要你安慰,我当然觉得海洋大学很好啊。"苏以沫开朗地笑着。

望着苏以沫开朗的笑容,郭宇突然很想哭,这比他考上大学的感觉还幸福。苏以沫是最可爱的女孩子,他就是这么觉得的。

"我好喜欢你。"郭宇望着苏以沫说道。

苏以沫眼含热泪,她吻了郭宇,郭宇紧紧抱着苏以沫,他觉得苏以沫就是自己的避风港,但他究竟在避什么呢?

3

郭宇已经走到五楼了,这个自己爬了十四年的七楼,台阶十分陡峭。他经常对比现在建起的楼群那些低矮平坦的台阶,思考为什么这些老楼的台阶要造得这么高。是当时的建造技术粗糙,还是当时人的身体普遍比较好?因为现在的楼盘,不论楼梯多么低矮平坦都没什么用,电梯已经让它的作用基本消失了。想着这些,他气也不喘地来到了七楼,中间就是自己家,再往上走一段就回家了。不知为什么,刚才水泉寨公园的幸福感在自己离家咫尺的地方变得稀薄了,他不喜欢这种感觉,以至于他自顾自地猛摇了几下头,似乎要把这种感觉从脑海中赶出去一样。"我不能这么想。"郭宇试图说服自己,想了想妈妈,接着他就开心起来。

进门的时候，饭菜都已经在桌子上了，很丰盛。今天家里的饭并没有在低矮的茶几上吃，而是打开了家里橘红色的圆桌。这种仪式，以前总是在逢年过节的时候才会有，虽然郭宇并不在乎，但爸妈笑得很开心，他就很开心。

六味斋的卤猪耳味道很好，爸爸在拿妈妈做的蒜薹炒肉下酒，他一杯接一杯，喜不自胜，这种情绪从他知道成绩之后就一直持续着。爸爸不喜欢说话，平时非常沉默，除了大是大非上他会言简意赅地发表自己的意见以外，就是很直接地表达情绪。他喜欢喝酒，话会随着酒量递增而变多，通常情况就是先表达他的感受，然后就是重复，不断重复之前的话，似乎要让那种感觉不断再现一样。

郭礼隽第三杯酒下肚的时候，脸已经红了，眼皮也耷拉了下来，刘咏梅并没有像平常一样制止郭礼隽，因为今天日子特殊，她想让他高兴。郭礼隽又倒了半杯，用耷拉着的眼皮怔怔地盯着郭宇，他从来没有这样看过小儿子，这让郭宇很难为情，他低下了头。

"小宇，爸敬你一杯。"郭礼隽把酒杯端了起来。

郭宇从不喝酒，他犹豫着是不是要倒一杯酒的时候，郭振邦帮他倒了满满一杯。

"你给他倒一口就行了，他又不能喝。"刘咏梅皱着眉头对郭振邦说。

"能喝多少是多少，到火车上睡就行了。"郭振邦回道。

郭宇看着爸爸，抿了一口酒。郭礼隽很满意，他晃荡着点了点头，脸上十分满足。

"小宇，爸嘴笨，不会说别的。你给我们老郭家好好地争了口气，爸在老乡面前腰杆都直起来了。"郭礼隽自我陶醉地说道。

郭宇不知道说什么，他抿嘴笑着，附和爸爸。

"你是不知道，钱奋强那个德行，以前脸一拉，看不起我们干活的，一天天吆五喝六。自从你西安交大的通知书下来了，他脸色都变了，不说话，就是拉着个脸。你说以前他也拉着个脸，现在他拉着脸，我看着就舒服得很。"郭礼隽说得手舞足蹈的，似乎钱奋强就在眼前。

郭宇很烦听到这些比较，他低头吃菜，没再附和爸爸，他知道这顿饭的下半场，就是爸爸不断地重复了。

"你别说了，人家跟我们有啥关系，再说钱经理的女儿也是大学生，人家跟你比什么，我们活好自己就行了。"刘咏梅制止郭礼隽。

"临汾师范能跟西安交大比吗？"说着郭礼隽扭过头，把酒杯放在眼前，透过酒杯望着刘咏梅。

"我儿子进西安交大，那就是天之骄子，我祖宗清朝也是个举人，我们这是有血统的，到小宇就显出来了。他们这帮狗眼看人低的东西，当个单位的破经理一天天谁也看不上。他算个啥东西。"郭礼隽越说越兴奋。

刘咏梅不再制止，她让郭宇赶紧吃了饭，收拾东西。郭宇没有因为郭礼隽的话语感到反感，虽然他不知道爸爸在单位经历了什么，但自己上大学能让他开心，自己也很高兴。此时，郭振邦突然起身，去郭宇房间的写字台上拿起那个已经拆开的快递，来到了郭宇身边。他将凳子拉得离郭宇近了一些，郭宇有些不习惯地向后靠了靠，郭振邦抬头看着郭宇，郭宇有些诧异地回看着郭振邦。郭振邦手里捏着一个精致的盒子，郭礼隽睁开耷拉着的双眼，明白了郭振邦的意思。

"你哥这是给你准备了个礼物。"郭礼隽的嘴角荡漾起笑容。看到兄弟俩离得这么近，刘咏梅也很开心。

郭振邦将精致的盒子打开，里边是一把红色的瑞士军刀。郭振邦把瑞士军刀从盒子里拿出来，将刀刃从刀柄处掰了出来。郭礼隽的脸色瞬间不对了，刘咏梅的笑容也在脸上消失了。郭宇看着郭振邦又将刀刃收了回去，接着郭振邦将瑞士军刀递给郭宇。郭宇并没有接，他将视线挪开，夹了口菜放在嘴里，一边嚼一边说道："火车上不让带。"

郭振邦将瑞士军刀放到圆桌边缘，接着双手落在郭宇的双腿上，将郭宇整个身子转了过来。郭宇感受到了郭振邦的力量，他盯着郭振邦，发现郭振邦的眼神非常坚定地盯着自己。

"记住，到外边谁要是主动欺负你，一定不要忍，必须还回去。"郭振邦坚定地说道。

郭礼隽喝醉了，支支吾吾地正准备说些什么，郭振邦却根本没有要理郭礼隽的意思。

"学习是一回事，面对人的其他事情是另一回事，不要惹别人，但别人一定要惹你，你也必须展示自己的力量。"郭振邦像一个布道者一样说着。

"他是去上学的，又不是去打架的，你跟他说这些干啥？"刘咏梅少见地有些急了。

"快收拾东西去。"刘咏梅接着说道。

郭宇想起身，但郭振邦双臂的力量让他无法起身。郭礼隽也急了，他起身去扒拉郭振邦。

"你……干啥了干去……你……"郭礼隽语无伦次地说道。

"我不会害你，你没去过西安，记住。"郭振邦盯着郭宇坚定地说道，郭宇并没有看郭振邦，郭振邦的手也没有松开。郭宇抬头看了一眼郭振邦，郭振邦对着郭宇点了点头，郭宇感到腿上的力量消失了。郭振邦拿起桌边的瑞士军刀,对郭宇说道:"这是我送给你的,我知道火车上不让带,你只要记住这些话、这把刀,就行了。我放你屋里了。"说着郭振邦就将瑞士军刀放到了郭宇房间写字台的抽屉里。

郭振邦再次走出来坐在饭桌上的时候一句话也没说,他仔细地吃着桌上的菜,气氛很尴尬。郭礼隽很讨厌这舒服的气氛被大儿子破坏掉的感觉,他闷闷地又喝了一杯。

"你哥也是好心。"见气氛凝重,刘咏梅赶紧打着圆场。

"我收拾东西去了。"说着郭宇走进了自己的屋子。刘咏梅看着仔细吃饭的郭振邦,想说他几句,但看郭振邦那副沉默的样子,又将话咽了回去。

4

郭宇关上了房间的门,现在是十二点五十,他的车票是晚上七点的,还早。说是收拾东西,其实东西早就收拾好了。郭宇坐在床沿上环顾自己的四周,墙上没有任何海报、挂件。仔细想想,这个房间曾经是郭振邦的,2007年郭振邦去云南当兵的时候,这个房间就成了他的,那年他九岁。他现在还记得最初自己一个人睡觉时候的感觉,最开始是兴奋,自己可以拥有一个房间,而且自己第一次体会独生子是什么感觉;但夜幕总会让他感到无尽的孤独,那种孤独并不是靠近父母就能抵消的,他也没有一次想要跑到父母的房间去。他只想快点睡着,这样就可以逃脱这种难熬的孤独,但每次睡着他都会陷入千奇百怪的梦境,醒来后一身的疲惫。他没什么兴趣爱好,足球、篮球、乒乓球,这些同学都很痴迷的运动离自己都非常遥远,但大家都很头疼的学习却让他觉得如鱼得水,他记得语文老师说过一个词叫"易如反掌",各科的学习对他来说就是这种感觉,但除此之外他对什么都不感兴趣,直到苏以沫的出现,他觉得那是比学习还美好的事情。想到这里的时候他突然想起郭振邦送给自己的瑞士军刀,为什么会在这个时刻想起瑞士军刀呢?他有些反感。此时他才明白自己为什么会离家越近幸福感就越稀薄,就是因为郭振邦,他讨厌郭振邦,讨厌他那股自以为是的劲儿,讨厌他那种强迫症。郭宇在小学的时候曾经被人欺负过,那是三年级的时候,但他从未对人说起过,因为他发现自从自己的成绩开始在班级名列前茅的时候,那些欺负他的人会对他肃然起敬,即使没有如此,也会渐渐地不再欺负他,这种现象随着年级越高表现得越明显;直到初中、高中,他身边再也没有那些欺负他的人,就像一个洁净的地方很少有苍蝇一样,这是郭宇每每想到这件事情时会得到的意象。为什么一定要展示你的武力呢?每当想到这里他就会觉得郭振邦头脑简单。但最令他不理解的是,郭振邦会去读陀思妥耶夫斯基,一想到这里他就会充满鄙夷地笑出声。"他真的理解陀思妥耶夫斯基吗?"郭宇不喜欢陀思妥耶夫斯基,他只读过《罪与罚》,他觉得很阴暗,就像郭振邦一样,他喜欢狄更斯,那是自己,他这么想。

就要离开了,交通大学是个全新的世界,他就要开启自己的人生了。那个人生里有苏以沫,有自己的前途,想着想着,他感到痛苦地搓了一把自己的脸,还有爸妈。但一定不会有郭振邦。

5

好的睡眠总会让人的精神焕然一新,就像给精神洗了澡一般。

郭宇的心情很好，当他打开门的时候，爸妈早已经坐在客厅的木质沙发上恭候他了。他四处看了看，郭振邦并不在，一定是夜班，郭振邦平时住在宿舍里，只有换班了他才会回来，就睡在这间兄弟俩共用的房间里，因为那时候自己已经住校了。

郭振邦的离开，让家里重新沉浸在扬眉吐气的幸福中，爸爸也让睡眠涤荡了酒意带来的蒙眬。他重新沉默了下来，但是脸上的幸福感却怎么都遮掩不住。

刘咏梅将一张银行卡递给郭宇，那是学费跟生活费。

"别省钱，用得着的地方一定要舍得，你从不乱花钱，妈知道。"刘咏梅说道。

"暑假我可以打工，你们别太委屈自己。"郭宇有些动容地说道。

他知道父母会为了自己上大学将生活标准降到最低。

"打什么工？你就好好念书，我辛苦了一辈子就为了你，你这么出息，我们花钱算什么，只要你出息，我们干什么都愿意。"郭礼隽看着郭宇，接着说道。

"儿子，因为你，别人现在都看得起爸，你就好好念书，别想钱，我们的都是你的。你想想你通知书来的时候，我们请老乡们吃饭，他们那羡慕的眼神，爸这辈子都觉得值了。"郭礼隽难得说一次长篇大论，郭宇还是感到厌烦，因为郭礼隽所有的话都跟尊严有关，他不喜欢这样，但他并没有表现出来。

"你还是要多锻炼锻炼，身体好才行，你高中的时候都不锻炼的。"刘咏梅叮嘱着郭宇，郭宇点点头，感到一股温暖。

"对了。"说着刘咏梅赶忙到卧室拿出一个红包递给郭宇。

"这是你舅舅给的五千块钱。"刘咏梅一脸骄傲地看着郭宇，郭宇没说什么，接过了钱。

"行了,赶紧出门吧,要是堵车,把火车错过就麻烦了。"郭礼隽看了看墙上的挂钟说道。

刘咏梅看郭礼隽帮郭宇收拾起东西准备出门,突然说道:"你就别去了,中午喝了酒。"

"酒早醒了。"郭礼隽不耐烦地回道。

"你把那二十块钱省下来给郭宇花多好。"刘咏梅说道。

"二十块钱……"郭礼隽想了想把话头截住。

"也是,你自己都去过太原那么多次了,爸还把你当小孩呢。那我们就给你拿到楼下。"

6

在路边打车的时候,郭宇的手机响了。他拿出手机点开微信,是苏以沫发来的新消息:"蒹葭苍苍,白露为霜。"郭宇幸福地笑了,他赶紧回了信息:"所谓伊人,在吾心房。"苏以沫秒回一个笑脸的表情。此时刘咏梅看着比自己高一个多头的郭宇感到心疼无比,这是郭宇第一次这么久、这么远地离开自己。生郭宇的时候她已经三十二了,不像郭振邦,郭宇是剖宫产下的孩子,她承受的痛苦更多;郭宇跟自己长得很像,她喜欢郭宇,郭宇恬静,身上有一股浓浓的书卷气,那是她年轻时最喜欢的男人模样。想到这里刘咏梅的眼眶泛起了泪光,她慌忙扭过头掩饰。出租车来了,郭宇上车的时候,她又是一阵千叮咛万嘱咐,郭礼隽站在旁边附和着。门关上了,郭宇回过头看她,他在想离别还真是让人讨厌。

第三章

那是你的位置,你就待在那里

1

汾河沿岸有几个楼盘正盖到半截，周围的塔吊高高耸立，热闹的景象配合路边立起的华丽概念图广告牌，激起人们对未来美好的幻想。但这一切都让张京都难受，他一边开车，一边想着柳巷那个已经停工一个月的烂摊子。它本来不是烂摊子，最初李渊鼓励他做五星级酒店的时候，可是拍着胸脯说认识旅游局的人，肯定能给评星，也正是这个鼓励让张京都把手边的很多股票卖了，退了很多股，加上一些积蓄，将柳巷三千五百平的一栋楼付了首付。本来一切都很顺利，张京都幻想着酒店开起来的一刻，父亲张玉墀对自己刮目相看的眼神，就充满了干劲儿。但这一切都在一个多月前出了变故。最初是合伙人孔介主动要退出，他说他爸开了新厂，这个钱进不来了。张京都瞬间蒙了，这是他第一次主动做生意，紧接着李渊说旅游局的关系上调了，这个事要缓缓。这些事情一波接一波，他想硬着头皮自己做，但在银行审核申请贷款资格时，资产根本不足以达到申请标准，装修公司的款欠着，人家也不愿垫资了，工程就这么停了。

此时张京都的普拉多拐下高架，就到了长风街上。他的手机一直振个不停，手机上显示着柯素妍的名字，手机振完后上边显示着十八个未接来电。张京都并未看手机，他烦躁地想着刚才路过的楼盘概念图广告：凯撒城邦。那是父亲公司在做的一个楼盘，一想到这，那个柳巷的烂摊子就浮现在眼前。灰蒙蒙的天空落起了雨,他打开雨刷,御景花园华丽的门脸泛着底光,配合上淅淅沥沥的雨水,使人产生一种凄凉中想要回家的冲动。但这并不是张京都的目的地,他将车子拐进了门脸右侧辟出来的一个花草丛生的车道。开了七八百米,一个古色古香的大门便映入眼帘,看起来很像影视剧里达官贵人的豪宅。此时一个保镖模样的人打着伞走了过来,他接过了张京都的车钥匙,将车开到了另外的场地去停了。另一个同样着装的人走来将张京都引入大门。这些轻车熟路的过场张京都没工夫看,因为今天他约了李渊,他寄希望于李渊能找到让这烂摊子起死回生的灵丹妙药。御风楼就在他正对面不远处,他正走着,突然听见有人叫他,他一回头,莉莉从另一个保镖的伞下闪进了他的伞里。

"上次去马德里,你怎么说好了又不来?多没意思!"莉莉嗔怪地问着张京都。

张京都不想回答。那时候正准备装修这个酒店,他意气风发,正好南洋会所的人约着一起去马德里玩,本来他答应了,结果临去的时候酒店出了问题,他哪还有闲心去玩。

"怎么了?"说着莉莉将手搭在张京都肩膀上,张京都没闪躲,此时到了御风楼,张京都直接走进了大门。

张京都刚一进门,劈头就迎上了在门口和霸业路桥公司老总儿子宋毅说话的李一品。李一品是李副市长的小儿子,他长得有些像韩国人,此时眯缝着一双小眼睛盯着张京都和莉莉看,紧接着说道:"你上次没去马德里,莉莉魂都丢了。"

李一品像看热闹一样看着张京都。

"反正也丢不到你身上,你操什么心。"莉莉迎着就来了一句。

"我可不敢,我没养老虎的习惯。"李一品坏笑着说。

莉莉冲上去就跟李一品打作一团。

张京都在内室和几个熟人打了个招呼，就开始搜寻李渊的踪迹，李渊并没有找到，倒是远处的孔介坐在幽暗的灯光下，像个说书人一样正在讲故事。自从他打电话说撤资以来，一个月了，这是张京都第一次看见他，张京都知道自己看见他会一肚子气，但没想到这么气。远处，"公子"也在那五六个人中间，他冲张京都挥了挥手，张京都只能硬着头皮过去。他向四周望了望，五百多平方米的客厅里灯光幽暗，在各个区域中都有人在抽雪茄、喝红酒。那些没有人的地方都很黑暗，不远处的小舞台上，有个女的正在唱着一首哀婉缠绵的爵士，小舞台正下方他还看见了一个总在电视上出现的女明星，坐在一群人中间，只是安静地听那些人高谈阔论，丝毫没有电视上的主角光环。这一切都使张京都极不舒服，他觉得这应该就是腐朽的气息。想想南洋会所当初就是他们这帮在新加坡的留学生聚会的地方，几年下来竟然被"公子"经营成会员制，很多富二代、官二代都以南洋会所会员为标榜身份的一种方式。"公子"是他的大学同学，叫苏月明，但这些会员大多不知道他叫这个名字，"公子"也是同学们根据他人情练达、广交朋友的性格给他起的外号，谁知道现在竟然成了他最常用的称呼。张京都现在已经很少来这里了，父亲张玉墀总说现在的年轻人都没什么劲儿，张京都把这些都归结在南洋会所的头上，包括他想开酒店也是为了让父亲看得起自己。但这么想着，他就有一种失去自我的挫败感。此时他走到了公子旁边，公子剪开了一根雪茄递给他，孔介看了张京都一眼，眼珠子转悠了一下，似乎在想该用哪种态度来面对张京都。

"那女的呢？"宋开颜有些着急地问孔介。孔介似乎找到了暂时的避风港，马上进入角色。

"吓坏了,直接跑回东北了。"孔介抽了口雪茄说道。

"视频就这么在网上消失了?"宋开颜难以置信地问道。

孔介夹着雪茄煞有介事地盯着宋开颜说道:"你要知道他们勒索的可是副市长的亲侄子,况且人家本来给了那女的不少钱,是他们自己觉得钱来得容易,狮子大开口,开始威胁的。现在这男的判了,那视频肯定没了,你要问怎么没的,反正你别碰这些底线,不然人都没了。所以说穷人可怜归可怜,但要碰到钱,贪婪的那股劲儿比他们嘴里头痛恨的贪官也好不到哪里去。"说完这通长篇大论,孔介得意地抽了口雪茄,似乎觉得自己很有思想。

宋开颜扭头看了看公子,公子冲他抿抿嘴。宋开颜刚来太原,他爸是富士康太原分厂的负责人,跟公子的父亲有私交,是公子带他入会的。

"不过他们对那女的还是挺仁慈的。"宋开颜思考后说道。

孔介冷笑一声,吐了一口雪茄渣说道:"仁慈个屁,这叫策略,一个关起来,总要放一个回去,要是有同伙这就叫警告,现身说法可比新闻报道管用多了。"

宋开颜看了看四周悄声问道:"那副市长的侄子是南洋的会员吗?"

孔介哈哈大笑,接着说道:"这你要问公子。"

宋开颜憨憨地看了公子一眼。公子温和地笑了笑说道:"他就是个说书的,你听着开心就行了。"

在座的都笑了起来,接着又说别的去了。公子用手拍了拍张京都的腿问道:"最近你也不来,忙啥呢?"

张京都侧过脸,扫了孔介一眼,心想:"这个家伙还是没脸叭叭这些事。"

"完了跟你说吧，一两句话说不清楚。"张京都说道。

结果孔介听到这句话，回头说道："我找人给你问了问，他们让你把项目书发给他们，有几个很感兴趣。"

公子莫名其妙地看着两人。张京都的火气一下子来了，他没好气地丢了一句："你还不如让我去竞标，我看能不能中标。"

孔介一下子被怼蒙了，周围人都看着他。

"别生气嘛，我再想办法。"

张京都猛吸了一口雪茄，气氛十分尴尬，正在此时，公子冲门口挥了挥手，张京都顺着视线看去，李渊从门口走了进来。张京都摁熄了雪茄，冲李渊走了过去。公子跟一个穿得颇具法国侍者风范的人挥了挥手，靠近窗边一个沙发区的灯被打开了，李渊冲着沙发区走了过去，但就在此时，李渊背后的一个人露了出来，不是别人，正是给张京都打电话的柯素妍。他突然很生气，但伴随着生气的是一种各种事情都不顺利的别扭感，一种走霉运的抱怨感充满了胸腔。

2

柯素妍坐在横条长沙发上，张京都坐在对面的单人沙发上，公子则坐在柯素妍旁边，李渊坐在张京都旁边的另一张单人沙发上。低矮的茶几上摆着工夫茶具，公子拿出福建人轻车熟路的泡茶功夫，给大家斟了几巡。李渊拿起小盏一饮而尽，没看任何人，先开了腔。

"这次怨我，最开始兴冲冲的是我，主要我也没啥实战经验，本来想着慢慢来，你就开干了。"李渊说完，又把公子早已斟好的茶一饮而尽。

这不像是解决问题，张京都很不满意，他有种不好的预感，火已经上来了，但他并不想表现出来；此时柯素妍坐在对面，另一件事也顶了上来，这种混乱让他烦躁。

"有办法吗？"张京都控制着情绪问道。

"主要是钱太多了，两三千万确实一下子不好挪。"李渊还是没看任何人。

"做的什么生意？就一直让我这么猜？"公子问道。

"我犯傻，准备开个五星级酒店，孔猴子说一起干，一年前吧，我就先把柳巷那楼的首付砸锅卖铁给顶上了，两个多月前，装修开始了，他不干了。"张京都言简意赅地说给公子听。

"有企业合作吗？"公子问道。

"现在知道需要了，要不我说我傻呢。"张京都没好气地说道。

李渊有些不好意思，想了想还是说道："我问了一下我爸，他说要不就改方向，做做调研，弄个商场或者超市什么的。"

张京都不悦地喝了口茶。

"要不就再等等，我出去找点钱，我自己弄个一二百还可以。旅游局那边我再跑跑，之前走关系出去那几十万算我的吧。"李渊补偿性地说。

"就是说，酒店确定干不了了呗？"张京都直指核心地问道。

"弄酒店，就再等等，我再找找人。"李渊支支吾吾地说道。

张京都突然有种孤立无援的感觉，之前以为能干大事的意气风发，现在想想真是讽刺，在这种心境下，对面盯着自己的柯素妍，还真让他厌恶。

"你找你爸了吗？"公子一针见血地问张京都。

李渊第一次扭过头用寄予希望的眼神看着张京都，张京都此刻真的很烦李渊。李渊是南洋理工毕业的，他是南洋艺术学院，两人是高中同学；李渊学的是土木工程，这跟他家的产业没什么关系，他爸是搞旅游的，主战场在平遥、介休一带；本来想着开酒店能搭上这顺风车，现在看他这眼神，基本没戏，而且一想到他把希望也寄托在张玉堽身上，他就有一种无能感，他时常在张玉堽面前有这种感觉，现在是一想到就有。

"他不知道，哎呀，没别的办法就算了。"张京都烦躁地说。

"要是你爸能介入，我去跟我爸谈一下，看能不能把旅游这块接进来，也不一定做五星级嘛。"李渊说。

"那你让你爸找我爸谈去吧。"说着张京都站起来就往外走。

李渊有些窘，公子赶忙跟上去，李渊也跟了上来，柯素妍跟在最后。

"我给你在会所问问，你等我信儿吧，有信儿我告诉你。要是三五百我这儿先给你拿。"公子慷慨地说道。

"谢了，我自己弄吧。"张京都扭头往外走，雨下得很大，保镖把一把很大的黑伞撑开，张京都走向雨中，柯素妍跟了上来。

望着离去的张京都，公子问李渊："这姑娘是京都女朋友？"

"对啊，不知道他俩咋了，今天她给我打电话，要找他，我就带来了。"李渊说道。

"我就不明白，找他爸一下怎么了？"李渊有些郁闷。

公子看了看昏暗的天，没再说话。

3

雨像谁家愤怒泼出的水一样，不留情面地砸在普拉多的车窗上，张京都已经将雨刷开到了最大。车在内环上行驶着，但说实话，张京都并不知道去哪儿。两人沉默着,张京都有一种一切都结束了的感觉,那个烂摊子,真的要烂了,搞不好就卖了,但卖又是个麻烦事,又要找人,又是手续,想想他就有一种强烈的挫败感,他觉得自己并不擅长做这个事。父母离婚后,张玉墀给他们娘儿俩在地产公司以及其他公司都入了股,这样他们每年拿着分红就可以衣食无忧,但他亲自把这些都葬送了。"一天到晚全是错误。"这是张京都小时候经常听见的张玉墀训斥下属的口头禅,这句口头禅让他恐惧。

"我就这么不配?"柯素妍没来由地说了一句。

张京都烦躁且好奇地看了柯素妍一眼,没作声。

"不是李渊,我都不知道你们平时在这儿聚会。"柯素妍说清原因。

"我好久不来了。"张京都随便应付了一句。

"你也好久没见我了。"柯素妍继续说道。

"而且连电话也不接,我不来找你,你是不是就准备这么把我甩了?"柯素妍没好气地问道。

张京都实在不知道说什么,他感觉脑子里有一团乱麻缠在一起,他根本没有理清它们的能力。

"见了一次你爸,你就差把我拉黑了。"柯素妍失望地说。

"跟他有什么关系?"张京都有些生气地问道。

"怎么没关系?一个多月前见了他一次,你就这样。还有,你一年前就张罗开酒店也不跟我说,不就是觉得我不配吗?"柯素妍直白地问道。

"我就不知道你为什么一定要见他。"张京都低吼着。

"他是你爸,我们要结婚,为什么不能见他?"柯素妍质问道。

"见了能怎么样?看看他的脸色?听他说几句风凉话?舒服

了？"张京都越想越气。

"那是另一回事，况且也没你说的那么严重，他什么时候给我脸色了？什么时候对我说风凉话了？"柯素妍问道。

"你懂个屁。"张京都恶狠狠地说。

"他跟你说什么我不在乎，但他是你爸，我是你对象，要结婚，就必须见他，这是礼节。"柯素妍说道，重音落到"结婚"上。

"你着什么急？一个月以前你就开始催，我怎么了？我是有外遇了？还是没给你安全感，天天喊？"张京都质问道。

"第一次说结婚的可是你。"柯素妍说道。

"我没否认啊，我都说了，那你急什么呢？又要见他又要见我妈的，好像明天我就要死了一样。"张京都没好气地回道。

柯素妍瞪了张京都一眼，扭头看向了窗外，雨小了很多，眼看就要停了。

"自从你不画画以来，就一直很暴躁，如果是以前，你不会觉得我急。"柯素妍没来由地说了这么一句。

"你真是来给我添堵的。"张京都越发暴躁。

"那我就给你添堵了，现在想说什么？分手吗？"柯素妍问道。

"随便你。"张京都赌气说道。

"其实你早就想好了，要不你怎么能这么久不跟我联系，还搬回你妈家住，你真可以。"柯素妍也生气了。

"对，你说得都对，你的理解全是正确的。"张京都把车停到路边，拉开架势准备吵架。

"所以你说啊，你说跟我分手啊。"柯素妍盯着张京都的眼睛看。

"分啊，你滚啊，见他，你为什么见他，不就是因为他有钱吗？然后呢？他老婆比你大不了几岁，你想干吗啊？"张京都恶毒地说着。

　　柯素妍盯着张京都看了一会儿，张京都接受不了柯素妍这么看自己，他的情绪因为之前的烂摊子还有柯素妍的出现扭结到一起，已经要爆炸了。

　　"滚啊，看啥啊？听不懂，愿意见，你就去见啊？钱钱钱，全是钱！滚啊，你找不见门吗？不是带你去过吗？"张京都情绪的炸药引线已经烧到靶心。

　　"你真是个畜生。"柯素妍说完话，打开车门走上了桥，但她似乎没有情绪失控，因为她从包里拿出了一把伞打在头上。张京都的愤怒还没结束，此时他不受控制地将所有的情绪都归结在柯素妍的身上，他有种想猛轰油门撞死柯素妍的冲动。

第四章 比『应该是这样』复杂一些

1

太原火车站的大钟响了十声后,郭宇将店家递出的泡面系在行李箱的拉杆上,朝着火车站对面走去。自从太原南站的高铁开通后,太原站的人流量没有以前大了,大家都想快点到达目的地,而不愿意花更多的时间在路上。幸亏自己没什么事。本来郭宇爸要给他买高铁票,是他自己决定要坐慢车,他说想在车上睡一觉,但其实是想一个人在旅途上淡淡地想苏以沫。这么想着,郭宇又拿出手机跟苏以沫发微信。虽说人被太原南站分流了很多,但太原站还是有种人满为患的感觉,他们有些人肯定跟自己有同样的想法,另一些一定是经济窘迫的人,这个想法让郭宇对周围的人多出了一分同情。苏以沫的微信发来了:你想想以前的人写信,除了写以外,那个等待中充满了生活的焦虑、喜悦,就像一锅慢慢熬好的粥,黏稠、暖心。郭宇觉得很幸福,他觉得苏以沫很古典,充满了语文老师上课讲的"思无邪"的气质。他准备给苏以沫回信息,但此刻人行道上的绿灯还有两秒就变成红灯了,郭宇在心里突然想起刘咏梅离开时对他说的让他多锻炼锻炼的话,伴随着一股想要挑战极限的冲动,借着想快点过去给苏以沫回微信的劲儿,他逃开已经放弃通过的路人,拖着拉杆箱以百米冲刺的速度朝着马路对面狂奔了过去。但红灯就像时间无情的车轮一般,在郭宇跑到一半时就冲他碾压了过来,郭宇脑海中突然闪出一种失败者的挫败感来。就在这个时刻，一股强大的力量冲击到右大腿，他整个人飞了起来。一股钻心的疼痛充满全身，接着他感觉自己不受控制，电光石火间自己仿佛失重了，随即在很短的一段意识里郭宇想起了郭振邦，接着是苏以沫，还有父母那永远胆小怕事的脸，紧接着就是一阵恐惧。他感觉眼前突然一黑，脑袋重重地砸在了地上。从高处俯瞰，一辆丰田普拉多露出裂纹的车窗和躺在车尾处的自己，接着就是不明就里站在远处发蒙的人群，他们似乎在花时间理解眼前的景象，是的，即使是一场司空见惯的车祸，如果真实地出现在你的眼前，你也要花时间让意识去处理。

郭宇离开了这个世界。

2

普拉多挡风玻璃的裂纹像一道不管你疼痛与否的伤疤，斜亘在张京都的面前，他茫然地望着前方，一切声音似乎都消失了。不知道谁大声地喊了句"救人"，张京都意识的墙瞬间被刺穿，一种强烈的恐惧向他全身袭来，他猛地推开车门，下意识拉了一下挡位，但由于紧张，挡位挂在了倒挡上，接着他冲下车想要看看情况；就在此时，车突然向后猛倒了一下，后轮发出碾压的声音，人群发出惊呼，张京都慌忙冲上车，将挡位复位，熄了火。人群此刻终于理解了眼前的景象，有些好心人冲上来开始察看情况，另一些人开始拿起手机报警。从驾驶位旁边望去，只能看见被撞者的脚，张京都走到前边，看见右后轮碾在被撞者的脖子处，过来的几个人中有人说道："快找警察吧，人可能已经死了。"张京都慌忙掏出手机，拨了个110。他慌张地说明了情况，接着扭头看见那张已经被血覆盖的脸，他的眼泪快流出来了,他想要抑制,但很快便泣不成声。意识恢复到往常的水平,他开始快速地思索着今天发生的一切,他感觉自己快死了,他莫名想起当时在南洋艺术学院戏剧课上老师给他们排《被缚的普罗米修斯》的情景,那个时候他感觉荒谬且不能深入体会的痛苦,以另一种方式被他体会了,此刻他觉得自己的人生完了。他想到张玉垾,想到自己的事业,想到那个时不时喝得烂醉的妈,眼泪再也止不住了,他哭出来了,甚至发出了哽咽,周围的路人在盯着他看。不能让张玉垾知道,那样他会更看不上自己的。他这么想着,突然拿出手机给李渊打了个电话,李渊接到电话就说自己马上过来。

人群也不敢靠近受害者,大家就这么静静等待警察和救护车的到来,周围的汽车时不时停下来看个热闹,接着离开,像极了人世间看似互不相交的我们。想到这些张京都哽咽得更厉害了,他搞不明白,在这种时刻自己为什么还会这样思考人生。

3

刘咏春的 Nissan(尼桑)帕拉丁以飞快的速度行驶在高速公路上,油门轰鸣,车子飞也似的冲进了隧道,十五公里的隧道全程限速八十,但刘咏春的帕拉丁早就一百四了。郭礼隽的双眼很红,脸色苍白,看起来根本不知道如何应对。刘咏春越想越气,一边开车一边抱怨了起来:"你跟我姐就这么放着小孩出去,送送能花多少钱?现在出了这么大的事。"说着刘咏春眼圈也红了,他太爱这个出息的外甥了,要不是儿子刘浩良出生,他简直就把郭宇当成了自己的儿子。听到这些话,郭礼隽悲伤的意识再次浮出水面,他粗壮沧桑的喉咙发出了如野兽般的悲鸣,听着让人动容。刘咏春此刻才觉得自己不该这么说话,他在想着怎么安慰姐夫,当包工头的自己,平时世故圆滑,最会说场面话,但郭宇去世的悲痛让他把这天赋与历练全忘了,他提不起精神安慰郭礼隽,只能猛轰油门,流着眼泪。

4

李渊的保时捷911行驶在山大医院去迎泽区第二交警队的路上。张京都皱着眉头坐在副驾驶上,一切都像做梦一样。他想起刚才在医院听到需要联系家属、人早已经死亡的既定事实,这些印象伴随着在肇事现场忙碌的救护车以及交警在旁边拉起的警戒线,让张京都产生了一种非常不真实的感觉。他很想掐一下自己的手臂好从梦里醒过来,但他没有这样做,他知道这是真的。想到这儿,一股人生就要结束了的绝望感让他陷入了精神的深渊。

李渊在旁边看见张京都靠在挡风玻璃上的头,感觉到了这种绝望。

"他闯红灯,交警队定责只要是次责,你就没事。"李渊安慰着张京都。

张京都没有回答,他在想张玉墀知道这件事情的结果会是什么,"废物""干什么都是错的""我要你有什么用"。这些话他从张玉墀嘴里听到了无数次,有的并不是对自己说,但即使是对下属,这些话也让他产生了对号入座的错觉,酒店的事情已经是个烂摊子了,但这个车祸太让人绝望了。

"要不我让孔介找交警队的关系关照一下?"李渊问道。

"不。"张京都断然拒绝。

"他本来因为酒店的事就很愧疚,应该会帮忙,万一用得上呢?"

李渊补充道。

"他知道，全世界就都知道了。"张京都烦躁地回答道。

李渊想说些什么，但看见张京都一副不想交流的样子，就没再开口。

5

山大医院的走廊在夜色中显得空旷狭长，脚步声在死寂的走廊上发出不太和谐的回响。这让郭礼隽想到了阴曹地府，头顶一盏忽明忽灭的灯加剧了这种诡异的印象。他突然感到一阵眩晕，恶心感已经袭来，他强撑着意志向前走。刘咏春感觉郭礼隽的手抓住了自己的右胳膊，他回头看去，郭礼隽的手向下滑，似乎在寻找一个支撑物，他没询问，他看见郭礼隽在调整自己。事实就在走廊尽头的房间里，那个不接近还可以暂时逃避的地方。但就像一个无法停止的齿轮，那种慢条斯理的推进不会给你任何后退的余地。

值班医师感觉到身边两人的悲痛是无法安慰的，他充满同情地望了两人一眼，推开了停尸间的门。工作人员上来做了必要的登记，值班医师就离开了。司空见惯让停尸间的工作人员脸上充满了一种事不关己的冷静，这种冷静是麻木导致的。但在这个本身已经不需要同情的空间里，这种表情非常适宜，至少很多已经喷薄而出的情绪有了抑制的借口。

一整面墙的停尸冰柜中，倒数第二层的一格被工作人员猛地拉开。尸体上的血已经被处理过了，但后脑处的伤口由于撞击严重，裂开的地方还有血迹沁在上边，能从上边看到接近头顶处血迹改变头发形状的样子。此时郭礼隽茫然地看了刘咏春一眼，刘咏春像是鼓励郭礼隽一般拍了拍他微微佝偻的后背，郭礼隽好像暂时得到鼓励，默默地走向了冰柜。

他从侧面看了郭宇的右脸，由于撞击，右脸有些变形，右眼充血肿胀着。郭礼隽看到这里突然哽咽了一下，喉管处有一种被食物噎住的感觉，刘咏春慌忙上来帮他拍了拍后背。一口气呼出后，郭礼隽没有发出哭声，但眼泪却若决堤一般涌了下来，有两滴滴在了郭宇充血的右眼上。似乎是怕把儿子的脸弄脏了一般，郭礼隽慌忙擦去落下来的泪水。刘咏春也在默默地流着眼泪。工作人员坐在远处低着头发呆，对房间尽头的悲伤毫无察觉。

6

郭礼隽坐在副驾驶上，面孔像一座雕塑，刚才的悲伤已经凝固在他的记忆某处，让他整个人生都没了希望，这副僵死的脸会伴随他很久。刘咏春的理性重新占据了头脑，去交警队的路上他满脑子都在想着一会儿要处理的事情。他没空搭理已经僵死的郭礼隽，郭礼隽已经没有能力处理眼前的事情，即使是没有僵死，他也没有能力。刘咏春这样想着，就思考着去交警队的流程。他只在处理车辆违章和自己供养的一辆货车被扣的时候来过交警队，但迎泽交警队还是第一次来，不过大同小异，他就像每次处理工程进度一样提前在脑海中预演着这一切。此时车子已经开进了迎泽区交警队的大门。

7

"一会儿家属来了，我问问他们什么意见，咱们再商量怎么处理。"交警冷刚瞪着一对大眼盯着二人说道。看他的眼睛不自然地睁大,估计是甲状腺有问题,张京都想到他母亲的相好王国忠就有这个毛病。他为什么会在这时候又想起这样的问题呢,他摇晃了一下脑袋。

"他闯红灯,我们也没超速,应该属于次责吧?"李渊问道。

冷刚盯着李渊没说话。李渊有些心虚,接着说道:"我没别的意思,该怎么定肯定是您说了算。"

"我说了也不算,法律说了算。"冷刚有些被李渊这种逾越的话语激怒,说道。

"对对,我就这意思。"李渊慌忙解释。

"你们去门外等一下,家属一会儿就到了。"冷刚没再抬眼瞧两人。

李渊和张京都正往门口走的时候,迎面撞上了正在找门的刘咏春,他身后跟着木讷的郭礼隽。李渊和张京都让开门,坐在了门口。此时刘咏春向冷刚客气地道明了来意,冷刚让刘咏春坐在了对面。

"事故初步认定是死者闯红灯,肇事车辆被左方车辆遮挡视线,避闪不及造成事故。详细情况我们会在三个工作日内出具详细报告。现在肇事车辆初步认定是次责,如果有什么意见你们可以当面进行沟通。"冷刚冷静地说完了这一切,盯着刘咏春。

刘咏春点了点头,没再说什么,因为他已经听得很清楚了。此时冷刚对着门口喊了声,李渊带着张京都走了进来。刘咏春仔细地上下打量着刚才打过照面的两人。李渊穿着简约的白色外套,上边印有 BALENCIAGA(巴黎世家)的字母。张京都则穿着丝绸质感的黑蓝色衬衫,两人都有一米八左右。刘咏春不确定哪一个才是肇事者,他茫然地看着两人。李渊看了一眼斜看着自己的冷刚,赶紧推了一把张京都，张京都没反应过来，麻木地盯着眼前比自己矮一截的刘咏春。李渊赶紧上去跟刘咏春道歉。

"您好，出了这种事真的对不起，我们看怎么补偿一下您觉得合适。"李渊说话很客气，但让刘咏春非常不舒服，但刚才冷刚说的初步认定结果，又让他不能有任何发怒的理由，毕竟他听明白了，那是他外甥的主要责任。

"你就不说两句？"冷刚对着发蒙的张京都质问道。

此时刘咏春才察觉张京都才是肇事者，他有些不高兴地皱起了眉头，接着像避开一个自己厌恶的东西一般扭过头不看他。张京都此时像一个发条一般微微点了一下头，对着并未看自己的刘咏春说道："对不起。"但此时僵死的郭礼隽猛地来了一句："我儿子绝不会闯红灯。"这一声坚如磐石，不容辩驳，让场面一度十分凝重。张京都像被这一声敲醒了一样，那些最令自己恐惧的时刻又没来由地回归到了他身上。李渊刚想解释，冷刚冷静地接道："这个我们调取了现场监控，你们三个工作日后可以过来查看，而且当时有很多目击者，也可以作证，如果有疑问我们都可以安排。"李渊如释重负，刘咏春望着郭礼隽，心里很难过。但郭礼隽就像没听到一样，又说了一句："绝对不可能，小宇是不会闯红灯的。"此时冷刚察觉到这个中年人的悲伤，没再用宣读条例的口吻说话。刘咏春说道："那我们五号再过来？""对。"冷刚回答道。刘咏春拉了一把郭礼隽，冲冷刚点了点头，两人走出了办公室。

"你们也一样。"冷刚头也没抬地对两人说了一句。

李渊跟张京都一起走出了办公室。他俩走出办公大楼的时候，看见郭礼隽一个人站在车旁，没有看见刘咏春。不远处的扣停区就停着张京都那辆撞死郭宇的普拉多。李渊想了想，突然对张京都说道："虽然是次责，但息事宁人，我们还是要赔点钱，免得到时候麻烦。"张京都盯着李渊，没有任何主意。李渊看着张京都，想得到他的确认，张京都木木地点了一下头。此时李渊就像得到勇气一般朝着郭礼隽走了过去，他来到郭礼隽跟前，叫了声叔叔，郭礼隽此时怔怔地扭过了头，像看一个陌生事物一般看着李渊。

"其实您孩子出事，我们也挺难过的，我们就想，不管交警怎么认定，我们肯定会补偿您一些钱的。"李渊表达了自己的意思，但郭礼隽就像完全听不懂李渊的语言一般懵懂地望着李渊，这让李渊也有些不知所措。此时刚上完厕所的刘咏春看见李渊在跟姐夫说话，他快步跑了过去。

"怎么了？"他询问道。

终于找见了一个说话的人，李渊赶忙接道："叔叔，我们想不管交警怎么定，都补偿你们一些钱。"李渊重复着刚才跟郭礼隽表达的意思。

刘咏春本来想断然拒绝，但想着刚才冷刚的话，又看了看姐夫僵死的样子，他又想起了姐姐家失去郭宇后可能什么都得不到的现实状况，突然觉得有些补偿是件好事，要是对方什么都不给，那就真的什么都没有了。他看了看郭礼隽，让他先上车，他跟李渊走到了一旁。

"你是他什么人？"刘咏春问道。

"我们是朋友，不过这是他的意思。"李渊帮张京都说着话。

"你知道西安交通大学吗？"刘咏春问道。

一种烦躁感袭来，但李渊没有表现在脸上，他点了点头。

"我外甥本来是去西安报到的。"刘咏春冷静地说着。

李渊觉得这样聊下去事情会很复杂。

"他高考667。"刘咏春说道。

"我们也挺难过的,只是您外甥闯红灯跑过去,我朋友是正常驾驶。"李渊说出这话就有些后悔,结果刘咏春瞪着眼看着他。

"我只是告诉你,他这么好的孩子,这下这个家全完了。"说着他就扭头准备上车。

"叔,您留个电话吧?"李渊有些支支吾吾地问道。

刘咏春盯着他看了一眼,留下了电话。接着帕拉丁扭过头轰着油门离开了迎泽区交警大队。

李渊望着离开的车,示意张京都上车。保时捷911并没有急着离开交警队,他们坐在车里沉默良久,李渊打开窗户点燃了一支烟。

"你主张给多少钱?"李渊冷静地问道。

"我不知道。"张京都说道。

"你不能不知道,这是你的事,刚才也跟你说了,他舅舅的话你觉得是啥意思?"李渊问道。

张京都烦躁地抓着头发。

"你不想让你爸知道,咱就要把这事尽快处理了,至少让他们情感上舒服。"李渊说道。

一提起张玉墀,张京都瞬间觉得害怕了起来,他的大脑此时像复苏了一般,他扭头看着李渊。

"你觉得多少合适?"张京都问道。

"我本来想的二三十万就打发了。"李渊说道。

"我们不是次责吗?"张京都说道。

李渊冷笑了一声。张京都没在意,他想着自己的烂摊子搭进去小两千万的首付,还有接近三百万的装修款,以及还欠着装修城几十万的材料费。他在等着李渊的回答。李渊将烟抽了最后一口,直接弹出窗外，接着说道："这样吧，凑个整，我们拿一百万出来，又是次责，他们也不能说什么，这事就算完了。"

此时冷笑一声的变成了张京都，他有些落魄地卸掉了面具，接着说道："我卡里就二十不到。"李渊的思绪回到了酒店那个烂摊子上，他突然被一种愧疚感扯住，接着他说道："我来弄吧，你有了再还我。"张京都没抬头，也没作声，李渊知道他默认了。此时已经快凌晨一点了，他拿出手机拨了一个电话，那边很快就接了起来，李渊劈头就问："老薛，明天一早我要提一百万现金，七点去拿行吗？"得到了肯定的答复，李渊挂断了电话。

"谁？"张京都问道。

"建行经理。"李渊说道。

"要现金？"张京都不解地问道。

"一百万在卡里就是个数字，提出来放桌上那效果就不同了，一百万就有一千万的感觉。这帮穷人哪见过这么多钱。"李渊说完将窗户升了起来。张京都没作声，李渊看了张京都一眼，扭头慢慢开出迎泽交警大队，车子刚驶离交警大队，李渊猛一轰油门，车子发出低吼，朝街上狂奔而去。

第五章 最重要的不是逻辑

1

　　大红色的窗帘被拉得严严实实，但由于太薄，阳光投在上边仍然将光洒在了床上，只是改变了通常的颜色，那如血一般的红色布满靠近窗户的双人床。刘咏梅就躺在上边，她气若游丝、双眼迷离，右手不由自主地颤抖着，徐彩霞在旁边帮刘咏梅搓着颤抖的右手。刘咏梅的思绪一旦触及郭宇，那麻木就像并没结痂严实的伤口瞬间崩裂，痛上加痛。她想着郭宇死时可能的样子，接着叠加起郭宇被她记忆诗化过的纯真印象，那笑容就如同她喜欢的所有美好事物一样，此刻让她绝望、歇斯底里。她神经质地发出尖厉的哭喊，随即像快要断气一般，大口呼吸几下，接着就是非常细小的自言自语伴随着不断的呻吟。她的眼泪与情绪并不同步，因为它们始终都在往下流，以至于徐彩霞拿毛巾不断地帮她擦着。徐彩霞的悲悯也随着揉搓刘咏梅的手臂幻化成眼泪，她默默地流着泪，不知道还能怎么安慰眼前这个可怜的女人。

　　环嫂子从厨房端出煮好的面条，把碗放在了客厅的茶几上。她又折回厨房，接着左手端着一碗面，右手端着一碟拌胡萝卜丝走了出来，她将胡萝卜丝放到茶几上，把面条端进了卧室。

　　郭礼隽并没有吃，他看起来比昨天晚上冷静了很多，不再处于僵死状态。他端起碗来准备吃一点面，但刘咏梅那神经质的歇斯底里再次尖厉地传入了他的耳朵，他没来由地感觉这已经是个病根了，以后的生活里应该会是常态。他这么想着，庆幸没有让刘咏梅去太原看小宇的尸体，因为刘咏梅接到消息后直接昏倒在了地上。本来刘咏梅就有个贫血的毛病，他掐着刘咏梅的人中，缓过来的刘咏梅第一次发出了尖厉的号叫。昨晚他们回来的时候，刘咏梅刚从二院被接回来，他才知道，他们去太原的路上刘咏梅又昏倒了。幸亏有老乡，徐彩霞、环嫂子都来帮忙了，他很感激。此刻郭礼隽内心被这种乡情真实地温暖着，他眉头稍微舒展了一些，接着吃了口面。此时本来就没锁的门被推开了，刘咏春说着话和常超走了进来。常超是郭礼隽单位机关工会负责宣传的，跟刘咏春是麻将搭子。他跟郭礼隽点了个头，郭礼隽让开了沙发，坐到了沙发旁边的床上。刘咏春和常超并排坐到沙发上，刘咏春给常超散了烟，两人在沟通葬礼的细节。郭礼隽不太想听，从卧室走到了阳台。阳台上的花长得很好，那都是刘咏梅的功劳，但花盆里已经有些干了，他拿起旁边用瓶盖上扎孔的饮料瓶做成的喷壶给叶子润了润水，接着又往盆里浇了一些，他感觉精神稍微放松了一些，手边做的事让他短暂地忘掉了小儿子去世的事实。但他很快便听见，刘咏春在说通知了老乡、同事的事情。

2

一辆本田雅阁行驶在太原到古交的高速公路隧道里。李渊权衡了一下，决定还是要换一辆车，免得太扎眼，所以就把911停到建行门口，开了建行经理薛旭锋的车。车后座有一个大号登山包躺在上边。

"一会儿要是他们亲戚多，你就别上去了，我怕他们打人。"李渊说道。

张京都点了点头。古交属于太原的县级市，他从未来过，虽说他二姑父以前在这里开煤矿，但那也已经是小十年前的事了，现在二姑父在加拿大，二姑却在中国。他想着李渊在这件事情上对自己确实非常够意思，而且这件事情看起来张玉墀是不会知道了。想到这儿，他有一种如释重负的感觉，但很快柳巷那个烂摊子又回到了他的意识里，真的是一波未平一波又起。他关掉了车上的音响，因为里边放着任贤齐的《伤心太平洋》。

3

郭礼隽家里二十五平方米左右的客厅里人满为患，很多人站在门口，有些人像看热闹一样，见挤不进去就下楼去了。

小区里停了很多车，李渊按了下喇叭，前边走在路中间的路人头也没回地让开了道，但李渊找不见地方停车。最后他看见前边有车将右侧的轮子开到了马路牙子上，就依葫芦画瓢地也开了上去。他让张京都在车上等着，自己拿出登山包背在了身上，虽然李渊有一米八二，但登山包背在身上还是显得很大。

张京都坐在车里，望着来来往往的行人，他们应该都是小区里的住户，这些楼房看起来很脏，远处的刚粉刷过，有种跟周围格格不入的崭新感。他面前的楼体，一个圆圈里写着"7"字，很肮脏，但周围护起了支架，看起来准备粉刷。

李渊很久没爬这么高的楼了，况且背着这么重的登山包，他有些气喘。他上楼时，不断碰上下楼的人，人群三三两两，络绎不绝。直到他爬到七层，才发现人群都从七层中间他要去的死者家门里进进出出。那些人都穿得很朴素，李渊的穿着气质跟他们区别很明显，他往人满为患的屋里走,周围的人都用好奇的眼神望着他,就像一个物种不小心闯入了别的物种熟悉的领地。刘咏春正和几个主要的人商量着葬礼的细节,从人群的骚动中,他抬头看见了李渊。刘咏春起身看了眼郭宇的房间,接着走过来带着李渊走了进去,然后将门关上了。李渊开门见山,将登山包放到了床上。刘咏春用不解的眼神望着他。

"叔,这是一百万,我们也没什么钱,但还是感觉挺抱歉的,您看行吗?"李渊的眼神很恳切。

刘咏春皱着眉问道:"弄张卡不行吗?怎么都是现金?"李渊眼珠一转,马上回应道:"您这边忙,我怕打扰,就没问卡号。这钱是我们公司上月结的工程款,本来是要去存的,这就给您拿来了。"刘咏春没理这句话,他突然觉得眼前这个年轻人比自己接触的很多上了岁数的领导还圆滑,他讨厌圆滑,虽然他自己也很圆滑。"行了,我知道了。"刘咏春皱着眉回答道。但李渊并没有要走的意思,刘咏春马上切换了自己平时干工程时的生意思路。"我给你打个收条?"刘咏春说的是问句,其实已经开始在郭宇的房间找纸了。李渊见状就没再回答,但刘咏春找了一圈也没找到,这时李渊从外套内兜掏出了一个便笺,接着拿出了一支非常精致的红色的笔。刘咏春再次被对方的圆滑弄得很烦,他拿着笔在李渊的便笺上开始写,但一写发现笔没油了,他用力画了几下,还是不管用。此时李渊也有些着急,他拿起笔查看,还在自己手上画了画,结果还是不行。刘咏春猛然看见桌上的背包,那是郭宇的遗物。他定了定神,走上去打开了背包,接着一摸便摸到了一只绿色的笔袋,打开笔袋挑了一支中性笔。他拔下笔帽,开始写收条。李渊无意识地盯着那个背包,上边还有残存的血迹,他避讳地将视线挪开了。

4

　　一张字迹清秀的收条摆在张京都眼前，他怎么都不相信是那个比自己矮一截的中年人写的。周围还有很多人在楼下议论着郭宇出车祸的事情，李渊抽着烟盯着几个河南女人，其中一个像说书的一样，讲得旁边几个女人一阵大眼瞪小眼，就好像她亲眼看见了一样，李渊笑了笑，看起来心情很好。他像是终于完成了使命中最接近终点的棘手部分，然后酣畅淋漓地到达了尽头一样，愉悦地扭过头看着还在盯着收条发呆的张京都。

　　"回去还是吃口饭？"李渊愉悦的语气就像是来度假一般。

　　"吃一口吧。"张京都回了话，将收条收了起来。张京都摇起车窗，周围的声音小了很多，但还是有很多人往七号楼的第二个单元去。李渊发动汽车，前后倒了几次终于从小区里驶了出来。他加大油门，在街上飞驰，很自在的感觉。张京都说不上高兴，但还是有如释重负的感觉，毕竟李渊帮他把事情办得很漂亮。而且张玉墀不会知道，这才是问题的关键。但柳巷的烂摊子依然像头顶一片不愿离去的乌云，看起来只会越来越大，想到这里张京都将副驾驶的车窗摇开了一半，任由冷风吹着他的脸。敏感的李渊迅速察觉到张京都的担心，他一边开车一边头也不回地说道："我再想想办法，我也不是啥也没干，上调那领导的秘书也高升了，之前关系不错，我跟他也打招呼了，他还没回信儿。你再等等。"

　　张京都不好意思苛责李渊，毕竟这件事只有李渊爽快地答应了，而且从心理上讲，他出事的时候也没想过别人。他点点头，没说什么。李渊想了想还是对张京都开口了。

　　"我觉得酒店这个事你爸迟早会知道，太原就这么大点地方，他搞房地产的。与其让他从别处听说,还不如你自己跟他说,你是他儿子,他怎么也得帮你。"

这要是前两天张京都肯定就炸了,但李渊也是觑着这个感恩的氛围才说的这话。张京都便没说什么,只是淡淡地回了句:"我再想想吧。"

屯兰矿路边上的"小四川"人满为患。虽然开在路边一个破旧的厂房里,菜品的价格可不便宜,李渊翻了翻,发现没有低于五十的荤菜,就是一盘土豆丝也卖到了三十。这么个小地方,敢这么叫价,人还多,那就只剩下东西好吃了。李渊点了好几道菜,张京都只是望着墙上一张迎客松的年画发呆。他此刻脑子里木木的。他想起柯素妍那晚的样子,一阵无奈,他觉得自己不该那么跟她讲话,但他知道两人只要坐下来谈就又会变成那样。"我们到底怎么了?"张京都在心里这么问着。他想起自己刚从新加坡回来的时候在798艺术区待过一年,他在南洋学的是油画,当时他总是用油画的眼睛看世界,但画出来的东西总是无人问津。直到2014年回到太原,他彻底地放弃了油画。有天晚上他洗澡的时候竟然从嘴里冒出了一句"除了安慰你自己,什么都不是"。他在浴室笑出了声,那不知道从哪里冒出来的自言自语像极了张玉墀,那晚之后他再也没想起过油画。他跟柯素妍是在2014年年底认识的,柯素妍在柳巷开了个假潮牌的店,人很精明。那天晚上他莫名其妙地走进了那个店,他可是从不穿假货的。为什么走进去呢?现在想想,可能是柯素妍当时在快打烊的店里满头大汗地点货的样子充满了烟火气。这么想的时候,张京都觉得他们的关系稍微没有那么难以忍受了,记忆还真是个致幻的灵丹妙药。

菜品上来了,味道很重,一吃便知道没少放鸡精。李渊吃了两口，扔下筷子抽烟，张京都不喜欢吃肉，他随便吃了口土豆丝，也那个味，说着便也放下了筷子。他不喜欢味道这么重的东西，但一回头发现周围的人都狼吞虎咽的，那个吃相太吸引人了。李渊结了账，两人离开了。

车子停在屯兰矿一家商店的门前，两人开着车门吃康师傅红烧牛肉面。

"看来这些人的话还是不能信。"李渊边吃边说道。

"怎么了？"张京都问道。

"之前给我爸干活的一个包工头说，古交这地方有家川菜馆好吃，那哪是川菜啊，咸菜还差不多。"李渊刻薄地说道。

张京都第一次笑出声来，接着两人都笑了起来。他们嗦着面条，感觉比什么都美味。正在此时，张京都的电话响了，手机上显示着"张玉墀"，他慌了神一样将面碗放到了仪表盘上，用纸巾擦了擦手才接起了电话。李渊在旁边看在眼里，这是他第一次见到张京都接他爸的电话。

"嗯，行，嗯。好，爸再见。"张京都挂了电话，发现李渊在盯着自己，李渊慌忙扭头吃完了最后一口面。

"回吧。"张京都说道。

李渊点点头，收拾了面碗。本田车轰鸣着离开了屯兰矿。

5

出租车在湖滨晋庭小区门口停了下来。结了账后张京都下了车，出租车离开后，张京都冲着夜色四合的小区大门走去。此刻他有点不安，因为这个小区张玉墀很少来住，而且它就在迎泽公园旁边，过了马路就是柳巷，柳巷深处就是他的烂摊子，爸爸怕不是知道了吧？这么想着，张京都越发不安起来。张玉墀平时跟他打电话也是从不说主题，他只有到了地方才会知道发生了什么，就跟猜谜语一样，他讨厌这种感觉，因为这种不确定感，总是将张玉墀那张大部分时间不苟言笑的脸带进他的脑海。

电梯打开后，张京都走了出来，二十七层左手边就是张玉墀的家，他按响了门铃。

开门的是圆圆，他不愿意叫她阿姨，因为她才三十七岁。

"京都来了。"圆圆很亲切地跟张京都打招呼，一点都不做作，这让他下意识地在心里又将她跟自己妈做了个对比。瞬间一股厌恶感袭来，接着便回避般地低下头换了拖鞋。此时他听见客厅里一个人的声音，这让他紧张起来。

"完全做线上的，现在肯定看不出优势，不过美国一直在做，AI是趋势。"这个声音还在说，张京都愣在原地。

"进来吧，你爸他们等你呢。"圆圆面带微笑地说道。

张京都走进客厅的时候，张玉墀扫了他一眼，接着又听桌上的年轻男子在谈投资。此时张京都发现张玉墀家常用的保姆还在厨房忙活，看来下午就过来了。讲话的男子听见张京都的脚步声扭过了头，他戴着一副复古的玳瑁眼镜，中长发没做任何造型，很顺畅地遮盖住他的额头，看起来非常精神。再加上定制西装合体的剪裁，暗黑的低调颜色，一度很难让人察觉他穿的是西装，反而将注意力集中在他英俊的脸上。他站了起来，一米七五左右的样子，比张京都矮一些，但气场明显比张京都足。

"京都来了。"他练达地问候道。

张京都答应着，一阵不舒服感袭来。这个人是他的堂哥张朝歌，哈佛商学院 MBA 硕士，毕业后在美国工作了很多年，之后就回来帮张玉墀，是张玉墀非常看好的人，这也是张京都心头的痛。张京都跟张朝歌打了招呼，坐在了餐桌边缘的一个位子上，没说话，张玉墀还在听张朝歌讲投资的前景，看起来他刚从国外回来。他一句话都插不上，最关键的是那让自己忐忑的谜团还没有解开。正想着，圆圆带着他们八岁的儿子张尚书从里边走了出来，张尚书看起来非常稳重，一点都不像个八岁的孩子，那股老成的气质是长期训练的结果，看着他的样子，张京都下意识地往笔直里坐了坐。跟在他后边走出来的还有一个戴着无框眼镜、气质优雅的金发外教，张京都在小店区张玉墀经常住的别墅里见过她一次。张朝歌跟外教用英语聊了几句，两人看起来很开心，接着几个人作别。

"Bye Alex. Happy birthday to you again."（再见，亚历克斯，再次祝你生日快乐。）外教跟大家打完招呼，与张尚书告别。

"Thank you. Goodbye. Bon voyage, Jane."（谢谢，再见。简，祝你一路顺风。）张尚书很流利地跟外教对答，引得外教和圆圆还有张朝歌都竖起了大拇指，张玉墀也在远处露出了难得的笑容。此时张京都才发现阳台花丛中间的桌子上有刚刚庆生的蛋糕残骸，以及布置过的生日装饰物。张朝歌送外教出去的时候，张京都听见他在用英文跟她说旅游报销的事情，想起旅游又让他很难受。此时圆圆引张尚书跟张京都打招呼，张尚书很有礼貌地冲着张京都笑了笑。

"京都哥哥好。"

张京都点了点头，回了句："你好。"

圆圆招呼徐妈上菜，桌上瞬间被摆满了。圆圆将张朝歌刚才拿来的一些德文资料收到了一旁的沙发灯旁。张玉墀开始动筷子，什么话都没说，圆圆招呼张京都吃饭，张京都下意识地夹了几口芹菜。

除了一条清蒸鲈鱼，桌上基本上跟斋菜没区别，张京都很没有胃口，但还是要假装吃，因为只要动作一停下，就会陷入让他很难处理的尴尬。正说着话，张朝歌已经从外边回来了，他自己开了门，张京都的嫉妒心幻化成夹菜的动作，又吃了几口芹菜。

"下周能回来吗？我听说家里有事。"圆圆问张朝歌。

"不会有问题，英国人很在乎契约，我都没问，肯定能回来。"张朝歌应了句。

徐妈也上了桌，大家继续吃饭。张朝歌的归来让张玉墀的沉默得到了解放，他不断地询问着一些项目的进度和细节，张朝歌不厌其烦地对答如流。圆圆在招呼张尚书东西，张尚书明显并不喜欢圆圆夹到盘子里的生菜，但他很快调整表情将生菜吃了下去。这让张京都觉得好笑，但他并没有表现出来。

饭后徐妈开始收拾桌子，张玉墀起身往书房走去。张京都的谜团还没解开，他看张玉墀不怎么理自己，觉得饭也吃完了应该走了。就在他起身准备离开的时候，张朝歌对他说道："壮壮，来书房吧。"张京都犹豫地站在桌前盯着张朝歌，圆圆知趣地带着张尚书去了他的房间。"二叔的意思。"见张京都不动，张朝歌补了一句，就进了书房，张京都有些不安地跟了上去。

四十平方米的书房灯光昏暗，张玉墀就开了书柜前的一盏落地灯，窗帘没拉，可以看见路上的车灯点点。张玉墀一半脸没在黑暗里，张朝歌习以为常地坐在了张玉墀书桌对面的沙发椅上。

"壮壮，你也坐。"张朝歌像个主人一样指引着张京都，张京都机械地坐在了张朝歌的旁边。

张玉墀打开手边一个水晶盒，拿出两片黑色的黄精放到嘴里嚼了起来，他没看任何人，一边嚼一边问道："停了多久了？"张京都一时间有些不知所措,他扭头看着张朝歌,发现张朝歌并没有看自己,他知道这是在问自己。

"一个多月。"他有些紧张地回答。

"怎么办?"张玉墀言简意赅地问道。

张京都不知道怎么回答,这几天他都在想办法,要是知道怎么办他就不会这么烦恼了。张玉墀抬头看着张京都,张京都的脸没在黑暗里,这让张玉墀很舒服,此刻他非常不想看见儿子的脸。

"做市场调查了吗?"张玉墀毫无起伏地问道。张京都害怕张玉墀的盘问,他不想让张玉墀觉得自己一无是处,他鼓起勇气回答道:"李渊说认识旅游局的人,可以评星,之前孔介也说要入伙。现在李渊还在想办法。"

"你就没办法?"张玉墀问道。

"我在想。"张京都回答道。

"你看见柳巷的街道了吗?"张玉墀问道。

张京都有些蒙,他实在摸不到张玉墀问题的方向。

"那条街道市政未来五年都没规划,你在那儿开五星级酒店?"张玉墀直指问题核心。

张京都真的开始恐慌了,这些事情张玉墀知道得远比他想象的清楚,他不知道张玉墀怎么知道的,但张玉墀却知道他在做什么,这让张京都陷入一种深深的无力感,他感觉自己对身边的一切都失去了控制。张玉墀没听见张京都的回答,以他对张京都的了解,这个儿子不可能说得出什么,他的质问不会有实质性的意义,那更多是一种虚妄的侥幸心理,他此刻才发现,原来他对儿子还抱有一种幻想。望着沉默的张京都,张玉墀放弃了,他不认为再有任何说话的必要,叫他来的时候张玉墀还有些生气,但此刻他一点都不生气了,他觉得张京都将他最后的侥幸心理浇灭了，他反而有种解脱的畅快感。

二叔不再说话，张朝歌此时将话头接了过来，他问道："壮壮现在进去了多少？"这个致命的问题让张京都很想打人，这层大家都知道的窗户纸随着这声询问就要被捅破了，但他知道这是他必须回答的。

"加前期装修，首付总共进去了三千三。"张京都答道。张玉墀的情绪毫无波澜，他只是听着。

"我研究了一下，那块儿做个超市会很不错，如果你想自己做的话，现在银行贷款我可以帮你弄，最关键的是我会组一个团队给你，闫伟之前做过金虎便利的市场营销，我可以找他来做你的市场总监。装修先停了，我们尽快做超市的装修，停车场的地我找关系划出来，或者跟隔壁商场谈个合作。"张朝歌一气呵成，非常顺畅地帮张京都做着设想，张京都很想哭，他有一种无能感。

"先做调查，再不济就卖了，银行那边我来处理，你看呢？"他又把球踢到了张京都这儿，张京都难受极了，这种难受让他有一种毁灭的冲动，这是张玉墀曾经最讨厌张京都母亲韩琳琳的地方。也许正是这个被父亲讨厌的毁灭性冲动不偏不倚地遗传到了张京都的身上，才让父亲如此讨厌自己吧。张京都胡思乱想着，张朝歌又问了他一句："你觉得呢，壮壮？""卖了吧。"张京都绝望地说道。

屋里随即陷入一阵沉默当中，这沉默如同真空一般让人窒息。张玉墀打开水晶盒，拿出两片黄精咀嚼了起来，他是真的释然了。

"爸，那我就先回去了。"张京都站起来对张玉墀说道。张玉墀并没有回答，张朝歌赶忙接过话："没事，壮壮，你再想想，想好了给我打电话就行。"张京都条件反射般点了点头，走出了书房。徐妈还在厨房忙活，张朝歌送张京都走到了电梯。两人无话，张朝歌想跟张京都说些什么，但张京都盯着电梯，显然没有想说话的意思。电梯来了，张朝歌想送送张京都，张京都说道："你回吧，我走了。"说完这句，电梯门关上了。

6

刚洗完澡的郭振邦在宿舍水房搓洗着衣服。上了夜班后，疲惫总像一个良性肿瘤，潜伏在异常清醒的假象之中，郭振邦知道自己晾完衣服就会在宿舍床上毫无保留地睡去，他享受着这个时刻，如同期待着人生中一些重要的时刻一般。

那是一件退伍后保留下来的武警警服，那个半袖已经被清洗得有些发白，但那种干净的感觉就像他的中队长许睿智一样，他总是穿着那样一件洗得发白的警服。"如果留在部队就好了。"郭振邦这样想的时候，一阵烦躁感袭来。此时他正准备倒在床上，迎接那已经袭来的睡意，但此时从没关严的窗户缝隙里吹进了一阵风，将那件发白的半袖吹得荡了起来，桌上室友留下的一个装东西的空塑料袋也被吹得飞起来飘到了宿舍的地上。郭宇的样子瞬间飘进了郭振邦的脑海里，他想着郭宇，觉得那么遥远，比王丽娟都远，那是一种精神上无法接近的苦楚，他感到悲伤。正当他想着这一切的时候，他猛地看见手边的手机已经没电关机了，他顺手将它插在了床头的充电器上。手机被按下了开机键，郭振邦脑海里想着王丽娟，此时那种时常困扰他的孤独感就像他在井下施工时时常见到的煤尘一般浓烈。但这种软弱让他痛苦，这抑制不住的四溢的感受，如同严实的锅盖下猛然涌起的汤汁，无论如何都不给你平静的机会。此时手机上跳出了未接来电的提醒，郭振邦内心涌起一阵期待，他希望这是王丽娟打的，但当他打开手机的一刻，才发现三十多个未接来电中，有十五六个都是舅舅刘咏春打来的。他对舅舅没什么好印象，原因是舅舅总喜欢摆出一副指点你生活迷津的样子。特别是2014年的时候，舅舅跟郭礼隽提出可以找关系让郭振邦在采掘一队当个队长，前提是需要拿出六万块钱走关系，郭振邦从内心深处开始厌恶刘咏春，他那时将他与那些毒贩画上了等号，他认为这就是某些人没有底线的具体表现。

这些一闪而过的念头被另一些郭礼隽打来的电话取代了，他拿出手机给郭礼隽拨了回去，电话响了两声，接电话的不是郭礼隽，而是刘咏春。

"家里有事，你回来一趟。"刘咏春言简意赅地说道。

电话直接挂断了，这种粗暴让郭振邦愤怒，他痛恨刘咏春的自以为是，伴随着这股愤怒，那袭来的困意早已烟消云散。

摩托车在街上疾驰，路过名都珠宝的时候，郭振邦还是不自觉地停下了摩托车。王丽娟在门口的柜台前看见了郭振邦，但此时她眼里充满了难以置信，这让郭振邦觉得不可思议，他不知道发生了什么，王丽娟却小跑着来到了摩托车前。

"你怎么还在这儿？"王丽娟不解地问道。

"咋了？"郭振邦感到一阵不安。

"家人没给你打电话吗？"王丽娟说道。

"别废话了，快说。"郭振邦顾不上语气，直接问道。

"你弟没了。"王丽娟支支吾吾地说道。

郭振邦立在原地，像是没有理解这句话的意思一般，莫名其妙地盯着王丽娟。

"没了是啥意思？"郭振邦问道。

此时王丽娟第一次感到向别人宣布噩耗带来的窒息，她不想说了，并且为刚才说的话感到后悔，但郭振邦的眼神死死地盯着自己，她感到非常恐惧。

"车祸。"王丽娟条件反射般蹦出了这两个字。

还没等王丽娟反应过来，郭振邦发动摩托，像追赶命运的狂徒一般朝着新欣苑小区冲了过去。

7

七号楼下拥挤着站了许多人，这种嘈杂感郭振邦只在商场门口的促销现场见识过。他脑袋一片空白，他想着王丽娟刚才跟自己说的事情，头上像罩了个钢盔一样，周围的声音都变小了，此时王强上来跟郭振邦打招呼，那是他在部队的战友，郭振邦像完全不理解王强说什么一样，用陌生的眼神看了王强一眼就冲出人群朝家跑去。因为看见了王强，郭振邦脑海里想起了部队，想起了那次丛林的枪战，那擦着脑袋飞过来的子弹，让他有种想打死谁的冲动。

家里人满为患，郭振邦感到窒息。郭振邦粗暴地揉开门口的人群，走了进去。此时刘咏春跟常超几个人坐在茶几前的沙发上，商量着葬礼的细节，郭礼隽则坐在旁边的床上，像个局外人。

郭振邦站在门前，有人看见了郭振邦，接着所有人都扭头看着郭振邦。似乎在期待他有什么反应一般，这些人鸦雀无声。突然刘咏春开了腔："你怎么不接电话？"接着又跟常超他们聊起了细节。这种一家之主的做派让郭振邦极其愤怒。

"你们在这儿干啥？"郭振邦直愣愣地问道。

周围的人像没理解郭振邦的意思一样，刘咏春更是诧异地望着郭振邦。

"我家是菜市场？都出去，快。"郭振邦一边平静地说着，一边开始推搡周围的亲戚朋友。

"你这是干啥？！"刘咏春吼道。

"你少给我叫唤，你也出去。"郭振邦盯着刘咏春说了一句。

周围的亲戚朋友都往门外走，刘咏春觉得郭振邦伤了大家，后天的葬礼万一人不来了多下不来台，况且人都是自己通知来的。

"那你们先回，在这儿也没个坐的地方，到日子我们叫的大客车就在小区门口。"刘咏春安抚着大家的情绪，因为刚才有几个脾气不好的亲戚朋友已经有些不高兴了。大家都出去了，客厅里瞬间就剩下了四五个人。

人少了，郭振邦稍微松了口气。郭振邦刚才的语气太过冷静，以至于刘咏春一时不知道如何反应，他有一搭没一搭地跟常超说着葬礼的事情，但心里被郭振邦伤到自尊的感觉还是挥之不去。

郭振邦没有看郭礼隽，径直推开了主卧的门，环嫂子坐在旁边的沙发上，看起来眼圈红红的，她站起来对着郭振邦哽咽地打了声招呼。郭振邦则像一个不懂世事的孩子一般盯着瘫躺在床上的刘咏梅。刘咏梅的悲伤无处落脚，她间歇性地感觉自己离死很近，但又很快感受到一种难以名状的虚无，但这一切都在她望见大儿子的一刻落在了实处，那是一个真实的存在，看到他的时候，郭宇的死突然变得异常清晰，她歇斯底里地哀号着扭过了头，这种哀号包含着她对郭宇死亡的拒绝。

8

郭宇的背包静静地躺在写字台上，郭振邦盯着背包，觉得一切都很不真实，门外的亲戚还在客厅里说着话，郭振邦真的希望他们赶紧走。现在已经是晚上八点了，郭振邦回到家中看到的都是父母、亲戚、朋友的反应，这件事情他还没有得到明确的告知，只有王丽娟的"没了"跟"车祸"成了拼凑这些感受的确定之物。这种感觉让他很不舒服，确切地说是一种失控，因为他不知道自己该做些什么。这样想的时候，郭振邦突然生起一股挑战的勇气，他迫切地希望有谁能告诉自己发生了什么，似乎这样他就能想到解决的方法来处理这种失控的沮丧。

郭振邦这样想着的时候，突然听到一阵孩子的哭声，他将门拉开一道缝，看见了刘浩良。这个只有八岁的表弟哭得非常伤心，他可是一直把郭宇当作自己的榜样。但这个哭声让郭振邦很厌烦，他觉得自己需要被人告知的愿望随着这哭声被稀释了，他挑战的勇气也去了一半。

十点的时候，刘咏春送走最后一批客人，家里只剩下自己人了。此时有人敲主卧门，郭振邦还没回答，门已经被推开了，是刘浩良。

"哥，姑父他们让你出来一下。"刘浩良说道。

郭振邦出屋的时候，刘咏春跟他在门口擦身而过，郭振邦让开了路，刘咏春进屋将靠在书柜上的登山包拖了出去，此时郭振邦才发现屋里还有个登山包。

9

"那就明天去交警队办完,咱们后天一早在罗城殡仪馆把事办了吧?"刘咏春虽然用的疑问的口吻,但听起来更像一个交代性的语气。

郭礼隽双目失神,脑子已经不转了。郭振邦低着头,似乎脑中在处理着刘咏春刚才描述的郭宇车祸的事情。刘咏梅的号哭声不时地传来,但这两天她不断的号哭已经让这种哀号变成了伴奏,不再能激起旁人情绪的波澜。刘咏春看了看沉默的家人,扭头看向了郭礼隽,他毕竟是一家之主。

"那边人给了一百万。"他指了指登山包。郭礼隽双目失神地望着登山包。刘咏春将登山包的拉锁拉开一道缝,红色的人民币显出冰山一角。刘咏春将包往起托了托,两沓人民币掉在了地板上。人民币掉落的瞬间,郭礼隽突然抽泣了起来。那钱像一个确凿无疑的事实砸在了他的意识深处,比他见到尸体还确定地给了他沉痛一击,他真的接受了这个事实,也为他那暂时的精神麻痹画上了句号,此时他很想躲在那麻痹里一辈子都不出来。

刘咏春的老婆耿艳玲被郭礼隽这猝不及防的抽泣激得眼泪直流,刘浩良成了耿艳玲的救命稻草,她抱着刘浩良,心里有一股庆幸。家里人在郭礼隽的悲伤中重新陷入了哀痛,刘咏春的眼圈也红了。

打破悲伤的是郭振邦。他雷厉风行地起身,将掉在地上的两沓钱收进了登山包中,接着把包提到了门口放下。

"那个人在哪?"郭振邦冷静地问道。

刘咏春不太明白郭振邦的意思,他疑惑地望着郭振邦。

"这个事有问题,我要弄清楚。"说着郭振邦就准备回屋。

"交警队已经定性了,是郭宇闯红灯,明天就能看到报告,如果是次责的话人家不可能赔这么多钱。"刘咏春的社会经验让他重回了冷静。

"你看见了？"郭振邦盯着刘咏春问道。

"交警处理的现场。"刘咏春心里涌起一阵荒谬感。

"我问你看没看见。"郭振邦的语言里有一股不依不饶。

"人家有监控，而且当时还有很多人。你明天就能看见了。"刘咏春说道。

"所以你跟那些人没区别。"郭振邦冰冷地说道。

刘咏春瞬间被激怒了，理智不知道去了哪里，现在他怒火中烧地盯着毫无畏惧的郭振邦。

"你要是能，你就自己办。"刘咏春站了起来。

"交警队我肯定要去，这个钱就是证据。"郭振邦很确定地说道。

"你要是能处理，就把小宇的所有事情都办了，那我还能看见你有些本事。"刘咏春内心深处藏着一股想要刺痛郭振邦的欲望。

郭振邦摇了摇头说道："还不到那一步，撞他的人的问题还没有解决。"说完后郭振邦进了他和郭宇共用的房间。

刘咏春站在原地有一种荒谬感，这是一种箭镞射向靶心，突然靶心被人撤走的感觉。他说不上来，他很不理解郭振邦，以至于他跟郭礼隽等人陷入的沉默进入了一种莫名其妙的表象。他回头看了看同样不明所以的其他人，接着像条件反射一般说道："那姐夫，我们明天早上再过来。"郭礼隽此时想安慰一下刘咏春，为郭振邦刚才的失礼致歉，但刘咏春只是挥了挥手。直到出门的时候刘咏春都感觉脚底轻飘飘的。

开车回去的路上他没跟家人说一句话，就像当年在定西农村的时候感觉很多事情不妙时的迷信感，此时他隐隐觉得有什么事要发生，这种感觉已经很久没有过了，他一阵烦躁。

第六章 被放大的真相

1

刘咏春独自开着车行驶在迎泽大街上。郭礼隽的精神状态已经不适合做最后的决定，所以郭振邦理所当然地接替了一家之主的位置，但他拒绝搭刘咏春的车，他坐了最早班的火车去交警队了。

刘咏春一想起这个外甥就头疼，从小他主意就很正，遇到没办法解决的事情他就跟人动手。他记得郭振邦三年级的时候在班里跟一个比他高半头的学生打架，他拿教室后边的灯管砸了那个学生，灯管碎裂后的渣子散布在受害者眼睛周围，险些让对方失明。那学生的家长在医院的走廊上气急败坏地要打郭振邦，郭振邦竟然跟一个力量远远比他高出几个量级的人动起了手，最后被一脚踹到墙上，呼吸困难。那个时候刘咏春刚开始学着当包工头，跟那个家长又赔礼又道歉，最后花了三百块钱把事给平了，但那件本来应该让郭振邦感恩自己的事情，却给他留下了极不舒服的感觉，原因是他将钱递给那个受害者家长的时候，他看到了郭振邦充满蔑视的眼神，除了蔑视还有一种感觉，是他几年前在一部电视剧里看到的台词："一种不属于这个世界的想法。"他在那眼神下竟然感到了深深的恐惧。虽然他是长辈，但他内心很畏惧郭振邦，因为他不知道该用什么态度来对待他。

汽车开进迎泽区交警队的时候，他并没有见到郭振邦，于是他先行去了事故科，这里只有上次那个交警冷刚坐在办公室里，他看见刘咏春走了进来，便去拿材料做准备。此时郭振邦从门外走了进来，就好像他早已来过一样，刘咏春发现他穿着那身退伍的武警服。他并没有跟刘咏春打招呼，刘咏春已经习以为常了，也没跟他说话。这时冷刚走进来，看见了郭振邦，很直接地问了一句："哪个案子？"刘咏春正准备回答，郭振邦言简意赅地来了一句："我是火车站被撞死者的哥。"

冷刚迅速打量了一下穿着退伍武警服的郭振邦，坐回了办公桌前，接着将刚才拿在手里的事故认定书递向刘咏春，刘咏春接过事故认定书，快速浏览了一遍，发现跟上次冷刚说的一致，肇事者被认定为次责。

"那两人找你了吗？赔偿需要我们协调吗？"冷刚问道。

"嗯，他们说好了。"刘咏春回答道。

此时郭振邦从刘咏春手里拿走了事故认定书，开始非常仔细地研究了起来。

"他们应该快过来了，如果你们没有异议，到时候签了字就可以准备后边的事情了。"冷刚公事公办地说道。

"我能看下监控吗？"从事故认定书上抬起头后，郭振邦问冷刚。冷刚有些错愕，眼珠睁得更大了，他不太明白郭振邦的意思。

"有问题？"冷刚问道。

"我弟弟没了，看下监控不过分吧？"郭振邦冷静地问道。

"如果……"冷刚刚要说话就被郭振邦打断了。

"我有这个权利。"郭振邦盯着冷刚。冷刚沉默了一下，点了点头。

"可以。走吧。"说着冷刚就先出了事故科，郭振邦刚准备扭头走，刘咏春一把拉住了他。

"哪儿有问题？"刘咏春问道。

"我在找。"郭振邦说完就走了出去。刘咏春只能跟出去，正当他们走出门的时候，张京都和李渊也从远处走了过来，冷刚见状大声说了句："家属要求看监控，你们也一起来吧。"说着冷刚左拐向监控室走去。

"哪个开的车？"郭振邦第一次跟刘咏春说话。刘咏春指了指比李渊稍微高一点的张京都。此时郭振邦、刘咏春跟张京都、李渊相向而行，快要左拐的时候，郭振邦打量了一下张京都，他们穿着看似朴素的高级货，张京都没有表情，看上去情绪也没什么波澜，这让郭振邦一股愤怒涌向大脑。李渊赶忙给刘咏春散了根烟。郭振邦朝左拐的时候，突然伸手指了指张京都："这事没完。"李渊很错愕地看着刘咏春，刘咏春一脸尴尬，他赶紧说道："这是郭宇的哥哥。"

"郭宇？"李渊下意识地说了句，突然反应过来，"噢，对，你好。"他为刚才自己的下意识感到后悔。

郭振邦冷哼了一声，走向了监控室。

2

影像中的世界在快进当中显得很不真实，路面上的车辆、人群来回穿梭，几个人站在巨大的电视墙前搜寻着那个已经过去四天的事实。郭振邦聚精会神地看着，张京都则想着刚才郭振邦用手指着自己的样子。这让他想起柯素妍，因为他从小到大只被柯素妍这么指过，但他脑海中突然划过了张玉墀的样子，虽然张玉墀从未用这种手势指过自己。想到这里他痛苦地摇了摇头。

画面停留在事故的那天晚上：2016.9.1　20:07。张京都的普拉多快速冲过人行道将郭宇撞得飞了起来，接着所有的细节都被清晰且毫无情感地展示了出来。此时的郭振邦完全不为所动，他仔细地盯着屏幕上的每个细节，就像一个破案的侦探一般。张京都看着这远远发生的一幕，内心没有什么触动，因为距离太过遥远，相比起当天晚上那个砸向玻璃留下裂缝的身体，这一幕太过疏离。他想让这令自己经受煎熬的一切快点过去；钱已经给了，柳巷的场地要卖了，张玉墀不可能再接受这些乱七八糟的事情，那会让自己显得更无能。他这么漫无目的地想着，突然郭振邦一声粗粝的"停一下"打断了他的思绪，站在旁边事不关己的李渊突然集中精神盯住了屏幕。

"倒回去。"郭振邦对操作的工作人员说道。工作人员很快将视频往后倒退，此时，张京都的普拉多在他下车的时候向后溜了一下车。李渊的眼睛瞬间放大了。郭振邦猛地扭过头盯着木然的张京都。冷刚在旁边面无表情，因为他不知道郭振邦在想什么。郭振邦又扭头盯着冷刚问道："这也算次责？"冷刚司空见惯地说道："这个医院有死亡鉴定，你可以看一下，他这个溜车不是造成死者死亡的原因，死者的死亡是后脑坠地造成的。"李渊松了一口气。郭振邦并没有理冷刚，他让工作人员再把录像倒回去。工作人员机械地将录像倒了回去，郭振邦突然拿出手机录起了屏幕，冷刚伸手上去开始制止郭振邦。

"没得到允许不能录像。"冷刚呵斥道。郭振邦已经录好了，他将手机揣进兜里，盯着张京都。

"你要是问心无愧的话，录这一段不要紧吧？"郭振邦问张京都。张京都并不知道怎么回应，他觉得这些场景他从未经历过，就像那些人生中所有他从未经历的事情来临时的手忙脚乱一样让他厌烦。

"我不要紧。"张京都条件反射般说道。

"这事不是你俩说了算，我警告你把录像删掉，不然我们就要通知警察了。"冷刚对郭振邦的固执很厌烦。刘咏春见状赶忙上来劝郭振邦，郭振邦揉开刘咏春，将手机拿出来，当着冷刚的面删掉了视频，接着向门口走去，突然他在门口停下脚步，扭过头对着整个屋里的人说道："我就说没这么简单。"接着郭振邦扭头走了出去。现在剩下刘咏春在屋子里，面对几个人显得无所适从。

"叔，是赔偿不满意？"李渊不解地问道。

"不是……"刘咏春支支吾吾也不知道怎么回答。

"如果你们家属对事故认定书有异议，最好三个工作日之内跟交管局申请复核，不然到期还是要生效的。"冷刚例行公事地说道。

刘咏春点了点头，跑出监控室，去找郭振邦了。李渊站在原地有些蒙，张京都更是不知道怎么反应，而且他有种觉得自己无能而产生的愤怒感。

"你们也回去吧，要是家属不签字，要求复核的话，你们也就去等着吧。"说完，冷刚也走出了房间。

3

迎泽交警队的院子里，办事的人不时地经过，郭振邦站在院子一角盯着那辆撞死郭宇的普拉多看。张京都站在远处望着郭振邦的背影，有种麻烦缠身的感觉，这感觉让他想起那晚柯素妍在雨中离开时自己的感受，那种想要撞死柯素妍的冲动。李渊有些不知所措地看着站在帕拉丁跟前的刘咏春，他想上去跟刘咏春说两句，但他的直觉告诉他这事由不得刘咏春。此时郭振邦在普拉多周围绕来绕去,就像一个取证的警察一般,这一幕竟然让李渊笑出了声,他捂住嘴扭过头抑制了笑声说道:"这家伙咋这么好玩?"张京都被李渊这本能的一笑弄得很焦躁,他在想,一百万不够的话,那需要多少呢?正想着,郭振邦拿出手机在普拉多周围拍了起来,两人不解地望着郭振邦,刘咏春的眉头紧皱,他也不知道怎么处理眼前的事情。郭振邦对着普拉多的窗户、轮胎,以及尾部拍了一会儿,接着大功告成一般将手机收了起来,然后扭过头看向了张京都。张京都有种身不由己的感觉,他没迎向郭振邦的视线,但用余光瞟见郭振邦已经从远处走了过来。

郭振邦笔挺的身姿带着一股雷厉风行,他的神情中此时有一种无可辩驳,刚见面时理智丧失的状态已经不见了。他走到张京都跟前,距离特别近,几乎贴在了张京都脸上,张京都下意识地往后退,郭振邦紧接着逼近了过来,张京都的后背贴在了迎泽交警队的玻璃大门上。

"你家在哪儿?"郭振邦问道。

"干什么?"李渊挺身而出问道。

"是你撞死的郭宇?"郭振邦扭头问李渊。

"当然不是。"李渊条件反射般回道。

"那就滚蛋。"郭振邦一边说着话,一边将头扭过来盯着张京都,要他回答。

"你到底要多少钱?"张京都突然说出这句话。

郭振邦猝不及防地以一种陌生感看着张京都,但很快这句话就被他消化了,他一巴掌扇在比自己高的张京都脸上,张京都条件反射地推了郭振邦一把,李渊赶紧上前拉架,远处的刘咏春狼狈地冲过来企图劝阻,但郭振邦没有想要进一步攻击的动作。他盯着张京都,突然冷哼了一声。

"上次谁给你的钱?"他没有看刘咏春,但刘咏春知道郭振邦在问自己。

"我给的。"李渊回答道。

"给你们打收条了吗?"郭振邦冷静地问道。刘咏春还没顾上回答,李渊就先开口了:"噢,叔叔给打的。"

"把你父母叫上,我们找个地方把这个钱退回去。"郭振邦说道。

张京都有些发蒙,他感觉头很晕,想要吐,此时他有一种被命运戏耍的感觉,他很愤怒。李渊看到了脸色发白的张京都,此时李渊社会经验的一面重新占领了理智的高地,他赔着笑脸来到距离郭振邦一米的地方说道:"哥,你看怎么处理合适,我们也不等交警怎么调解,你说的我们能接受都接受行吗?"郭振邦看也没看李渊一眼,他盯着张京都问道:"你看见死者的家人了吗?"张京都没回答。李渊说道:"看见了。""你是不是没长嘴?"郭振邦对着张京都非常凶狠地质问。"他也挺难过的,哥。出了这事谁都不愿意。"李渊慌忙打着圆场。"手机号给我。"郭振邦对着依然沉默的张京都说道。张京都眼神虽然盯着郭振邦,但脑海里一片混乱。李渊报着自己的手机号。郭振邦此时看着沉默的张京都,真的有点生气了,他冲着张京都走了过去,李渊赶忙拦在郭振邦面前,把张京都的手机号告诉了郭振邦。郭振邦当着张京都的面拨通了电话,张京都的手机响了起来。

"我来定地方,带上收条和你父母,我把你恶心的钱退回去。"郭振邦用手机指着张京都,说完话扭头就准备走。突然张京都开了腔:"我爸妈离婚了。"郭振邦扭过头看着张京都,他突然觉得张京都就像自己在初中看见的那些胆小的孩子,他回了句:"那就你爸来。"说完他头也不回地出了交警队。李渊赶紧上来跟刘咏春絮叨了起来："叔，你看这个怎么办？"刘咏春一脸为难，他不觉得自己能左右郭振邦的决定，他只是应付地说道："我回去劝劝他吧。"

刘咏春的帕拉丁也离开了迎泽交警大队，张京都站在原地想着刚才的一切。死者哥哥打自己耳光的时候，他下意识地一推，发现他的身体十分孔武有力，这给了他一种坚如磐石的感觉，那像一堵墙，如同张玉墀给他的感觉一般，让他十分恐惧。死者哥哥的要求更是让他不知所措，事情正在向他完全陌生的方向发展，怎么会这样，他想着，一股失控感袭来，令他不知所措。

李渊抽着烟，想着接下来该怎么办，他看着张京都问道："看他那个样子不像假的。"

"什么？"张京都问道。

"他说要叫你爸来，还钱的事。"李渊说道。

"你再借我一百万？"张京都补充道。

"要是钱能解决，我当然愿意，但我看这个架势，这家伙肯定不依不饶。要不就让交警处理，反正我们也是个次责，紧张什么？"李渊说道。

"你再帮我问问。"张京都的语气里有些微请求的意思。

"我只能问那个老的，那家伙估计我说也没用。"李渊抽着烟说道。

张京都没再说话，刚才那股恶心的感觉又来造访，他感到一阵头晕。

4

人行道的斑马线在一声绿灯的急促铃声中被来来往往的人群覆盖。郭振邦站在马路对面,望着人群和等候的车流,回忆着事故鉴定书上的字眼:"死者系闯红灯,普拉多越野车左侧视野被左方英菲尼迪遮挡。""闯红灯?"郭宇为什么会闯红灯,这让郭振邦百思不得其解,郭宇这个从来都是规规矩矩的孩子怎么会做出这种逾矩的事情?他拿出手机,从垃圾箱中找到了那段监控视频,确实,当时绿灯还有两秒的时候,郭宇是拖着箱子跑过去的。"是对面有什么人等他吗?"郭振邦这么想着。"火车是九点二十的,他有足够的时间进站。"正在思索的郭振邦把手机上录到的视频跳到事故发生后,普拉多溜车的部分。"那个高个子贱货肯定是故意的。"这么想着的时候,郭振邦再次生起气来,他对那个沉默的小子有股强烈的痛恨,他的沉默缺乏人应有的温度,但好在提到他父母的时候,他还是害怕了。郭振邦敏感地觉察出来,那就一定要从这里入手。但自己到底想干什么呢?郭振邦被这突如其来的内心深处的声音给问住了。一声尖锐的自行车铃声将郭振邦从思绪里拉了回来,他险些被一辆陌生的自行车撞倒,那辆自行车擦着郭振邦的衣服飞驰了过去,是某个饭店送外卖的。郭振邦注视着已经汇入人群的外卖员,过了斑马线。

5

水泉寨公园的广场上伴随着音乐跳交谊舞的人很多。郭振邦站在不远处的树下,他旁边站着王丽娟。王丽娟盯着跳舞的人群,看得出来并不是因为兴趣,而是不知道跟郭振邦说什么。

"这个事没那么简单，你看。"郭振邦把手机递给王丽娟，王丽娟看着那个郭宇被撞的监控录像，失声叫了出来，她慌忙捂住嘴。

"都红灯了，郭宇拿那么多东西跑什么？"王丽娟不解地问道。郭振邦没回答，视频还在他手机上跑着，郭振邦突然将手伸到手机上，王丽娟下意识地躲了一下，郭振邦按下了暂停键。

"你看见了吗？"郭振邦问道。

"嗯。"王丽娟回答道。

郭振邦将视频往后倒了倒，回到了张京都从普拉多上下来时的画面，此时王丽娟又惊呼了起来。

"你是说？"王丽娟看着郭振邦。

"所以我说没那么简单。"郭振邦看着王丽娟。

"这是你发现的？"王丽娟问道。

郭振邦点点头。

"那现在要怎么办？"王丽娟问道。

"我至少要让这小子先承认。"郭振邦说道。

"警察怎么说的？"王丽娟问道。

"他们怎么说不重要。"郭振邦回答道。

王丽娟被这一句给弄蒙了，她没再问，不过直觉告诉她这件事确实没那么简单了。正在这时，毛莉从远处走了过来。

"我找了一圈。"毛莉说道。

"我说在树林里。"王丽娟回答道。

"那边也有树林。我哪知道是哪个。"毛莉说道。

毛莉盯着郭振邦看了一眼。郭振邦扫了毛莉一眼没再说话。

"那我先走了。"王丽娟说道，郭振邦点了点头，王丽娟和毛莉便离开了。望着两人离开的背影，郭振邦也朝家的方向走去。

6

刚推开门,刘咏春就抬头望了过来。郭振邦看见郭礼隽坐在刘咏春旁边,舅妈耿艳玲带着刘浩良坐在刘咏春旁边,看样子大家都在等自己。

郭振邦看了看大家,显然没有说话的心情。刘咏春和郭礼隽对视了一眼,先开了腔。

"振邦你先坐下,我们商量商量。"刘咏春说道。

郭振邦扭过头搬了个小板凳坐在了茶几旁边。刘浩良将电视机关掉,郭振邦低着头准备听刘咏春要说什么。

"医院里边,我托熟人问了一下,咱们小宇确实是脑袋撞到马路上致死的。"刘咏春试探着郭振邦的态度慢慢说道。

郭振邦并没有答话,他想听听刘咏春还说什么。

"我是看今天在交警队,你跟他们都闹得不愉快,你也怀疑结果,我一出来就去找人问了。"刘咏春接着说道。

一家人都盯着郭振邦,郭振邦还是一句话都没说。

"我问了,你弟是主要责任,这个要是交警队定性最多也就十几二十万。"刘咏春见郭振邦不说话,就从利益上说起,虽然一出口他就后悔了。

郭振邦叹了口气,抬起头扫视了一圈家人。

"舅,你到底想说啥?"郭振邦问道。

"你弟也不能老在医院放着,各方面都清楚的话,我们就赶紧给你弟安顿了,要不停在医院里,我们也不安心。再说老家的亲戚我们也通知了。"刘咏春对自己说到亲情的这个部分感到很满意。

"舅,你今天看见录像了吗?"郭振邦问道。

刘咏春有些错愕，他点了点头。

"你看见那小子溜车了吗？"郭振邦又问道。

"那个……"刘咏春企图解释一下。

"我就问你溜没溜？"郭振邦有些激动地质问道。

"人家说那个时候小宇已经死了。"刘咏春说出这句觉得很残忍，因为他感觉到旁边的郭礼隽被勾起的回忆刺激得手臂痉挛了一下。

"去他的'人家说'。你是个开车的，我就问你，你停车，拉手刹，这是不是习惯？"郭振邦问道。

"他撞了人，又不是平时，再说这个医生检查完说了不是关键。"刘咏春强烈地感觉到郭振邦的固执坚硬无比。

"关键？"郭振邦突然站了起来，他看了看屋里的家人，接着说道："关键是郭宇死了，这个事是最关键的。"郭振邦站起来，走向他跟郭宇的屋子，到了门口，他突然回过头对着家人说道："我会找律师，郭宇不能这么不明不白地死，也不能这么不明不白地被烧了。"

说完郭振邦离开了客厅，身后留下了一片浓郁的沉默，看样子短时间是化不开了。

7

太原育德律师事务所坐落在下元商业街一个不起眼的门面里。这是郭振邦上网找到的，他对比咨询了几家事务所，只有这一家价钱合适，客服对他也比较热情。

郭振邦推门进来的时候，门口肮脏的风铃响了起来。事务所不大，也就五十平方米左右，郭振邦一进门，就看见一个秃头戴眼镜的中年人窝在一个半旧的棕色皮沙发里，用茶几上的笔记本电脑打牌。见有人来，他合上了电脑。询问了来意，得知早上打电话的就是郭振邦，他安排郭振邦坐到了沙发上。郭振邦也得知对方就是律师，姓闫。

闫律师用胖胖的右手托着腮，仔细地听取了郭振邦的叙述，他越听眉头就皱得越紧，郭振邦讲完了之后，他还是保持着倾听的姿势，只是眉头依然无法舒展。郭振邦等着闫律师给他个说法。良久之后，闫律师缓缓抬起了头，呼吸有些粗重地靠在了沙发里。

"也就是说死因没有任何问题？"闫律师问道。

"我还没看见死亡报告。"郭振邦补充道。

"跟你说的人看见了吗？"闫律师又问。

"我舅舅和我爸去了医院。"郭振邦说道。

"交警既然已经认定责任了，那肯定有那东西。"闫律师依然没有舒展眉头。

"但我觉得没那么简单，不然他们怎么会给一百万？等着认责不就行了？"郭振邦提出疑问。

"你是觉得他们出钱想快点了事，跟你给我说的溜车有关？"闫律师问道。

"对了。"像突然想起似的，郭振邦把手机拿出来，翻出了视频递给了闫律师。闫律师看完了视频，将手机还给了郭振邦。

"你觉得呢？"郭振邦直截了当地问道。

"交警跟你说死因是头部撞击地面？"闫律师又问道。

"他们是这么说的。"郭振邦怀疑地说。

闫律师想了想，盯着郭振邦看了看，他觉得郭振邦脸上有一股偏执的劲儿特别像自己上学时在选修课上看到的一幅画，具体是哪一幅他想不起来了。他嘴唇由于缺水已经起皮了。他低着头，组织了一下语言,对郭振邦说道:"你目前对这个结果不满意是吧?""绝对。"郭振邦说道。"那你跟交管局申请复核了吗?"闫律师冷静地问道。"还没,怎么复核?"郭振邦问道。闫律师望着郭振邦想了想说道:"这样吧,如果你有异议,先申请复核,不然事故认定书即使你不签字,到时间也就生效了,所以这个先办,至于其他的部分,我会去调查一下,看看你疑惑的根据是不是站得住脚。这样吧,我先收你五千,三天之内我跑出信儿来联系你,多退少补,你看可以吗?"闫律师盯着郭振邦问道。"他们不会来收买你吧?"郭振邦没来由地说了这么一句。闫律师看着郭振邦,眉头紧锁,一言不发。郭振邦点点头,用微信支付了五千块钱,接着留了电话,在闫律师递来的委托书上签了字。郭振邦推门离开的时候,风铃在大门一开一闭之间响了起来,闫律师突然想起那幅画是卡拉瓦乔的《手提歌利亚头颅的大卫》。

第七章 改变的形态

1

郭礼隽在接大哥打来的电话。大哥询问自己和三妹妹什么时候来山西，郭礼隽却支支吾吾地拿不出个主意。他开着免提，刘咏春在旁边也皱着眉头，因为今天早上山大医院已经来过电话，询问郭宇尸体的处理方式，如果还要在停尸间，就需要续费了。但这并不是最让刘咏春烦恼的部分，因为之前跟郭礼隽确认的今天举行葬礼仪式，被郭振邦递上交管局复核事故认定书的行为打断了，他也只能机械地等待。这两天他被六神无主的郭礼隽叫来处理亲戚的事情，开车来去的时候他就在想自己到底为了什么，其实是他没意识到，这是郭振邦对自己不尊重引起的情感不适。

刘咏春本来不想跟郭礼隽的大哥絮叨的，但那边不理解，他就把郭振邦复核的事情跟郭礼隽大哥摊牌了，谁知道电话那头的大哥听完刘咏春绘声绘色的描述，竟然训起了郭礼隽，他觉得郭礼隽太没决断力，由着个孩子在那儿闹，他还说自己已经找了村里的阴阳先生给郭宇定下了下葬的日子，最好是后天就把事儿办了。郭礼隽虽然优柔寡断，但被大哥这么一说，脸上还是挂不住，他顶了大哥两句，说这事他会处理的。挂断电话前，大哥还是说下葬的日子老家有讲究，让郭礼隽赶紧办。

挂断电话后，刘咏春看着郭礼隽，想知道郭礼隽怎么办，但郭礼隽一言不发。正说着话，郭振邦开门走了进来，看见刘咏春也在家，他没打招呼就往屋里走，看起来似乎在想心事。他径直走进郭宇和他的屋子，将登山包背到了身上。临出门的时候，他像想起什么似的冲着刘咏春问道："撞郭宇那货旁边那小子的电话你有没有？""怎么了？"刘咏春问道。"我给那货打电话他不接，我给这小子打一个。"郭振邦拿出手机，刘咏春把通讯录打开递给郭振邦，郭振邦开始往手机上输号码。

"你到底想干什么？"郭礼隽没看郭振邦，低低地说了一句。郭振邦扭过头很随意地看了郭礼隽一眼。

"昨天忘了说，我找了律师，等复核的时候，他还要帮我调查一遍。"郭振邦看也没看郭礼隽一眼，只是机械地交代了一下。

"你能不能别折腾了？"郭礼隽的声音有些颤抖。郭振邦听完这句话疑惑地望着郭礼隽。

"你就让小宇消停一下吧。"郭礼隽歪着头没看郭振邦。

郭振邦盯着郭礼隽。刘咏春也有些震惊地看着郭礼隽，因为他没想到犹犹豫豫的姐夫会主动说出这些话。

"怎么消停？你儿子就这么不明不白地死了？你让我消停？"郭振邦质问着郭礼隽。

"人家警察都说是小宇闯红灯，你还想怎么样？"郭礼隽问道。

郭振邦盯着郭礼隽，突然他收回视线，说了一句："你别管了，我会处理的。"

"你处理个屁，小宇还在太平间躺着，你在这儿闹来闹去，什么时候能下葬？什么时候能安生？"郭礼隽说这话的时候带着一股凶狠劲儿。

"烧了就安生了？"郭振邦眉头紧锁，显然已经非常愤怒地盯着郭礼隽。

刘咏春慌忙地想上来打圆场,郭振邦将登山包挎上肩膀,就冲门口走去。

"后天我们就要给小宇下葬,你爱找谁闹找谁闹去。"郭礼隽冲着郭振邦愤怒地说道。

"事儿没弄清楚之前,谁动他都不行。"郭振邦头也没回地说道。

"有能耐你把我也弄死,我早就活够了!"郭礼隽歇斯底里地说道。

"话我撂这儿了,谁动都不行,不信你们就试试。"说完这话他头也不回地出了门,铁质防盗门狠狠地砸上了。

2

韩琳琳在哼唱着一曲 Concerto pour deux Voix[1],这是张京都唯一会念的一组法语,那时妈妈和爸爸还在一起,韩琳琳会抱着张京都教他怎么念这几句法语。这首歌里一句词都没有,从头"啊"到尾,韩琳琳时不时就哼唱了起来。今天韩琳琳的状态看起来不错,皮肤很有光泽,看样子前几天没有通宵喝酒。她哀婉凄怆地哼唱着,张京都坐在阳台上的秋千椅上,盯着身穿绛紫色睡衣的韩琳琳一边冲咖啡一边哼唱。咖啡冲好了,韩琳琳并没有喝,她扭过头冲荡着秋千的张京都走了过来,还在哼着歌曲,她端详着张京都,不一会儿歌唱完了,她眼旁流下两行清泪。

---

1 Concerto pour deux Voix, 也称《双童声协奏曲》或《天使之声协奏曲》,是法国当代作曲家圣-皮瑞(Saint-Preux)的作品。——编者注

"又来了。"张京都烦躁地想着。

"你说你要是永远十岁该多好。"说着韩琳琳用手毫无顾忌地摸着张京都的脸颊,张京都移开了。

"你不回来住了?"韩琳琳问道。

自从那天跟柯素妍闹掰了之后,他们已经几天没联系了,张京都那天晚上回到家中,正好撞见韩琳琳跟她相好的在家,他索性就搬回漪汾街住了。今天看到郭振邦的电话,他第一时间没敢接,他不知道怎么处理。但电话不断地打进来,最后他索性关了机。他没去找李渊。他想起在迎泽交警队那天郭振邦的样子和那孔武有力的身体,他的思维开始变得正常,似乎这个面必须见;但张玉墀压根没有进入他考虑的范围,情急之下他想起不如让母亲韩琳琳出面。"反正她啥也不懂。"张京都这样想着的时候,已经开车来到了韩琳琳家楼下。

此时韩琳琳又摸了一下张京都的头,张京都回过了神,盯着韩琳琳看。

"傻了?妈妈问你话你都不说?"韩琳琳问道。

张京都想起郭振邦,扭头看向窗外。韩琳琳哼着曲子,又走到餐桌前将咖啡拿了起来,正在此时张京都发现韩琳琳将桌上的威士忌倒了些在咖啡杯里,接着喝了起来。

"你要不要来点?"韩琳琳问道。

张京都瞬间被韩琳琳咖啡加威士忌的举动勾起了一丝混杂的愤怒,那举动中有一种低级,这是张京都的感受,他为这种感受愤怒。他直接从秋千椅上猛地起身走了出去,没有理会韩琳琳的问话。

来到楼下,他打开手机,上边的未接来电仍然停留在关机前的七个。但他刚开机,微信视频通话就响了起来,是李渊,他一边戴上耳机接了起来,一边走到了一个没人的角落。

"他没给你打电话?"李渊劈头就问。

"打了。"张京都回答道。

"他给我打电话了。"李渊说道。

张京都等着李渊继续。

"他不太好说话,我跟他直接说了再加一百万,他说一定要见面,而且你家长必须在,不知道他抽什么风。"李渊停顿了一下接着问道,"怎么办?"

张京都也不知道怎么办,他接着反问李渊:"还有别的办法吗?"

"你还是不想让你家人知道?"李渊问道。

张京都"嗯"了一声。

"我跟你说个事。"李渊神秘地说道。

"什么?"张京都问道。

"你溜车不是故意的吧?"李渊确认道。

"你这是什么意思?"张京都生气地质问道。

"别不分敌我,不是就行,他找律师了。"李渊说道。

"他跟你说的?"张京都问道。

"他约了晚上八点在火车站旁边的李先生牛肉面。"李渊说道。

张京都被一阵麻烦感击中。

"你妈能去吗?"李渊问道。

"不能。"张京都说道。

"那就咱俩先去,把收条带着,看他怎么说吧。"李渊退一步说道。

张京都点点头,挂了视频。此时电话又响了,他看了一眼,是张朝歌。他一阵紧张,手心的汗冒了出来,他接起了电话。

"壮壮啊,你想得怎么样了?如果是卖,我这边就找人接手,把贷款那些弄了,你把手续还有当时的合同准备好,我找人来取,你还在漪汾街住吗?"张朝歌条理清晰地将事情解释清楚了。

"我送过去吧。"张京都紧接着说道。

"噢,也行。"张朝歌的声音里有些错愕,但紧接着就克制住了。

"我们还在'未来生物'。"张朝歌回答道。

"我知道。"张京都应道。

两人说了几句就挂了电话,张京都猛地松了一口气,因为刚才在他的幻想里,以为张玉墀又知道了这件事。他此刻竟然迷信地对天祈祷,让这件事情赶紧过去。

3

刘咏春不耐烦地接着电话。他的工地刚刚因为使用一批劣质钢材被新来的监理查到了,他觉得一定是供没有上到位,但刚才被监理训话的时候,他实在找不到接近他的方法,因为他觉得这个监理对他的态度中有股"铁面无私",但这种铁面无私只是装饰品,他觉得监理应该跟另一个包工头有关系,所以才对自己这个样子,这是他干了十几年的直觉。好在只是一批钢材,不是大厂出的,他还可以解释,但这之后怎么接近他就成了这段时间需要解决的问题。想到这些,突然烦躁起来,他接着就想起外甥郭宇葬礼的事情,这件事情里的悲伤已经被稀释干净了,只剩下了如鲠在喉的事件,之后的事情一件接一件,如果这件堆积着,生活里其他不可预料的事情将给自己不可承受的打击。

想着这一切的时候,他正站在医院大厅收费处前,他办理了郭宇太平间的续费手续，这让他对大外甥郭振邦的不满又蓄积了一层。为什么会这样呢？他到底想要什么？钱不要，还想要什么？人还会活过来吗？"这个傻东西。"刘咏春的潜意识浮上水面，他对自己脑海里给大外甥下的定义感到震惊，已经到这种地步了吗？他想着。

4

张京都打的车在火车站前被堵住了，按道理这时间不可能是这阵仗，为什么会这样呢？司机询问他能不能走过去，张京都有些不快，但还是付了钱下了车，他有意识地贴着内侧往前走，他没想这是为什么。郭宇之前的死亡现场越来越近。他转个弯就看见了李先生牛肉面的门脸，此时他才发现路口两辆车发生了剐蹭，两个司机都在打电话。

张京都一边往店里走，一边想起了前天在迎泽交警队的遭遇，他想自己一定不能再那么软弱了。他突然生起一股勇气，但他没察觉到的是，这勇气里还夹杂着一股愤怒，一种细微的报复心。

他一边往里走，一边就看见了郭振邦的后背，他旁边的座椅上摆着那个熟悉的登山包，比坐着的郭振邦还高一点。李渊看了张京都一眼，郭振邦看了眼李渊，没有回头。此时张京都看见了前边电子屏上的牛肉面图片，突然非常想吃，因为他从中午起就什么都没吃过。他径直走过去要了一碗牛肉面，拿了个牌子走过来，但他点餐的时候分明感到了一些不安，那是来自郭振邦的凝视。他安慰自己这不过是幻想，而且他进来的时候可是充满了勇气的，可是收银员递给他号牌的时候，他发现自己的手在颤抖，他无法用意志控制住，在走向座位的时候，他甚至用左手扶了一下颤抖的右手。

他坐在李渊旁边，李渊对面的郭振邦根本没有看自己，他觉得那凝视一定是自己的幻想，但那凝视的烙印依然存在，而且郭振邦身上有股你一靠近就会在意的气势。

"收条。"郭振邦抬起头盯着张京都，那视线没有丝毫游移。

张京都赶紧去拿收条，但手伸进外套内侧却什么都没找见，他有些慌忙，这让他联想起上学时老师检查作业他找不到的感觉。他感到羞愤，但此时他从右侧口袋掏出了一堆乱七八糟的票据，他放到桌上，从里边拣出了那张收条，递给了郭振邦。郭振邦冷哼了一声，这一声冷哼张京都前天在迎泽交警队听到过，但当时为什么冷哼他却怎么都想不到。

郭振邦接过收条，将它展开，那张皱巴巴的收条给郭振邦一种随时会被当垃圾丢掉的感觉，他看着上边刘咏春那练过的书法字迹，冷笑道："真恶心。"李渊在对面看着郭振邦，他在想郭振邦到底想怎么样。他像一个人性测量仪一样，观察了郭振邦好一会儿，因为郭振邦拒绝在张京都来时说一句话；但他像测量失灵一般，实在琢磨不透他到底想干什么。

"看来我说的话你没听进去。"郭振邦一边将收条非常仔细地叠起来一边说道。张京都没有看到郭振邦在对谁说，他正想着，郭振邦将叠好的收条装到裤兜里，抬起头盯着张京都。

"什么？"张京都问道。

此时服务员将牛肉面端到了郭振邦面前，离开了。郭振邦看了眼牛肉面，李渊将牛肉面拉到张京都面前，张京都瞬间感觉到一股气势逼了过来，他看着郭振邦没说话。

"吃啊。"郭振邦盯着张京都说道。张京都有些颤抖，但他鼓起勇气拿筷子吃了一口面，郭振邦就这么盯着张京都，张京都吃了一口，感觉不到什么味道，他将筷子甩在一边，像解释什么一样说了一句："真难吃。"他这句话刚出口就后悔了，因为他明显地感觉到这是郭振邦的气势让他放下了筷子，这让他很羞愤，但他感觉自己没有足够的力量来抗衡。

"走。"郭振邦起身，什么话都没说就往店外走，李渊和张京都不约而同地对视一眼，一脸不明所以。此时那个登山包就静静地躺在对面的椅子上，看起来可不像郭振邦忘掉了。此时张京都感觉到一股极其荒谬的情绪，他解释不清楚，他也不知道郭振邦想怎么样，但李渊看着手足无措的张京都，叹了口气，将背包背在了身上。就在这时，郭振邦透过门口镜子看到了这一幕，他猛地回过头盯着李渊，这让李渊想起自己小时候看的香港恐怖片里弥漫出的氛围，他战栗了一下。

"你是他的奴隶？让他背！"这最后一句"让他背"就像命令一样，李渊将包递给了张京都，张京都将包背在了身上。

街上的人来来往往，郭振邦一言不发地走在前边，李渊和张京都跟在他身后，本来登山包背在身上感觉还好，但走了一阵，张京都感觉到一百万的重量压在身上，开始有点吃力。他很久没有体验过这种感觉了，记得最后一次有这种重量压身的感觉还是在小学三年级的越野赛上，腿上绑着沙袋的时候。此时郭振邦走到了火车站对面红绿灯的前边，他站在那里非常沉默地看着，李渊和张京都只能在他身后默立着。张京都觉得这场面就像他看的那些烂俗电影一样，死者哥哥站在事发现场思念死去弟弟生前的一切。但场面虽然很像，不知为什么张京都感觉到的却是一种摸不到边的恐惧，这恐惧究竟来自哪里呢？他越这么想就越恐惧。此时郭振邦扭过头看着张京都，张京都有些恐惧地闪躲着郭振邦的眼神。

"重吗？"郭振邦问道。

"还好。"虽然有些错愕，但张京都回答道。

"那就好，郭宇有一百三十五斤，一百万也就二十二三斤。"郭振邦说道。

李渊似乎嗅到了解决的办法，他正准备插话，结果直接被郭振邦打断了。

"你父母既然这么不愿意出面，那证明你们很有自信解决这个事情。"郭振邦说道。

张京都实在不知道怎么回答郭振邦有些莫名其妙的问话，因为他觉得郭振邦像个布道者。

"别说二十三斤钱，就是跟郭宇对等斤数的钱也没什么用。你想想他没了，你要怎么办？我说过没这么简单，一百三十五斤的肉，必须一百三十五斤的肉来还。想想吧。"说完了，郭振邦就往马路对面走。此时张京都真的被激怒了，他猛地将登山包甩在地上，周围的路人开始转向这边等待看热闹。

"那就让交警解决，你他妈爱怎么样就怎么样！"张京都突然说出这么一句话。

李渊眉头紧皱，他害怕郭振邦再上来攻击张京都。结果郭振邦三步并作两步回到张京都面前，张京都下意识地往后闪了一下，郭振邦贴着他说道："有些事交警管不了。"他盯着张京都看了很久，接着说，"还是那句话，你父母什么时候出面，老子什么时候跟你谈。"

说完这句话，郭振邦大步流星走到了马路对面，汇入了人群，看热闹的人看到戏没开演，都离开了，只剩下茫然的李渊望着更加茫然的张京都立在街头。

5

郭振邦坐的火车是古交到太原的一趟慢车,这趟车开了至少二十几年,票价三块五。此时车窗上倒映着空荡荡的车厢以及郭振邦若有所思的脸。

郭振邦想着张京都的脸,这两次见面当中的所有印象,通过郭振邦记忆的加工,留下的是一股无所谓的态度,再加上那一百万人民币,是一股明码标价的无所谓。郭振邦在想,这小子在生活里到底是干什么的?肯定不能跟小宇相提并论。但刚才在事发现场他那股愤怒彻底激怒了郭振邦,现在想着这些,郭振邦的脸神经质地抽搐了一下。"那可是一条命。"郭振邦这样想着,"你还嫌麻烦了?对,就是这种态度。"郭振邦的仇恨中伴随着子弹,他无意识地联想起勐腊的日子,那场与毒贩的交火中,他的枪险些结果一个毒贩的命。郭振邦拿出了手机,准备给张京都打电话,他号码里存的名字叫"鬼"。但他想了想又将手机收了起来,此时他想起明天就是和闫律师约定的时间,明天他应该会做个决定,但那个决定是什么呢?他脑袋里没有任何想法,但又有种确定的意识一闪即逝。

6

张京都的意识开始苏醒了,他想着那一百三十五斤肉的事情,有种被人审判的感觉,他不喜欢这种感觉,他凶狠地盯着车窗前已经亮起路灯的内环路。

"你有想法吗?"李渊问道。

"这个人真欠揍。"张京都说道。

李渊有些错愕地扭头看着张京都。

"交警说给多少就给多少，老子不会多给他一分钱。这帮穷人，一遇到钱的事比那些贪官也好不到哪去。"张京都愤怒地说出这些话，随即准确地想起这些话是之前在公子那儿听孔介说的，又一阵厌恶感袭来。

"他没说要钱。"李渊平静地指出。

"我看不出他还有别的想法。"张京都这样说着，但对自己的话并不确信。

"但愿吧。"李渊说出这句话的时候，张京都的不确信似乎被确定了一样，他一阵失望。

"那就交给交警？"李渊问道。

"反正又不是我的错。"张京都说这话的时候有一种胜利的感觉，他想着这件事本来就不是自己的过错。但同时心里泛起一阵不安，李渊也有同样的感觉。

7

闫爱民站在门口一棵新栽的成年杨树前，抬头看着上边的树叶。"很快就要变黄了吧。"闫爱民这么想着。此时他看见郭振邦远远地冲自己走了过来，于是便站定等待郭振邦，结果郭振邦掠过自己径直往事务所走了过去，闫爱民怀疑他是不是近视眼。

郭振邦拉开育德律师事务所的门，径直走了进去。他刚要喊话，闫爱民走了进来。郭振邦扭过头，眼里充满了急切。

"坐下说吧。"闫爱民到柜子里拿出了一个文件夹。

"事实挺简单的，我也去山大医院看了死亡报告，死因也没什么问题,你也申请复核了,交警队我看过,看样子没什么问题。"闫爱民说完后点起一根烟,他递给郭振邦一根,郭振邦没要,反而用疑惑的眼神看着闫爱民。

"你见到那小子了吗?"郭振邦问。

"谁?"闫爱民不明所以地问道。

"就是撞死我弟的。"郭振邦回答道。

"人我没见到,不过我去了迎泽交警队,他们说对方表示愿意赔偿一百万。这事他被定的是次责,肯给这个钱不容易,要是调解,拿不到这么多钱,你是对这个钱不满意?"闫爱民颇有些关切地问道。

郭振邦没说话,他觉得某个机会丧失了。

"我看赔钱跟掩盖事实没啥关系。"闫爱民见郭振邦不说话,补了一句。

"他没找人跟你施过压?"郭振邦抬起头看着闫爱民。

闫爱民的确有被冒犯到,但他有些好笑地看着郭振邦:"他没这个必要吧?现在各方面证据都对他有利,他怎么会盯上我这么个小律师。"

郭振邦此刻与其说是感受到了失望,倒不如说是一股深深的扫兴,一种蓄积已久的力量突然泄掉了,他感到懊恼。

"不过你运气不错,也就摊上肇事者是这种家庭,要是一般家庭不可能这么赔。"闫爱民平静地说道。

"那他为什么这么赔?"郭振邦接着问道。

闫爱民颇有些玩味地看着郭振邦,他还是没太读懂郭振邦的心理,但既然问题已经来了,他就想了想,回答道。

"我查了一下,张京都的爸爸——就是肇事者的爸爸——是龙华集团的董事长,可能跟这个有关系吧。"

"怕影响他的声誉?"郭振邦问道。

"那倒不至于,肇事案是清楚的嘛,他儿子是次责,估计还是想弥补一下吧。"闫爱民说道。

郭振邦一句话都没说,闫爱民感觉郭振邦越来越不高兴。

"你如果嫌少,那你就说个数,我可以负责协调。"闫爱民试探性地说道。

"钱不可能解决这事。"郭振邦说道。

此时闫爱民有些疑惑了,按理说这种案子他也接过一些,基本都是金钱纠纷,要不就是肇事方不愿意给钱,或者给的钱少,死者家属都是奔着钱来的,但这个案子里郭振邦到底想要什么呢?他想不到。

郭振邦现在只要一听见"清楚"二字就会怒火中烧,在他看来这件事并没有那么清楚。从父亲到舅舅,再到闫律师,每一个人对他说这话的时候都把他当作神经病一样看待,他们到底怎么看待"生命""正义"。他此刻心里只想着这些事情,感到十分无助。但突然,他被刚才闫律师说的"龙华集团"四个字吸引了,会不会是那个叫张京都的家伙让他爸对这帮人施加了压力,才让事情变成现在这个样子的?郭宇被溜车的普拉多压过脖子的画面再次出现在他的脑海中。这么想着的时候,郭振邦突然觉得泄掉的力量又回来了,他被一种模糊的混乱缠绕着,以至于他的精神极度亢奋,他眼里闪烁着激动的光芒,就像久居黑暗的人突然看见了曙光一样。闫律师观察到了他情绪的变化,他把剩下的钱退给郭振邦的时候,郭振邦拿在手里点了点,但眼神里那激动的光芒还是被闫律师捕捉到了。郭振邦觉得钱数没错,谢了闫律师,推门走了出去。门口的风铃又响了起来,这次闫爱民想起,那目光他曾经在拥抱歌唱梦想去参加"超级女声"的外甥女身上见到过。

第八章

正确的决定一定有正确的结果吗?

1

在回古交的火车上，郭振邦接到了迎泽区交警大队的电话，说复核结果下来了，让他明天来一趟。郭振邦坐在座位上陷入了沉思，这些天他都没有睡好，此刻疲劳让他的精神有些恍惚。迷迷糊糊间他让意识随意地穿行，那些事件就像海上漂浮的垃圾一般随波逐流，但还是聚成了某种形态，他遥远地感受到了一种印象，这帮人是一伙的吧？为什么复核的程序走得这么快，不是说三到五个工作日吗？满打满算，今天也才第三天还没满，怎么会这么快？他没有认真地思考，只是随着意识这么漂浮着。但他的父母为什么不露面呢？郭宇去世可是父亲和刘咏春一起去的。钱替大人物出面了？所以那不是一个人死了，只是一件小事是吧？想到这儿的时候，郭振邦的意识开始清晰，他的神经重新绷紧，他坐直了身子，看到前边硬座上几个农民工打扮的人由于疲劳已经沉沉地睡去了，接下来他听到了火车车轮与火车轨道之间有规律的摩擦声，这让他想起人车的声音，一股想要把什么东西击碎的冲动由心底升起，郭振邦顺着这股力量将手边冰露矿泉水的瓶子捏得皱了起来。

2

迪厅的音乐非常吵，这让张京都暂时感到轻松了一些。他平时是不来这种地方的，他嫌吵，但这些天的精神压力让他害怕一个人待着，因为只要睡不着，这些事就像台风一样，容不得你意识的窗户开一点缝隙，吵是唯一能够让他被动不思考的方式。

李渊喝了酒后双颊微红，在舞池里跟几个约来的朋友跳着舞。张京都坐在几个人中间，扭身看向舞池，他们坐的地方是迪厅的一个VIP区，有种居高临下的感觉，但此刻张京都更想一个人去卡座，旁边一个有些丰腴的姑娘在张京都旁边找着话题，但张京都没有搭理她的心情。他就那么扭过头做出拒绝一切的姿态，看着下方的舞池，不一会儿也就没人理他了。但正在此时他的手机响了，他眉头紧皱，虽然没有名字，但那个号码无疑是死者哥哥的，他一阵烦躁，将手机按了静音，没再搭理。正说着话，张京都的肩膀被一只手臂揽了过去，张京都一回头，莉莉的脸瞬间贴了上来。

"我还以为你死了呢。"莉莉大剌剌地说道。

张京都没说话，看见莉莉在从一个漂亮的彩色花纹袋子里取糖吃，他就伸手跟莉莉要，此时一股饥饿感袭来。

"摇头丸，还要吗？"莉莉盯着张京都看，张京都看了莉莉一眼，把手收了回来，结果莉莉将张京都的手抓过去，倒了一堆在他手上。

"糖，看把你给吓的，老娘才不吸毒呢。"莉莉朗笑着说道。

张京都半信半疑地看着手心的糖。莉莉看着张京都笑。

"这是香体糖，接吻用的。"莉莉哈哈大笑。

张京都丢了两粒到嘴里，用后槽牙咬了下去，一股水蜜桃的味道，还挺好吃，他的心情随着莉莉开朗的笑声稍微好了一点。

服务员端了两杯鸡尾酒过来，莉莉给了张京都一杯，两人碰杯喝了起来，其他几个人看见此景，就没来打扰，在一旁闲聊。

此时张京都的手机响起，他收到了一条短信。他看了一眼瞬间怒火中烧："你躲着是逃不掉惩罚的。"

张京都脸色非常难看，莉莉看见了，但没问。张京都离开沙发，走向卫生间。在卫生间，他把电话拨了过去，郭振邦接起了电话。

"你到底有完没完？老子给钱你也不行，那你到底要我咋？"张京都质问道。

郭振邦并没有说话，他似乎在等着一个信号。

"说啊，你不是一直给老子打，说啊！你让老子咋？"张京都歇斯底里地说道，仿佛要把最近的怒气全发出去。

郭振邦没挂电话，但那头依然沉默着。

"我告诉你，这事交警已经解决了，我一片好心，给你家一百万，你不依不饶跑来闹，现在一百万没了我跟你说，交警那边让我拿多少我就拿多少，听见了吗？以后别给老子打电话了。"张京都愤怒地说出了这些话，就准备挂断。

"你为什么要溜车？"郭振邦的声音出奇冷静。

"我没注意！你出车祸了能那么理智？"张京都吼道。

"那你为什么想这么快解决？"郭振邦又问道。

张京都此时被郭振邦烦得已经失去理智了，他冲着郭振邦怒吼道："你想怎么样就怎么样，只是别再给老子打电话了！"

"你不会再接到我电话了。"郭振邦说完这句话果断挂掉了电话。

张京都感觉自己一拳打到了空气里，他从内心深处以为郭振邦会跟自己吵架，但显然这一切都落空了。为什么会这样？张京都无处宣泄的情绪蓄积了起来，心里有一股无能感在泛滥。

张京都愤怒地走出卫生间，在门口，一个男的拉着一个女的走了进来，张京都跟他们擦身而过，看神情两人显然吸了毒。

张京都刚到门口，就发现莉莉靠在男卫生间的门口。他还没开口，倒是莉莉先开口了。

"走不走？"莉莉看着张京都的眼神充满了情欲。

张京都愤怒地朝前走去，莉莉跟在了后边。

3

保时捷卡宴停在汾河边上一个僻静的树荫处，车体摇晃，张京都在放倒的座椅上和莉莉亲热。莉莉不断地亲吻着张京都，情欲高涨时她不时地自己将身上的衣服一件件除去，直到赤身裸体。张京都的衬衫敞开着，这还是刚才莉莉帮他解开的。两人都非常忘我。

"你有多久没做爱了？"莉莉问道。

张京都没说话，莉莉点起一支爱喜，摇开窗户舒服地吐了口烟。

"好点了吗？"莉莉问张京都。

张京都点了点头。

"我想洗澡睡觉了。"莉莉说道。

张京都没说话，莉莉发动汽车拐上了漪汾桥，太原的夜色渐浓。

4

夜色让新欣苑小区蒙上了一层雾蒙蒙的黑色，那些透过树木泛上来的微弱路灯光，有种杯水车薪的感觉。其他的路灯由于失修，干脆没开，这就让小区里的树木植被将这夜色铺得更浓，如同幽暗深邃的意识。

　　随着浓重且有节奏的呼吸声，郭振邦将视线从这令人不快的景色上收回，他将意识牢牢地集中在此刻正在专注的引体向上这个运动中，他的双手吊在七号楼楼顶侧面两根突出的钢筋上，身体则悬在七层楼的空中，不明所以的人一定要为这种危险行为尖叫，所以郭振邦总是选择在夜色弥漫的夜晚进行训练。这已经是第一百零一下了，他的手臂青筋毕现，他用尽力气做到一百零五下的时候，手臂将身体拉向楼顶，他一只手在钢筋上固定着身体，另一只手攀向楼顶边缘的护栏，一使劲，轻巧地爬上了楼顶。他调整呼吸，先打了一套军体拳。他一边打一边"哼哈"地喊着口令。在认真地打完这一套军体拳后，他又以刚才三倍的速度重复了一套军体拳，直到气喘吁吁。他调整呼吸，盘腿打坐，如同冥想一般闭上了眼睛，等他再次睁开眼睛的时候，呼吸已经顺畅。他拿起身边的外套穿在身上，站在楼顶边缘看向夜色。夜色浓重，但他此刻除了力量与决心以外，什么都不想，他感到通体舒畅。

5

　　郭振邦回到家的时候，发现刘咏春又坐在沙发上，舅妈耿艳玲以及表弟刘浩良都在家里。这个阵仗郭振邦已经司空见惯了，虽然事情才过去八天，而且刘咏春的这个架势细算起来也没看过几次，但他怎么会浮现出司空见惯的感觉呢？他懒得想，只是看了一眼沙发右边的郭礼隽和母亲刘咏梅，刘咏梅显然还处在僵死状态，这是前一段时间不断流泪的悲伤情绪给精神伤口结上的痂，而郭礼隽看起来又像从前一样沉默了。郭振邦想着这一切的时候，肚子非常饿，他来到厨房,掀开锅盖,还有一碗剩的米饭。他端出米饭,又打开了冰箱,除了刘咏梅之前用胡萝卜茴子白腌的咸菜外,就剩下几小袋双汇王中王的火腿肠。他拿出火腿肠和咸菜一并端到了茶几上,接着搬过小凳子坐着,撕开火腿肠,一口咬掉了一半,开始刨饭。他吃得很快,他抬头看了一眼刘咏春,这次他跟上次不太一样的地方是双颊绯红,应该是喝了酒。郭振邦没说话,继续刨饭,刘咏春没有看任何人,他像是要做一个交代,有气无力地说道:"交警队我打电话问了,复核的结果下来了。"

"我知道。"郭振邦嚼着饭陈述道。

"还是那个结果,现在怎么办?"刘咏春问道。

"该怎么办怎么办。"郭振邦回答道。

"你还有啥说道没?"刘咏春问道。

"他们复核结果一样,我查了,没权利请法医。"郭振邦说道。

郭礼隽此时有些急了。

"请法医干啥?"郭礼隽着急地问道。

"我怀疑小宇的死因,不相信他们,想确认下死因。"郭振邦说道,但声音里有一闪即逝的犹豫,这是多年生活在一起对郭礼隽脾性了解的结果,不过他很快调整了语调。

"怎么确认?"郭礼隽问道。

刘咏春已经知道郭振邦要说什么,他似乎害怕那个话似的,想要打圆场,但郭振邦抢先说了。

"我已经问了,复核结果不允许请法医。"郭振邦陈述道。

刘咏春松了一口气。

"你还想让小宇挨刀子?"郭礼隽的话愤怒里伴随着哽咽。

刘咏梅低着头,又回到了里屋。刘咏春感到一场麻烦即将来临。

但郭振邦没回答。

"你能不能让你弟入土为安？"郭礼隽质问道。

刘咏春赶紧转移话题。

"我通知老家的人明天来，大后天办事吧？"刘咏春试探地问道。

郭振邦收拾好碗筷，将它们拿到厨房洗掉，郭礼隽有些着急了，这么多天的事情袭上心头，他突然有种被夹在一道缝隙里的感受。他迷信地觉得小宇的灵魂不得安生，在这种心境下他质问郭振邦："你倒是放个屁啊。"

郭振邦洗好了碗，从厨房走了出来，他站在冰箱前，看着沙发上的人说了句："你们看着弄吧，只是别收那帮家伙的钱。"

刘咏春有些着急了，心想这样的话小宇不是就白死了。第一个跳出来的是耿艳玲，她慌忙说道："振邦，这个赔偿也是他们应该的，你爸妈这养老啥的……"听到这里，郭振邦毫不客气地打断了耿艳玲的话："老我来养，你们让小宇安息，我用另一种方式让他安息。我就这一个说道，别的没了。"刘咏春他们还想说什么，郭振邦已经进了屋。刘咏春看了看毫无办法的郭礼隽，说了句："那就通知老家人吧。"郭礼隽点了点头。

6

张京都被一道光叫醒了，他看见没有拉严的窗帘缝隙处泛着刺眼的光芒。身边的莉莉裸着身子背对着张京都。张京都躺在床上，突然有一种不知身在何处的陌生感，他想着昨夜的混乱以及那些断断续续零散的梦境，他竟然都记不清楚了，只是留下了零零星星的琐碎印象，这些印象让人反感。恢复意识的瞬间，郭振邦昨天的电话又进入了脑海，他恨得咬牙切齿。他想要起身，但此时他才发现自己赤裸着身子，昨夜回来他跟莉莉都喝了点酒，接着他的意识就影影绰绰了。他一边想着一边寻找着自己的衣物，穿上衣服的时候，他想从卧室出去，但四面都是镜子，他也不知道要往哪里走。正寻思着，面前的镜子打开了，莉莉坐了起来，手从墙边的按钮上放了下来。张京都在镜子里瞄了莉莉一眼，就往外走。

"你不会就这么跟我绝交了吧？"莉莉说着将一块糖扔进嘴里。

张京都真不知道说什么，他竟然莫名其妙地想起了油嘴滑舌的孔介。

"不吃了饭走？冰箱里有蛋。"莉莉又补了一句，但丝毫没有要起身的意思。

"我先走了。"张京都应道。

莉莉没等张京都完全离开就又趴在床上睡过去了。

张京都的手机没电了，他找了个便利店租了个充电宝。等待开机的过程中，他竟然期待郭振邦能给自己打电话。这可是头一次，为什么会这么想，他还没来得及分析，就又被郭振邦昨天的语气激怒了。

他转移意识地想着跟莉莉昨天的一切，感到很疲倦，这种生活是他以前最讨厌的。李副市长的儿子李一品就这样过日子，但他也是遇到了自己这么不顺的情况吗？张京都第一次对李一品的生活生起了同理心。

手机刚开机，张朝歌的电话就打了过来。

"壮壮，那些合同手续我还是找人来拿吧？"张朝歌的声音里没有丝毫的责备，但意思已经很明确了。这些东西他本来答应张朝歌今天给他送去，他看了看表已经下午四点了。怪不得，他这么想着，又一阵做错事的念头袭来，他的右脸颊神经质地抽搐了一下。

"我这就送过去。"张京都说着，伸手打了个的，车停下来，他疯跑了过去，就像个落了作业回家去取的孩子。

出租车行驶在迎泽大街往开发区的路上，张京都手上的文件袋里装着所有柳巷烂摊子的手续，此刻放在手里他竟然有种如释重负的感觉。他荒唐地笑了，那股长期以来伴随着他的无能感暂时感觉不到了，他真想这种感觉可以一直持续下去。正这么想的时候，出租车路过了张玉墀的龙华集团大厦，他下意识地扭头看向了大厦，就在此时，在离他不到三十米的地方他看见了一个熟悉的身影，他不禁瞪大了眼睛。此刻出租车也在红绿灯前停了下来，仿佛是帮他确认一般。张京都不知不觉脸已经贴在了玻璃上，那个背影在四处打量，不时露出的侧脸都在向他确认内心的答案——死者的哥哥。绿灯了，出租车向前继续行驶，张京都惊觉自己刚才在心里默认那是个熟悉的身影，他们才见过两次而已。此时车子带着他离死者的哥哥越来越远，但他却感觉越来越近。

7

龙华集团的大厦坐落在迎泽大街与财贸大厦的相邻处，整栋楼比财贸大厦新，看起来充满了一股欧洲式的气派，又与周围显得格格不入。门口的两头狮子，非常像郭振邦在电视里看见的香港银行门口的狮子。气派的门脸，高大、肃穆，转门前的两个保安个子很高，不时在门前逡巡。郭振邦站在门前的国旗下，打量着这一切，此时一辆凯迪拉克经过，按了下喇叭。郭振邦让开了路，车子开向前边的停车场，郭振邦随着车子看了过去，发现停车场上也有一排旗帜，除了龙华集团的标志以外，就是几个国家的国旗。郭振邦冲着停车场走去，里边的车停得满满的，他一边打量一边又走了回来。昨天晚上，他在网上查到了龙华集团老板张玉墀的照片，今天他打算在这里堵他。他早上八点就来了，但并没有惊动保安，他知道如果去问保安就会打草惊蛇。

晚上七点钟的时候，他依然没有等到张玉墀。他感到奇怪，按道理说就是从后门进，现在也应该出来了啊。终于他还是抑制不住上去询问的冲动，但很快就被保安拦住了。

"卡。"保安说着，眼神上下打量着郭振邦，郭振邦非常讨厌这副审视自己的势利眼模样。

"张玉墀在这里办公吗？"刚说出这句话，郭振邦就后悔了。

"没卡就打电话预约，我不知道。"高个子保安很冷峻，长期在龙华集团当保安的经验让他从装束气质上就能区分一个人大概的身份，他也因此按人选择语气。郭振邦此时想转换一种语气询问，但一想到自己要装模作样就感到厌恶，以至于他扭头离开了龙华集团。

回去的火车上，郭振邦一阵乏力。从昨天积攒起来的力量，仿佛被一个小小的保安给拦住了，这种不快无论如何都很难排解。此时手机响起短促的铃声，他点开消息："江西一男子，挥刀砍向路人，疑似对工作不满。"郭振邦内心一股无名火升起，此刻他真的后悔没有跟保安起冲突，那狗眼看人低的样子让他生出一股复仇的欲望。"垃圾。"郭振邦低声地咒骂道。

8

刘咏春眼珠里布满血丝，后座接到的郭礼隽的大哥和刘咏春的二姐刘咏兰已经睡着了。刘咏春此刻感到一阵疲劳感袭来，他强睁着眼睛点了根烟，将窗户摇开一道缝隙，吹进来的风让他的神智稍微清醒了一些。今天从一早他就没有闲下来，一提起迎泽交警大队他就感到麻烦，但还是要来，因为他给冷刚打电话说了赔偿的问题。冷刚表示可以进行调解。这些都是瞒着郭振邦做的，郭礼隽也同意。但在交警队他并没有看见张京都，来的是另一个人李渊，虽然李渊对自己很客气，但刘咏春明显感觉到李渊对自己很不信任，这是内心认定他无法做主后的外在表现。

他搜索着词句，想要向李渊说明归还钱的事不是他跟死者家人的本意，但他怎么想都觉得说不出口。这里边最主要的缘故来自他底气的丧失。第一次李渊跟他谈补偿的时候，他可是凭借着郭宇考上交大的事实，掺杂着最爱的外甥已经去世的悲痛非常自然地表达出来的。可现在，钱被郭振邦还回去了，他不论再怎样搜肠刮肚，都觉得自己已经变成一个想多要补偿款的弱势群体。这就像已经占领的高地被收回去一样，让他非常懊恼，这都是郭振邦造成的。"这个不争气的东西。"刘咏春抽着烟这么想着。但当时他虽然不满郭振邦造成的局面，却也深刻地感觉到事情回到了正轨，这其实是荒谬的表象变成可理解的世俗的精神形式，一种逻辑式的庸俗化。但刘咏春感到开心，毕竟他可以施展手脚了，但李渊表示肇事者不愿意再自行提出赔偿，说交警提出多少，他们接受即可。冷刚冰冷地看了李渊一眼，李渊就将郭振邦带他们到事发现场的"一百三十五斤肉"的事情和盘托出，这让刘咏春瞬间就觉得被动了。冷刚说自己没权力调解说多少钱,但按以往的经验,二三十万的情况都有,主要还是看双方的意愿。李渊说只要保证郭振邦不闹事,他们还是愿意商量的。这就把球踢到了刘咏春这边。但刘咏春非常矛盾且头疼,因为郭振邦到底是怎么想的,他一点也无法把握。最后,李渊表示,将事情尽快处理掉对谁都好。

想着这一切的时候,刘咏春感到郭振邦真是个隐患,他到底想要什么呢?他这么想着。不过这些扫兴的事情还是被一些进展顺利的事情冲淡了一些,毕竟今天小宇已经被移送到殡仪馆了,明天早上是告别仪式,想到外甥终于可以安息了,他还是长长地舒了口气。

车子停在了万柏林区的一个七天宾馆,因为这里方便去罗城殡仪馆。他安排郭礼隽的大哥和刘咏兰将行李放下,便赶去殡仪馆,今天晚上大家都要在殡仪馆守夜。

9

家里静悄悄的,郭振邦一边上楼,一边想着张玉墀的事情,到底在哪能堵到他呢?此时七楼楼道的声控灯被郭振邦的脚步声震亮,他猛地拉出要攻击谁的姿势,因为灯亮时门口站着一个人。

苏以沫没有哭,只是坐在郭振邦家的木质沙发上,郭振邦的手机还在充电。两人没说话,就那么坐着。苏以沫觉得这寂静中有郭宇的气息,但那稀薄的感觉确实宣示着什么东西已经离开了。她莫名地想起"悄悄是别离的笙箫"这句诗。

"那我先回去了。"苏以沫起身准备离开。

郭振邦点点头,又突然像想起什么似的问道:"你知道他手机密码吗?"苏以沫愣了一下,像是在回想什么,接着摇了摇头。此时郭振邦手机开机了，他看到十几个未接来电。他顺着号码拨了过去。苏以沫很有礼貌地等待郭振邦打完电话。郭礼隽问他怎么还没来，明天火化，然后就挂断了电话。此时苏以沫准备离开，她跟郭振邦打了个招呼，郭振邦还是说了句："明天早上小区门口有大客车去罗城殡仪馆，如果你想去的话……"苏以沫点了点头，扭头准备出门，郭振邦像想起什么似的，突然把郭宇的手机递给苏以沫，苏以沫知道那是郭宇的手机，她无声地流着泪。郭振邦并没有安慰她，苏以沫再次跟郭振邦有礼貌地告别，然后离开了。屋子回归寂静，以至于当郭振邦重新反刍刚才苏以沫的形象时，才发现她如同郭宇一样神秘。

他蹲在电视机的插座前，打开手机，开始百度张玉墀办公室的电话。很多搜索页都有，他还尝试着拨过去，有的显示空号，有的压根没人接。他继续翻找着，突然看见一个"张玉墀草菅人命"的帖子。他点了进去，发现是一个百度贴吧，叫"张狗贴吧"，但里边帖子并不多，基本上都是一个叫"现代刚峰"的人在发。郭振邦来了兴趣，他翻了翻帖子，基本上都是2011年龙华集团开发占地中伤人赔款的事情，截止到2015年就没人发了。郭振邦突然心血来潮，点开这个"现代刚峰"的用户头像，给他发了一条私信："在哪儿能找到张玉墀？"他等了一会儿，毫无动静，便起身收拾了一些东西，下楼了。

郭振邦的摩托车行驶在太古国道上。自从高速公路开了之后，这条道就没人走了，除了一些往深山里运煤、拉材料的车以外，这条道寂静异常。他不时想起小时候这条山路上时常堵车的场面。而此刻空荡荡的盘山路上，他摩托车的引擎声有很大的回响。他听着，猛轰着油门，郭宇的神秘感又一次浮现在了他的心里，今天为什么会一直想起郭宇呢？他这么想着的时候，惊觉郭礼隽白天就给自己打过电话说晚上到罗城殡仪馆守夜,为什么自己会坐火车回古交?为什么自己现在才想起来?郭振邦意识到刚才自己骑着摩托车时有种不知道去哪儿的感觉。

第九章 不期而遇的小调

1

凌晨一点，张京都望着窗外的汾河，其实除了路灯打在河面上的波光粼粼外，他只看到一片黑。他扭过头慢慢地走回客厅，客厅里远远地开着一盏落地灯，灯光打在墙上。张京都窝进一张充满原始风格的姑且称为沙发的麻袋，抬头盯着落地灯照射的地方，那里有张充满爱德华·蒙克风格的仿作，是自己十九岁反社会倾向最严重的时候画的。另一张隐在阴影处的康定斯基风格的仿作则是刚从北京回来不久画的，那些规则的图形他是借助了圆规、三角尺——那些他曾经最迷恋的几何课上的一切工具仿出来的。他一边模仿一边确切地体会到那些图形背后的生命。可现在他为什么在想这些呢？他为什么这么平静呢？是在逃避吗？张京都这么想着的时候，关于画的迷思就被扫兴感取代了。

他莫名地在嘴里感到一股咸咸的味道，他光着脚走到梳洗台旁边的冰箱前，打开冰箱拿出了一瓶依云。正准备喝的时候，矿泉水瓶上突然淌下了几滴血，此刻他才发现自己流鼻血了。他打开梳洗台上的水龙头开始冲洗鼻子，发现是右鼻孔，他便举起了左手，用右手又冲了些凉水拍打了几下额头。

他用纸巾塞住右鼻孔后准备回到沙发上，但刚走到混乱客厅中央的时候，他突然被一股力量攫住，没错，那是看到死者哥哥的恐惧。他想起下午碰见张朝歌后，竟然傻傻地问了句："最近没出什么事吧？"嗅觉灵敏的张朝歌眼神里一闪即逝的是"张京都是不是又出什么事了"，虽然张朝歌很快就掩盖了这个念头，但张京都准确地捕捉到了，他想到以自己的艺术天分怎么会忽略这一点的时候，突然笑了。

下午李渊给自己打过电话，说了事情的进展，但死者哥哥并没在场。会不会是死者的舅舅给死者哥哥打了电话？他开始胡思乱想，但越胡思乱想，恐惧就在意识深处时隐时现，这感觉并不好过。

这种恐惧跟校园暴力中的施暴方让受暴方"等着"有些类似，但又差之千里。至少校园暴力的受暴方知道放学后会被打，但死者哥哥想干什么，他却一点儿都无法把握。这么想着他给李渊打了个电话。

"怎么了？"李渊接起电话，周围有古筝的声音。

"其实今天下午我看见死者的哥哥在我爸公司楼下。"张京都尽量用平静的声音说道。

"你爸知道了？"李渊问道。

"我不知道。"张京都说道。

"他找你爸到底想干什么？"李渊问道。

"他一定是找我爸吗？"张京都提出疑问。

"难道找你？"李渊问道。

张京都不再说话，李渊似乎问到了本质。

"不过我爸两年前就很少在那儿办公了。"张京都说道。

"但他是怎么知道你爸在这儿办公的？"李渊又一次直抵人心了。

是啊，他是怎么知道我爸是谁？怎么知道我爸的公司？这些问题今天竟然在恐惧的支配下一次都没有被自己意识到，张京都瞬间觉得自己非常蠢,这种自责带来了一种想要使用暴力的倾向。

"他妈的,他到底想干吗?"张京都假装的平静坍塌了。

"那个钱怎么处理?"李渊问道。

"他不要,我能怎么办?"张京都吼道。

"要不要找个人问问?"李渊问道。

张京都知道他在说什么,找个人的意思就是找些"黑道"的人问问。他从来没想过这种电影里的情节会发生在自己身上,他感到一阵焦虑。

"能行吗?"张京都问道。

"这就跟癌症似的,看你知道的早晚,怎么处理。"李渊回答道。

"要不再等等看?"张京都犹豫道。

"看你。"李渊回答道。

"万一他就是看看呢?"张京都说道。

李渊没说话。张京都准备挂电话的时候,李渊又说道:"想好了跟我说吧,对了,我要先跟你说,只能找孔介,我可没人。"张京都一瞬间在脑海里产生了一个意象:一个庞大的机器被一堆垃圾歪歪扭扭地连接着。

"没别的办法了?"张京都问道。

"不过要真到那一步,你也就不怕你爸知道了吧?"李渊直击本质。

张京都没再说什么,挂了电话。想着李渊的话,突然对李渊充满了感激。此刻他是那么需要他。

2

去罗城殡仪馆的一路是从繁华到苍凉的体验,离殡仪馆越近,人迹罕至的感觉就越浓,但路两旁还是开了很多卖花圈的店,还有几间郭振邦小时候经常见的小卖部,名字也如出一辙,这些在古交市里都看不见了。这么想着,郭振邦突然非常口渴,他将摩托车停在小卖部的门口,活动房结构的门旁窗户里透出昏黄色的光。郭振邦推门进去,买了一瓶矿泉水。付完钱他拧开便喝。一边喝一边看见头顶的五十瓦灯泡被一个纸壳做成的罩子聚着光,四周则黑漆嘛乌的,使得店里卖的其他货物毫无诱人感。但郭振邦喝完整整一瓶水后还是被饥饿感袭击了,他要了两碗方便面,一根火腿肠。店主用布满生活尘垢的烧水壶给郭振邦泡上面,此时郭振邦才发现店主的右脚是瘸的。他一边倒水,一边看着电视剧,不愿错过丝毫剧情。郭振邦再次付钱,他看着贴在柜台上的二维码,又结合这个破败的地方,得出了一种没有秩序的错乱感,就像井下的工作面停着一辆自行车的感觉。他这么想着,不记得这个自行车是真实存在过,还是梦到的了。

面好了,郭振邦狼吞虎咽地解决了两碗面和一根肠,这是当兵时养成的习惯。他吃完出来骑上摩托车,驶向了罗城殡仪馆,摩托车上挂的手机导航显示"GPS 信号弱"。此时郭振邦才想起自己除了跟店主说要什么外,没和店主说一句话,吃面的过程虽然不长,但那也是时间啊。可能他在看电视剧吧,他这么想着,冲着罗城殡仪馆呼啸而去。

3

　　远远的电子屏上显示着郭宇的名字，大堂里灯火通明。郭宇的馆在右侧小一些的地方，中间更大的地方有十几个人在门口生的炉火前烤火。郭宇的馆前也有火，但暂时没有任何人。郭振邦往馆里走，看见远处停着郭宇的棺材，郭礼隽和刘咏梅沉默地坐在棺材左边的黑色椅子上，馆里加上父母总共六个人。郭振邦进去的时候，看见大伯郭礼怀正在跟刘咏春说着什么。郭礼隽看见了郭振邦，又回过头陷入沉思，刘咏梅似乎陷在僵死的状态中，依然没有苏醒。刘咏兰看见郭振邦，赶紧走了过来，一把拉住了郭振邦的手，此时郭礼怀也和刘咏春立在原地扭头看向郭振邦。郭振邦被刘咏兰拉着手，他已经十年没有见过二姨了，她看起来老了很多，至少比母亲刘咏梅老十岁，但她到底比母亲大几岁呢？郭振邦漫无边际地这么想着。刘咏兰不断地流泪，而且还抬头看着郭振邦，似乎是要帮郭振邦缓解疼痛一样，她搓着郭振邦的手，不断说着"弟弟命不好，不难过，日子会好起来的"这类的话。二姨显然想象了一种郭振邦的情绪，郭振邦说不出话来，只能也拉着二姨的手，回应着她那在郭振邦看来过火的亲热。

　　郭礼怀的眉头紧皱，样貌跟郭礼隽如出一辙。他那副严肃的样子让郭振邦很反感，郭振邦不打算跟他打招呼，还是刘咏兰拉着郭振邦走到了郭礼怀的面前。郭礼怀劈头就问："怎么了？不认识了？"郭礼怀的言语就像训斥儿子，郭振邦没理他。刘咏春有些紧张郭振邦的反应。"我们商量了一下，后天早上火化。"郭礼怀见郭振邦不理他，就说起了正事。郭振邦还是没有说话。"你们这里的人说头炉比较干净，我们想宇娃（郭宇）这么年轻，就明天白天把事情办了，后天早上送宇娃走。"郭振邦此时才抬头仔细地看了郭礼怀一眼,他穿得过于崭新,一看就是新买的衣服,但依然遮挡不住他土的一面。郭振邦突然很生气,因为郭礼怀一来就把自己当家长的这副做派彻底激怒了他。他不留情面地直接回问道:"你不是找算命的算过,明天必须烧吗?"郭礼怀一时有些不知所措,但他感觉到了侄子的恶意,便强硬地回道:"我找了好几回阴阳先生,我没来的时候,不是你不叫郭宇走?"郭振邦突然冷笑道:"日子能改,你找的神棍就没用,什么头炉、尾炉,人都没了,穷讲究这些玩意儿有啥用?"郭礼怀一时间愣在了原地,此刻才惊讶地想起这个侄子他已经有十五年没见过了,他并不像自己想的那样。他咽了口口水,一时间不知道怎么回答。郭礼隽听见郭振邦这副没规矩的口气,直接冲过来推了郭振邦一下:"你有些教养。"郭振邦盯着郭礼隽看了一眼,扭头走了出去。刘咏春非常无奈,他看着郭振邦站在门口烧纸的炉子旁边,便跟了出去。

郭振邦拿了一沓黄纸烧了起来,脑海里空空如也。此时刘咏春走了过来,也拿了一沓纸烧了起来。他看郭振邦的气势没有那么逼人的时候,问了郭振邦一句:"我看这事过去了,还是跟人家说下赔偿的事,交警也说了,这个是他们该赔的。"刘咏春说这话时没看郭振邦。

郭振邦觉得刘咏春根本不懂自己,他不知道跟他说什么,此刻他满脑子都是张玉墀到底在哪里的念头,而且异常强烈。正想着,郭礼怀走了过来。

"振邦,这个钱的事情,还是得要,置这个气没啥用。"郭礼怀用自认为和缓的口气说出了让郭振邦觉得极富攻击性的话。

"我置的是啥气?"郭振邦用方言回问郭礼怀。

"你爸妈也这么可怜的,我们就不闹了行不行?"郭礼怀又说道。

郭振邦冷哼了一声,没再看郭礼怀,郭礼怀想再劝几句。郭振邦却没给他这个机会。

"大伯,你有多大岁数了?"郭振邦平静地问道。

"我比你爸大五岁,五十八了。"郭礼怀回答道。

"你来的时候,电话里听我爸和我舅舅说了我的事情了?"郭振邦问道。

郭礼怀想了想,觉得气氛缓和了。

"我知道你难受,那你要想以后的日子……"郭礼怀的语气里第一次听不见命令了。不过郭振邦直接打断了他。

"你是不是来的时候就想着怎么处理这个十几年不见的侄子,而且特别有把握,结果所有的一切都落空了?"郭振邦说完这些话,毫无畏惧地盯着郭礼怀。

郭礼怀再一次被刺痛了,这一次他有了深深的陌生感,那些他自以为是的劝说,或者命令,瞬间化为乌有。

"你们尽管觉得我脑子有病吧,我在做我的事情,这些事情没那么简单,你们该干啥干啥去吧。"郭振邦丝毫不留情面。

这要是在村里,郭礼怀绝对会生气,如果是自己儿子这么说话,他甚至会扇他两个巴掌。但郭振邦身上有种令人不敢触碰的气势,这种心情他只在第一次见镇长的时候有过,因为他是村主任。但也只是类似,还有哪里完全不像。

他这么想着,刘咏春递给了他一支烟,两人抽了起来。郭振邦站在他们旁边,丝毫没有觉得尴尬。此时他的手机响起,他拿了起来,看见百度贴吧的"现代刚峰"给他回了私信:"张狗又干坏事了?"

郭振邦瞬间觉得某种力量又回来了。

4

半夜三点钟的时候，刘咏梅还没有睡觉，她就那么坐在椅子上，注意力没在任何地方。她面无表情，精神已经神游到别处去了。郭宇的遗照是他高二时候照的，那是学校组织参观汾酒厂的时候同学给他照的。他表情有些严肃，看起来还有些不好意思。刘咏春看着照片悲从中来，他想起了郭宇的点点滴滴，用手揽住了一旁已经熟睡的刘浩良。郭礼隽也疲惫极了，他走过来跟刘咏春说让孩子上去睡吧。刘咏春将刘浩良摇醒，往灵堂上边的一间屋子走去，此时郭礼怀用双手抹了把脸，一副刚睡醒的样子。耿艳玲累得说不出话来，和刘浩良一起上了楼。郭振邦远远地坐在门口，灵堂内的死气沉沉让他窒息。他远远地望着黑夜，没有回头看向郭宇的遗照一次。他今天晚上来到这里就一直坐在门口，那口棺材就像一块石头沉重地压在他的心头，至于这个沉重到底是什么造成的，他却说不清楚，因为伴随着这沉重而来的是一种神秘感，一种专属于郭宇的神秘感。郭振邦梳理回忆着他记忆当中的郭宇，最后一次听见弟弟回应自己已经是郭宇小学三年级的时候了。那次是他弟弟被人在学校欺负了，邻居刘波跑来向他告状，他不由分说地去帮郭宇出气，因为那时在他的印象里，郭宇就像个弱不禁风的小鸡。但当他将那小孩扇了两耳光，那个孩子吓得瑟瑟发抖的时候，他看到的是一个他觉得不属于那个年龄孩子该有的眼神，郭宇就那么望着自己，没什么态度，但又好像有一个确定的态度。但在印象里，自那以后郭宇就不主动跟他说话了，他问什么，弟弟也只是点头摇头，就跟个哑巴一样。再之后他就去当兵了。他到底在想什么呢？郭振邦这样思考着。郭宇从来不把看的书带回家，他有一回想跟郭宇交流一下陀思妥耶夫斯基，郭宇就是那样坐着，听他说，也不回应；他问了一句："是不是没看过？"郭宇只是点点头，然后他说："你应该看看。"郭宇没再表态。现在想着这一切的时候，郭振邦第一次觉得很茫然，他想象着郭宇的遗照，依然没有回头。此时他在这些想象中也被疲劳袭击了，在那些若隐若现的幻觉和梦境里，他看见了郭宇，看见了勐腊那只被毒贩打死的猴子。此时他猛地惊醒，拿出手机，贴吧里他跟"现代刚峰"的聊天记录还在，"现代刚峰"一直在询问他出了什么事，"张狗怎么对你作恶了"之类的。他一概没回，因为他已经得到他想要的答案了。

5

凌晨五点，天还没亮。一辆老式大巴车驶进了殡仪馆的广场。来参加的人坐满了车，有些老早到的人是自己开车来的。他们很多都聚在门前的香炉前抽烟，后边来的人就去上香、烧纸。有些人在旁边的馆里买了鲜花，一些人写了挽联，挂在灵堂两旁的墙上。郭礼怀一直做出主事人的姿态，但来的人大多都与刘咏春相熟，所以郭礼怀的村主任架势让站在旁边的郭振邦很反感。但此刻郭振邦根本顾不上这些，他只是不断地向外看，谁也不知道他在看什么。

仪式很简单，因为要赶上六点钟的头炉火化。常超被委任作为主持来操持这一切。他做了简单的介绍后，郭礼怀代表家人说起了悼词："各位领导、同志，你们好。感谢大家百忙之中抽空参加我最好的侄儿郭宇的追悼会。郭宇是我们老郭家几代人中最出息的孩子，这悲剧对我们郭家是最沉痛的打击，特别是对我兄弟一家更是不可承受的痛苦。但是在各位亲朋好友的鼓励与支持下，我兄弟一家一定能坚强地生活下去，再次感谢各位领导、同志们的鼓励与指导。"说完这一通话之后，郭礼怀看了看大家的反应，不是特别满意地下去站在了人群中。

常超又请刘咏春讲话。刘咏春盯着郭宇的遗照，突然眼泪就无声地掉了下来，这引得郭礼隽和刘咏梅都泣不成声。耿艳玲和刘浩良在旁边眼泪也直往下掉。郭振邦没有对舅舅的真情流露表现出丝毫的感情，他还在想着大伯刚才那通让他极其反感的发言。但在此时他看到了人群中的苏以沫，女孩子穿了一身黑色的羊毛外套，胸前佩戴白花。她的视线并没有注意任何周围的情况，仿佛在沉思一般。郭振邦有种直觉——他觉得在这个女孩子身上可以发现郭宇的秘密。但他转瞬即逝的想法马上就被他朝外看的视线掩盖了，他依然在向外看，引得几个敏感的邻居一阵白眼。

刘咏春调整了一下心绪开始发言："今天这么早，麻烦大家了。我外甥出生在古交二院，七斤六两，那时候我还没有小孩。我外甥白白胖胖的，一看就是个有福气的娃娃。我从来都把外甥当儿子看待，他也是我教育自己娃娃的榜样。外甥话不多，学习好，从来都不让我姐、姐夫操心。我外甥争气，考上了西安交通大学，我想象着我外甥以后当了工程师，当了大官，我这个当舅舅的也能沾上光。我想象着我的外甥结婚的时候，我能去当证婚人，我早早地就把彩礼钱给我外甥准备上了。但是天有不测风云，现在能想到的就是我外甥给我和我姐一家留下的美好回忆，希望我外甥在天上能有好的归宿，你永远是我的好外甥。"说完这些话，刘咏春和家人都已经泣不成声，人群里眼软的人也都红了眼圈。郭礼怀挤了两下眼，嫉妒心让他暂时无法哭出来。郭振邦此刻没再向外看，他的脸被愤怒占据了，因为他从刚才起就在等着撞郭宇的那小子来，但他一直都未露面，加上舅舅那饱含深情的悼词渲染的氛围，让他的愤怒瞬间燃烧了起来。

6

九月北方的早晨透露着冬日将近的前兆，寒冷让很多人裹紧了外套。工作人员像被别人打搅了睡眠一样，眉头紧皱地做着火化前的准备。其他人有的陪在刘咏梅身边安慰，有的则在一旁闲聊。只有苏以沫和一个女人站在一起，那是苏以沫的母亲。她一脸担忧地看着女儿苏以沫。郭振邦看着苏以沫的时候想起了王丽娟，他已经好几天没想起王丽娟了，此刻感觉这个时间似乎有好几年那么长。不知道为什么，望着苏以沫就能感觉到郭宇，但他从来没有在王丽娟身上感觉到过自己，可自己是什么样，他清楚吗？郭振邦又这么联想着。

工作人员已经准备就绪，几个安排好的老乡上前充满责任感地将棺材抬向火化炉。就在几个人抬起郭宇的一瞬间，一股浓烈的依依不舍感，猝不及防地袭击了郭振邦，那遥远的神秘被浓重的情感取代了，郭振邦往前走了几步，但他的意志又制止了自己的行为，他的难受伴随着肇事者的不到场和与王丽娟那曲折的感情，让他大力地用右手抓了一下左手。由于气温低下，他的左手泛起几道深深的红印。

郭宇被从棺材里抬了出来，那已经被收拾好的仪容泛着一股蜡像的气质，似乎郭宇早就离开了。郭振邦远远地看着这一切，有种置身事外的抽离感。随着郭宇被放上履带，慢慢送进火化炉，刘咏梅的僵死状态瞬间被打破了，她撕心裂肺的哭喊声凄厉地划破了人群寂静的氛围。郭礼隽的闷哭声也夹杂在其中，构成了郭家最后的悲痛。火化炉的铁闸关上的一瞬间，刘咏梅的哭声变得更加凄楚，但正在此时，人群中听到一声巨响，接着是一声哭号，郭振邦猛地回过头，看到苏以沫重重地砸在了旁边堆积着泡沫和木板的杂货堆上。苏以沫的母亲慌张地在一旁哭号，郭振邦三步并作两步冲了上去，周围的人慌忙围了过来。

"都走开。"郭振邦怒吼道。人群瞬间散开，郭振邦右手大拇指赶紧上去掐起了苏以沫的人中。苏以沫的母亲也将全部希望都寄托在了郭振邦的身上，苏以沫在郭振邦的掐挤下随着一声大喘气苏醒了过来，接着就是一声向内吸气发出的哭声，两眼里噙满的泪水呈饱和状涌了出来。这抑制的情感让郭振邦瞬间动容，但紧接着郭振邦的动容转化成了强烈的愤怒，接着演变成了一股极强的行动力。他挨近苏以沫的耳朵悄声说道："他不会白死的。"苏以沫的大脑已经不转了，因为郭宇的死随着那火化炉铁闸无感情地关闭已在她意识中确定为不可更改的事实。她只是克制地哭泣着，用手搂住了妈妈的脖子，她此刻是那么地想念郭宇，那个她曾经如此确定、托付终身的爱人。

第十章

能看见的东西都不重要

1

罗城殡仪馆的前厅只有郭振邦一家人了。现在是早晨九点钟，其他人都坐大巴回古交了，常超跟刘咏春打了个招呼也离开了。郭振邦站在广场上的一棵树下看着苏以沫被她母亲搀扶着上车离开了。刘咏春在前台结算尾款，补上最后的四千三，这次总共花了三万不到。前台的人询问墓地的事情，郭礼隽有些懵懂地望着刘咏春。此时一个销售模样的人出现在他们面前，谈起了墓地的价位，价格从八千九百九十九元一直到九万九千八百元不等。刘咏春听着销售人员的推销，心里有一个芥蒂始终无法抹平，那就是郭振邦对于赔偿款的态度。销售人员以为大家在为价位犹豫，就提出要去墓地看看，刘咏春扭头看向郭礼隽，郭礼隽还是有些不知所措。郭礼怀这时赶紧上前将包里的钱拿出来，说他们家里和刘咏兰姊妹兄弟们都凑了一下，有四万多。他说话的声音很大，生怕别人听不见，以至于空旷的大厅都有了回声。

"要看。"大家循声望去，是之前一直处于僵死状态的刘咏梅说的。

"小宇到那边也要睡在个好地方不是。"说着她的眼泪又吧嗒吧嗒地落了下来，刘咏兰赶紧抱紧妹妹，也哭着安慰了起来。

一家人走向广场，郭振邦还在树下站着，刘咏春喊了他一声，郭振邦跟了上来。销售人员在前边不断地跟沉默的郭礼隽、刘咏梅介绍着。刘咏春有意识地跟郭振邦走在人群的后边。本来他想在后边单独跟郭振邦说说，但郭礼怀看见这个架势也跟了上来。刘咏春皱了一下眉头，将这次葬礼消费的单据递给了郭振邦。郭振邦拿起单据看了一下，就还给了刘咏春。

"还要买个墓地，现在去看。几千到几万的都有。你妈想给小宇安排得好一点。"刘咏春思考着怎么跟郭振邦开这个头，结果郭礼怀粗暴地接上了话。

"我和你二姨后天就回去了，这些钱就该撞郭宇的人出，你给你舅舅个话，就不要去闹了。"郭礼怀说出这话后，刘咏春有些担心。谁知郭振邦根本就没理大伯。

"我卡里还有十几万，多少的我都出得起。"郭振邦没看任何人说道。

"你这个娃娃怎么这么犟。"随着郭礼怀说出这句话，刘咏春知道这次谈话已经结束了。郭振邦快步走到了前边几个人中间，证实了刘咏春的推测。

郭振邦走在前边，脑海里全是苏以沫晕倒的样子，那是精神造成的负担，她跟小宇一定很好，小宇一定跟她说过很多话吧。但这些随着小宇的去世都烟消云散了，仿佛之前的一切都不存在了一样。郭振邦想着撞死小宇那小子的样子，想着张玉墀，想着龙华集团，想着新闻上草菅人命的案子，但到底是哪些草菅人命的案子呢？他的意识中一瞬间划过这个念头，但并没有被他捕捉到。郭振邦一边走着，一边感觉自己的行动力在逐渐加强，似乎原因也在被他一步步的行动揭示得越来越明晰了起来。这么想着，他浑身又充满了力量。

墓地的安排依地势由低到高，价钱也是如此。高处的视野开阔，离郁郁葱葱的树林较近，矮一点的地方紧邻车道，但这里很少来车。刘咏梅来到墓地似乎变得灵动了起来，她不听销售人员怎么说，只是在墓地间来回走动、打量，由高到低来来回回了好几次。郭礼隽他们只是在后边机械地跟着，最后刘咏梅停在了墓地中间地势的一个地方。刘咏春他们走了过来，刘咏梅看着远处说道："小宇最喜欢这种安静、有些绿色的地方。"此时在看的墓地处在一个转弯的半坡处，由于转弯跟其他墓地之间形成了夹角，使得地势天然辟出了一小块空间。刘咏春看了一眼销售人员，销售人员心领神会地回答道："这个地方两万九千八，现在有活动，可以打个折，两万六千八就可以拿下。"郭礼隽回头看了看下边八千多的地方，没再说话，因为刘咏梅的态度很坚决。

手续办得很快，销售人员说本来这些事情应该是昨天就做的，那么今天就可以把刻好的字碑提前弄好。刘咏春解释说当时他们还没决定埋在东山还是西山，但其实刘咏春知道真正的原因是郭振邦那捉摸不定的性格影响了他做事的周全。被这个心理激励着，他跟销售人员谈起来能不能下午刻好字碑，让外甥入土为安，他说自己也干过这个，安排一下应该很快。销售人员最终答应了。

中午一大家人就在殡仪馆附近随便吃了点饭。下午三点钟的时候，郭宇的骨灰终于埋进了母亲刘咏梅亲自给他选的墓地当中，碑上那个充满羞涩、严肃的面庞如此年轻，伴着头顶的阳光，宣示着一件事情的尘埃落定。

离开的时候，刘咏春将帕拉丁的后排座椅调整了一下，一家人挤挤巴巴地坐了进去。车子还没发动，一家人就看见郭振邦骑着他的铃木250呼啸着冲出了罗城殡仪馆的广场。

2

　　新欣苑的家怎么都没有家的味道了，刘咏梅望着坐在一旁的二姐和郭礼隽的大哥，突然觉得很陌生。郭宇去世后她最悲痛的时刻，是得到消息的那天晚上，半夜她站在卧室的窗口，想要结束自己的生命。她对世间没有任何的眷恋，丈夫郭礼隽、大儿子郭振邦没有让她对世间产生一丝留恋。她想起了郭礼隽那嗜酒如命的每一天，那微醺的态度、那窝里横的性格。想起了郭振邦身上那股让外人不敢接近的狠劲儿，和当兵以前在古交到处跟人打架的浑蛋过往。伴随着当时那种心境，就像1986年那个她自暴自弃的年份，让她难过不已。那时候的她二十一岁，她最喜欢的男人就在从通渭去定西的时候出了事，超载的大客车翻下了山沟，他再也没有回来。他是李店乡小学的语文老师，他们非常相爱。到现在她都记得他的名字——李国宇——那是埋葬在自己内心深处的名字，这也是她非要给郭宇起名字的原因。想着这一切她就有种想跳下楼的冲动。半夜的古交，风很冷，蹲在窗台上的刘咏梅像一只待飞的鸟，但正当她要纵身一跃的时候，头顶上冥冥之中似乎有个声音对她十分留恋，这让她的内心瞬间陷入了温柔，她对着窗台号啕大哭，夜空包容着她的悲伤，那一刻她是那么想念郭宇，就像想念那早已逝去的恋人一般。

　　眼泪的司空见惯，并没有让她周围的人对她的理解多一丝一毫，大家都觉得那只是单纯思念郭宇的行为。

　　"振邦这里不好交代。"刘咏春抽着烟，搔了搔蓬乱的头发。郭礼隽也眉头紧锁。郭礼怀看大家都这么忌惮郭振邦，气氛逐渐陷入了消极，自己主事人的一面就如同条件反射一般浮现了出来，虽然他也领教过郭振邦的气势，但此刻当主事人的诱惑力可以盖过郭振邦那不在场的气势。

"你先把钱要下，这么大的事还能由着他一个娃娃家？"郭礼怀这一声如同命令一般，伴随着他充满决断力的表情，让他十分满意。但收到的效果并不好，刘咏春没有接话，因为他不觉得郭振邦会无动于衷，出现在他脑海里的可是当时郭振邦那句"不信你们就试试"。但他随即就想到，这是当时郭振邦提到的不许火化小宇时的态度。郭礼怀见大家都不接茬，就又改了口。

"不行我们就悄悄地把事了了，别让他知道就行了。"郭礼怀说着话把身子往茶几前凑了凑。郭礼隽看了看坐在小板凳上的刘咏春，刘咏春想了想，似乎觉得可行。大家就像密谋一般，悄悄地达成了一致，刘咏春提出明天带郭礼怀他们去晋祠转一转，后天送他们走。刘咏兰表示自己就在家里陪妹妹刘咏梅，但郭礼怀还是想去看一看。刘咏春说好第二天来接郭礼怀，然后就先回家了，离开的时候他拿出手机给李渊打了个电话。

3

"未来生物"坐落在太原开发区一片非常宽阔的场地上，郭振邦觉得比自己工作的矿区都大。因为在开发区，所以人迹罕至，但也因为人烟稀少所以非常干净，这种干净当中泛出一种无人问津的尘粒味，郭振邦不知道这味道是从哪里来的，他只记得自己进过一次矿区劳保的仓库，那干净的仓库里也泛出过类似的味道，但又不尽相同。"未来生物"四个字充满科技感，大门有种科幻的感觉，通体泛着蓝色，充满了未来气息。郭振邦的铃木250驶来的时候，声音还是在这寂寥的气氛中产生了回响，因为保安在锥形的门房里看了他好几次。郭振邦骑着摩托车在厂区外绕了两圈，发现墙体高耸，上面拉满了电网，之后他又回到了工厂大门口。保安此时从保安亭里走了出来，因为郭振邦的摩托车就停在大门对面五六十米外。郭振邦回过头看到的是一片被推平的荒地，不远处有几辆挖掘机正在工作。保安只是站在门口望着郭振邦，他的狐疑是面对未知时人类常有的反应，但明显保安脸上不单是这个表情，还有对一些确定事情的厌烦，这也让郭振邦觉得奇怪，但郭振邦显然没抓住这个意识，因为他正在想象张玉墀的汽车出现时自己要怎么说，但他并没有想出好办法。宝马750，这是"现代刚峰"在贴吧跟他说的，不过也有可能是骗自己的。因为他在百度搜索张玉墀的时候，发现这家公司的法人是张朝歌。他没再回复"现代刚峰"，因为"现代刚峰"一直在询问张玉墀对他做了什么，而且一直叫张玉墀"张狗"。不知道为什么，虽然郭振邦也对素未谋面的张玉墀没什么好感，但对这个给自己"指路"的"现代刚峰"也有种初见不合的印象。他正这么思考着，一辆五菱之光从远处飞快地驶来。还没等郭振邦反应过来，车子已经停在了郭振邦面前。透过车窗可以看见一个戴着眼镜、留着大胡子的人正望着自己，郭振邦本能地迎向他的目光，内心深处生起一股战斗的冲动。大胡子方向盘一打，将车贴着马路牙子的边稳稳地停了下来。郭振邦像迎接一个未知一样，做好了迎战的准备。大胡子打开车门，走了下来，他穿着一套蓝色的工作服，由于有一段距离，看不清左胸口上的字。他下了车，将后备厢拉开，拿出一个牌子，接着拿了一个马扎放到了路边，然后轻车熟路地坐在了马扎上，将牌子立在面前。他没摘下墨镜，扭头一边看着郭振邦，一边将上衣口袋里的烟掏出来点上。郭振邦望着他，不知道为什么有种似曾相识的感觉。但那感觉是什么呢？他又说不上。两个人就这么相隔十几米的距离互不搭理。保安已经回到了保安亭，但视线还是从亭子里注视着马路对面。路上的车少得可怕，要过很久才会有车来，如果不是大胡子一根接一根地抽烟，感觉时间已经静止了。就这样待了半个多小时，"未来生物"里除了不时走动的保安，连个人影都看不见，郭振邦在无聊中不禁想着，这么大个厂区，连个人都没有，那要这么大的地方干什么？

"张狗到底咋的你了？"大胡子看着大门的方向，用浓重的太原话问道。郭振邦的感觉找到了落脚点，他的厌恶感随着这种确认固定了下来，他就像在网络上一般，没有搭理对方。

"歪你想咋的了？"大胡子又问道。

郭振邦一句话都没说，盯着厂区的大门。大胡子将手伸到烟盒里拿烟，发现烟已经没有了，他将烟盒直接扔到了地上，把准备续点的烟头扔在地上并没有踩灭，接着他在地上吐了一口浓痰，冲着郭振邦走了过来。郭振邦被大胡子刚才的一整套动作弄得非常恶心，这些最基本的习惯在感官上给了他十分不好的体验。他急于想给大胡子暴力的惩罚，为什么会这样他暂时不想考虑。正想着，大胡子已经来到了郭振邦身边，大胡子个子并不高，最多一米七出头，但他还佝偻着腰，摇摇晃晃的走路姿势让本来就不高大的他平添了一分猥琐。他透过墨镜，紧盯着郭振邦看，郭振邦捏紧了拳头。似乎大胡子再看下去，郭振邦的拳头一定会给他点颜色看看。

"你知不知道张狗在西山有个盘？"见郭振邦不搭理自己，大胡子决定先给郭振邦说个秘密来换取信任。但郭振邦对这些一概不感兴趣，他只是觉得自己在等待张玉堼的过程中有这么个东西在眼前碍事，会让自己的事情也猥琐化。

"我的猪场在那儿，地是他占的，我不想给他，但他政府里有人。"大胡子又盯向门口。郭振邦不想听,但这些话还是流入了他的耳朵,他非常想走开,可又怕张玉墀会来。正想着,大胡子突然把右腿露了出来,郭振邦看见他右小腿有些不自然。

"折了。六年前的事了,他找人干的。"大胡子说道。

"你想干吗?"郭振邦冷不丁地问道,他发现自己提问的原因竟然是希望找到应对张玉墀的方法,他这么想着就感到后悔了。

"张狗到底咋闹你了?"大胡子见缝插针地问了起来。郭振邦一句都不想跟他说。

"你这人真不够意思。"大胡子往旁边走了两步坐在马路牙子上。

"网上问我,我给你说了,不是我,你能知道张狗在这儿了?"大胡子平静地说道。

郭振邦看了大胡子一眼,大胡子没看郭振邦,说道:"不要看,这厂开了两年,两年只有我一个人在这儿守着,你是这两年除我以外第一个来这儿的,昨天网上问我的不是你是谁?"郭振邦无话可说,虽然他对大胡子的苦衷依然没有兴趣。

"他儿子撞我弟了。"郭振邦终于开口。

大胡子瞬间来了劲儿,他摘下墨镜站了起来,此刻郭振邦才发现大胡子的右眼蒙着浓重的阴翳。

"交警护着他儿子呢哇?"大胡子问道。这让郭振邦十分不快,虽说当时申请复核的时候他也是这么想的。

"不赔钱?"大胡子问道。

"赔了,但我没要。"说这话的时候郭振邦内心一阵优越感。

但这次大胡子露出了十分不解的样子,使得右眼白内障的阴翳更加浓重了。

"你弟是不是残疾了?"大胡子试探性地问道。

郭振邦感到一阵被审问的不适，他重新沉默了起来。

"他儿赔了多少？"大胡子问道。

"一百。"郭振邦回答道，优越感再次浮现。谁知听完这话，大胡子左眼里浮现出了笑意，一副恍然大悟的样子。

"你弟死了哇？"大胡子问道。

郭振邦的不适来到了顶点，他感觉自己就像某些时候由于身体不爽利而出现的精神黏稠一般，觉得整个精神都被大胡子带来的猥琐感拽着往下坠。大胡子却没再理郭振邦，他像很确定一些认定的事实一般，回到五菱车上重新拿了包烟，坐在马扎上点了起来，他抽了一口，吐出了烟说道："要是那，一百可不够，就张狗歪样子，他儿不是喝酒就是吸毒了，找找关系，交警一压，球事都没了。"大胡子说完后一阵得意，郭振邦感到精神上被割伤的疼痛袭来，他拉好架势，准备用语言在精神上进行一次有力的回击。

"你肯定想要得更多吧？不然腿怎么折的？"郭振邦面无表情地说道。

大胡子扭头看了一眼郭振邦，突然哈哈大笑。笑完后他又抽了口烟，接着又笑出了声，然后一口痰卡在了喉咙里，他猛烈地咳嗽了好几声，将那口浓痰咯了出来，吐在地上，又冲着郭振邦走了过来，看着他说道："我和你说，他占的那块地，我爸就在那儿养猪，我们一年全靠这个吃饭。我们是养猪场，老子2010年的时候一年能挣百十来万，他挣他的，我挣我的。知道哇？"大胡子说这话的时候底气很足。郭振邦盯着他，发现他在说这话的时候猥琐感消失了。

"知道老子为甚不走？"大胡子问郭振邦。

郭振邦没说话，盯着大胡子。

"歪地方，我爷爷找人算过，老子的祖宗保佑老子们了，所以老子们养的猪能养我们三四代，知道哇？张狗跟政府占老子的地，就是坏老子的风水，你知道哇？"大胡子重新陷入回忆后显得非常激动。

"你有养猪的技术，还怕换地方？"郭振邦又给了大胡子精神一刀。

大胡子像看笑话一样看着郭振邦，突然平静了下来。

"你知道，腿给老子闹断，我老婆怕了，老子换了地方养猪，第一年就死了一半。老子二十岁养猪，从来莫离开过这地过。知道哇，就是张狗个板机坏了老子的风水。前年我老婆也死了。我告你，都跟这板机坏老子的风水有关，这就是刨老子的祖坟，老子不为钱。知道哇，老子就是要在他开的厂边边这儿站着，在网上到处宣传，老子就是要让他知道老子就是他张狗的肿瘤，迟早是要长大的。"说完这些，大胡子咬牙切齿地看了一眼厂区，接着把墨镜戴上了。郭振邦本来想问大胡子，既然风水先生算过他养猪能养好几代，为什么第二代还没长大，地就没了，但他将这话按了回去，因为大胡子的回忆净化了他猥琐的气质。但当大胡子抽起烟，接着一口浓痰咯在地上的时候，他脸上又重新被猥琐占据。这让郭振邦瞬间觉得扫兴，他默然想到，事情会塑造一个人的精神，但是净化还是沉沦，自己绝对可以决定，他这么坚定地想着，周身突然充满了力量。

4

黄昏的时候，厂子的自动门机械地移开了，一辆本田从里边驶了出来。郭振邦由于一天都没见到厂子里进出车和人，有些激动，他本能地从摩托车上立起了身子。车子扬长而去，大胡子笑了笑说道："不要激动，这是他们代理生物工程师杨建伟的车。"郭振邦扭过头看向大胡子，突然觉得他很敏感。大胡子没看郭振邦，接着说道："张狗单位人的情况，老子比他都了解，他还研究癌症药品了？老子看他咋治我这个癌。"大胡子最后这句话又流露出一股下流的鱼死网破感，郭振邦没有回应他。

天擦黑的时候，大门又一次移动，这一次一辆豪华大巴拉着一车人驶出了大门。大巴车驶远了之后，大胡子起身收拾了立在地上的牌子，将马扎一并收进后备厢，他收拾东西的时候，郭振邦看到牌子上一闪而过的一部分字——"八层地狱"。这又引起了他深深的反感。大胡子关上后备厢的盖子走了过来，对郭振邦伸出手，郭振邦本能地在心里拒绝大胡子介绍他自己，但刚这么想的时候，大胡子脱口而出："梁建武。"郭振邦并没有伸手，也没有回话。梁建武说道："今天就这了，大巴出来，张狗要么就不出来，要么今儿个就没来。"看郭振邦依然不说话，他扭头就走。郭振邦突然问道："你等到他准备干啥？"梁建武停下脚步，扭过头看着郭振邦，突然笑了，郭振邦觉得他笑得非常难看。梁建武饶有兴味地问道："歪你是想咋了？"郭振邦的不快又冒了出来，他今天后悔的次数比往常要多，他没再说话。梁建武说道："我只要在，他就是习惯，也会不舒服，这就是定时炸弹。"说完后他依然没走，还是盯着郭振邦看，郭振邦非常不快。梁建武接着说道："不过你可能是个炸弹。"不等郭振邦反应，他就笑着离开了。

梁建武的车掉了个头，他一边开一边在车上跟郭振邦说道："要炸张狗就来这儿，我就有个伴咧。"说着一轰油门扬长而去。

夜幕四合，郭振邦积蓄一天的情绪慢慢沉淀了下来，他被大胡子梁建武的猥琐深深地冒犯了。此刻无人问津，他仔细查考内心，发现梁建武给了他一种极其想要逃避的参照，他生怕自己成为那样的人,他想起小时候看到《中华之剑》上的吸毒者,被郭礼隽警告以后要成为有用的人时,他内心产生的逃避感与这个心理极其类似。但他越不知道要找张玉墀怎么说的时候,这种心理就越在加剧,既像无法驯服的野马,又像飘忽不定的王丽娟。王丽娟真的是飘忽不定吗?这么想着,他看见对面一辆轿车驶了过来,在远处路灯下能看见是一辆奥迪A6。奥迪停在路边好一阵。郭振邦内心犯着嘀咕,但很快想起梁建武说的宝马750。奥迪车停的时间显然有些长,以至于郭振邦想走过去看看,他刚移动脚步,奥迪车就转弯开进了"未来生物",接着大门紧紧地闭上了。此刻饥饿感袭来,郭振邦非常想吃宫保鸡丁盖饭。

5

这是一张身份证,身份证上青涩帅气的照片是他五年前照的。张京都望着照片,一阵失神。

"壮壮?"张朝歌有些好奇地望着张京都。张京都慌忙将手里的身份证递给了张朝歌,刚才来的路上,他为自己的失误感到懊恼,甚至身份证复印件都连同贷款合同那些乱七八糟的东西一起给了张朝歌,却唯独缺了身份证原件。让张京都感到懊恼的还有张朝歌打来电话时那种无所谓的态度,这种无所谓张京都觉得显然是装的。因为很明显是张朝歌将文件委托给办事的人去办的时候发现需要原件又回给张朝歌的,他一定在嘲笑自己连这么点小事都做不好吧?这么想着,他看到了张朝歌那张被他幻想出来的带着嘲讽表情的脸。他将身份证递给张朝歌,点了点头算作打招呼后便离开了办公室。张朝歌办公室门外的走廊,用了一种类似泡沫的材料做装饰,看起来像他在科学纪录片上看到的细胞，让他泛起一阵强烈的恶心。那从底部打起来泛着幽蓝的人造光，充斥着某种不祥，让他非常不适，他开始小跑几步，想要尽快逃离这个让他周身难过的地方。

　　从大楼出来的时候，"未来生物"幽蓝色的球体造型在不远处的国旗旗杆下立着。张京都的心情很烦躁，他联想着刚才的周身不适，才发现自己是被刚才进门时看到的人影响着，虽然他一直企图屏蔽那个画面，但他清晰地发现那个人就是死者的哥哥。"他到底想干什么？"他被一阵恐惧袭击了周身，这种恐惧感让他很难承受，此时空旷的厂区吹来一阵寒风，他不禁打了个冷战。他拿出了手机找到了李渊的电话，但打了几次都是占线，他烦躁地向自己的奥迪A6走去。他关上车门，周围一阵寂静。他不想开车出去，他怕遇见死者哥哥。但这种懦弱的心理让他非常痛恨自己，接着他发动汽车，猛轰油门，冲着"未来生物"的大门呼啸而去。

　　车子驶出大门，门前早已没了人。他从后视镜看着刚才死者哥哥站立的地方，突然有种好奇感。他顺着厂区绕了一圈，将车子停在了门口。起先他并没有下车，只是远远地看着那个地方，但很快他就打开车门走了下来，他怀着一种挑战自己恐惧的心情，冲着死者哥哥刚才站立的空间行进。路灯将他的影子缩得很短，如同一个侏儒，他生气地缩在阴影处，藏住了影子。他的脚下有一堆烟头，不用想，那是他为数不多的几次来厂区都能看见的那个瘸子。"半死不活的人。"这是张玉墀不带感情的评价。但另一边干干净净，甚至感觉不到人的气息。至少脚边充满烟头痰迹的地方会表明它的意图，但那过分的干净却创造了一片虚无，那令人恐惧的虚无。

　　摩托车飞驰在古交去太原的山路上，引擎声轰鸣，而周围一片黑暗。摩托车的远光灯在没有路灯的黑暗中显出一种过分的微弱。"杯水车薪",郭振邦脑海里浮现出这个词。他将自己的精神集中在引擎之外的声音,非常奇妙的感觉产生了,引擎声在意识里音量被调小,周围山谷里有隐隐的叫声,那是动物的声音,但那到底是什么动物呢?郭振邦被这个念头攫住的时候,感觉到自己知识的匮乏,这样想的时候他猛地刹住了车,轮胎跟地面的摩擦声带来了死寂山谷的回响。他嘴里泛着一股宫保鸡丁的味道,他的胃此刻也非常不舒服。那刚才狼吞虎咽的美味,此刻变成了他急于想要清理的垃圾。这种心理状态下,连摩托车的车灯都显得碍眼。他关掉车灯,蹲在路边,这样他的胃稍微舒服了一点。集中的意识如同被皮筋箍紧一般产生了具体的印象:梁建武、撞死郭宇那几个家伙、王丽娟,还有转瞬即逝的苏以沫。苏以沫的印象始终没有被郭振邦捕捉到。但为什么有撞死郭宇的那几个人呢?郭振邦被死黑的环境中唤出的清晰形象震惊,因为他感到梁建武在冲着自己笑,那阴翳的眼睛透出纯粹的黑暗与恶毒,带来即将毁灭的精神。这让郭振邦特别厌恶。"我不是他。"

6

月明星稀,这太原难得一见的天气伴随的却是张京都郁闷的心情。上次来"御风楼"已经是十天前了,但这十天感觉有好几年那么长。他本来不想来这儿,虽说公子不是外人,但这种地方就像风口,这帮人一出去,就散开在山西重要的关口,什么风声都会传出去,再传得走了样,事情就麻烦了。这是张京都的顾虑,但李渊说孔介坚持要来这儿。张京都本想回了这事,但死者哥哥已经站在"未来生物"的门口了,如果这样发展下去,难保不会被张玉墀看见,最关键的是,他到底会做什么,张京都一无所知。这么想着,张京都竟然无意识地走到了御风楼的大门前。他有些后悔,正犹豫着,李渊已经从后边走了过来。他拍了一下张京都的肩膀,两人从侧面绕过"御风楼"走向了后边的"小巴黎"。那是公子租的十几栋别墅里最小的一个,是他开了几年后做起来的,平时很少用作接待。从御风楼的阁楼望过去,"小巴黎"常年拉着窗帘,一股密不透风的感觉。张京都跟公子是校友,但张京都也没去过那里。正想着,两人已经来到"小巴黎"门前,李渊拿出手机照着上边输入了密码,门开了,两人走了进去。屋里除了角落里落地的小灯外,没有大灯,四周极暗,这让张京都想起张玉墀迎泽公园那边房子的书房,他有些条件反射地感到紧张。正说着,一扇门在墙壁上打开,这种装修风格就像机关一样,张京都判断着。孔介站在门口看着两人,李渊走了过去,张京都没看孔介,看了比没看还来气。孔介主动上来搂住了张京都的肩膀:"别烦哥们儿了,我也是没办法,这次哥们儿绝对给你把事办漂亮了。"孔介不说话还好,这话一说,张京都更是火冒三丈,孔介那副把他当成同谋的样子,让他十分扫兴,以至于他都有些迁怒于李渊了。李渊径直走到房间尽头的沙发上坐下,看他轻车熟路的样子,张京都觉得这地方他一定早就来过。这么想着,张京都突然在心底泛起一阵被人排除在外的失落感,他敏锐地捕捉到了自己这个情绪,感到荒唐地笑了一声。孔介以为张京都在跟自己笑,他正要跟张京都搭话,张京都却发现身后的门大敞着,他再次担心起孔介那大喇叭一样的嘴。他快步奔到门前,将门关上,使劲的时候他觉得门很沉,就像冷库的门一般。

孔介手上拿着一个红酒的瓶子,对着瓶口喝了一大口。李渊抽着雪茄,没说话。透明的茶色茶几边缘的灯带让两人的样子显得十分鬼魅。

"有多麻烦?"孔介劈头问了一句。张京都一脸不解,李渊接上了话。

"具体我们也不清楚，就是想警告他一下。"李渊说道。

"警告分很多种，骂两句、扇两个耳光、断两条腿、消失。程度不同。"张京都一阵不适，他低着头没看他们任何人。因为孔介的样子就像个只手遮天的判官，至少做出来的姿态是这样的，这让张京都很反感。

"要他不要再找麻烦了。"李渊说道。孔介点了点头，突然饶有兴味地看着张京都，接着说道："上回那事你就别怪哥们儿了，这事我肯定给你摆平。虽然李渊也没跟我多说。""为啥要来这儿？"张京都问道。李渊和孔介面面相觑，接着孔介从身上掏出了一个很微小的装置，他站起来，在房间里走了两圈，接着走回来把那个绿色的小装置递给张京都。张京都不明所以地拿在手里观察，一脸疑惑。

"你发现这屋有什么不一样吗？"孔介煞有介事地问张京都。张京都抬眼望着他。孔介把手机拿出来，找到录音功能，按下了录音键。此时那个绿色的小装置开始闪出红蓝两色交替的光，极其微小，但频率很快，这种频率让人产生了很强烈的不安。孔介笑了几声，随便说了几句无意义的话，接着他停止了录音。绿色小装置的光也生硬地停止了闪烁。此时孔介将手机录音播放了出来，他故意调大了音量，录音出现了一段刺耳的忙音。孔介锁了手机，拿在手里，又喝了一口红酒，谁也没看地说道："我喜欢八卦，不代表我喜欢把屁股露给别人打。"张京都望着孔介，感到很陌生。"再说我又不是黑社会，中国哪有黑社会？"说着孔介笑出了声，这表情里透露着一股玩世不恭，这是张京都最讨厌的处事姿态。孔介再次拿出手机，点开照片，看了两眼说道："这小子在照片里就透露着一股找死的气息。"张京都更加不明所以地看着孔介，孔介把手机屏幕转向他，原来是死者哥哥，照片是在死者被撞的十字路口拍的，侧脸很清晰。张京都看了一眼李渊，那股陌生感又来造访了。

谈完了话，三个人一起往外走，没有一个人说话。此时，孔介先开了腔："这个房间没有摄像头。"张京都回头看着孔介。孔介说道："这就是不一样的地方。"此时张京都才想起刚才孔介问自己的话。孔介补了一句："我们为什么在这儿，我可不想在任何可能的地方留下证据。"张京都感到一阵战栗。

李渊坐在张京都的车里，跟张京都说了死者舅舅又打电话来希望聊聊赔偿的事情。张京都又想起了傍晚在"未来生物"看见的死者哥哥。他感到一阵恐惧，这已经好几次了，他无法控制，但他不想被这恐惧制服。他恶狠狠地说了句："交警让给多少就给多少。那样的好事是他们自己错过的。"李渊看了一眼张京都，抽了口烟，接着说道："那他再打电话来我就不接了。"张京都没回话。李渊看了一眼张京都，扭头下了车，冲着自己的车走了过去。张京都按起了副驾驶的玻璃，车内重归寂静，但伴随寂静而来的是那股无可辩驳的恐惧。

7

刘咏春的心情很忐忑，因为他在晋祠带着郭礼怀转悠的时候又给李渊打了电话。昨天还是有商量的口吻，可今天他等了一上午都没音讯，以至于再也沉不住气的他给李渊打了电话。李渊没接，他想是不是他在忙，但之后再打还是不接，他感觉到李渊是故意不接的，是发生什么变故了吗？刘咏春一边想着，一边陪着郭礼怀在晋祠转来转去，时不时还给郭礼怀拍张照片。"到底不是他的儿子。"看着心情不错的郭礼怀，刘咏春这样想。中午吃饭的时候他接到了冷刚的电话,他有些诧异,冷刚的意思很明确,说对方说了只接受交警的调解。刘咏春的脑子飞速运转,脑海里不偏不倚地锁定了郭振邦。还会有谁?他到底干了什么?他烦躁地望着门外,以至于郭礼怀吃着饭问他怎么了。他知道如果说出来,郭礼怀又要摆那主事人没用的架子,所以什么都没说。但他后悔将钱还了回去,这样想着,他突然为郭宇死的价值感到一阵钻心的疼痛,郭宇现在给他一种轻飘飘的感觉。"他们到底会赔多少呢?"刘咏春想着。

8

郭振邦的摩托车停在"未来生物"不远处马路下的一片土坡里,他人则站在大门偏右两百米的地方。这样的位置关系只是他想离梁建武远点儿的结果。梁建武之前还想过来搭话,但他靠过来,郭振邦就往远处走,梁建武最后索性回到原地,两人谁也不搭理谁了。郭振邦站的这个位置是外边车开进来的必经之路,他已经在厂区外转了好几圈了,不会有问题。昨晚他想了很久见到张玉墀该怎么说,他实验了几种非常理性的说话方式,但都不太满意,最后索性让潜意识自己行动,他不再设计;但他能观察到自己的一丝焦躁,时不时他就神经质地抽动一下嘴角,他很难控制自己这一点。在这里蹲守的状态让他想起野外拉练时的埋伏,那时候蚊虫的叮咬都没使他移动一下,他想起的是小时候学校课本上的"邱少云"。他绝对相信那种大无畏的精神,这么想的时候他又一次充满了力量。

时间很无情。直到日落黄昏,"未来生物"全天竟然一辆车都没来,只有那准时下班的大巴的离开宣告了一天的结束。这按部就班的日子如果没有昨天那辆奥迪 A6 当坐标,郭振邦甚至有种置身在昨天的错觉。那下午积攒起来的力量，慢慢地散失掉了，他感到自己痛苦地捏紧了拳头，但那感觉非常清晰地拒绝了他肉体上的背叛。梁建武的车轰鸣着离开了，他甚至没有看一眼郭振邦，郭振邦觉得梁建武的这个举动至少将他从之前留下的猥琐印象里解脱了出来，毕竟这举动里有一股尊严，那是做人不可或缺的，郭振邦这样想着。

羊杂的味道很不错，郭振邦的味觉让他又生出一股力量。刚才骑摩托车离开"未来生物"的时候，他感到一阵不快，暴力倾向很严重，他甚至在开发区到市区之间人迹罕至的道路上狂按了一分钟的喇叭。今天太原的天很暗沉，一切都与他刚才的暴力倾向如此合拍。

摩托车在迎泽大街的老路上飞速地行驶着，郭振邦不喜欢新修的高架，其实不喜欢的真正原因是他找不见高架通往古交的路。摩托车从下元往西山行驶的路上虽说有些短暂的拥堵，但那也都是正在施工的高架工程造成的，路其实远没有他前几年刚来太原时的堵了。摩托车从西山大厦旁经过，拐过路口，基本就没什么车了，虽说没有开发区寂寞，但也呈现出一种荒凉感。此时一辆阿尔法超过郭振邦开了过去，郭振邦驾驶着摩托车，想着这几天的一无所获，感到日子很漫长，这种漫长让他有种毫无盼头的感觉，但隐藏在这种念头之下的是一种确定感，那个他一直以来就有的感觉，那种奇奇怪怪的感觉。这样想的时候周围的一切似乎都显得很陌生，就像他偶尔会觉得书上熟悉的字不认识一样。

9

失去目标的感觉伴随着郭振邦，在摩托车行驶在太原到古交人迹罕至的山路上的时候，这种巨大的黑暗带来了难挨的沉默。他想起了部队,想起了矿区,想起了家庭。在部队的日子他曾经那么想留在那里,但临近退伍的时候他却又如此想念古交。退伍前的聚会,他喝得烂醉,但从来没有断片过,他的意识很清晰,他想念那些在古交跟自己一起混的初中同学,他们在汾河干涸的河道里点野火,偶尔烤旁边地里挖出来的不知道谁家的土豆,那种浪荡儿的生活让他感到自由。但紧接着他抱着篮球架狂呕的时候,一股深深的自责感便袭来,因为他从未想过回到古交的家中,他应该先想家人的,中队长是这么教育他们的;可为什么他想起的只是那些在别人看起来根本不起眼的朋友呢?这么想着的时候,郭振邦在疾驰摩托车上没戴头盔的脑袋神经质地抽动了一下。他想起刚刚离开勐腊坐上去往昆明的汽车的时候,他就后悔了,他想回去,望着车后送行的中队长,他的眼泪毫无顾忌地涌了出来,在这之前他可从来没有这样的想法。初中的朋友宋志伟去了深圳,黄浩出车祸死了,这完全跟郭振邦想得不一样。但当时他没观察到的事实便是:他当兵的这几年从未跟这几个朋友联系过。去矿上上班的日子让他的意志渐渐消沉,但他不断地强化自己对未来的信心,虽然工作繁重到身体无法承受的时候他又会消沉起来,在这两者之间的反复变成了他的常态,他害怕日子就这么毫无变化地向前行进。阅读是他的避难所,每次在小说里看到拉斯科尔尼科夫[1]就能让他扬起无尽的力量,他好像有能力阻止自己做出那样残忍的行为,在那一刻他感觉自己可以掌控全世界。但手机上不时跳出的社会新闻又让他充满了一种无力感,他感觉自己什么都做不了。他还记得2013年第一次在网吧看见某富二代仗着父亲权势犯法的案子时的感觉,那时候他恨不得手里拿着那

---

[1] 俄国作家陀思妥耶夫斯基长篇小说《罪与罚》主人公。

把对准毒贩的枪，亲手击毙这个垃圾。他在网吧玩CS的时候把对面的敌人当作这个富二代疯狂地扫射着。这么想着的时候，此刻骑在摩托车上的郭振邦依然非常生气，他双眼闪烁着怒火，那些事件在脑海里重新播放的时候带来了比当时还要严重的愤怒情绪。正想着这些事情的时候，前边一辆车的尾灯在拐弯处出现，他刹车，速度不是很快。郭振邦猛拧起油门向左边冲了过去，这个速度超车绝对不是问题，但就在这个时刻，前边的车猛地轰了一脚油门，郭振邦被狠狠地甩在了后边。由于刚才猛地加速，郭振邦的脸上被风吹得刺痛，他降下速度等待前边的汽车开走。前边的汽车猛轰油门离开了郭振邦的视野，那辆车是黑色的，隐没在黑暗里给人以巨大的失落感，像井下的煤块。郭振邦想着这些的时候，一股无力感又将他攫住，他讨厌这种感觉，他时不时就被这种感觉袭击，但又毫无办法，他感觉自己一直在跟这种无力感作斗争，而且他的直觉告诉他，自己还会跟这无力感继续较劲下去。这么想的时候，他猛拧油门向前边飞驶了过去。他的车灯照亮了前边的一块牌子，上边写着"神堂岩"。他正思考着这几个字的时候，一辆车加速冲他开了过来，轰鸣的引擎声带着爆炸般的响动。郭振邦看到车子冲着自己直直地冲了过来，迅速向右打转了方向，结果对面的车斜插过来，屁股蹭到了郭振邦摩托车的尾部，郭振邦被强大的力量冲击，接着想要控制平衡已经没希望了，他被从摩托车上甩了出去，即使他奋力地想用右手抓住车把也无济于事。他擦在僵硬的地面上向前磨出去十几米，感觉皮开肉绽，嘴里有咸咸的味道。他趴在地上一动不动，因为他感觉胸口上不来气。摩托车在距离他十几米的地方，半边已经快掉到旁边的排水沟里了，但后轮还在倔强地转动着。此时前边的黑车停在原地没有任何动静，也没有任何人下来。郭振邦的呼吸慢慢恢复了，但他匍匐在地没做任何移动，这样的沉寂差不多维持了三四分钟，车上的人下来了。郭振邦注视着车牌，发现车牌号被迷彩布挡住了，此时他才想起刚才进收费站之前有一辆阿尔法开到了自己前边，但当时车牌可是没被挡住的。那号码到底是多少？郭振邦这么想的时候，头开始痛。此时车上下来的几个人没在黑暗里，从车的左右门分别下来了一个人，但驾驶座上的人并没有下来。郭振邦像在部队训练打埋伏时一样，匍匐在地一动不动，从远处看真像是死了一样。又这样等了一两分钟，车上下来的人终于沉不住气了，面对排水沟方向的一个人先冲这边走了过来，但因为摩托车的车头是对着郭振邦的，所以根本看不清对方的脸，但能感觉走过来的两个人都很高很壮。来人没说话，但他们看向郭振邦的样子像在确认他死了没有，接下来的行为证实了郭振邦的感觉，因为一个人已经低下头开始用手测量他的鼻息。郭振邦屏住呼吸，对方停留了很久，看起来一副轻车熟路的感觉。最后这个人站了起来，在黑暗里跟另一个人点了点头，此时郭振邦瞅准时机，迅速蹿了起来，蹿起来的时候他感到肋骨一阵钻心的疼痛，他猛地冲向刚站起来的那个人，两人被满脸是血的郭振邦吓得本能地吼叫了一声。但电光石火之间，两人已经做好了战斗的准备，并且迅速向郭振邦打来了一拳；然而郭振邦先声夺人，一拳打在刚才测量自己鼻息之人的太阳穴上，此人应声倒地。另一个人赶忙向后退，这时候车里突然冲出来五六个人，将郭振邦围了，郭振邦伸出手从右腿外侧拿出了一根甩棍，对面的人冲上来开始攻击郭振邦，郭振邦熟练地撂倒了两人，但那两人重新站了起来又冲了上来，看起来都是练家子。郭振邦突然灵光乍现，他拿出甩棍，对每一个上来的人都直击要害，第一个冲上来的人裆部直接挨了一脚，他痛苦地捂着裆部，蹲在地上。另一个刚冲上来，小腿骨就挨了郭振邦结结实实的一脚，他下意识去搓小腿，结果郭振邦的右膝盖对着他低下的额头就是一下，他猛地抬起头，额头上又挨了一甩棍。这一下，其他的人都不敢再上了。第一个太阳穴遭重击的人躺在地上一动不动，另两个痛苦不堪。郭振邦感到一阵胜利的喜悦，但嘴角和鼻孔由于用力过猛还是流出了血。他冲着这几个人走了过去，就像打扫战场一般，但此刻车里突然下来一个人，个子没有这几个人高，郭振邦没理会他继续往前走，他在想审问这帮无赖的话要怎么说，但矮个子直接将手举起来，郭振邦本能地站在了原地，虽然他没看清对方手里拿的东西，但这感觉他在部队太熟悉了，他停在原地，大脑同样被一种不理解所占据。"怎么可能？"他这么想着又往前走了一步，接着脚下就被子弹打得激起一阵伴随微小石粒的烟尘。他站住了，一阵陌生感袭来。周围的人迅速将躺在地上的人扶上了车，矮个子依然站着不动，另一个人在地上晃了几圈，将弹壳找到揣进了兜里，也上了车。此时车开了出去，车门还敞着，小个子突然矫健地转头一跃，跳上了已经开出去的车，车门关上了，汽车猛轰油门，消失在茫茫的黑夜中。

郭振邦立在原地，他低下头，强忍着身上的疼痛，摸着地下的弹孔，接着抬头望着刚才还很热闹现在已经沉寂的黑暗处，他试图理解刚才的画面，眼前突然浮现出撞死郭宇那小子的脸。虽然逻辑链条还不完美，但此刻郭振邦的疼痛中生起了一股坚定的信念感，那是获得一个长期目标时的兴奋，他扭过头，将摩托车扶起，疼痛感毫不客气地袭击着他。

骑着车离开"神堂岩"的时候，他想着刚才那沉默的角力，让他感到一股"英雄有用武之地"的确定感。

第十一章 预估的无效

1

东曲派出所的值班室里，值班民警正在津津有味地看着电视剧。门可罗雀的狭窄门厅显示着治安的井然有序。但大厅里昏暗的灯光是灯罩常年积尘还是内里老化的灯管导致的呢？值班民警续上一根烟，眼不离电视。正在此时，玻璃上浮现出一张伤痕累累的脸，郭振邦猛地敲了下窗户，专注的值班民警被吓得从凳子上惊跳起来，接着迅速回归到戒备状态，他眉头紧锁，愠怒地走了出来，用浓重的古交晋语问道："怎的咧？""有人要杀我。"郭振邦面无表情地说道。值班民警上下打量了一下郭振邦，发现他除了脸上有蹭伤以外，上衣和裤子也都有清晰的划痕，特别膝盖处，已经磨得开线了。值班民警没说话，走进内室去打电话了。此刻郭振邦抬头望着昏暗的灯罩，想着刚才自己的问题，到底是积尘，还是老化？

古交收费站前停着一辆桑塔纳 2000 的警车。郭振邦跟在警官闫利斌后边，不时擦着又冒出来的鼻血。闫利斌和另一个民警郝伟一起在收费人员的协助下查看监控。很快就在下午七点十五的监控上看到了那辆黑色阿尔法，挂着"苏 B08EK"的牌照，但前玻璃经过处理也看不清楚人，问收费人员，也说记不清了。回去的路上，他们又返回神堂岩，在那个遗留着弹孔的地方查看了一遍并取样。

回到东曲派出所的时候，已经凌晨一点五十分了。闫利斌实在看不下去郭振邦这身负重伤的样子，他问了句："你还是去医院看看哇？"郭振邦敷衍地点了点头，显然脑海里还在思考别的事情。"他们有枪，这个事不小。"郭振邦说道。"我晓得，闹清楚了会通知你。"闫利斌颇有威严地回答道。郭振邦四下看了看，不知道在找什么，接着应了一声就走了。闫利斌想着他那不时流出的鼻血，有些担心。

摩托车在金牛街上行驶得很慢，郭振邦理着逻辑，想象着抓住这几个人后自己怎么指认他们。因为在他的脑海里，除了那个拿枪的矮个子他没看清以外，其他人他都记得清清楚楚的，这件事情肯定跟郭宇的死有关。他们既然敢找人来撞自己，甚至还带了枪，那就证明自己之前的怀疑没有问题，这就是他们为什么会急于拿一百万出来了事，这就是为什么交警认定郭宇的死因不是二次碾压造成的，这也就是那个叫闫爱民的胖律师为什么觉得一切都很合规矩，这也同样证明了之前拿去复核的事故认定书为什么没有问题，很简单，这帮人都是一伙的。郭振邦这么想着的时候，鼻血又流了出来，他眼睛里闪烁着炽热的光芒。他猛地踩下油门，朝着新欣苑飞快地驶去。

2

凌晨的小区阒然无声，但不知啥时候，小区道路两旁的路灯都亮了起来。是有什么节日吗？还是有哪个领导要来视察？郭振邦这么想的时候，轮胎发出一声尖锐的摩擦声。他停下车，下来查看轮胎，发现铁皮挡板扣在了轮胎里，那弯曲的形状显然是刚才车祸时候产生的，一定是回来的时候骑得太快了。这么想着，刚才那些凶手的面庞在他脑海里一字排开，像过电影一样。那些惨烈的画面随着他的记忆又一次深化了事件的情感强度，他捏紧拳头，一股无处发泄的狠劲儿袭来，接着他用手将厚厚的铁皮挡板生生地从嵌入的轮胎中扯了出来，以至于铁皮挡板弯曲的形状已经失去最初的样子了。

门开了一道口，透入的灯光是门口昏黄声控灯发出的。家里一片死寂，只有郭礼隽鼾声如雷。郭振邦打开门，换了鞋又将门关上了，此时郭礼隽的鼾声戛然而止。郭振邦知道他醒了，此时他感觉鼻血又流出来了，他没管那么多，没找见拖鞋，他索性光着脚走进了自己和郭宇的卧室。他下意识地插上了门栓，接着想找些纸来处理一下鼻血，但怎么找都没找见。最后他在写字台下找到了几本郭宇用过的演算本，他一边扯着纸擦血，一边将一团纸撕下一条卷成一个小团塞进了右鼻孔。他举着左手，望着演算本上那些根本看不懂的验证题目，突然想起了郭宇的脸。他此时莫名地算起自己跟郭宇说过的话，这才发现，好像已经很久没听见郭宇跟自己说过话了，虽然这个想法他之前就有，但还是令他震惊，到底有多久没听见他跟自己说话了呢？郭振邦脑海里失去了概念。

郭宇的遗像摆在父母的卧室，但那张照片出现在郭振邦的脑海中时，他突然有种复仇的感觉，为了郭宇，也为了道义！道义？郭振邦被一种深深的怀疑攫住了。不知道为什么，郭振邦此刻突然被一阵性欲袭击，他感到无可逃避的苦恼，那种找不到任何发泄对象的苦闷。他拒绝在脑海里想起王丽娟，但意识非常不争气地集中在了王丽娟的胸和屁股上，而且越来越集中，随着意识的集中，郭振邦也毫无意外地勃起了。他最抗拒的意识对他进行了不留情面的反叛。郭振邦找不到矿上的凉水池，他没有任何的凭借，只能拿出郭宇用过的演算本，在上边自渎了起来。他的脑海里意象纷起，最终在王丽娟的胸和屁股上游移，但眼看就要射精的时候，他的注意力却不偏不倚地落在了杨杨的脸上。郭振邦射精了，但他没有得到任何精神上的快感，他捕捉到了自己最后想起杨杨的意识，感到懊恼，甚至对杨杨产生了厌恶。他看着充满精液的演算本，将它团成一团，粗暴地丢弃在了房间的一角，就像抛弃一件这辈子都不想见到的东西一样。

欲望的宣泄换来了郭振邦精神上的出奇平静。他开始认真思考如何应对接下来的事情。如果这件事情进行得顺利，他将找到那辆阿尔法，然后顺藤摸瓜找到那几个流氓。闫警官看起来很有良知，而且凭他办案的认真态度，这些拿下来绝对没有问题。如果审问顺利，这几个人一定会交代他们背后的主使是谁。这样就能把郭宇的案子重启调查，这帮人最终都会被查出来，那些收受贿赂、想要拿钱了事的浑蛋们一定不会有好下场的。"天网恢恢"，郭振邦得意地想象着脑海里抽丝剥茧的全过程。接着他躺在床上，脑海开始陷到睡眠当中，失去意识前他想起自己已经好几天没有睡好觉了，也在那一刻，他感到浑身上下钻心的疼痛，但到底是哪里疼呢？

3

坐在警车副驾驶的闫利斌有很严重的肩周炎，但几年下来他已经将肩周炎作为自己的一部分接受了下来。此刻他笔直地靠在副驾驶座上，紧紧地系着安全带，这样让背部紧贴什么东西的夯实感会很好地缓解他那时不时的阵痛。他脚下放着一些自家种的豆角和茄子，这是带给迎泽区老军营派出所副所长耿长锁的，当兵的时候他是自己的班长。说起来两人已经两三年没见过面了，要不是这个案子，真不知道啥时候能见着。此刻想起往事，闫利斌满眼都是当年在晋中当武警时候的事情。

闫利斌跟郝伟在老军营派出所的警员康建伟的陪同下一起来到南内环边上的宏利租车行。租车行老板听完闫利斌的描述，特别担心地望着闫利斌，向他说出这个车前天晚上就报失的情况，说车当时就停在路边，那里是摄像头的死角。这让郝伟瞬间不知所措了，他扭头看了看闫利斌，闫利斌突然想起了报警那小伙子的脸，一股深深的担忧浮上心头，是在为他那总是流着鼻血的身体状况吗？闫利斌一言不发地看着老军营派出所的康建伟例行公事地调查着对方的执照，他跟在后边看着一些租车记录，以及登记在册的员工名单。在翻看之前他就知道不会有那小伙子给他描述的那几个人出现。他们做了笔录，扭头离开了。刚才来的时候，没有见到耿长锁，因为他去市里了，本来说好的下午回来见，但没想到案子这么快就查完了。康建伟答应跟交管局联系，看看江苏牌照阿尔法的去向，接着他留闫利斌在这里吃饭，闫利斌谢绝了。临走的时候他犹豫了一下，还是把菜拿了出来，让康建伟代劳转给耿长锁，接着郝伟开车载着闫利斌离开了。闫利斌没有让郝伟上高速，他们直接去了国道上，路过神堂岩的时候，他又下了车。那个弹孔还留在那里，跟其他不知道什么原因留下的千疮百孔一样。闫利斌对着弹孔仔细地端详了一番，白天的国道上依然没有车辆。他仔细看了看弹孔，抬起头望了望远处，那些郁郁葱葱的树叶开始有凋零的痕迹了。闫利斌脑海里浮现出一种严冬的感觉。这么想的时候，他的肩背又开始疼痛。

桑塔纳2000行驶在路上，闫利斌眉头紧锁，郝伟很久没见闫利斌这样了，就问道："咋的咧斌哥？"闫利斌没看郝伟回答道："你怎么看了？"郝伟有些蒙，但转着方向盘，他的逻辑开始归位，他分析道："新欣苑的个人不是扯进甚事情里了哇？""你觉得是甚事情？"闫利斌问道。"这不好说哇，现在就这点儿线索，要是觉得和以前的甚案子像,倒是和案卷里边1996年的贩毒案有些像。"郝伟回答,接着又补充道,"但新欣苑的歪人莫拉[1]贩毒的感觉,但我这是瞎说了,莫拉证据。而且歪后生当天问甚都说不知道。"闫利斌扭头看着郝伟,他很喜欢这个爱动脑筋的年轻人,比那些走关系进来的小朋友强太多了,不是来混日子的。而且郝伟分析得很好,他也是这么想的,但有一点他还是说了起来:"我觉得这后生有种快崩溃的感觉了。"郝伟不明所以地望着闫利斌。"我二姑在加乐泉那会儿喊着说头疼了,屋里人都莫拉当回事,当天出去干活,夜里回来就疯咧。现在都还在精神病院。"闫利斌就像冷静地陈述一个事实一样,毫无感情的波动。郝伟更加迷茫地望着闫利斌:"歪和这事有甚关系了?""莫拉关系,歪一天我看见我二姑咧,眼睛里头看的和歪后生一样样的。"闫利斌说完后点起一根烟抽了起来,车里弥漫起了烟雾,郝伟把窗户打开了一条缝,也点上了一支。

4

拍出的片子上,郭振邦右手肘处的骨头有些错位。流鼻血的原因也只是鼻腔黏膜和小血管破溃出血,并无大碍。此时拿着片子的郭振邦坐在东曲派出所门口的走廊里,他看着自己片子上那些黑里透白的肋骨,突然有种丑陋的观感浮上心头。他想着早上看见郭礼隽看自己的眼神,那种担心自己闯祸的神情背后竟然透露出了一股恐惧。恐惧他还可以理解,但那股担心让他始料未及。仔细想想,从小到大,郭礼隽从未替自己担过心。在他挨打最重的那个时候,郭

---

[1] 莫拉,山西方言,"没有,不"的意思。

礼隽会拿起任何东西往他头上砸，那个时候他的眼神里都没有浮现出过担心。当兵前的几年他们跟火山村的混混打架，他大腿被人砍了不深不浅的一刀，在医院的时候郭礼隽的脸上也没有担心的神情。他是怎么了？这么想的时候，郭振邦突然觉得一股力量已经开始在父亲郭礼隽身上做着离开的准备，他内心突然生起一种想把什么东西洗清，或者更准确地说是一种想要重新洗牌、重新开始的感觉。他把片子揉成一团，用那团起来尖锐的部分刺痛着掌心，好让自己警觉起来。

闫利斌和郝伟刚下车就看见台阶上边门里的郭振邦站了起来，清洗过后，他的伤口看上去和他自己无关似的。他眼神里充斥着一股急切。

郭振邦坐在凳子上低着头思考着，眼神里尽是迷惑。郝伟时不时就盯着郭振邦的眼睛看，他企图找到闫利斌说的那种崩溃。相反，闫利斌只是抽着烟，盯着桌上一份薄薄的《太原晚报》，有一搭没一搭地看着。

"他胡说。"郭振邦抬起头没看着谁，这么来了一句。闫利斌在内心等着郭振邦的回答，因为郝伟刚把调查结果跟他说完，他就一直那么坐着。现在他回答了，闫利斌和郝伟都没吭声，只是等着郭振邦往下说。

"那帮人目标很明确，就是想撞死我，我后来还击，他们打不过，才有人动了枪。为什么有枪我暂时不谈，但他们带了枪就证明他们在防止一些事情发生，比如我还手，他们打不过我就是他们预料的意外状况。"郭振邦自顾自地分析着，不时地抬头看着闫利斌，闫利斌依然一语不发。

"而且他们当天杀我,前一天车行老板就报警说车丢了,这只能证明车行老板跟他们也是一伙的。他们早有预谋。"郭振邦又说道。

"他们为什么要杀你?"闫利斌一针见血地问道。此时郭振邦才恍然大悟,自己除了说有人杀自己以外竟然什么都没跟警察说。他有些犹豫地盯着闫利斌,闫利斌很直接地看着他。郭振邦想起当天来报警,之后闫利斌和郝伟先后到了派出所,在路上他们问他得罪了什么人之类的,他都摇头了。为什么会这样呢?他已经有了答案。郭振邦开口了。

听完郭振邦的描述,闫利斌感到有股情绪堵在胸口。他是个对情绪很敏感的人,他自己深深地知道这一点。

"所以你觉得是那个肇事者找的人杀你?"闫利斌用并不标准的普通话说道。

"还会有谁,难道他们偷了辆很贵的车,就为了抢劫一个骑着几千块钱摩托车的我?"郭振邦认真地说道。郝伟想笑,但忍住了,闫利斌感觉到了好笑的部分,就像生活里很多悲惨的事情总是伴随着莫名的好笑,忍住只是为了礼貌。

"我们已经立案。并且联系交通部门寻这个车唎,要是有情况就通知你。"闫利斌说道。

郭振邦突然被闫利斌这事务性的回答震惊了,他愣了两秒,接着站了起来,往门外走。就在刚要出门的瞬间,他突然停住了脚步,他没回头,只是冷冷地说了句:"那辆车,或者那个人,大概率是找不着了。"接着大步流星地走出了办公室。

郝伟莫名其妙地望着闫利斌,闫利斌眉头紧锁,他感到一股自己无能为力的荒谬感。

5

郭振邦在街上疾步前行,他感到十分后悔,后悔将自己的推理和原因全告诉了那两个警察。也正是在此时,他惊觉自己昨晚骑车回家时竟然天真地觉得可以轻易将那几个杀手绳之以法,他为自己的幼稚感到羞耻,低低地骂了句"真傻"。他又想起自己昨晚报警的时候不说任何话,是因为他早就把他们看成一伙的了,但闫利斌的反应速度还是给了他一些信心和安慰,因为他并没有懈怠,直接去收费站调取了监控,这才给了他道出原委的动力,但闫利斌最后那句"有情况就通知你"给了他当头一棒,他现在的感觉仍然是"不会有情况了"。而且他为自己最后说的那句"大概率找不着了"同样感到悔恨,说着他用左手猛捏了一下自己的右手,接着发出了一声轻微的"啊"。"他们不会是一伙的吧?"他试着冷静地这样想问题,但很快就觉得是在安慰自己,他讨厌这种催眠感。即使他们是一伙的又能怎么样呢?这些事情他们不是早就知道了吗?要坏还能怎么坏呢?这么想着他脸上浮现了一丝不易察觉的笑,这一笑转瞬即逝,带着某种让人后背发凉的力量融入了郭振邦的内心。

他在这样来回反思的过程中已经走到了火山村的"二小大修场"。说是大修场,其实也就七十平方米不到,到处充满了擦不干净的油渍。之所以总在这儿修车,也是因为二小是宋志伟的朋友。这么想着,郭振邦觉得那些曾经的朋友离自己真的已经非常远了。郭振邦看到自己的铃木250已经停在门口了,轮胎上的铁皮挡板已经换了个新的。郭振邦没说话,上去用脚发动了摩托车,猛拧了几下油门。三炮听见声音,从一辆被拆得七零八落的"普桑"下爬了出来,他满身油污,脸上黑漆漆的。三炮是个天生笑脸,只要说话就带着笑容。此刻他说话的时候,那一嘴的黄牙显得更黄了。

"二小莫拉在,他说你给一百五就行。"三炮说道。郭振邦没说话,掏出一百五递给了三炮。

"你不用微信?"三炮笑着接过了钱。郭振邦没搭腔。

"你歪机油不行咧,我给你换了,莫拉收你钱。"三炮笑着说道。郭振邦此刻竟然有一丝感动,他用手拍了拍三炮的肩膀,三炮笑着回应。郭振邦扭头正准备走,三炮又说道:"和你说个好事,看你有莫拉兴趣。"郭振邦扭过头看着三炮。

"夜里,二小闹回来个高赛,说是五千就出了,你看不看?"三炮对着郭振邦说道。郭振邦刚才的那一丝感动瞬间没了,他此刻想着自己的铃木 250 就像想起并肩作战的中队长一样,那是自己的榜样,自己的兄弟。

"有什么好看的。"郭振邦说完一拧油门扬长而去,留下三炮依然挂着笑脸站在摩托车留下的一阵灰尘里。

6

家里一个人都没有。郭振邦的饥饿感让他在厨房翻箱倒柜地寻找食物。有一些冷掉的酸辣土豆丝,还有几个凉掉的馒头。他不想吃馒头,接着回到客厅打开了冰箱,里边有一盆凉面,保鲜膜的一个口子已经开了,失去了保鲜的意义。郭振邦将不锈钢盆端了出来,拿出醋在面里猛调了一阵,接着剥了几瓣蒜,坐在厨房里靠墙的一个茶几上吃了起来。饱胀感让他刚才焦躁的心情暂时平复了下来,他一边吃着面一边看着楼下,脑海里思索着下一步的行动。"行动"?郭振邦被自己这个意识震惊到,他到底想干什么呢?这么想着,他突然看见了楼下几个上班的工人穿着蓝色的工作服正往外走,他想起早上队长给自己打电话让去趟单位的事情,他决定下午去一趟矿上。正吃着饭,门已经打开了,刘咏梅和郭礼隽先后走进了家门,郭振邦走到厨房的窗户前看向门口。刘咏梅和郭礼隽站在原地,似乎是被郭振邦在家的现实弄蒙了,接着郭礼隽反应了过来,但他什么都没说,只是扭过头拿出烟,一边点一边坐到了沙发上,接着沉默地抽着烟。刘咏梅在门口站了一阵,突然不知道自己该做什么,她往沙发上一坐,接着又站起来,进了卧室。郭振邦把一盆面吃完,接着去洗掉了面盆,他扭头准备出门。

"交警下午要调解。"郭振邦临出门的时候郭礼隽没看他说了一句。

"你和我舅舅去就行了。"郭振邦说着就往门外走。

"你现在就不去了?你早就不该去,现在人家不赔那么多了,你看谁吃亏?"郭礼隽有些愠怒地说道。

郭振邦突然没了说话的欲望,他突然感到跟郭礼隽的世界离得很远。他很讨厌郭礼隽说钱,他感觉郭宇被冒犯了。但他到底是讨厌钱还是讨厌郭礼隽说钱呢?他这么一想,用手抓了一把头发,接着就出门了。剩下郭礼隽一个人坐在沙发上猛吸了一口烟,他脑海里闪现着早上在火车站送大哥郭礼怀走的时候,郭礼怀对他的叮嘱:"实在不行就跟他们闹。"郭礼隽有些荒唐地冷笑了一声。

7

队长在办公室讲了一堆利害关系,说现在井下很忙,缺不得人,但郭振邦还是没听出队长的实际意思,他觉得这些让他来一趟的话完全可以在电话里说明白。队长见郭振邦一脸迷茫,接着说道:"你的事情处理完了没?"郭振邦摇了摇头。"你要老这么请假肯定不行。"队长抽着烟,推了推眼镜接着说道。"我年假不是还有三天?"郭振邦问道。"完了就回来上班?"队长问道。"你到底想说啥?"郭振邦彻底不明白了。队长的烟已经抽完了,他又续上了一根,看着郭振邦问道:"我听人说你觉得你弟这事有问题?"郭振邦瞬间觉得不对劲了,他在脑海里思考着眼前这个皮肤焦黄的瘦猴为什么这么问,他没跟任何人这么说过。不对,他想起了王丽娟,但王丽娟怎么会和队长说呢?他没吭声。队长见他不说话,接着说道:"我的意思是,你要是事情还没办完,也别忙着请假了,我井下还有事,我给你找个人先干着,工资每月给你开两千五,剩下的就是人家干活人的。等你啥时候把事情处理完,你再和我说,我再让他走,你看行不?"郭振邦盯着队长看了半天,等反应过来后,内心瞬间被一股无名火充斥了。虽然他不明白是谁让这瘦猴知道了自己的事情,但这一切都让自己有一种被人趁虚而入的感觉。他突然抬头问了队长一句:"罗队长,你不如给我直接开了呗!"队长瞬间有些慌张:"我不是那意思,我这不跟你商量了吗?你把事儿也办了,挣钱也不耽误。再说你是正式工,我哪有权力开除你,你这不是跟我开玩笑呢?伙计也是为你好了哇,都是一个队的兄弟,我能眼看着你有困难不给你帮忙?"队长解释道。"那这事矿上得知道吧?"郭振邦故意问道。队长一看郭振邦松口了,赶忙往前探了探身子说道:"不用,我给你闹。"郭振邦突然脸上闪过一丝不易察觉的轻蔑,他抬头对队长说道:"事情我三天之内肯定能处理完,而且保证不耽误工作。"说着郭振邦就站了起来,准备往外走。队长愣在沙发上,想了想,没再说什么。郭振邦突然回头问队长:"对了,队长,到底谁跟你说的我的事情？"队长面不改色地说道："大家都知道呀。"郭振邦笑了笑，扭头走出了办公室，在走廊上，郭振邦突然联想起夏天在平房住的时候，那不小心裸露在中午垃圾堆旁吃剩的西瓜，上边有乌泱泱的苍蝇，赶都赶不走。

8

郭振邦已经一个多礼拜没见过王丽娟了，此刻骑着摩托车从矿上往古交市区行驶的时候，他非常想念王丽娟，就好像那真是自己的恋人一般。王丽娟改变了装束，之前她总是穿着黑颜色的制服，就像银行的工作人员，但今天她穿上了一条蓝色的短裙，这在郭振邦的记忆里还是头一回。他望向名都珠宝，发现有一个人跟王丽娟穿着一样的短裙，但其他人还是黑色的长裤。王丽娟在一个同事的提醒下向门口看了过来，看到郭振邦的时候她有些震惊，但很快就掩饰了过去。她跟同事说了两句话就走了出来。郭振邦看着王丽娟冲自己走过来的时候，潜意识中划过了一丝对久别重逢恋人的期待。王丽娟走下台阶，来到郭振邦面前，接着问道："你弟的事情怎么样了？"郭振邦没有觉察到自己的潜意识，此刻他被一股深深的扫兴感袭击，他一瞬间觉得王丽娟的脸非常令人厌恶，以至于他低下头没好气地回答道："没事。"王丽娟还想问什么，看郭振邦低着头，也就没问下去。

"你最近在干吗？"郭振邦盯着王丽娟露出膝盖的裙边问道。

"上班呗。"王丽娟随意地答道。郭振邦突然又被那股想把什么事情确定下来的感觉侵袭，他抬起头看着王丽娟说道："等我这两天把事办完了，跟你说个事。"王丽娟有些茫然地望着郭振邦，但随即就像意识到了什么似的，没敢接话。郭振邦在摩托车上又坐了几分钟，王丽娟就在他身边站着。郭振邦突然起身说了句："我走了。"王丽娟应了一声，郭振邦的摩托车已经发动了，驶出去的时候郭振邦说了句："你穿长裤最漂亮。"摩托车扬长而去，王丽娟盯着远去的郭振邦，长舒了一口气，接着低头看了一眼短裙，扭头走回了店里。

郭振邦骑着摩托车往小区的方向行驶的时候，突然没来由地想起了李宏伟，那是自己当兵时候的战友，初中同学，现在又在一个单位，王丽娟也是他的同学。肯定是他说的，王丽娟告诉他的，队长才会找自己。他不想求证，他觉得逻辑很完美，但这个逻辑让他很郁闷，她是在什么情况下对他说的呢？这么想的时候他忽然很想揍李宏伟。此时摩托车已经驶到了新欣苑小区门口对面的马路上，在看见小区大门的一瞬间，他突然被"还有三天"的事实袭击，他自言自语道："我到底在干吗？"接着猛地掉头朝着市区开，他想到自己今天可能已经错过那个家伙的爸爸了。

9

调解在迎泽区交警大队的一间会议室里进行，这次先到的是刘咏春，他带着郭礼隽。起初刘咏春并不想带郭礼隽来，因为他觉得郭礼隽一到大事上就屁用不顶，但想起现在他们属于劣势方，自己再怎么会说也没有死者爸爸拖着一张悲哀的脸来得实在，这是他干包工头这几年从农民工身上学到的。想当初自己刚开始干这行，一个在工地上的瓦工从二楼掉下来摔断了腿，他赔了钱，对方的家属不依不饶，穿得破破烂烂地坐在工地门口，给自己找了很多麻烦，不得已他只好又赔了两万块钱了事，虽然自己也是农民出身，但他非常讨厌这个身份。不过此刻他的动机跟那类农民工没什么区别，想到这里，刘咏春紧皱眉头，烦躁地用手抹了把脸。冷刚坐在桌子中间刷着手机，看起来对方人来之前他也没什么好说的。正想着，门被推开了，李渊从门口走了进来，他看了一眼坐在刘咏春旁边的郭礼隽，脸上划过一丝失望，但旋即就被礼貌打招呼的表情所掩盖。李渊练达地同冷刚和刘咏春打了招呼，坐在了刘咏春对面的椅子上。刘咏春扭头还在看门口，李渊明白刘咏春是在找张京都，但他并没回应刘咏春的疑惑。冷刚看人都到齐了，但大家都沉默着，也没人打开局面，便抬头看着李渊问道："之前钱的事你们不是都协商好了吗？现在你们两家都在，说说意思吧。"李渊看了一眼刘咏春，刘咏春故作烦躁地说道："我也觉得赶紧解决了比较好。我外甥去世这事我姐姐、姐夫到现在都缓不过来。今天原本是我一个人来，但他非要来，因为葬礼处理完，到现在还没个结果，他也很难过。他有高血压，我也怕他撑不住。"郭礼隽被动地听着刘咏春的话，他一听到郭宇死亡的信息，那些往事就又浮上心头，结痂的伤口好像撕裂般重新渗出了血。他目光呆滞，但眼睛里噙满了泪水。刘咏春觉得效果还不错，他抬头看了眼李渊，发现李渊并没有上次在交警队院子里的时候那么焦急，他很冷静地坐在对面，不太能揣测清楚他在想什么。刘咏春接着说道："我上次也给你打电话了，后来你就不接了，我也不知道你们什么意思。"李渊扫了刘咏春一眼，扭过头看见冷刚暴凸的双眼盯着自己，接着说道："叔叔，其实不是我们不想解决，就像今天我朋友没来，主要是那位哥不干。"李渊很轻易地把皮球踢了过来，刘咏春有些害怕，因为想起郭振邦，就感到好像有很多事情无法预料，同时又充满了恐惧。冷刚盯着李渊，表情里充满了费解。"他总是到我朋友父亲的厂门口站着，也不知道他想干什么。"李渊说道。"他没干什么，你们怕啥？"冷刚不解地问道。"要是没有上次那事，我们可能也不会这么想。"李渊把郭振邦还钱和在肇事现场说的话又复述了一遍。冷刚看着李渊说了句："这就是你们不愿意再按原来的数赔偿的理由？"李渊慢条斯理地接道："钱是他哥自己还回来的，他的意思好像是我朋友故意撞的他弟弟。我们当时拿钱完全是出于好心，想补偿一下，因为您给我朋友定的是次责嘛。""不是我，是交通法。"冷刚不满地插了句。"对，是法律判我朋友次责，我朋友还是出于人道的精神拿出这些钱的。但他哥那个意思，我们也没法再这么自己决定了，只能是您判……不，法律判多少我朋友就赔多少。"李渊有理有据地说道。"这个事交通法也没明文规定肇事者必须赔多少，我觉得你们还是在内心衡量一下，商量个大家都满意的结果比较好。"冷刚说着话，盯着李渊看。刘咏春有些沉不住气了，他听出这个话里的不祥征兆，如果这样下去，不知道最后是多么令人失望的一个数字。这个感觉跟他年底向企业要工程款类似，但里边泛着一股更加绝望的气息。他慌忙接上话："他那是气话，谁家人这样了都不会好受。他当过兵，不会做出什么不好的事情的。"刘咏春说得信誓旦旦，李渊却看起来意兴阑珊，他扭头看着冷刚："警官，通常情况下应该赔多少，这种案子您肯定也见过不少吧？"刘咏春心急如焚，但也只能等冷刚的回答。"我已经说过了，这个没有什么经验可谈，案子一样，但里边涉及的人情又都不同，你们还是有个商量的好。"冷刚公事公办地说道。"你们赔了，我保证他不会再到你朋友父亲那里去了。"刘咏春假装坚定地说道，但他知道自己并没有任何把握说服郭振邦做什么。"我在想，如果他哥能一起来商量一下，很多事情比较好说一点。"李渊直指核心地说道。正说着话，郭礼隽突然抽泣了起来，这让已经没办法的刘咏春仿佛再度看到曙光。郭礼隽在这番讨价还价中真实地感觉到小宇的命变得廉价,这种感觉让他非常心疼郭宇,他想起了自己的所有不容易,这些情感叠加在一起让他沉重的心情再也无法承受了。李渊没料到这一手,他有些慌张,但并没有表现出来,依然镇定自若地说道:"那我回去跟我朋友再商量一下,给你们回复。"冷刚看到这个局面,说道:"如果实在不行,我们还是会说一个数的,我觉得你们最好事先商量一下。"冷刚这句话让刘咏春极其绝望。

迎泽交警大队的院子里,刘咏春还想跟李渊说一说,但李渊的意思跟刚才在屋里是一样的,刘咏春感觉李渊的态度就像一堵墙一样横亘在眼前,让他失去了处理问题的办法,不,是能力。

10

张京都的恐惧并没有消失,那天跟孔介从"小巴黎"出来后他的心就一直吊着,与其说是对死者哥哥的害怕,倒不如说是对孔介的不放心。他从未跟孔介有过深入的交流,而且之前他就对孔介的夸夸其谈没有任何好感,更何况上次干酒店的事情又让他对孔介的感觉升级到了轻蔑。但不知道为什么,那天的"小巴黎"让孔介显露出了一种让人很不安的感觉。张京都分析是那天整体黑乎乎的房间气氛导致的,但真是这样吗?一股烦躁感袭来,但此刻他并没有意识到,这种不安其实是由于他将不想让别人知道的秘密分享给了另外一个人。张京都抬头看着面前的卡丁车来来回回,突然想到孔介应该不会把死者哥哥怎么样吧?有人拍了一下张京都的肩膀,将张京都从并不愉快的联想里拉回了现实,他看见李渊抽着烟站在了自己旁边。最近张京都总是喜欢来这种很吵的地方,而且频繁地出入酒吧，喝醉了之后他才回家，让酒精帮助自己不要再胡思乱想。李渊并不喜欢这个引擎轰鸣的地方，因为他需要很大声地说话。他说了两句，觉得很费嗓子，索性拉着张京都走到了外边。这里在柳巷的东边，再往北边走不远就到张京都那个"烂摊子"跟前了，这么想着张京都又觉得很麻烦，他在想为什么讨厌的事情总是一起来。但为什么自己会来柳巷，他不是讨厌这里吗？正在这时，脚边有一个七喜的易拉罐，他一脚将罐子踢到了旁边，罐子落在两个堆满了垃圾的巨大的绿色垃圾桶之间。李渊很满意，因为在车水马龙的柳巷难得能找到这么一个没什么人的地方。李渊没开口，张京都也不想问，好像这种人为的延迟能消解事件一般，但理智上明白这只是一种粗陋的逃避而已。

"那家伙的舅舅很想要钱。"李渊抽了口烟，胸有成竹地说道。张京都没说话，他不想听这些他早就知道的事情，他现在在想死者哥哥的脸。他应该没出什么事，两天了，他翻看了山西新闻、太原本地的新闻，甚至连那些平时非常不屑一顾的地方台节目都看了一遍，都没有死者哥哥的消息，但看李渊说话的架势，死者哥哥应该没事，不然他家人应该不是那个反应吧。

"我今天又去了我爸厂里两次，早上下午都去了。"张京都说道。

"在吗？"李渊问道。

"只有那个瘸子。"张京都说道。李渊冷哼了一声说道："孔介这人还是有办法。对了，用不用把那瘸子也办了？"后边这一句李渊是用玩笑的口吻说的，但张京都内心深处泛起一股深深的厌恶感，他没好气地回道："那家伙不闹事，把钱给了吧。"李渊吐出口中的烟，有些难以置信地回头望着张京都，他看了半天没说话。张京都有些厌恶地回过头，就像避开什么不愿意见到的东西一般。

"你知不知道,这次我们是主动,而且可能不用给那么多钱。我们也不用那么快给钱,他们着急对我们是好事,这叫饥饿营销。"李渊得意地说道。

"饥饿个屁。快弄完了事。"张京都没好气地说道。

"那就直接给?我之前可是说把那家伙也叫来说清楚再给比较稳当,你觉得呢?"李渊问道。

"我不知道。"张京都觉得厌烦。

"那还是一百?其实三五十的我感觉他们也能答应。"李渊有些可惜地说道。张京都此时看见不远处路牌上的柳巷字样,感到烦躁不已,他点起一支烟猛吸了一口。李渊知道张京都喜怒无常的性格,他就站在旁边静静地等待着张京都抽烟。张京都之所以烦躁,是因为李渊说的还价令他内心闪过了一丝希望,他的经济情况也很吃紧,但他很快就为这一点自己意识到的自私感到厌烦。

"那你去商量吧。"说完这句话,张京都扔下烟头,快走了两步,离开了。剩下李渊颇有些不解地望着张京都的背影。

11

坐在郭礼隽家客厅的沙发上,刘咏春组织着一会儿要跟郭振邦谈判的语言。他刚才接到李渊的电话后直接就来了郭礼隽家,现在已经是晚上九点钟了,但郭振邦还是没有回来。刘咏春觉得对方的要求不无道理,换位思考一下,有个人一直出现在你工厂的附近确实很让人不安,他联想起之前故意穿得破破烂烂坐在自己工地门口的农民工一家,内心泛起一股鄙夷感。他想起郭宇,这个自己最出息的外甥,他的死价值千金,不可能比一百万少,这至少是对姐姐的交代。他想起当年自己要离开定西，姐姐尽心尽力地帮助自己；到了古交，他住在仓库里，吃穿用度全是姐姐管着自己，现在她最疼爱的郭宇没了，这个钱必须争回来，为了姐姐今后的生活，他想这也是郭宇在天上希望为他妈做的，这么想的时候，刘咏春瞬间周身充满了力量。正想着，开门声传来，郭振邦回来了。郭振邦的右脸除了结痂的伤口，现在泛着青紫，昨天还没有这样。

"脸怎么了？"刘咏春问道。

"没事。"说着郭振邦将迷彩服最上边的风纪扣扣紧，以此来掩盖自己锁骨处的擦伤。但脖子上的擦伤依然很明显。郭振邦准备往里屋走，刘咏春喊住了他。

"振邦，坐下，跟你说个事。"郭振邦这才扭头，看见父母还有耿艳玲都坐在客厅。他搬了把小凳子坐在了茶几旁边。

"我们在和那边的人说赔钱的事情。"刘咏春开门见山。郭振邦没说话，听刘咏春往下说。

"这个事现在也就是这样了，我们都伤心得很。本来人家都赔了，你给回去也就给了。那个时候的心情我们也能理解，我和你一样。现在人家都说没问题，我看这个事情就不要闹了。"刘咏春说着看着郭振邦，想看他的意思。

"那你们商量。"郭振邦说道。

"人家还是想让你一起商量一下。"刘咏春有些犹豫地说道。

"为啥？"郭振邦有些不解地问道。

刘咏春还是有些犹豫，但他觉得不把话挑明了，郭振邦看来是不会去的。

"你不要到那娃娃他爸的厂子里面去了。"刘咏春鼓起勇气说了出来。

郭振邦刚才还很散漫的意识突然警觉了起来,他抬起头盯着刘咏春,刘咏春有些害怕地咽了口口水。

"我去厂子,谁跟你说的?"郭振邦问道。

"不是,人家意思是你不去就行了,没说别的啥。"刘咏春赶紧解释起来。

"我问谁说我去厂子的?"郭振邦双眼紧紧地盯着刘咏春,刘咏春又开始觉得莫名其妙了。

"就和撞人那娃娃一起的那个。"刘咏春说道。

郭振邦低下头,开始回忆。那天晚上大胡子离开后,有一辆车在不远处停了一阵,自己要走过去的时候,他才拐进厂里。那应该就是和撞人那小子一起的那个小鬼。也有可能就是那小子,然后就有了自己在山上被车撞的事情。这么一想,他好像通透了很多,他坐在小板凳上,脸上划过了一丝不易察觉的微笑。

"他们要赔多少?"郭振邦问道。

"他们说要你过去商量一下。"刘咏春说道。

"不是一百万吗?还商量啥。"郭振邦说道。

"那你再不要去人家老子的厂里了。要不不好说。"刘咏春看郭振邦松口了,赶忙迎上来说道。

"钱的事是钱的事,别的事是别的事,别弄到一起。"郭振邦说道。这一句没来由的话瞬间让刘咏春感到不安,他无法揣摩这句话里的意思,他想让事情赶紧回到正轨上。

"那明天你和我们一起去商量一下,行不行?"刘咏春仍对此怀有希望。

"我就不去了,你就说我说的,看我弟的命值多少钱。"说完郭振邦扭头回了屋,他将门关上,还插上了插销。此刻他的意识非常清晰，他非常害怕有什么东西来破坏他的意识。他在床上坐卧难安，最后从抽屉里拿出了演算本，找出一支笔，开始在演算本上推演这件事情的来龙去脉，就像验证一个定理一样认真。屋外的刘咏春很茫然，但他能理解的是，郭振邦至少没有像之前那样一谈钱就拒绝了，这样他在内心里还是安慰了一下自己。他跟郭礼隽商量了下，还是由自己去跟对方谈。

第十二章 視差

1

  这个想法是在下山的路上形成的，上路之前郭振邦都没有这样的想法。昨晚他在演算本上的推演十分详尽，但完美的逻辑推演在关键点上都缺乏有效的证据。他一夜没睡，此刻骑着摩托车却出奇地清醒，但这种清醒跟睡好了的清醒还是有很大的区别，这种清醒总带着一种蒙眬的感觉，就好像自己站在远处看自己一样。凌晨的时候他甚至想着跟张玉墀交流的台词，但当他想起梁建武那张脸的时候，就没了说话的力量，那种庸俗的感觉让他反感。他觉得自己无论如何不能陷入那种自己觉得积极的消极状态，因为那并不能解决任何问题。这么想的时候，郭振邦的摩托车已经驶到了神堂岩，他突然停下车，走下来寻找那个弹孔。弹孔还在，他认为闫利斌他们是不会给自己打电话的。接下来他的手机响了，他拿出手机，翻看微博上的新闻推送："一男子在幼儿园对孩子行凶，疑似有精神病史。"郭振邦烦躁地收起了手机，同时发动摩托车向前行驶，就在这一刻一个词语闪入了他的脑海："媒体。"这个具体的想法产生后就再也挥之不去了，郭振邦由着意识发展下去，开始很明确地权衡这个决定的可能性。如果他在媒体上曝出来，展示了自己缺乏有效证据的逻辑链条，那么很多网友会帮他补齐的，至少之前他看到很多正义之士"人肉"贪官污吏的时候那些证据可不是那么容易拿到的。但他不能先发微博，他觉得文字是很没有说服力的，他必须先曝光，手边有多少东西就先曝光多少东西。他权衡着自己手里的牌：肇事的录像、受伤的证明、弹孔，还有自己的推演图。这些必须先在媒体上出现，他想了很多媒体，都觉得没什么门路。但他很快就被一个意识侵袭了，山西电视台科教频道有一个叫"为您跑腿"的栏目，之前父母在家经常看，基本的套路就是些家长里短、鸡毛蒜皮的小事找这个叫艳红的主持人去调解。父母跟新欣苑的很多邻居都喜欢看，在郭振邦看来他们就是看热闹不嫌事大。郭振邦曾经对这个节目非常鄙夷，但此刻想起它，是因为他不知道哪次有意无意地看到了这个栏目在五一广场接受很多市民的求助。这是最实在的，郭振邦觉得这个可以解决他上媒体无门的问题，接下来他的潜意识中划过了"想要净化这个栏目"的念头，但自己并没有意识到，他只是觉得很兴奋，似乎事情终于回到了正轨上。

2

五一广场的人不多也不少，大多数都是穿广场而行的路人。因为没什么运动设施，也没什么健身的人群，只有三三两两的老人零散分布在四周的座椅上，有的在聊天，有的则拄着拐棍在那里呆呆地看着，也不知道是在想事情，还是在看什么。郭振邦把摩托车停在广场旁边的金虎便利店门外，因为五一广场的铝合金围栏限制了车辆进入，但还是有很多市民把自行车拐着弯地绕进广场，更省事的索性直接扛着自行车走进去。郭振邦在广场里转了好几圈都没见到《为您跑腿》栏目组，他在心里嘀咕对方是不是在骗人，虽然在电视上打出来征集线索，但就像那些宣传彩票中奖的信息一样，根本不会给你买中的机会。这么想的时候，他内心里一阵失落，他突然划过了一丝念头，觉得他们都是一伙的，但这个念头并没有被他捕捉到，很快他就想到自己并没有明确记得《为您跑腿》会来五一广场征集线索，他对自己的记忆产生了怀疑。郭振邦拿出手机，打开搜索引擎，漫无目的地刷新着，很多新闻跳出来，《非诚勿扰》里五六年前那个"坐在宝马里哭"的视频又被扒出来浮现在搜索引擎的推荐页面，他感到内心一股无名火泛起。但他突然意识到，自己打开搜索引擎是想找《为您跑腿》的电话，他为自己突然忘掉初衷感到悔恨，也为自己记忆的不清楚感到恼火，这种情绪集合起来使他对周围充满了恶意，他扭头看向了不远处一个戴着眼镜拄着拐棍的老人，郭振邦大步流星地走过去，非常没有礼貌地问了老人一句："《为您跑腿》是不是在这儿？"老人被郭振邦的声音吓得惊了一下，他被眼镜片放大的双眼呆呆地望着郭振邦，似乎在理解眼前的景象，但他的脸上带着一股不明所以。他没有回答郭振邦，只是那么看着，郭振邦突然被老人无辜的眼神打动了，他反思着自己刚才粗鲁的问话，突然非常讨厌自己，他扭过头疾步走出去很远，似乎这样就可以规避刚才道德感缺失带来的耻辱。他重新坐在长椅上，闭上眼睛，任由意识随意划过自己的脑海，他开始变得平静，随着一声沉重的呼吸过后，他重新梳理了自己的思绪。他拿出手机，在搜索引擎上继续寻找《为您跑腿》的电话，他在搜索页翻了两三页都没能找到，这时候他理性地在心里分析道："这样一个地方台的小节目，怎么会被别人注意到呢？"郭振邦突然觉得自己很渺小，他莫名地感到身前有一堵墙，他有些透不过气，此刻他第一次感到很想念郭宇，但他没有想到任何有关郭宇的细节，只是很想念郭宇，为什么呢？他这样问自己，但没有答案。他看了眼手机，已经上午十点钟了，他不知道接下来该怎么办。他扭头看见了刚才被自己粗暴询问的老人,老人依然坐在原来的位置,他想上去给他道歉,但只是想了一下,就扭头朝着摩托车的方向走去。正在这时,他跟一群说说笑笑的人迎面碰上了,其中一个穿着黄色T恤戴着鸭舌帽的高大男生手里拿着一个牌子,郭振邦看到上面写着"《为您跑腿》栏目组"。一股喜悦在电光石火之间袭击了郭振邦,他感到兴奋,之前所有的失落与怀疑,都被这股确定无疑的准确瞬间擦去,他内心涌起一阵超越实际兴奋的荣耀。

郭振邦跑上去拦住了一行人,打头的是一个年轻女孩,看起来也就二十二三岁。但他并没有看见那个时常出现在电视里的主持人艳红。

"能帮我伸张正义吗?"郭振邦劈头就问。此时站在郭振邦面前的是六个人,后边一个年纪差不多有三四十岁的卷发中年人手里拿着摄像机,他已经本能地将机器前的镜头盖打开了。几个人马上进入了工作状态,速度之快让郭振邦想到了自己训练有素的战友。女孩子马上拿出录音设备,卷发中年人迅速在镜头前安装上带着防风罩的话筒。

"您有什么困难?"女孩子非常礼貌地询问了起来,郭振邦内心充满了希望。

3

穿夹克的男子在一个黑色的笔记本上记着什么,字迹很潦草。他的眼睛很小,让郭振邦想起电视剧《粉红女郎》里的色房东。他把郭振邦手机里的视频反复地播放,郭宇的脖子在"色房东"每一次播放下就被重复地碾压一次，虽然机位很高，但画面很清晰。"色房东"在放了六七遍之后，将手机还给了郭振邦，接着他扭头看了看其他几个同事，表情凝重，但在这个凝重的表情之下掩藏着一股找到大新闻的兴奋，那几个同事似乎心领神会。"色房东"第一次开口了，他的声音是浓重的烟嗓，用太原味的普通话问道："就是因为你去了他爸的厂子，所以有人对你开枪？"听完郭振邦刚才长篇大论的讲述，"色房东"开始梳理着笔记询问郭振邦。

"他要是不掏枪，我应该能制服他。"郭振邦颇有底气地说道。

"不过这里很多都是你的推测吧？你不是找过律师了吗？""色房东"严谨地问道。

"媒体不出面，我连人都见不到。"郭振邦平静地说。"色房东"盯着郭振邦的脸看了一会儿，并没有说话。郭振邦讨厌别人这样盯着自己，他迎着"色房东"的脸说道："要是你们没胆子去，我再去别处，要不就去北京。"郭振邦觉得自己非常大义凛然。

"不过我们也不能光听你说，我们的任务主要是调解。你的诉求到底是什么？""色房东"直中要害地询问郭振邦。郭振邦被这么一问突然有些蒙，他仔细想了想，自己到底想干什么？第一，他不相信郭宇是头部撞击地面死亡的。第二，他觉得对方想赶紧赔偿，肯定有不可告人的秘密，证据便是有人要杀他。但郭振邦想着要怎么跟这个"色房东"说。接着他突然把迷彩服撩了起来，这让几个人尤其是中间的女孩子不知所措，但他们很快就压下了惊慌，看着郭振邦身上的伤口。郭振邦的左脸一直到左边腰处都有很严重的擦伤，看起来不方便掀起的裤子里还有伤口。看着大家震惊的眼神，郭振邦平静地说道："我在矿上上班，没有任何仇人，这件事就发生在前几天。你们想想谁会下这个狠手？"郭振邦说完了，重新将衣服盖了下去。

"你不相信交警的定责?""色房东"又一次直击要害。

"不信。"郭振邦突然很有信心地跟"色房东"说道。"色房东"的小眼睛转了转,扭头看了看其他几个同事。他思考了一会儿说道:"我们不是司法机构,我们是电视节目,你这个情况我们确实第一次遇到。我也实话实说,这也是你的一面之词,我们要做的话,就是带着你去把这些疑问搞清楚,但我们也不能保证其他的事情。"郭振邦突然觉得"色房东"像个胆小鬼,他很鄙视他,但他觉得只要上节目自己的目的就达到了,所以他没说什么,只是点了点头。

"那你把电话留一下,我们过两天会安排节目组联系你,你要配合我们的拍摄。""色房东"说道。

"你们能联系上肇事者家人吗?"郭振邦说道。

"如果有需要我们会尝试。""色房东"接着说道。

"大概多久联系我?"郭振邦此刻显得有些着急。

"我们回去还要开会。你等信儿吧。""色房东"事务性地说道。郭振邦被这句话搞得很丧气,但他没再说什么,留下联系方式后,朝自己的摩托车走去。他并没有感觉到如释重负,相反,他感到一股从未有过的压迫感向他袭来,就像一件事情终于要来的感觉。他清晰地记得自己当时去当兵,要跟家人告别的时候,也有过差不多的感受。

4

因为已经联系了《为您跑腿》,郭振邦觉得自己可以安静地想想对策,所以早上他直接回矿上上班了。这让队长罗凯旋很诧异,他本来想上去问问郭振邦的情况，但郭振邦很明显没有想搭理他的意思，这让罗凯旋心里涌起一阵愤怒："这个家伙是真不懂事。"郭振邦一早上都在工作面采煤，采煤机的轰鸣反而让他集中精力想象见到张玉墀要说什么。他没意识到自己已经像个演员一样，在做着上台前的准备了。从井下上来的时候已经下午四点多了，他在浴室等了很久，人走得差不多的时候他走进了浴室。浴室里氤氲着水蒸气，以及刚走之人留下的体味，还有香皂沐浴露的味道。就像唤起一个自动装置一样，在这空旷的浴室里，他对王丽娟的欲望又不知第几次自然地浮现了，他想也没想直接跳进了冷水池，起先的冰冷刺骨让他将注意力转移到了身体的触感上，但很快对王丽娟的欲望又来造访，他不知道怎么会这样，因为往常这样做的时候，欲望会随着感官上类似鞭挞的禁欲行为而被强制熄灭，但今天这个欲望不仅没有熄灭，反而更加强烈，他能在欲望当中看到杨杨，甚至还有《为您跑腿》栏目组那个二十二三岁的姑娘。郭振邦在水池里游了几圈，他不明白自己怎么了，但这个没有被察觉到的潜意识来自他对未知的猜测，他遇到张玉墀会怎么样？这个事情还会往什么方向发展？之所以没有察觉到，是因为他无意识的规避系统在意识深处起了作用，潜意识的自然流动在郭振邦纷繁的思绪间如同一个暗流在自行涌动。他只能隐隐地感觉到些什么，但他说不出来，性欲的背后是这强大的系统产生的共振需要出口的感官表现。郭振邦在水池里游动的时候产生了强烈的破坏欲，他想砸东西，但他此刻最想强奸王丽娟，这么想的时候他被自己的想法震惊到了，他有些想哭，但很快又为自己的懦弱感到愤怒。

穿好衣服，郭振邦口袋里手机在振动，他拿出手机，发现是一个陌生的号码。他接起电话，对方是《为您跑腿》栏目组，他们说从早上就开始联系他，一直没有打通电话，郭振邦解释了自己在上班的事实，对方似乎并不关心，他们只是询问，明天是否可以来采访，郭振邦一口答应了，他说出了地址，然后挂断了电话。郭振邦在储物柜前站了很久，他觉得《为您跑腿》的速度很快，这证明自己这个事的确是个大新闻，这一点让他很高兴，但同时他有种轻微的颤抖，就像当年在部队接到命令配合警方围剿毒贩的行动时一样，那种感觉很清晰，中队长说得对，"生死未卜"。

5

刘咏春的心情很好，工人的心情也不错，因为刘咏春刚给他们发过工资，工人的干劲儿十足。刘咏春站在活动房的二层望着前边盖了一多半的楼房，在心里想，这个工程还有三个月就封顶了，他带的包工队会跟着工程部走完最后一程。每当这个时候刘咏春就像跟自己的孩子告别一样，虽说在整个工程里他们就是个芝麻粒，但他能感到真实的存在，这就是他的价值。他想起上初中的时候老师总说要做"社会的螺丝钉"，他想自己绝对是合格的"螺丝钉"。这么想着他的心情更舒畅了。三天之后那个叫李渊的小孩会把七十万打到账上，他感到满意，姐姐、姐夫也松了口气，表现就是他们又开始哭泣了，悲伤的归位来自如释重负的状态。虽说少了三十万，但在这之前他有种强烈的感觉，因为大外甥郭振邦的关系，可能会拿到更少的钱。这么想的时候他舒畅的心情瞬间被影响了，他慌忙避开了这个令人不愉快的障碍。本来对方只想给四五十万，但姐姐的到来对最后这个数字起了很大的作用。当时是他在离开的时候灵光乍现，想到试试带着姐姐去，如果姐姐不拒绝的话，谁想到姐姐直接跟着郭礼隽一起来了。谈判的时候姐姐一句话也没说,一滴眼泪也没掉,她就那么无声地坐着,可能是姐姐比较安静的状态对李渊产生了影响,他出去打了个电话之后接受了这个数字。刘咏春反刍般地回忆着昨天发生的一切,这些幸福感在内心深处一遍又一遍地重现,让他非常舒畅,他感觉那是一场很棒的胜利,接着就是三天之后的打款了。他觉得自己给了姐姐一个很好的交代,也给了郭宇一个交代,这么想着,刘咏春抬头看了看浮着几朵白云的蓝天,他突然热泪盈眶,他很想郭宇。

6

早上六点,郭振邦吊在楼顶角落的老地方光着膀子做着引体向上。路灯还没熄灭,但天已经擦亮了。清洁工扫地的声音有节奏地传来。郭振邦比平时多做了二十次引体向上。等他爬上楼顶的时候,呼吸有些微的急促,他盘腿坐在地上,闭上眼睛,让意识来回游走,接着身体和精神逐渐安静了下来。等郭振邦睁开眼睛的时候,他看见了初升的太阳,他感觉周身慢慢地积聚起了力量,他想起自己一直以来心里那个奇奇怪怪的想把什么事情确定下来的感觉,顿时觉得那个确定的时刻终于到来了。他起身,用非常快的速度连打了三套军体拳。

卫生间里,郭振邦从水缸里舀出一盆冷水,从头到脚淋了下来,冰冷刺骨的凉水让他的思绪瞬间集中了起来。接着他又打了两盆水,仔细地以最慢的速度从头到脚细细地浇了下来。就像一个仪式一样,郭振邦在墙上挂着的中间裂开一道缝的镜子里盯着自己的脸看了一会儿,直到觉得那是一个陌生人为止。接着他用毛巾仔细地把身上的每一个部位都擦干。

郭振邦不多的几件衣服都整齐地叠在写字台下左手边的柜子里。他盯着打开的柜子思索着自己究竟要穿哪一件。最后他穿起了压在退伍警服下边的一件迷彩服，那是他当年参加缉毒行动时的装备，袖口处因为长期的训练已经磨损得很严重了。这件衣服他从退伍到现在一次都没穿过，那是他留作纪念的衣服，他一直很珍视。穿上迷彩后，郭振邦站得笔直，他环视了一圈十几平方米属于他和郭宇的房间，周身充满了力量，但他没观察到的是这里边透露出来的战斗欲望。郭振邦就这么坐着，静静地等待着《为您跑腿》栏目组的到来。

客厅里开始缓慢地有了声响，郭振邦听到父亲郭礼隽多年以来严重的晨咳，那是慢性咽炎导致的。他没听到母亲刘咏梅的声音，郭礼隽活动的声音也比平时听起来缓慢很多。他听到拧煤气的声音，应该在煮鸡蛋。郭振邦坐在床上就这么听着一切，安静地等待着那个时刻的到来，但他的手机还是没响。昨天他把详细的地址发给了栏目组联系自己的人，他们来的时候肯定会先联系自己吧。这么想着，郭振邦不时地看看手机。楼下传来了说话的声音，周遭的世界已经苏醒了，大家都要开始一天的生活了。这么想的时候，郭振邦突然有些疲惫，他坐在床上，背靠着墙，慢慢地睡着了。

郭宇毫无表情地望着郭振邦，郭振邦很想跟他说话，但越是靠近郭宇，郭宇就离郭振邦越远，但其实郭宇并没有移动，他只是那么站着。郭振邦试着张嘴说话，但怎么都张不开嘴，此时他莫名其妙地看到了自己，但郭振邦惊奇地发现刚才向郭宇移动的并不是自己，而是中队长。他感到诧异，中队长突然冲上来拥抱了郭振邦，中队长泪流满面，郭振邦突然也很想哭，中队长对郭振邦说了句："会好起来的。"郭振邦透过中队长的肩膀仔细地看着郭宇,他发现郭宇已经跟一个女孩子渐渐走远了。郭宇好像在笑,很开心。那个女孩子是苏以沫吗?他没看清,此时他从中队长的怀抱中移开身体,发现刚才抱住的人是王丽娟,王丽娟的眼神里充满了恐惧。他想说话,但就是张不开嘴,他伸手去触摸王丽娟,王丽娟也往后退,跟郭宇一样,王丽娟也没有移动。郭振邦很着急,他冲着王丽娟没命地跑,但此时他突然发现王丽娟不见了。郭振邦感觉自己流泪了,此时他已经意识到自己在做梦了,但他就是醒不来。他大叫着,但空有动作,没有声音。他大声地喊着中队长,但此时中队长也不知道在哪儿。郭振邦在空荡荡的平原上行走着,此时周围好像是海,他仔细注视着脚下,等到用手去触摸的时候,才发现那里根本就没有水。"人都去哪儿了?"郭振邦这样问自己,但很快他就看到很远的地平线上有一团野火。但那么远的距离自己为什么可以看到呢?郭振邦想着这件事的时候醒了过来,他发现自己一头的汗。他的呼吸并不急促,因为刚才在梦里他已经意识到那是梦了,但又有那么一瞬间他觉得那是真的。这么想的时候,敲门声传来,郭振邦一时间没反应过来自己身在何处,他这么想的时候,已经听见郭礼隽打开了门,有个女人的声音询问道:"这是郭振邦家吗?"郭振邦意识到这个声音来自他有一搭没一搭在电视上听到的声音——《为您跑腿》主持人的声音!

7

摄影师不是上次在广场上看到的年轻人,而是一个身材颀长的中年人,他的摄像机提在手里,眼睛从机器自带的小监视器里观望着郭振邦。郭振邦有些没反应过来，这跟他预想的不一样。"他们怎么直接上来了？"这么想的时候，郭振邦有些恼怒。主持人直接问了起来："郭振邦是吧？"这猝不及防的场面让他一时无法招架，他只是机械地点了点头。"你再跟电视机前的观众说一说你的情况吧。"主持人接着说道。郭礼隽非常蒙地站在沙发与茶几间狭窄的缝隙里，看着三四个人围着郭振邦，此时撩开门帘子出现的刘咏梅更是不明所以，刘咏梅刚睡醒的样子，头发也很乱，因为有外人，她下意识地整理了一下头发，接着扭过头求助般地望着并没有注意到自己的郭礼隽。郭振邦此时打破了这猝不及防的僵局，开始应对这个场面。

"我们能出去说吗？"郭振邦的声音很沉着，以至于郭礼隽和刘咏梅并没有从这沉着的声音表象中看出不安的本质。

"因为我们也想看看你父母怎么说。"主持人看起来并没有要走的意思。

"要是那样我就不找你们了。"郭振邦说得斩钉截铁，这股不容辩驳的力量，让主持人眼睛一转，迅速做出了判断，她训练有素地一边说着一边走出了门："那我们到门外说。"

"去楼下。"郭振邦为主持人的狡黠感到生气。一行人迅速地下了楼。

刘咏梅已经看见对方穿着《为您跑腿》栏目组的衣服，但这个之前一直在电视上出现、现在突然现身在生活里的主持人让她产生了一种极其不真实的感觉。郭振邦扭过头看了一眼父母，很从容地走出了门，但郭礼隽还是在他出门前问了一句："咋回事？"郭振邦听见了这句问询，但他并没有停下的脚步似乎让郭礼隽刚刚升起的不祥之感转变成了安心。在郭振邦关上门的一刻，郭礼隽的安心又转换成了疑问，他扭过头和刘咏梅面面相觑，交换着逐渐晕开的疑窦。

出了单元门，不远处《为您跑腿》栏目组的瑞风商务车就停在那里，推拉门开着，几个人就站在旁边。因为栏目组车身印着《为您跑腿》的标志，周围已经聚集了一圈邻居。郭振邦走下来的时候，一个戴眼镜的年轻女人用怀疑的眼神看着郭振邦。这个女人是郭振邦家的老乡黄文英，她的头发染成的黄色有些已经褪色，变得黄中掺杂着亚麻色。她扎着马尾，瘦得皮包骨一般，似乎像忘了季节一样，还穿着一条大红色的连衣裙。这一切都让郭振邦感到一股很强烈的不愉快，他不想搭理她，但她还是开口了。她的开口让周围聚集的七八个人有了期盼一般，大家都把视线注视到她的身上。"振邦，咋了？"黄文英问郭振邦。郭振邦非常从容地走上车："没事，我朋友。"郭振邦镇定自若地回答了黄文英的问话，周围的人脸上或多或少泛起了一丝扫兴。"走吧。"郭振邦就像跟熟人打招呼一般跟主持人说道，主持人也似乎没理解眼前的事情，她条件反射地走上车，郭振邦让她跨过自己坐进了里面，接着拉上了车门。

"去哪儿？"一个戴着鸭舌帽的司机粗声粗气地问道。主持人和一众工作人员都扭头看着郭振邦。

"太原。"郭振邦不容辩驳地说道。但车子并没有动，此时主持人扭过头有些不解地看着郭振邦，接着义正词严地说道："不好意思，我们栏目组有栏目组的安排，因为编导昨天回来谈了你的诉求，所以我们节目需要安排采访一下你的家人对这个事情的看法，接下来我们才能去太原。"郭振邦此时看着主持人，发现她也戴着眼镜，接着他扭头从贴着太阳膜的窗户望出去，发现那群人只是离开了车，聚集在不远处，还在等着事情发生。郭振邦知道黄文英是个长舌妇，接着他突然对戴眼镜的人产生了反感，他没好气地说道："你们应该事先跟我打电话。""我们昨天有工作人员跟你联系过啊。"主持人的回答透露着一股世故，让郭振邦很不爽，他低声说道："我说的不是这个，你们上楼前应该给我打个电话。"主持人敏感地觉得事情变得有些复杂了，她趁着郭振邦低头思考的空隙，跟自己的同事交换了一下眼神，接着她像想起什么似的，从包里拿出了一份合同递给了郭振邦，接着说道："对了，咱解决问题前要先签这个合同。"郭振邦拿过合同，两页A4纸的条款量，他匆匆扫了一眼，发现基本就是些跟肖像权有关的事项。他不想签，但他怕不签对方就不采访他。他拿着合同有些犹豫，但看着窗户外边的长舌妇，他还是在合同上签了字，因为这件事情他需要媒体。

"我家人你就不要采访了，他们都是老实人，而且我也不想让他们上电视。"这么想的时候，郭振邦开始担心刚才在家里的时候摄影师是否拍到了父母。主持人有些犹豫，但看郭振邦的样子，似乎也没什么周旋的余地。接着郭振邦对摄影师说道："你能把我父母的镜头删掉吗？现在。"摄影师盯着郭振邦，瞬间觉得自己被侮辱了，一个跟他身高并不匹配的尖细声音发了出来："要不就算了吧，事儿多。"他这句话并没有对郭振邦说，而是对主持人说的。郭振邦有些生气，但很快他就为自己这种不理智的行为感到后悔，他觉得自己在坏自己的事情。他低着头沉默着，主持人对摄影师安慰了一阵，接着扭头看着郭振邦说道："你等我打个电话吧。"主持人打开车门走了下去，围起来的人现在已经增加到三十人左右。郭振邦拉上车门，看着主持人走到不远处的一棵松树下打着电话。郭振邦有种出师不利的烦躁感，车里没有人理他，大家都玩着手机一言不发，摄影师则用左手玩着手机，右手按在摄影机上，好像害怕郭振邦抢走一样。过了一会儿，主持人走了回来，她上了车，跟司机说道："去太原吧。"接着像调整心情一般，低头想了想。这是事情没有按照原来的计划发展产生的挫败感，郭振邦明显地感觉到了，他有些窃喜。接着主持人调整好心情，扭过头，态度很好地跟郭振邦说道："那你在路上跟观众介绍一下情况可以吗？"郭振邦点了点头，主持人看了一眼摄影师，摄影师打开了镜头盖。

栏目组的车掉了个头，呼啸地驶出了小区，留下了一二十个人窃窃私语，那个长舌妇也在人群中，大家开始猜测到底怎么了。郭振邦在车里看着逐渐远去的人群，心里产生了一股强烈的如释重负感，那是远离愚蠢的感受，他这么想着。

8

瑞风车从太古国道收费站开出来后，又行驶了一会儿，拐进了下元右边的和平南路。郭振邦没明白为什么开到这里，但看起来主持人和几个工作人员好像很轻车熟路。刚才在车上郭振邦已经把事件的前因后果都讲述了一遍，走国道，是为了拍摄那个弹孔，而且郭振邦也给他们看了肇事的视频。关上镜头盖的那一瞬间，主持人身上的挫败感消失了。郭振邦觉得这个感觉至少透露了一种信号，那就是自己的事情还是很有价值的，这个之前在五一广场的时候就在他们同事跟前得到过确认。这么想着，瑞风车驶到了不远处一家饭馆门前，典型的山西菜，饭馆玻璃上边用红色的字体标着刀削面、莜面栲栳栳、猫耳朵之类的食物名称。"咱吃口饭。"主持人对郭振邦说道，接着她跨过郭振邦先下了车。吃饭的点，大家都有种很兴奋的感觉，摄像师和助手两人有说有笑地走到了前边，郭振邦听见摄像师管助手叫小刘，小刘管摄像师叫蔡师傅。郭振邦一想到要跟这几个陌生人一起吃饭，瞬间感觉负担倍增，他觉得坐在一个饭桌上会非常尴尬，这么想的时候，他已经在座位上坐了一会儿了。司机下车跟他说道："不吃饭？"郭振邦看见司机将鸭舌帽取下抚摸着光头。郭振邦没说话，直接下了车，冲着饭店走去。

桌子上摆了个凉菜拼盘，蔡师傅猛往里边倒了三四道醋，也不管别人吃不吃。小刘则筷子不停地吃着花生米。主持人从远处走回来之前，蔡师傅冲着她喊了一句："艳红，给闹上瓶啤酒。"主持人又掉头走回去跟服务员说着什么，接着走了回来。她看着两人吃着拼盘说道："还行哇？"蔡师傅一边吃一边说道："就那哇，凑合吃哇。""我看他凉菜就这点儿了，我还拣好的拼了。"几个人都吃起了凉菜。艳红没动筷子，她看了眼郭振邦，问了句："随便吃点吧？"郭振邦点了点头，拿起筷子吃了口花生米。艳红也顺势拿起筷子吃起了凉菜。蔡师傅和小刘不知道聊起什么事情了，高兴地在对面笑着，鸭舌帽司机则是一个人吃着菜，在看手机。艳红又看了看郭振邦，一副欲言又止的样子，这让郭振邦很焦虑。他大概猜到这个主持人想问什么，但他就是不愿意说。正这么想着，几碗刀削面端了上来，随着白面条一起端来的还有两碗卤，一碗西红柿的，另一碗肉酱。其他几个人都浇着卤，拌着面条吃了起来，郭振邦注意力很不集中，本来就不习惯跟陌生人一起吃饭，再加上主持人那副犹犹豫豫、欲言又止的样子，就更让他不痛快了。他为了不跟他们再多说一句话，随便浇了点西红柿卤，拌了拌面迅速扒了起来，他一边吃，一边看着桌上一个竖起来的台牌上写的饭菜价格，他搜寻着刀削面的价格，发现上边写着十二元；他接着测算刚才吃了凉菜需要补多少钱，他看到一个凉菜拼盘是十块钱，醋泡花生八块，郭振邦看着这些数字心里踏实了很多。他迅速地吃完了饭，从兜里拿出了一些零钱。艳红一边细嚼慢咽着面条一边诧异地看着郭振邦。郭振邦并没有注意别人的反应，他很开心地从手里的钱中迅速找出了十八块钱，放到桌子上，起身出了门。艳红本来想说不用付钱，但郭振邦走得太快，她没来得及开口。艳红跟蔡师傅几个人面面相觑，一副难以理解的样子。她看见郭振邦走到了停车场栏目组的瑞风车跟前，扭头看着远方，她回过头继续吃起了面。

酒足饭饱，大家似乎重新获得了动力。艳红率先走了出来，蔡师傅和小刘依然有说不完的话。看着这个情景，郭振邦突然想起初中时候语文课上的一首诗："商女不知亡国恨，隔江犹唱后庭花。"他又抑制不住地开始愤怒，他自省地发现最近很难驾驭自己神经质的愤怒，这样思索的时候，那股深深的无能为力感又无情地袭击了他。

所有人都上车之后，艳红瞅着机会还是把刚才没说的话说了出来："我们做节目，这个算工作餐。"说着把郭振邦放到桌子上的十八块钱递给郭振邦，但郭振邦并没有接，他平静地说道："那就给单位，我不是你们的人。"艳红望了望周围，只好把钱捏在了手里。"去哪儿？"鸭舌帽司机扭头问艳红。"迎泽交警队。我没记错吧？是迎泽区交警队哇？"后边这句艳红问的是郭振邦。

"不是去'未来生物'？"郭振邦有些诧异地问艳红。艳红也有些诧异地看着郭振邦说道："我们肯定要去了解一下交警怎么说啊！"此时的气氛显示出一种明显的断裂，因为刚才在高速上，大家的注意力全在拍摄郭振邦陈述事情的来龙去脉以及诉求了，等到说完的时候，已经到了饭点，所以栏目组理所当然地找了个地方吃饭。从艳红的角度讲，她采访完了当事人，当然是循着逻辑线索，找交警队了解情况，接着再去采访肇事者，这是毫无疑问的；但郭振邦刚才的想法很明显是以自己讲完的事实是准确信息为前提的，郭振邦天然地觉得交警队、律师，还有肇事者是一伙的，所以他很自然地认为没有必要再去找那一伙人了解无谓的信息，可以直奔主题，那就是去"未来生物"找张玉墀。"再说了，我们就算是不去交警队，也应该先找肇事者了解一下情况吧？"艳红收起诧异，询问着郭振邦。接着郭振邦就把大胡子梁建武的事情跟艳红说了，但这并没有什么效果，只换来了更加诧异的表情。"可这跟我们这个事情的关联在哪里呢？"艳红好奇地问道。"这个事情要有问题，你从头找根本什么都不会找到，因为线索早就被掩盖了，所以你最好出其不意地去找肇事者的爸爸，这样才有可能打他个措手不及。"郭振邦是用非常平静的口气说出上边这段话的。这让艳红一时不知该说什么，往常的采访基本都是他们自己设定路线，事情也没这么复杂，但刚才郭振邦嘴里说出的这些话她是无从判断的，因为联系郭振邦刚才路上讲的那些话，这些事情似乎真的没那么简单，而且最令她印象深刻的是郭振邦身上的伤和刚才路上拍到的弹孔，这些都给她一种非常不真实的感觉，这不像发生在她生活的和平时期的事情。她感觉到被什么东西压得喘不过气，她再次想要跟领导请示，她扭头又下了车去打电话。

当她陈述完了一切，领导在电话那头沉默了一会儿，接着说道："还是要从交警队、肇事者拍起。要是他不愿意，你们就撤回来。"艳红收到信号，接着就长舒了一口气，刚才那股喘不过气的感觉消失了，她甚至有些轻松地走回了瑞风车。

郭振邦听完这一切甚是扫兴，他难以遏制的愤怒已经到临界点了，但此刻他不想毁掉自己的计划，他用手狠狠地压着右膝盖，这样可以短暂地让理智占领精神的上风。

"去交警队吧。"郭振邦低声说道，但没有抬头。艳红跟鸭舌帽司机说了地方，司机的瑞风车重新上路，但艳红能感觉到身边坐的人身上透露出的强大气场,那股短暂的轻松已经杳无踪影了,但她坚定地在心里认为自己可以客观地调查好这件事情,这么想的时候,她有种跟身边的强大气场抗衡的感觉,她已经很久没有这种感觉了,最后一次体会还是当年参加高考的时候。

9

车子停到迎泽交警队后,艳红和蔡师傅、小刘都迅速进入了紧急戒备状态。这是郭振邦始料未及的,因为从早上到现在,他看见他们都是一副气定神闲的样子。"蔡师傅跟我进去,小刘你一会儿盯住机器就行了。"小刘咽了口口水,显然经验的不足还没让他的麻木转换成习惯。"叫冷刚是哇?"艳红扭头问着郭振邦。"是。"郭振邦被他们戒备状态的气氛感染,说得很干脆。艳红看了看众人说道:"那走哇。"

车门打开了,艳红先走下车,蔡师傅打开镜头盖,对着艳红开始拍摄,艳红进入了工作状态,她对着镜头说道:"那么观众朋友们,现在啊,我们就和郭先生来到了迎泽交警队,接下来我们就要进去找到办案交警,了解一下具体情况了。"接着艳红就拉着郭振邦往迎泽交警大队的办公楼里走。蔡师傅在后边举着摄像机进行跟拍,结果还没到门口,就看见门卫的小屋里两个早已观望很久的警察从里边走了出来,站在台阶上等着他们。艳红和郭振邦走到了门口,蔡师傅还举着摄像机。一个头发油乎乎贴着头皮、梳成偏分的中年警察皱着眉头看着他们,操着一口太原话问道:"你们是干甚的了?先不要拍。"但蔡师傅并没有将摄影机关掉,他只是放低了一些摄影机的角度。艳红游刃有余地应对道:"我们是科教频道《为您跑腿》栏目组的，我们的求助者对案子有些疑问，想要来找你们冷刚警官了解一下情况。""联系了没有？"偏分警察用命令式的口吻问艳红。"我们没有冷警官的电话。"艳红熟练地应对着。这句话让郭振邦瞬间震惊了，他们明明没有联系过冷刚，虽然他也没有冷刚的电话，但如果真要联系，打个电话到迎泽区交警队也不难啊？再不济114也可以查询吧？他正想着，偏分警察依然用命令的口吻说道："你们在这儿等着，我问一下。"说着偏分警察扭头走进了办公室，另一个寸头警察站在外边盯着几个人。艳红长舒了一口气。郭振邦在一旁看着这三个人，突然觉得非常陌生。过了一会儿偏分警察和冷刚从里边走了出来。蔡师傅的镜头马上抬了起来，结果冷刚瞪着一双大眼说道："先不要拍。"蔡师傅像刚才一样把摄像机拿得更低了一些。"我告诉你把镜头盖先盖上。"冷刚严肃地说道。艳红慌忙示意还有些犹豫的蔡师傅，蔡师傅这才把摄像机的镜头盖盖上了。冷刚圆睁的眼睛给人以天然的震慑，他看对方关上了摄像机，接着问道："咋啦？"其实他刚才从办公楼走出来的时候就认出了郭振邦，但他没明白他找媒体想干什么，但他不想第一时间表现出自己记忆犹新，所以表现得像是完全不记得郭振邦，但郭振邦找媒体来干什么冷刚是真不知道。

艳红把事情的前因后果讲了一遍，冷刚感到莫名其妙。郭振邦当时来的时候就一副侦探破案的样子，但事实不是早就清楚了吗？况且他现在找媒体来又能起什么作用呢？说完这一切，艳红赶紧见缝插针地询问冷刚他们是否可以进行拍摄。冷刚权衡了一下利弊，发现没什么要紧的，跟自己也没什么关系，就同意了他们的拍摄，他还邀请他们到办公室去说话。艳红很开心地跟着冷刚走进了办公室。

蔡师傅让小刘拿出了三脚架，安排了一个机位，自己则手持着镜头控制第二个机位，小刘拿着一个更小的数字机器在旁边补拍。

现场安排妥当，艳红把刚才关着镜头时讲述的事情又在镜头跟前重复了一遍，接着问冷刚："那么冷警官，这个案子的情况到底是怎么样的，您给介绍一下吧。"冷刚不想看镜头，他看着艳红平静地复述道："案子的事实很清楚，死者是闯红灯，肇事车辆因为左侧车辆遮挡视线，加速行驶过人行道的时候造成事故。这个最后判定死者为主要责任，肇事车辆为次责。他们家人当时不接受事故认定，申请过复核，但结果还是清晰的。"艳红此时眼珠转了转，又问道："郭先生说他看过你们的监控，肇事车辆有溜车碾压的情况。"冷刚看了看艳红，没有回头看旁边的郭振邦，沉着地说道："这个死亡原因，是山大医院做的，死者当时是撞击后头部直接接触地面造成死亡的，不是溜车造成的。"艳红看着冷刚，冷刚接着补充道，"如果你们觉得有问题可以去山大医院看他们的鉴定留底。""那我们了解到，当时肇事者对死者有一个很积极的赔偿。"艳红又问道。"这个他当时不同意。"冷刚第一次扭头看了郭振邦一眼。郭振邦感觉到这场毫无意义的对话将继续进行下去。"那您能帮我们联系一下肇事者进行采访吗？"艳红请求道。"你没他们的电话吗？"冷刚问郭振邦。郭振邦摇了摇低着的头。"原则上我没这个权力。"冷刚说道。"我们不要他的电话，您就帮我们联系一下，如果他实在不愿意就算了，谢谢您了。"艳红很老练地继续请求着冷刚。冷刚拿出电话，拨通了张京都的号码，也不知道他们说了什么，最后冷刚挂断了电话，平静地说道："他不接受采访。"艳红心有不甘，说自己能不能跟对方说两句，冷刚拒绝了艳红的请求。最后艳红只能作罢，他们关了摄像机准备撤离的时候，冷刚突然说道："这事儿不是都解决了吗？昨天你们家人来，都跟对方商量好赔偿问题了，你到底哪里还不满意？"郭振邦不想回答，他想起《人与自然》节目中海底那些海藻类的东西，内心烦躁无比。艳红似乎嗅到了新闻,她示意蔡师傅打开摄像机,结果被冷刚阻止了:"别拍了。我就是跟这小伙子说几句实话。你爸妈都是老实人,别折腾他们了。"艳红和蔡师傅也扭头看着郭振邦,郭振邦瞬间被一股怒火吞噬,他扭头盯着冷刚气愤地说道:"是不是没想到我折腾到现在?是不是山上之后以为我就销声匿迹了?"郭振邦脸上露出诡异的微笑,这让冷刚不寒而栗。冷刚对郭振邦的回答感到莫名其妙,这答非所问的回答让他没发现矛盾的实质是什么,以至于他有些呆呆地愣在原地,但郭振邦已经扭头离开了办公室。艳红跟冷刚做了礼貌的道别后也跟了出去。

郭振邦一边往外走,一边想着冷刚刚才的话,他觉得艳红他们很蠢,怎么这么简单的把戏都看不出来。此时艳红他们跟了上来,他们打开车门坐了上去,大家都不知道接下来该怎么办,艳红也在想刚才郭振邦突然神经质的发言到底是在说什么。最后打破沉默的还是郭振邦。

"只能去'未来生物',你们不听我的,现在打草惊蛇了,估计采访起来很困难了。"郭振邦沉着地说道。"打草惊蛇?"艳红并不明白郭振邦的意思。"我说过,从交警队问起来没有任何意义,他们如果不是一伙的,我把头割下来给你们。听见他最后说什么了吗?"郭振邦盯着艳红问道。"冷警官意思是事实比较清楚,人家也没说不赔,都商量好了,他觉得你这样会让你家人更痛苦。"艳红试着跟郭振邦解释冷刚话里的意思。

"不是这句。"郭振邦继续盯着艳红。艳红很反感郭振邦这样自以为是的眼神,她有些意兴阑珊地问道:"那我就不知道了。"

"是'别折腾'。在山上想杀我的人就是希望我别折腾,知道吗?"郭振邦煞有介事地告诉艳红。艳红难以置信地看着郭振邦,此时郭振邦收回了如炬的目光，看着窗外问道："'未来生物'，去不去？不去你们就回吧，没必要找山大医院、交警总队，还有肇事者，都没用。"艳红有些蒙，这次她没有回头向蔡师傅求助，她知道没有答案。"要不你再给你领导打个电话？"郭振邦平静地说道。艳红有些窘迫，但想了想还是下车打电话去了。

电话那头领导沉默了很久，似乎在权衡事情的利弊，最后领导说道："反正你们跟紧他就行了，尽量让他说吧。"电话挂断了，这是允许了。但艳红心里反倒浮现出一阵茫然，她不知道自己怎么了，总觉得一股赤裸裸的陌生感让自己很不适应，这到底是郭振邦带来的，还是这个事件本身？她想不明白，但紧接着就如同条件反射一般，向车子走去，司机问她去哪里，她说："'未来生物'。"

10

到达"未来生物"的时候是下午四点钟。车子行驶的路上，郭振邦一直在想着见到张玉墀要怎么办。他甚至在心里打了很多腹稿："你儿子撞死人的事你知道吗？""没想到我还活着吧？"但这么想着，郭振邦觉得都不妥帖，感觉自己像个活靶子一样暴露在了敌人的视线范围内，他很苦恼，因为找不到合适的措辞。此时车子停到了"未来生物"的大门前，郭振邦在对角线上清晰地看见了梁建武坐在那个小马扎上戴着墨镜往这边看。他一阵惊恐，因为刚才他一路上都在想如何开场，根本就没想到梁建武肯定会在这里守着，他不想见到他，因为郭振邦迷信地觉得梁建武会带来不好的运气。车子往"未来生物"里边开，门前的自动识别系统并没有识别车子的身份，保安从门里走了出来。因为车子停靠的角度正好露出了《为您跑腿》的标志,以至于梁建武也狐疑地站了起来,郭振邦很怕他走过来。保安来到了副驾驶旁边,司机按开了电动窗,保安粗声粗气地问道:"找谁了?"艳红马上接道:"您好,我们是科教频道《为您跑腿》栏目组的,有个事情想采访一下你们领导。"当看到艳红的一刻,保安有些开心,很显然他是看过这个节目的,但他紧接着就戒备起来,一脸严肃地问道:"哪个领导?""张玉墀。"郭振邦希望他赶紧开门,回答道。"甚事情了?"保安接着问道。艳红敏锐地觉得可能有些麻烦,赶紧应对道:"您先通报一声吧,就说我们是科教频道《为您跑腿》栏目组的行了不?"保安看了看对方,没说话,扭头走进了保安室。可以看见他用桌上的电话在通知领导。大家在等待的过程里,玻璃突然被敲了敲,郭振邦回过头,猛地看见梁建武已经来到了驾驶室前。他在车旁边来回观看,还手搭凉棚想往车里看看情况,但由于深色太阳膜的缘故,他没有得逞。司机此时摘下了鸭舌帽,摇开了一点窗户,郭振邦赶紧往窗户的一面躲了躲。司机问道:"咋了?"梁建武还想往车里看,司机用身体挡住了梁建武的企图。梁建武没有摘下眼镜,但语气有些嘲讽地问道:"啥事了?"司机听见梁建武一副看热闹的口气就不想搭理他了,他正要把玻璃摇起来,梁建武接着问道:"是不是有个后生的弟弟让车给撞死了?"艳红此时扭头看了眼郭振邦,郭振邦没有回看艳红,有一股强烈的不顺畅感袭击了郭振邦。司机觉得梁建武是个好事之徒,就将玻璃摇了起来。此时保安从里边走了出来,看见在一旁转悠的梁建武,犯起了嘀咕,梁建武看着保安,露出不怀好意的笑容说道:"不是我找的,你们老板干的破事可多了,你就等着一件一件地看哇。"说完梁建武扭头朝自己的五菱之光走去。此时司机把副驾驶的玻璃摇下,保安对着他说道:"我们老总让你们进去,一会儿你们照直了开,绕过前边那个厂房，能看见个绿色的建筑，从那个建筑绕到后边有座蓝色的大楼，他在那儿等你们。"保安说得很清楚，此时他还是没抑制住看见艳红的兴奋，在车窗被摇上的一刻，他说道："老在电视上见你。"艳红礼貌地回应了他，接着她感到一阵兴奋，因为她没想到对方这么痛快地就答应让他们进去了。电动门缓缓地打开了，这感觉特别像纪录片上看到的紫禁城门打开的感觉。艳红在内心深处感到开心，有种诸事皆顺的通畅感。司机按照保安的指示将车往里开，随着车子离蓝色大楼越来越近，郭振邦竟然有些紧张，他捏紧拳头平复着心情，此时他脑子空空如也，内心深处被两种想法撕扯着，一种是想要找到什么支点来对抗这种空空如也，另一种是反省自己想要找一个支点的想法带来的懊悔感，这么想着他竟然冷哼了一声。艳红扭头看着郭振邦，发现他的视线一直在窗外。她想着刚才在迎泽区交警队郭振邦的那句话，还是没法理解。因为刚才她犹豫郭振邦讲的事情是否合理的时候，一度觉得可能是真的，那么来到"未来生物"的时候她觉得对方一定会找借口不接受采访，毕竟这样不会给他们带来任何好处。但非常令她错愕的是，对方很大方地让他们进来了，而且毫不避讳，这让艳红瞬间觉得郭振邦说的事情没那么可靠了，这样想的时候艳红觉得郭振邦很可怜，但同时她在内心深处感觉到刚才在给领导打完电话后产生的陌生感消失了，取而代之的是一种她时常怀有的正义感，这个从她开始做媒体这一行就一直在加强的信念感甚至成了她存在的理由，她也一直在用这样的理念教育着自己已经三岁的女儿，而且会一直这样教育她。想起女儿，艳红周身充满了力量。

正想着，瑞风车已经绕过了绿颜色的实验楼，来到了蓝色的大楼跟前。这个大楼充满着未来感，说是大楼，但从外观上看更像一个伊斯兰教堂,这么说只是因为它接近楼顶的部分是一个圆形,但蓝色大楼的整体却有一种被风吹得变形的错位感,这个感觉源自大楼右侧边角设计的往外延伸的波浪形。身处在这个大楼前,一度让艳红有种来到科幻世界的错觉。此时他们看见大楼阶梯下边站着一个穿着蓝色西装的年轻男人,他孑然一身,从远处看起来非常沉着,这是他给艳红留下的第一印象。车子停在了大楼前边,艳红示意蔡师傅准备好摄像机,自己则打开车门准备下车,令人意外的是,年轻人已经移步到了车门打开的位置。

第十三章 短暂的倾斜

1

接到电话时的张京都正在PS上玩《血源诅咒》。因为昨天李渊将事情处理完后，他感觉到一阵轻松。但之前的紧张让他形成了习惯，去酒吧和吵的地方构成了他这段时间的生活。压力解除后他有些不适应，显得无所适从，那些为了躲避思考而刻意追求的喧嚣让喜欢安静的张京都再度感到烦躁，但他还需要一些时间适应，所以李渊给了他一个游戏，这两天他刚上手，这样就可以短暂地离开酒吧那些场所了。昨天是解除压力的一天，因为下午张朝歌给他发微信说已经把柳巷的"烂摊子"处理了，而且张朝歌也问明了张京都之前处理股份的路径，他在帮他处理这方面的财务问题，看起来再过两个月他的生活就要步入正轨了。但张京都并没有感到兴奋，而是被一股极大的空虚感袭击了，他想起了柯素妍，但紧接着就赶走了这个意识。因为自从上次"分手"后，柯素妍真的没有再联系过自己，算起来已经十几天了。如果是之前，柯素妍一定会在第二天发来信息，但这次她没有，张京都不想给柯素妍发信息，除了自己的被动性格外，还因为这段关系里自己始终处于优势。这么想的时候张京都被自己这个想法恶心到了，他将手柄扔到一旁，突然将脸埋在手臂里哭了起来。屏幕上他的角色已经被僵尸吃掉了，发出了恐怖的声音，正在这个时候，他的手机急促地响了起来。

冷刚的话让他不知所措，他感到一种赤裸裸的荒谬，这到底是怎么了？他来不及思考，紧接着就给李渊打了个电话。李渊不知道在忙什么，第一个电话并没有接，此时的张京都没有任何等待的耐心，他不断地拨打着李渊的电话，十几次后李渊终于接起了电话，他有些愠怒："咋啦又？"李渊不耐烦地问道。"他找媒体了。"张京都无奈地说道。"谁？"李渊有些错愕地问道。"就他哥。"张京都不情愿地回答道，因为他不自觉地想起了死者。电话那头李渊沉默了几秒接着说道："什么媒体？""我没听清，好像是电视台的。"张京都说道。"真你妈的。"李渊在电话那头无奈地骂了一句，"我还准备后天给他家打钱了。"张京都一言不发。停了一会儿李渊又说道："那现在咋呀？这来来回回的，老子也不知道咋办了。"张京都也不知道咋办，他愣着神，恍惚间有种想死的感觉。这是巨大压力之下的精神反应。"快不要跟他们麻烦了，钱也不给他打了。他都找电视台了，你让他闹哇，闹完了交警让赔多少咱再给哇。估计还赔不了这么多。"李渊安慰性地说道。但张京都此时眼泪已经流了出来，不仅仅是因为想到了张玉墀很快就会知道这个事情，还伴生着刚才那股空虚以及有关柯素妍的很多事情。只是他并没有出声，李渊也知道张京都的想法，毕竟要不是张京都有这样的顾虑，事情也早处理完了，哪来这么多的麻烦。李渊此时也不知道怎么安慰张京都了，他突然觉得自己像张京都的男朋友，这么想的时候他竟然笑出了声。他慌忙掩饰道："那我就给那家伙的舅舅发个信息，钱我就不打了。"张京都脑子已经不转了，打不打钱他已经没了主意，此刻他感觉要是没有李渊，自己真的会死。挂掉电话后，张京都感到一股巨大的恐惧，没有具体的事件，张玉墀的脸也并不清晰，而是构成了一股巨大的压迫氛围笼罩在张京都的头顶，他无法逃脱，此刻他感觉自己就像个被判死刑的犯人，只能惶恐地等待枪决的到来，那电视上游戏停留的失败界面讽刺地回应着张京都那无处安放的绝望。

2

刘咏春的帕拉丁刚开进小区的时候，就看见姐姐家楼下聚集着很多人。看到刘咏春的车开进来，中间有几个人敏锐地察觉到这是谁的车。刘咏春感觉到人群里隐藏着巨大的疑问等待着爆破，就像一个充分饱和的脓包。他快步拐进单元门，没有理会任何一个人，还好降临的夜幕充分给了他掩饰的机会，不然他又要被说成是"耍牛逼"了。

拉开防盗门，他发现里边的门是开的，走进来的时候，他看到了黄文英和另一个女人坐在客厅里。他一阵扫兴，脱口而出的话直接咽了回去。黄文英就是早上郭振邦上栏目组车子的时候看见的那个老乡。他们简单地打了招呼，刘咏春便坐在了沙发上。黄文英似乎在等着什么似的，不时扭头看看刘咏春，但刘咏春点起一支烟，眼睛盯着电视上播放的画面，没有说一句话。另一个女人脸色蜡黄，她看了看表对黄文英说道："鹏鹏妈，咱们走吧。"黄文英还有些不甘心，但蜡黄女人已经打完招呼向门口走去了，最后郭礼隽和刘咏梅将他们送出了门外。郭礼隽将门锁上，坐回了沙发上。刘咏春感到如释重负，接着靠在了沙发上，紧锁着眉头，刘咏梅看着弟弟，有种不好的预感。

"振邦找电视台的了，人家说等他闹完了再说。"刘咏春闭着眼睛，疲惫不堪。郭礼隽和刘咏梅面面相觑，早上看见《为您跑腿》栏目组的画面又浮现在了眼前。他们也毫无办法，只是盯着弟弟看。

"七十万都不容易说。再这么一整,不知道最后是个啥样子。"刘咏春一边说,一边发愁地抽着烟。

"不赔了?"郭礼隽关切地问道。因为此刻他非常在意赔款,自从郭宇出事之后,这个钱似乎成了郭宇价值的体现,之前说的七十万,因为有一百万的对比,他甚至觉得很少,但听小舅子这么说,他又很害怕七十万也拿不到。反倒是刘咏梅眼神空洞,不知道在想什么。

"我又不是人家,反正人家说等他整完了让交警说了算,又弄回去了。"刘咏春烦躁地说道。

"我不知道他胡球闹啥呢!"很少说脏话的刘咏春终于忍不住了。

"我把他喊回来行不行?"郭礼隽补救一般地问道。

"姐夫,人家都把他录进去了,你喊回来有啥用?"刘咏春迁怒于郭礼隽。

"那给电视台打个电话行不行?"郭礼隽自己都不明白为什么说了这么一句。刘咏春听到了但并没有回答他,他就这么沉默地坐着。他此刻真不想再管这个事情了,这十几天他感到心力交瘁,一想到那个无法控制的郭振邦,他就有种无能为力的感觉。再看看姐夫那窝囊样,他实在觉得当爹当到这份儿上真是没意思,这么想着,他在心里琢磨:"要是刘浩良成了那个样子,我非打死他不可。"但随即他就摇了摇脑袋,觉得刘浩良一定不会成那样。三个人沉默着,只有电视剧的声音。打破沉默的是刘咏梅,她盯着电视机平静地说道:"你管的也够多了,随便吧,你再不要管了,他们爱赔不赔吧。"姐姐的平静让刘咏春一瞬间眼泪差点掉出来,他在姐姐的话里听到了深深的绝望。"姐,我再去跟人家谈,我没嫌麻烦,我就是……"刘咏春止住了话头,轻声跟姐夫说道:"能不能再劝劝振邦,不行我们跟人家坐着一块说一下。你是他爸,我没法说。"郭礼隽本来皱着眉头,但听完刘咏春后边这句话,还是莫名地产生了一些力量。他自顾自地点了点头。刘咏春看着姐姐,很心疼,但姐姐的眼睛一直看着电视,并没有回过头,他很想去抱抱姐姐,但他知道这是不可能的。"姐,姐夫。那我先回去了,姐夫你跟振邦说完了,给我打个电话。"郭礼隽点了点头,刘咏春扭头出了门。

下楼的时候,刘咏春想着自己为什么来这里。他深深地知道来这里是解决不了任何问题的。他快走到一楼的时候,声控灯猛地亮了,也正是在这一刻他才发现,自己这次来,在内心深处是不想再管这个事情了。这么想着的时候,姐姐那绝望的神情又浮现在了眼前。他心如刀割,内心的惭愧让他无地自容。他在原地站着,直到声控灯熄灭,他在黑暗里猛地扇了自己一个耳光,响亮的声音让声控灯重新亮了起来。

3

车门滑开的一瞬间,车顶上的小灯微弱地亮了起来。郭振邦从栏目组的车上走了下来,由于没有火车了,栏目组的车就将他送到了西客站,这里有大巴车可以直接回古交。郭振邦跟艳红他们告了别,去西客站花十六块钱买了张回古交的车票。车上人不多,郭振邦找到了最后边靠窗的位置。停车场的照明灯已经高高地亮了起来。车内没有开灯,黑暗笼罩在四周。通常情况下,劳累了一天的郭振邦会沉沉地睡去,但此时郭振邦目光如炬地盯着黑暗处,他脑海里屏蔽掉了车上吵人的迪厅歌曲,回想着下午"未来生物"里的每一个细节。他从兜里掏出了一张名片,上边印着:"未来生物药业

CEO""龙华集团副总裁""上海诸夏科技投资集团CFO"之类名目繁多的头衔。郭振邦想起车门打开的一瞬间,那个穿着蓝色西装站在瑞风车门处彬彬有礼的青年。他的态度温和,查看问题仔细,引着他们走进大楼的时候,时常提醒着他们注意脚下的路。这个叫张朝歌的年轻人与年龄不符的成熟给郭振邦留下了深刻的印象,不过张朝歌的成熟当中不知道为什么透露着一股说不清道不明的东西,但他儒雅随和的气质还是让郭振邦很有印象,而且让郭振邦一度已经忘了自己是来干什么的了,现在想起这个,郭振邦的懊悔都无法自控地使嘴角神经质地抽动了一下。这跟他之前想象的遮遮掩掩没有一丝相像,郭振邦有种理想破灭的挫败感。但在进入办公室之前,张朝歌提醒楼下透明的生产线是商业机密不允许拍摄,还是让郭振邦感到了一丝安慰:"还是有见不得人的东西。"郭振邦当时这样想着。

来到办公室,栏目组的几个人也都不同程度地被这里的审美吸引了,都扭头观看这间异常新颖的办公室。郭振邦发现它并不像很多事业单位的领导办公室,挂满了名人字画,这里没有任何装饰物品,通体的白色,以至于地上立着的几个奇形怪状的乳白色物体融在这颜色里差点没分辨出来。最后张朝歌请他们坐下的时候,他们才发现那是凳子。

张朝歌没有询问对方来的原因,很明显这是让对方先说他们是来干什么的。艳红收回打量的视线,说明了来意。张朝歌听完艳红的表达,竟然连丝毫的犹豫都没有,他直接皱紧了眉头,把视线扭过来充满歉意地看着郭振邦。因为刚才艳红在介绍情况的时候,已经介绍过郭振邦就是死者的哥哥。"这实在是对不起。张京都是我的堂弟。我们张总一直不知道这个事情,他去上海出差了,后天就会回来。如果您方便,我们会登门拜访来处理这个事情。"张朝歌的态度不但让郭振邦感到诧异，而且也让栏目组的所有人都感到震惊，他们没想到是这样的结果。郭振邦突然感觉心里软绵绵的，他非常想把伤疤展示给张朝歌看，但他及时地遏制了这个冲动。"你是谁啊？我要找的是张玉墀。"郭振邦在内心深处这么想着。"他最好来。好多事他最好是不知道。"郭振邦很平静地说了这句话。张朝歌脸上迅速地划过了一丝诧异，一般人很难察觉，但郭振邦观察到了。现在坐在大巴车上的郭振邦想着这一丝难以察觉的诧异，突然意识到，原来他那股儒雅随和的实质是一种空虚，一种完全没有被心灵支配的空虚。"他不知道？"郭振邦摸着自己脖子上的伤口想着，张朝歌刚才的彬彬有礼突然泛出了一种虚伪的色彩。郭振邦这么想着的时候，冷哼了一声，接着轻声说道："好好地装。"

4

山大医院的死亡鉴定书留底里清晰地显示着迎泽区交警大队冷刚说的死亡原因。在征得同意之后，蔡师傅用摄像机对着死亡证明拍了一阵。接着扫完空镜的小刘也走了回来。告别了医生，他们离开了山大医院。

车里的艳红若有所思，她扭头看着另外两人的时候，发现蔡师傅也在思考。这在平时，他们早就闭目养神了。蔡师傅跟艳红四目相对，终于憋不住了。

"艳红，你咋看了？"蔡师傅问道。

"你是说哪方面？"艳红回答道。

"还能哪方面了？那后生不是觉得他弟是被那叫啥了？"蔡师傅回忆道。

"张京都。"艳红补充道。

　　"对，不是怀疑人家故意撞死他弟的？"蔡师傅问道。

　　"我现在也说不好。"艳红回答道。谁知道蔡师傅听到艳红的回答，笑了起来。

　　"这车里也没别人，你害怕啥了？"蔡师傅问道。

　　"不是，事实虽然现在是清楚的，但郭振邦看着也挺正常的呀？"艳红回忆着郭振邦的样子。

　　"谁还能把神经病写脸上？"蔡师傅说完话，点起一支烟，接着说道："不过人家那厂设计得有个性啊。"蔡师傅意犹未尽地说道。

　　"哎呀，我差点忘了。"艳红急忙拿出手机给领导打了个电话。她询问之后怎么办，领导让她问一下张朝歌那边能不能在之后解决事情的时候接受个采访，这样节目就能结尾了。艳红挂了电话，拿出名片来拨通了张朝歌的电话，说明了意思，张朝歌爽快地答应了。挂了电话后，艳红感到一股深深的疲惫，此时她收到丈夫发来的女儿的视频，她点开看了看，满足地闭上眼睛，休息了起来。

5

　　一只体型庞大的狮子，从茂密的丛林里冲了出来。它的双眼血红，一声嘶吼响彻山谷。郭振邦知道自己在做梦，他看到梦里的自己一身侠客打扮，但赤手空拳。郭振邦企图影响自己的梦，他想让自己拥有一把剑，但梦里的他始终紧捏着拳头没有任何变化。狮子又嘶吼一声，张开血盆大口向着郭振邦冲了过来。郭振邦被狮子冲刺时带起的强风猛吹着脸，他伸出双手准备应对已经近在咫尺的狮子，但狮子冲到他面前一阵撕扯，之后郭振邦看见一身侠客打扮的自己被狮子撕得粉碎。一阵急促的手机铃声传来,郭振邦紧皱着眉头,从梦里苏醒了过来。电话是闫利斌打来的,听见对方介绍自己的时候,郭振邦的脑海一片空白,他一点都想不起闫利斌是谁,直到对方说他是东曲派出所的民警。郭振邦反应过来,意识慢慢地归位了,他想不到东曲派出所会联系自己,他以为那件事已经石沉大海了。"噢,你好。"听完对方自报家门,郭振邦礼貌地应对道。"车刚找到,你明天要是方便就到北营派出所来指认一下。早上十点哇。"闫利斌用浓重的古交口音说道。"好,我一定去。"挂了电话,郭振邦非常兴奋,刚才梦里被撕成碎片造成的不适感被一扫而空,随之而来的是一股力量。本来下午在"未来生物"被张朝歌搞得毫无力气,他一直在寻找重新站起来的机会,这个消息就像雪中送炭一样,让他十分感激。他脑海里过着那几个被自己揍得鼻青脸肿的流氓的样子,还有那个隐没在黑暗中没看清脸的矮子。"你们的末日到了。"郭振邦兴奋地想着,他很想打开车窗,但全封闭的车窗阻断了他的想法,他抬头望着太古高速长达十五公里的隧道顶上的灯光,这短暂间隔当中的忽明忽暗让他昏昏欲睡,但他很明显地感觉到自己的身体放松下来。

6

穿着真丝睡衣的张朝歌蜷缩在宽大的真皮沙发里。投影清晰地放映着《兄弟连》,这是他每天晚上最放松的时刻。由于巨大的客厅与投影,蜷缩在沙发里的张朝歌显得十分渺小,像一只猫。虽说他的眼睛盯着幕布,但其实脑海里还是短暂权衡了白天发生的事情。他谨慎地在脑海里摆放了事件的位置,张京都、郭振邦、死者家属、张京都的朋友(暂时不知道是谁),以及《为您跑腿》栏目组。如果媒体不介入，今天的事情他完全可以让秘书爱华去做，但栏目组的出现迫使他必须亲自出面，第一印象很重要。事情的经过是张京都撞死了郭宇，张京都是次责，他委托朋友拿了一百万现金给死者家属，但死者的哥哥郭振邦又把钱退了回来，原因是他觉得监控视频里张京都的车溜车轧在了死者的脖子上，所以有可能是故意的，郭振邦申请了复议，但结果还是跟原来一样。权衡完这一切，张朝歌觉得只要等着二叔张玉堃回来就好了。这个事情并不复杂，对方得知张京都父亲的身份，一百万肯定就不是什么大数了，这个心情他很理解，媒体不过是他们有效的助推器而已。"西安交通大学？"张朝歌轻蔑地笑了笑，心想，这对于一个贫穷家庭来说还真就是"鸡窝里飞出金凤凰"了。他下午已经给二叔打过电话了，二叔只是应了一声，说明天就回来。他知道会今天就开完了，明天二叔自己的事情可能推掉了吧。

7

机舱里十分安静，窗外的夜色将这安静笼罩成了寂静。斜前方的一个旅客穿着拖鞋将椅子放平，舒服地睡在上边，这让张玉堃烦躁地捂了一下脑袋。张玉堃不喜欢这种把哪里都当成家的廉价感，他坐得很直，甚至没把椅子放下去。他的视线注视着机舱外的夜色，此刻他有种挫败感，这种感觉现在如此强烈，再加上下午侄子张朝歌打来的那个电话，这种感觉更加强烈了。他想起张京都就眉头紧皱，因为每次看见他，张玉堃都有一种失算的感受，紧接着就伴随着韩琳琳那张他几年前最后一次见到的脸，那被酒精腐蚀精神后产生的萎靡。张玉堃最近总是想到自己的年龄，他已经五十六岁了。为什么会想到年龄，是因为他最近总感觉很多事情在向自己靠近，医生最近跟他汇报父亲张万古的身体状况时，他感觉离送别父亲的日子不远了。他想到要去准备葬礼和宴会上的讲话、致辞之类的事情就感到烦躁不已。公司最近在越南的房地产项目也遇到了一些问题，原因是之前外汇管理局负责的领导被突然调离了，这个信号很不一般，他们很多有关系的人都在揣测这意味着什么。想起这不愉快的阻力，他就非常希望"未来生物"的研发能真正搞出些名堂来，这样他至少拥有了核心竞争力，就不用再担心那些随时可能坍塌的关系网跟资金链，虽然这操之过急的想法他自己都觉得幼稚。这么想的时候，他就有种后继无人的联想。他将张京都清除出脑海，回想着本来明天要去见的朱阳，说是接受朱阳采访，不过朱阳温柔的臂弯才是他真实的目的，可是张京都的事情让他不得不回来，虽说他不认为那是个多大的事情，况且还是个次责，但张朝歌说配合媒体的坦荡是要将阴谋论扼杀在摇篮里。他喜欢张朝歌的周全。此时的张玉墀突然感到十分疲惫，他闭上眼睛，想起朱阳身上的味道，但在恍惚的状态中韩琳琳莫名地滑进了他的意识，他再度清醒了。他漫无目的地想着，1988年的那个夏天，他在山西省歌舞剧院跟着父亲张万古来看演出，在那个充满了民族风情的歌舞剧中他看到了曼妙的韩琳琳。此时回忆起那个泛着金色的身影，他的心柔软了起来，他想起开朗的韩琳琳是他当时见过最奔放的女人，他们约会，去了日本。韩琳琳在跟他结婚的时候已经有了三个月的身孕，他们推算着怀上孩子的那个时刻他们正好在京都，所以就给孩子起名叫张京都。张玉墀被记忆刺激得流出了眼泪，但他顺着记忆往下想，却怎么都记不起来自己是怎么认识韩琳琳的，他们怎么开始约会的？他们又是怎么分手的呢？这些事情像隐没在记忆里的谜团，留下了光辉灿烂的遗迹，却剔除了连接它本身的机关。顺着这个想法他沉沉地睡去了。

醒来的时候张玉墀感到精力充沛。从武宿机场走出来的时候，他拉紧了风衣，感到一阵温暖，但这个温暖跟他的心情有很大的关系，因为从刚才起，他的精神中充满着朱阳与那个消逝的韩琳琳所带来的光辉，让他周身处在一片清明之内，此刻这种光辉幻化成一股欲望，让他在车上产生了对女人强烈的渴望。

他已经很久没见圆圆了。黑暗中两个人都很有激情，但张玉墀事后产生的疲惫感又重新将他拉回了现实，在记忆中他是那么年轻，精力旺盛。厚厚的窗帘阻碍了光的透入，如同在混沌中一般。圆圆靠着张玉墀，虽然她并不知道朱阳的存在，但她不是个笨女人，黑暗中的一切激情都在诉说着一个属于别人的故事，圆圆自己又何尝不是呢？她在这个时候开灯，也是这个缘故。那些随着时光埋藏到记忆深处的温存，会随着你闭上的双眼幻化成喜悦，在这一刻还有什么比感谢上帝更重要的呢？圆圆默默地在内心对着上帝祈祷，此时张玉墀抱紧了她，她也抱紧了张玉墀。他感到张玉墀的呼吸均匀了起来，接着呼噜声响起。

8

回到家中的时候已经凌晨一点多了，郭振邦诧异地发现父母都坐在客厅里。没看见刘咏春让郭振邦更加奇怪。他看了一眼父母就准备往自己的屋里走，此时郭礼隽叫住了他："我还是不是你爸？"郭振邦没有回头，他只是那么站着，他为郭礼隽说出的这句话感到震惊。他慢慢地转过身，茫然地看着郭礼隽，郭礼隽抽着烟，此时郭振邦才看见他整个人和母亲已经埋在烟雾里了，为什么刚才他没看见呢？郭振邦见缝插针地这么想着。郭振邦并不知道说什么，他觉得说什么都不对，他只是那么站着。郭礼隽又续上了一支烟抽了起来，平时喜欢管他的刘咏梅一声没吭，她只是扭过头盯着厨房的窗外，茫然地看着，一副事不关己的样子。"我知道我早不是你爸了。"郭礼隽继续说着，郭振邦因为有了第一句话的震惊，已经获得了对接下来郭礼隽说出的任何话的免疫力，他低着头还是没有回答。"我就没见过当爹当得这么窝囊的人，我还活着干啥呢？"说着郭礼隽就扇了自己两巴掌。郭振邦没有任何想要上去阻止他的冲动，接着郭礼隽就不再打了。郭振邦内心里浮现出一阵轻蔑，他非常想扭头走进自己的屋子，但刘咏梅那副毫无挂碍的面容又让他产生了一股深深的怜悯，他只是那么站着。

"我们能不能好好地跟那些人坐下说一下，把这个事情了了？"郭礼隽的眼神里充满了命令，但这句话让郭振邦瞬间生起一股扫兴的感觉，他甚至想笑。他觉得郭礼隽刚才说的这句话根本配不上之前那些让他震惊的言语，而且这个命令的口吻就像一个德不配位的人一样让人讨厌。他不屑于跟郭礼隽说话，他扭过头看着刘咏梅说道："妈，我想给小宇一个交代，快了。"说完，郭振邦等待着刘咏梅的回答，但刘咏梅依旧没有回头，郭振邦想了想，扭头回了自己的屋子。刘咏梅的眼角淌下了几滴泪，因为她想起了她亲爱的郭宇。

郭振邦九点多就回到古交了。他去广场找了正在散步的王丽娟，因为下车的时候他给王丽娟打了电话。见到王丽娟的时候，王丽娟正跟毛莉站在广场的西边等着郭振邦，郭振邦看见毛莉吃着一个雪糕。郭振邦问她们吃饭了没有，她们表示吃过了，郭振邦就去旁边的小吃店点了一碗排骨面，俩人就坐在小凳子上陪着郭振邦。之所以回忆刚过去不久的事情,是因为刚才的见面让回家路上的郭振邦产生了一种奇怪的感觉。因为他觉得毛莉的在场占用了他跟王丽娟说话的空间,但王丽娟并不想让毛莉走。这不是关键,关键是毛莉也没有要走的意思,她对郭振邦问长问短,起初郭振邦什么都不想说,最后她问郭振邦当兵的事情,郭振邦的话匣子竟然打开了。郭振邦跟她讲了很多中队长的事情,他说中队长是四川人,做菜很好吃,毛莉说她也是四川人,而且她也会做菜。当时他是对着王丽娟在回答毛莉的问题,可最后就是对着毛莉在说了。回来的路上,王丽娟一句话也没说,郭振邦想王丽娟是不是不高兴了。之后三人回到新欣苑,毛莉先到了家,郭振邦跟王丽娟要再走两百米才能到家,一路上他俩啥话都没说,郭振邦不可能问王丽娟是不是吃醋了,直到他们走到楼下的时候,郭振邦突然对王丽娟说:"我的事快办完了,之后我会跟你说我们的事情。"郭振邦说这话的时候很坚定,他看见王丽娟笑了笑,接着他让王丽娟回家了。郭振邦回家的时候一直在想王丽娟笑容的意思。此刻躺在床上的郭振邦自问:"她听懂我对她说的话了吗?她知道我想娶她吗?"这么想的时候,郭振邦想起他们三个一路从广场走回来的样子,他竟然清晰地想起了中队长,接着他重复了一句中队长最喜欢说的口头禅:"不要给老子拉稀摆带[1]。"郭振邦终于笑出来了,他怀着这舒畅的心情睡着了,最后的意识划过的时候,郭振邦想着:"马上就要尘埃落定了。"

---

[1] 四川方言,拖泥带水之意。

第十四章 稀释的原理

1

苏 B08EK 的车牌映入郭振邦的眼帘,他感到难以置信。黑色阿尔法就停在北营派出所的院内。闫利斌和郝伟在老军营派出所康建伟的陪同下一起站在后边,闫利斌挥动了一下右肩来缓解肩背的疼痛。他盯着郭振邦,发现郭振邦愣在原地的僵硬是因为在想别的不知道什么事情。此时北营派出所的左伟抽着烟显得有些不耐烦了。闫利斌准确地观察到了这个信号,他用古交话问郭振邦:"是这车了哇?"郭振邦回过头猛地盯着闫利斌,但随即眼神就缓和了下来,那样子让闫利斌想起早上突然推醒睡梦当中的儿子时的感觉。郭振邦并不在意地点了点头,接着问道:"一个人都没抓到?"他抬头并抱有期望地看着闫利斌。闫利斌无法忘记十分钟前那个骑着摩托车拐进北营派出所时意气风发的郭振邦。闫利斌跟他打了声招呼,在往车子跟前走的时候他三言两语就把案情交代了,昨天晚上八点多的时候在太榆路附近一个荒废的楼盘旁边的土坡上找到的车。报警的是一个出租车司机,他发现车门敞开,里边的顶灯亮着,停了一会儿发现没人他才报的警。闫利斌当时说完这些话,郭振邦就陷入了沉思。"到里边说吧。"左伟用非常标准的普通话说道。

坐在办公室,几个人跟左伟又把案子像聊天一样说了一遍。郝伟在旁边做着笔录,因为晚上回古交他还要把这些整理成文。此时走廊里说话的声音很响亮，几个人回过头，租车行老板走了进来。他穿着一件花衬衫，看起来像个忘掉季节的人。他当着几个民警的面，又把当时丢车的情景复述了一遍，然后说自己刚才看见车了，非常感谢警察能这么及时把自己的车找到，自己也是小本买卖。左伟做了记录，接着让他带上证件，去办理相关手续。一个女民警带着花衬衫走了出去，他一边走一边赔着笑。郭振邦突然笑出了声，这让屋里其他人都抬头盯着他。他没说话，在原地站着。闫利斌起身跟左伟告别，说谢谢他们的配合，左伟将他们送到门口，四个人开始往大门口走。郝伟因为闫利斌上次跟他讲的二姑疯了的事情，此时正从侧面观察着郭振邦，想起郭振邦刚才那莫名其妙的笑，他实在说不出具体的意思。到了北营派出所大门口，康建伟也跟他们作别，闫利斌感谢了他之后，让他回去给副所长耿长锁带好。康建伟开车离开后，只剩下他们三个人了。闫利斌突然之间不知道说什么好，不知是郭振邦那摸不清原因的一笑导致，还是郭振邦这个人。闫利斌无法在心里立刻作答。"就这样了呗？"郭振邦盯着闫利斌突然问道。郝伟看了看郭振邦，又回头看了一下闫利斌，闫利斌迎着郭振邦的视线，没有闪躲。此时花衬衫走到阿尔法跟前去开车，闫利斌看见郭振邦在扭头看着花衬衫。"他们在车里留下的毛发和纤维已经被提取了，做了鉴定，到时候比对一下再看，有结果了通知你。"闫利斌似乎是要给郭振邦信心一般地说道。"昨天发现车的时候你们没在现场？"郭振邦冷不丁地问道。郝伟心里有些慌，但没有表现出来，他的慌其实是源自没有人跟他们这么说过话。闫利斌没有回答郭振邦的问题，他知道郭振邦想说什么，但郭振邦没有说下去，过了一会儿，郭振邦说道："没有案底，比对什么都没用。再说我没死，不会有那么大的警力投入。"郭振邦看着花衬衫开着车掠过了他们，驶出了北营派出所的院子。接着换了副脸孔说道:"那我也就走了,谢谢闫警官。"闫利斌点了点头,郭振邦冲着自己的摩托车走了过去,他骑上摩托车,离开了北营派出所。闫利斌想着刚才郭振邦对自己说的那些话,确实让自己有一种被冒犯的感觉,可为什么会有被冒犯的感觉呢?闫利斌在脑海里做着心理体操。但他望着已经消失在视线里的郭振邦,觉得自己可能再也见不到他了。

2

起床的时候已经上午十一点了。窗帘缝隙里射进一道细微的光,斜照在张玉墀盖着的丝绸被上。窗帘是完全遮光的,圆圆喜欢睡觉的时候留一道缝,她说怕忘了时间,虽然她从来没忘记过。张玉墀此时脑袋昏昏沉沉,他在混杂的梦里浸泡了一整晚,现在想想,除了像陷在沼泽里的黏腻感外,他抓不住任何梦的片段。这让他产生了很强的挫败感,他已经很久不做梦了,但昨晚到底梦到了什么?他一点都想不起来了。还有昨晚那股绵密的欲望也似乎离自己非常远,甚至产生了一种陌生感。他拿起床头的手机,按了开机键。他按下台灯上的按钮,对面墙上便出现了一个 LED 电视,国际频道正在循环播放国际新闻,他盯着屏幕看。他拿起手机,上边除了一些未接来电的提醒外,就是张朝歌的留言,说是在迎泽大街的办公大楼等他,时间是早上九点半。张玉墀起身开始收拾。圆圆已经出门了,张尚书上课的时候她就在学校附近做美容、逛街、看书之类。张玉墀还是想起了昨晚的温存,但那陌生感还是在,他拿出手机翻看,被信息占据的头脑也就不再思考其他事情了。

张玉墀出现的时候,秘书周仪脸上闪过了一丝不易察觉的惊诧,但她迅速地掩饰了过去。"一会儿朝歌要来。"张玉墀轻描淡写地说了一句。刚才出门的时候他给张朝歌打电话说自己起来了,让他过来。

张朝歌推门走进来,关上门,一边走向皮椅一边说:"我前天下午就找人问了,昨天给的信儿,交警大队那边对这个事故认定都没问题,壮壮是次责。他找的那个栏目组是科教频道的一个民生类调解纠纷的,我没看过,不过很多人都喜欢看。我随便找了几个看了下,都是些家长里短的事情,什么争遗产,赡养老人之类的。看的人都喜欢这种看热闹不嫌事儿大的东西。"张朝歌结束的时候正好坐在了张玉墀对面的皮椅上,时间跟语速完美契合。

"钱?"张玉墀问道。"我找不到别的理由。"张朝歌回答道。"问张京都了没有?"张玉墀的声音没什么感情。"这个……"张朝歌的语气里第一次出现了犹豫。"他的事情为什么来找我?"张玉墀平静地问道。张朝歌知道张玉墀问的是媒体。"我推测是郭宇——就是死者的哥哥郭振邦知道你是壮壮的父亲,对赔偿金突然不满意了。跟壮壮谈不拢,所以就找了媒体。"张朝歌平静地说道。张玉墀知道张朝歌忌惮张京都是自己的儿子,所以肯定没有问张京都。"你不是把他的五星级酒店和股份都处理妥当了吗?"张玉墀平静地说道。"这个,是。"张朝歌的语气有些犹豫。"那就应该让他处理,自己的事情自己做。"张玉墀公事公办地说道。"都定责了,他还躲。小家子气。"张玉墀毫不避讳自己的言论。"嗯,只是媒体可能还要采访一下。"张朝歌用有些忌惮的语气说。"你去接待就行了,带上张京都,人家怎么赔,你来掂量,多少都是张京都的。"张玉墀坚决地说道。"可是……"张朝歌语气里的犹疑依然不减。"有啥话你就说,怎么今天吞吞吐吐的。"张玉墀不喜欢张朝歌这个样子,因为这个样子让他想起了张京都。"死者的哥哥点名要见你，我也答应媒体了，主要是我不想让他们把'没必要见'想成在'躲着什么'。这是阴谋论的温床。"张朝歌说出了自己的担忧。"屁话，既然你说他找我就是为了钱，你把我的意思传达给那个小栏目，我们配合家属的赔偿，为张京都不成熟的行为道歉就行了。我怎么能上那种栏目，你怎么想的？"张玉墀有些厌烦，最后这句近乎愠怒，张朝歌第一次感觉到了恐惧。"好的。"张朝歌回答完，就看见张玉墀戴上一副玳瑁眼镜开始翻桌上的文件，这是昨天带回家的，周仪把准备明天送到张玉墀家里的文件也一并送了过来。张朝歌看到张玉墀开始忙碌了，便准备离开。因为张玉墀在审批项目的时候最讨厌别人说话了。张朝歌轻手轻脚地准备出去的时候被张玉墀叫住了，他从镜片后犀利地盯着张朝歌说："海防那个楼盘，外汇管理局那边可能有些问题，你回头去处理一下。"说这话的时候张玉墀少见的严肃，比之刚才的轻描淡写简直判若两人。张朝歌应答完退了出去。

在楼道里张朝歌异常悔恨，他很讨厌自己判断失误的样子。为什么这么简单的事情他都想不到呢？二叔怎么可能上那种家长里短的节目？太蠢了。况且二叔一听自己这么讲就直接回来了，这是绝对信任的表现。这也是张朝歌之前一个最大的倚仗，但二叔刚才看起来并不严厉的拒绝让他对这种给他安全感的信任产生了危机，这么想的时候，张朝歌本来舒畅的心情瞬间布满阴霾。但周仪跟他讲话的时候他还是非常温柔礼貌地回应了她。张朝歌对于阴谋论的担忧让他丧失了判断，现在想想当时这个决定里除了理性外还有一股强烈的直觉。他现在为这股当时没留意到的直觉感到懊悔，他决定扳回一城，好好把后边的事做周全，这么想着，他便走出了龙华集团的大楼。

3

周艳红接到消息的时候正陪着女儿在滑梯旁玩。本来今天她休息，许白寅去小店调解一对夫妻为儿子还赌债的事情。这时已经是下午三点了，那个很有礼貌的张朝歌打来了电话，说可以处理这个问题，但要当面跟她谈谈。此时周艳红就坐在亲贤街一家咖啡馆的一楼，张朝歌很从容地走了进来。周艳红有一种不好的预感，她害怕对方是来走关系的，难不成郭振邦的担心真的有道理？她在张朝歌走进来的过程中脑海里胡思乱想着。

坐下后张朝歌直接开口，态度毫无遮掩："其实不想找你们的，我觉得直接去他们家把这个赔偿协商好就完事了，但上次答应你们做一个了断，你们好回去给栏目结个尾。"张朝歌从容地说道。周艳红在心里想着，这些不是打个电话就能说吗？干吗约到这里来呢？似乎是看出了周艳红在想什么，张朝歌接着说道："因为之前是郭先生找的你们，他怀疑张京都不是次责，但现在你们应该调查清楚了。但赔偿金还没弄完，所以我想我们直接去古交，把钱带上，我和张京都一起去，你看怎么样？"这是周艳红没想到的，对方既没有走后门，也没有遮掩，相反，以这个态度似乎事情可以走向一个绝对圆满的大结局，周艳红在心里甚至高兴了起来。"但上次看郭先生不太好沟通，我觉得我们直接去他家跟他父母一起谈一下比较好。因为我之后跟张京都了解了一下，他见过对方父亲一面，但之后郭先生找过他一次，也是不太好沟通，所以之后才让他朋友一直在联系。"张朝歌有理有据地说道。周艳红想起郭振邦把他们从家里赶出来的事情，还有种种反常的行为，也有同样的感觉。因为在整个栏目录制的过程中，他们唯一缺少的就是郭振邦父母的说辞，因此她也点头对张朝歌的说法表示赞同。"那就快点解决吧,我们直接接上工作人员一起去古交。我想你们也很忙,对方应该也想让赔偿的事情顺利一些。"张朝歌滴水不漏地说道。周艳红表示要去打个电话,张朝歌在咖啡馆趁着空档也给张京都打了个电话,说一会儿去接他,张京都答应了。

《为您跑腿》栏目组这一次换了一辆别克商务。除了司机以外,其他人都是原班人马。蔡师傅回头看了一眼跟在后边的劳斯莱斯,说了句:"硬了啊。"小刘附和着他。

张京都坐在副驾驶上一句话都没说。张朝歌开着车,他把司机打发了,因为他不想让司机听到他们说的任何话,即使是已经跟了张玉墀十几年的司机。张朝歌看了一眼张京都,虽然他也不想跟张京都说话,但早上张玉墀对自己信任感的降低还是让他必须做出挽回局面的举动。他对张京都说道:"钱都到账了吧?"张京都没看张朝歌,但很明显顿了顿才回答了问题,他点了点头。"二百,不用商量了。到时候我来说,但二叔说这个钱你来拿。可以吗?"最后这句"可以吗",他把语气转换成自己的,表示之前都是转述。张京都咽了口口水,依然点了点头。"你表现得歉意深一点可以吗?"张朝歌接着说道。此时张京都扭头看向张朝歌,觉得有些不可思议,这是他从刚才上车之后第一次看张朝歌。张京都从记事起对张朝歌的印象就是礼貌有加,他们的陌生感也是在那个时候建立起来的。虽然他早就把张朝歌看成了父亲张玉墀的代言人,但听到这句话他还是有种被冒犯的感觉。"要跪下吗?"张京都平静地说了一句气话。"那倒不用,但你一定要自责一点。"张朝歌有意不去理会张京都的情绪。"是他自己闯红灯,又不是我故意撞他。"张京都没好气地说,但随即就觉得自己很孩子气,便非常后悔说了刚才那句话。"你要想事情处理得顺利些，就按我说的做。现在不是该讨论这些事情的时候。而且快点解决，你不觉得对二叔也好吗？"张朝歌开着车，并没有看张京都。张京都明显地感觉到了张朝歌话里的后半部分意思。确实，毕竟那个家伙已经把媒体拉到"未来生物"去了。张玉埋很不高兴，这是张京都早就知道的事情。让他自己拿钱就是信号。但他会怎么样呢？张京都不知道，他只是感到莫名的恐惧，这些都是感性的情感，他什么都没有分析。他们跟着栏目组的车出了收费站，张京都此时觉得非常抗拒，因为这件事最终还是来了，之前用李渊当挡箭牌的日子一去不复返了。他必须面对了，这样想的时候，劳斯莱斯冲过了收费站，跟着栏目组的车向古交市区赶了过去。

4

别克商务驶进新欣苑的时候已经是下午六点钟了。黄昏之后的黑暗在逐渐降临。小区里边都是下班回家的工人。本来艳红以为没用栏目组的车不会引起围观，但很快车后就围了很多人，车前也在马路牙子上聚集起了一二十个人。这时候艳红才慌忙在意识里反应过来那辆比栏目组还扎眼的劳斯莱斯也已经开进了小区。张京都想起那天和李渊来送钱时楼下聚集的那一群人，现在后边跟着的，路两旁围着的人比那天有过之而无不及。他感到一股难以名状的压力自头顶落下，很像他去西藏时感受到的高原反应。栏目组的人已经下车了，张朝歌整理了一下衣服，对着后视镜理了理头发，就下了车。他没招呼张京都，张京都机械地跟下了车，他有一种自己是跟班的感觉。

七号楼楼道里的声控灯随着人群的进入已经亮起。艳红他们做好采访的准备，此时蔡师傅已经将机器打开了。艳红简单地介绍了情况，一行人就开始上楼。由于健身的关系，张朝歌爬起来不是很费力，但张京都走了两三层就开始气喘吁吁。张京都感到很辛苦，这种辛苦让他暂时忘记了即将应对的困局，刚才在路上他一直在纠结着这件事情。

跟随他们上来的还有几个看热闹的邻居，他们站在后边。此时几个人已经来到了郭振邦家门口，艳红对着镜头介绍了情况，随即敲响了郭振邦家的铁质防盗门。等待的时候，几个人无话可说，对望了几眼又看向了别处。见门不开，艳红非常担心家里没人。就在这时，门打开了。郭礼隽一副刚睡醒的样子，他的头发被枕头压得变了形。他一脸发蒙地望着几个人。"郭师傅您好，我们是科教频道《为您跑腿》栏目组的，我们上次见过。"望着发蒙的郭礼隽，艳红赶紧将上次来的事情搬出来，希望他快速回忆起来。"怎么了？"郭礼隽的眉头紧紧皱了起来。"是这样，您儿子联系过我们，我们帮您解决问题来了，这边的家属是来跟您协商赔偿事宜的。"艳红言简意赅地说道。郭礼隽听见赔偿的字眼，想起了之前郭振邦找媒体的时候，刘咏春让他说服郭振邦的事。他想要叫刘咏春过来，但此时他还愣愣地站在原地。张朝歌往下边楼道里看了一眼，发现已经有十三四个邻居挤在楼道里一脸好奇。艳红看郭礼隽没有要让他们进屋的意思，就赶紧说道："郭师傅，我们能进去说吗？"像突然想起什么似的，郭礼隽赶紧挪出一条道路，栏目组的人和张朝歌几个人随即都进了屋。郭礼隽在关上门的时候，看见还有邻居在好奇地张望，他们悄无声息，声控灯也就没有亮，在郭礼隽关上门时，他们隐没在黑暗里。

张朝歌迅速扫视了一下郭振邦家的客厅，除了看起来已经用了很久的木质沙发茶几外，客厅里紧贴暖气片的地方还摆着一张床，看起来不伦不类的。沙发的左侧摆着洗衣机，上边盖着一张歪歪扭扭的龙凤呈祥的刺绣，看起来是防灰尘用的。这种摆设让他想起小时候在二姑家看见的陈设。这么想的时候，他突然想起二姑父以前就是在古交开矿的。他大致对这个家的家庭条件有了初步的预估，接下来心里就从容了很多。正在他观看的时候，洗衣机旁的门帘被撩了起来，一个中年女人出现在了门口。

艳红对着镜头又做了一番介绍，接下来对着郭礼隽说了起来："郭师傅，您儿子联系了我们，我们联系了对方，他们很愿意跟您坐下来商量这个事情，您怎么看呢？"艳红说着，将小型的录音设备对准了郭礼隽。郭礼隽的脑袋一片空白，此时他都反应不过来自己在干什么，他非常需要刘咏春的帮助。正说着话，敲门声传来，大家循声望去，刘咏梅去开了门，刘咏春走了进来。郭礼隽顿时松了一口气。刘咏春会出现并不是偶然，他刚准备吃饭就接到了黄文英的电话，说有辆豪华的车来他家了，还有人扛着摄像机。他饭也没吃就开车急忙赶了过来。

看见刘咏春的时候，张京都的眼神有些闪躲，刘咏春看到了他但没说话。艳红见刘咏春走进来，赶忙介绍她们是《为您跑腿》的。刘咏春看到了郭礼隽求助的眼神，便接过了话头，跟对方说自己是郭宇的亲舅舅，后事基本上都是自己在负责，所以有什么事情都跟他说。刘咏春看了一眼张朝歌，他从未见过这个人，但很明显这个人看起来比一直跟他接触的小李高端很多。张朝歌被艳红介绍完后，拿捏准了说话的时机。因为刚才他怎么看死者的父母亲都不是个说话的对象，正犯愁，对方的舅舅就来了。"实在不好意思，出了这个事情，不论从哪个角度讲，我们都是肇事方。出了事后，我弟弟也是害怕他爸爸知道这个事情，所以就没跟家里说，赔偿的部分他也是东拼西凑。我叔叔，就是我弟弟的爸爸知道这个事情后非常生气，我们都觉得这个事情处理得不好。没有照顾好您的感受，我叔叔有工作在国外暂时回不来，他全权委托我好好地把这个事情处理好。所以我今天带着十二万分的诚意和我弟弟前来给您道歉。"说着张朝歌特别诚恳地给郭礼隽夫妇深深地鞠了个躬。张京都赶紧跟随张朝歌也鞠了个躬。张朝歌接着说道："虽说事故认定我弟弟是次责，但我觉得法律无情，人必须有情。我叔叔要求我拿两百万来给您做您精神上的抚慰，虽然钱是微不足道的，但我叔叔说了，无论您以后有任何困难都不要嫌麻烦，一定来找他，他会全力以赴。我叔叔的原话是'这是他的荣幸'。"说着张朝歌从西服口袋内掏出一个开页的精致信封，他打开信封说道："这里左边是一张两百万的卡，密码在卡后边，右边这张是我叔叔特意吩咐的金质名片。您以后有任何困难就来找他。"说完张朝歌又对着郭礼隽夫妇深深鞠了一躬说道："再次向您表示歉意。"本来第一次鞠躬的时候刘咏春就想上来还一下礼，但碍于机器在拍摄，他根本靠近不了。他听完刚才张朝歌严丝合缝的发言，实在不知道自己还能说什么。他刚才来的路上还在想，到底对方要来谈什么，少于六十万肯定不干……但现在看起来这已经超出了预期的结果，他无言以对。

　　艳红在内心深处非常喜欢这个结局，这个充满了温情的画面应该可以慰藉这个失去儿子的家庭。

　　刘咏春很好地回应了对方。郭礼隽接受了那个信封后，心里一块石头落地了。蔡师傅关了机，张朝歌跟郭礼隽告了别。刘咏春打开门，准备送对方的时候刘咏梅突然开口了，她叫了一声张京都："弟弟是吗？"张京都没有看刘咏梅，他没觉得对方在叫自己，敏感的张朝歌赶紧拿手肘碰了一下张京都，张京都抬头看着刘咏梅。刘咏梅轻轻地问道："小宇躺在地上的时候最后还说什么了吗？"刘咏春有些动容。张京都机械地摇了摇头，刘咏春将他们送出了门。

回去的路上，张朝歌一块石头落了地，他准备一会儿回去给二叔汇报一下情况。张京都的头靠着车窗，他想着刚才死者母亲的脸，没来由地小声说了句："小宇？"

"什么？"张朝歌问。张京都没有回答。劳斯莱斯飞速驶入了太古高速灯火通明的隧道。

5

从井下出来的时候，已经是晚上十点半了。早上北营派出所的事情就像一个久远的记忆，泛着陌生的黑白色。

从北营派出所出来的时候，郭振邦马不停蹄地骑摩托车回了屯兰矿。在路上他没让大脑做任何有意识的思考，他脑海里的意识就那么自顾自地漂浮着。但他感觉自己必须挣钱，必须要有钱，潜意识中这些漂浮物与其他的无数漂浮物像在太空漂流的陨石一般，没让郭振邦有意识察觉。这些不易察觉的意识里有女人，有毛莉，但郭振邦只是抓到了挣钱。他骑着摩托车飞快地行驶在国道上。到了矿上他什么都没吃，就到井下去作业了。他只是在没命地工作着，什么都没想。

此时洗完澡后的浴室空空荡荡，郭振邦坐在氤氲的雾气里非常疲惫，但这一刻他的欲望却又来造访他了。这一次他不再想克制了，他想着那些性感的女性身体在卫生间手淫。发泄完后的郭振邦更加疲惫了，他感觉整个精神也靠在了疲惫的身体上，被疲惫驮着。饥饿感的袭来只与身体有关，此刻他饿得发疯。

郭振邦从柜子里抓出两包康师傅红烧牛肉面。他一边等待着电热水壶烧开水，一边已经迫不及待地将一袋方便面干吃得差不多了。他又拿了一袋，泡在饭缸里，往里边加了一根火腿肠。等待方便面泡好的时间显得很漫长，他所有的注意力都在饭缸的盖子上。他在心里数着数，数到一百二十的时候他迫不及待地打开了饭缸，狼吞虎咽地吃了起来。他一边吃一边想——自己这副吃相，在部队的话，中队长肯定又要夸自己吃得快了。郭振邦突然伤心了起来，他感觉自己的眼泪就要掉出来的时候，门被推开了。室友伍超拿了一堆啤酒零食走了进来。两人没打招呼，原因是自上班起因为班次的问题两人很少撞见，就跟陌生人一样。而且伍超不喜欢总那么严肃的郭振邦。但他拿着啤酒走进来，看见宿舍只有郭振邦一个人，不说话又不好意思，他就下意识地拿了罐啤酒放到了郭振邦面前。郭振邦把酒推了回去，少见地说了声："我不喝酒，谢谢了。"说着郭振邦躺到床上把被子盖上了。伍超没再说话，因为他刚才进来的时候看到郭振邦那张惨白的脸就知道他已经累得不行了。伍超拿出手机，一边刷着，一边用牙咬开一袋锅巴，开始就着啤酒吃。郭振邦此时眼皮耷拉着就要进入梦乡了。在失去意识前，他回忆起自己刚才洗完澡时那突然涌上来的一股极强的暴力欲，如果不是那股性欲的拯救，他都有些控制不住自己了。他眼皮打架，实在支撑不住了，他又想起了陀思妥耶夫斯基，还有已经过世的外婆，以及那条当年外婆在老家给自己去庙里请的、用穿过铜钱的线做成的挂件。它们都在郭振邦的睡眠前匆匆地划过，随着伍超又打开一罐啤酒的声音，郭振邦睡着了。

郭振邦是被呼噜声吵醒的。醒来的时候天已经大亮。不知道是谁睡前没有把窗户关严，此刻那道缝隙里吹进一丝凉爽的风，郭振邦感觉自己在一个极其陌生的空间里。紧接着残留啤酒的味道和烟味就钻进了郭振邦的鼻子，那股陌生感慢慢地消失了，取而代之的是一种牢固的现实感，这种现实感唤起了郭振邦内心深处一种强烈的窒息感。他回忆起这种感觉曾经在部队的某一次行动中也有过，他呆呆地坐在床上，那场丛林中的缉毒行动再一次复活了。郭振邦准确地击中了快速闪避进一棵树后毒贩的右腿，毒贩困兽之斗一般将AK47里所有的子弹倾泻而出，伴随着撞针空撞的声音，战友一拥而上，行动结束了。那是郭振邦军旅生涯的第三次行动，也是最后一次行动，他没有胜利的喜悦，因为他即将退伍了。他感到一股不可抗力阻碍着自己，因为他曾想一辈子留在部队，建功立业。这么想的时候，郭振邦周身感到一股悲凉，他观察着自己，惊奇地发现自己竟然没有生气。室友的鼾声依旧，郭振邦起身穿上衣服，越过桌上的残羹冷炙，拿起脸盆去洗漱了。

6

摩托车行驶在屯兰到古交的公路上，郭振邦感到一股从未有过的抽离。从昨晚到现在他能很明显地感觉到，只要他一集中注意力思考，就发现注意力被一股力量分散掉了，就像滑了丝的螺帽，再怎么使劲都是徒劳。路过王丽娟工作的名都珠宝，郭振邦几年里第一次疾驰而过，他没有意识，只是本能地朝家的方向骑去。

家里静悄悄的，一个人都没有。很久没有这么安静过了，郭振邦一边想着一边坐到了沙发上。但为什么会这么安静呢？郭振邦猛地站了起来，他慌忙冲进了母亲刘咏梅的房间，发现床上收拾得整整齐齐，他接着冲到了客厅，发现客厅也被打扫得干干净净。他慌忙来到他跟郭宇的房间，发现一样被人收拾过。此时郭振邦那从昨晚开始便松懈的意识猛然涌进了一些不祥之感。他再次进入母亲刘咏梅的房间，发现郭宇的遗照摆在观音菩萨的右下角，香炉里有三根新插的香燃尽后留下的香尾。他拿出电话拨了母亲刘咏梅的号码。等了一会儿并没有人接，郭振邦一阵焦躁，他又打了几次，最后把手机放下，冲出了家门。

千佛寺山上的公园里有园林规划完还未长起的树苗，刘咏梅一边走一边想着："以后一定会长成树林吧？"郭礼隽跟刘咏梅错开一个身位跟在后边。今天早上他去银行将那些钱全部转到了自己账户上。回到家的时候，发现刘咏梅在收拾屋子。她一句话都没说，郭礼隽吃了鸡蛋和锅盔后，刘咏梅平静地说自己想出去散散步。这是很罕见的。自从郭宇上高中后，刘咏梅总是在外边找各种零工来打，洗车，饭店服务员，最后在单位做临时工打扫卫生，直到郭宇高考前她才辞掉工作专职给郭宇做饭。散散步这种悠闲的举动，自他们有了孩子后从来没有过。但郭礼隽很担心刘咏梅的状态，他提出要跟着去，刘咏梅笑了一声，很轻，他就跟来了。

刘咏梅在前边一个仿古的八角亭里坐了下来，郭礼隽也跟了过去坐在刘咏梅对面。山上没有什么人，此时刘咏梅依旧一言不发，她只是望着远处的松树。郭礼隽顺着她的视线望过去，听见风很有节奏地吹着树叶的声音。刘咏梅闭上双眼，她感觉这些风声像说话的声音，里边有小宇吗？这么想的时候，她闭着的双眼旁两行泪水流了下来。郭礼隽看着伤心的刘咏梅，也不知道怎么办，他不知道怎么安慰她，他从来没有做过这种事。他无所适从地拿出手机准备看看时间，刚拿出手机，就发现有电话，此刻他才发现自己的手机是静音。接起电话发现是小舅子刘咏春，他说郭振邦在找他们，郭礼隽听到这个消息后脑袋一麻。

刘咏梅下了三碗面条,炒了一盘土豆丝。郭礼隽坐在客厅的床尾盯着电视看。郭振邦不时地扭头看看刘咏梅。郭振邦觉得家里的气氛变了,他说不上是哪种变,但以前长久都拥有的一种氛围不见了。他看着母亲刘咏梅一边下面一边放空的眼神,在心里整理着之前家庭的气氛特征。郭宇在的时候,母亲刘咏梅的眼神永远都是温暖的,这股放空的眼神让郭振邦觉得虚无缥缈。这是郭宇去世后这十几天里刘咏梅的常态。但这并不是今天他回到家后的感觉。郭振邦当时脑海里不祥的预感是以为父母相约自杀了,因为他怎么打两人的电话都不接。郭振邦去了郭礼隽的单位,没有找见以前在这儿打扫卫生的母亲。他去了洗车的地方,也同样没找见。郭振邦在想到且去到的所有地方都没找到刘咏梅后,绝望中他给刘咏春打了电话。

见到刘咏梅的那一刻,郭振邦突然想起上学前班的时候,刘咏梅牵着他的小手来到那个铁路背后的平房里。那就是学前班,刘咏梅帮他拽了拽衣服。那是唯一一次送他上学。他突然有种失而复得的感觉。但郭振邦没和母亲刘咏梅说话,更别说父亲郭礼隽了。他们沉默地上楼,沉默地走到七层,接着就进了屋。但此刻,郭振邦还是没找出现在家庭气氛改变的原因。因为这种气氛很像郭宇还在的时候,但又不尽相同。沉默地吃完了饭,郭振邦拿出手机看了一眼。从昨天起他就一直在等《为您跑腿》栏目组给他打电话,但电话一直没来。郭礼隽没敢看郭振邦,生怕郭振邦看出什么蛛丝马迹。这是那天栏目组离开后,他们和刘咏春商量的对策:瞒着不让郭振邦知道。郭振邦将手机揣起来,进屋收拾了几件换洗的衣服,扭头准备回矿上。他少见地和母亲刘咏梅说了句:"妈,我上班去了。"刘咏梅扭头看了眼郭振邦,还是有些动容。郭振邦知道她又想起小宇了。

刘咏梅想说话，但最后还是点了点头。在楼梯上一步三格往下跑的时候，郭振邦突然很想王丽娟，他没注意到王丽娟在他脑海里的形象就像一个如瓷器般光滑的希腊女神雕像。

王丽娟在小摊上吃着一碗面皮，郭振邦站在旁边看她。他想王丽娟会成为自己的老婆。但不知道为什么，这个之前不容辩驳的想法此刻似乎有些松动。他烦躁地摇了摇头，思考是不是刚才家里的气氛影响了自己。王丽娟小心地瞟了一眼郭振邦，似乎有什么话想说，但想了想还是没有说出来。郭振邦陪着王丽娟走到了名都珠宝的门口。"刚才想到你了。"郭振邦含蓄地说道。"啊？"王丽娟听到了，但还是"啊"了出来。"没事，我就是刚才想到你了，来看看你在干吗。"郭振邦说道。"嗯。"王丽娟一时之间不知道说什么，因为最近郭振邦没来找自己，她感到了前所未有的轻松。"你去过云南吗？"郭振邦问道。王丽娟摇了摇头。"当兵那会儿我很想留在那儿。那里树特多。"郭振邦没来由地说道。"挺好的。"王丽娟敷衍道。要是以前郭振邦一定会问一句："什么挺好的？"但这一次他没问，他在心里注意到自己竟然是把这句话吞了回去。"我走了。"郭振邦骑上摩托车离开了。王丽娟深深地吐出一口气。

行驶在古交到屯兰的公路上，郭振邦突然觉得一些事情变了，就像家里那说不清道不明的气氛。无法把握来自原因的缺失。本来紧跟而来的应该是烦躁，但郭振邦发现一股轻飘飘的抽离感代替了他那很有把握的烦躁。到底什么在变呢？他不明白。但这股抽离感除了让他感到困惑外竟然有股极其舒畅的感受。此刻郭振邦只想快点去工作，因为那样会让他从这种感觉里迅速逃离出来，他观察着自己，害怕自己堕落。想着这些的时候，郭振邦猛地拧了一下油门，摩托车飞也似的向屯兰矿疾驰而去。

7

晚上八点多，很多家庭都守着看《为您跑腿》这个地方栏目。《为您跑腿》的结局，艳红用声情并茂的语言做了总结陈词："所以，一切事情都是可以解决的。任何的冲动和没来由的怀疑都会成为处理问题的障碍。理解和沟通才是我们解决问题的桥梁。"出字幕的时候，黄文英还意犹未尽。她从自家一楼的阳台望出去，发现门口有几个正在聊天的人，她迫不及待地走了出去。

郭振邦往回骑的时候，已经是第二天中午了。可能是有一阵子没有上班的缘故，这两天郭振邦连着补了三个班。他很累，但就是睡不着。之前那种想把什么东西钉进木板的感觉又开始缠绕着他的精神了。他不想睡在宿舍，他想回家。这在他参加工作的两年多时间里是很少见的。他想那时候应该是郭宇还睡在这个房间的缘故吧？但郭宇大部分时间都在住校啊。郭振邦任凭脑海里随意地漂浮着这些意识。路过名都珠宝的时候，郭振邦直接将摩托车骑上了马路牙子，准确地停在了杨树旁。他看见王丽娟走出来的时候，心里想的竟然是赶紧多挣点钱，好以后娶她。郭振邦盘算着，最近在古交与太原之间奔波，自己那十几万的存款用去了一些，他要赶紧挣钱。这么想的时候他突然充满了生活的力量。王丽娟的眼神有些躲闪。而且郭振邦观察到她的几个同事都围在一起议论着什么。王丽娟不想将《为您跑腿》的事先讲给郭振邦听，因为她很明显感觉到郭振邦还没有看那个节目。郭振邦很敏感地觉察到了王丽娟同事的异常，但此时占据上风的情绪是他充满了生活的力量。"等我事情处理完了，我们去趟云南吧？"郭振邦说得很直接。王丽娟不敢拒绝，这个时刻她等了四年多。但并不是期待的那种，她害怕郭振邦，在他面前，王丽娟从不流露真实的感情。"我问问我妈。"王丽娟退了一步说道。"我到时候会去问。"郭振邦直接说道。王丽娟不置可否地动了动脑袋。郭振邦回头看了眼她身后的同事。他天然地觉得她们就应该把他俩看作情侣。话说完了郭振邦让王丽娟回去忙,接着扭头骑着摩托车飞驰而去。他为自己说出这句一直想说的话感到开心。

摩托车停在楼下的时候,黄文英主动跟郭振邦打了一声招呼。这让郭振邦满腹狐疑,因为这个行为实在是太反常了。郭振邦感到一种强烈的不舒服。正在这时,住在一单元的李宏伟冲着正准备进二单元门的郭振邦说了句奇怪的话:"成明星了啊班长。"郭振邦瞬间警觉了起来。李宏伟在部队的时候跟自己同处在一个中队。虽然是来自同一个地方,但郭振邦不喜欢李宏伟的油嘴滑舌,所以基本上对他都爱搭不理的。李宏伟也感觉到郭振邦对自己的态度,所以渐渐地说起话来就带上了浓浓的嘲讽意味。于是郭振邦就更加不喜欢他了,总结起来其实是李宏伟那副玩世不恭的样子让郭振邦觉得他不配军人的头衔,尤其是在退伍前聚餐会上发生的一件事,让郭振邦对他彻底看不起了。李宏伟喝了点酒,搂着郭振邦,对他说别老想着表现,没什么用,该退伍还是要退伍,到时候回到山西他们要相互扶持之类的。本来郭振邦想打他一顿,但中队长就在对面坐着,这些悄悄话他没听见。从那天晚上起郭振邦就没再搭理过李宏伟。这么想着,郭振邦扭过头,李宏伟已经走出很远了,郭振邦想追上去,但他最终没有这样做。这时候他的理性恢复了。他想着李宏伟刚才那充满嘲讽的表情和那句"成明星了",突然感到不安。"是不是《为您跑腿》的节目出来了?"但郭振邦随即否定了自己的想法。也可能是之前栏目组的车来过,所以李宏伟才会这样说。刚才他还见过王丽娟,王丽娟也没提过这个事啊。而且栏目组也没给自己打过电话。他想这些的时候就站在单元门门口,此刻他回头看着黄文英和几个人不知道在说什么,时不时地望向自己。他再联系刚才黄文英跟自己打招呼的举动,不安感开始扰乱他的理智了。他拿出手机,一边上楼一边在百度上搜索《为您跑腿》栏目组,但找了半天都没有找见跟他有关的那期。他的心有些放下了。

坐在沙发上的郭振邦观察着父母,发现他们吃饭时什么表情都没有。他更加确信自己的推理应该没问题。一家人沉默地吃着饭,吃完了饭,郭振邦休息了一会儿,就又到矿上去了。他准备接着上一个晚班。

8

从井下出来的时候已经晚上十一点了。大厅里有饭,但基本上没有年轻工人在那儿吃,只有一些上了岁数的中年人蹲在台阶上慢慢地吃着。郭振邦两年多从来没吃过这里的饭,此时他突然很想试试。有馒头,看起来白白的非常干净,还有小米粥。这要是平时郭振邦也没有胃口,虽然他并不是很喜欢吃肉,但蔬菜还是要的。不过此时他看见这样的吃食,还是有种温馨的感觉。大厅里还有两个工人不是一个队的,郭振邦并不认识。但他又想到,即使是一个队的,自己可能也不认识。他拿勺子往一次性碗里舀了些粥喝了下去,由于手太脏,他就没有吃馒头。浴室里早没了人,郭振邦已经喜欢上了这氤氲着水汽空无一人的浴室。洗澡的时候,郭振邦脑袋很清明。直到穿衣服的时候他才发现,欲望难得没来造访自己。郭振邦觉得衣服有一股味道,他准备回宿舍去换一身。在穿过矿区的大楼时,空荡荡的环境让脚步声有了回音。郭振邦想着浴室里的欲望、郭宇的房间、勐腊的部队,这些地方都有一股凝聚在一起的气氛,一走进那些空间就会产生特定的反应,就连想象都无法改变那些气氛。正想着他已经来到了宿舍走廊。还没往前走,他就听见了电视的声音,那个声音他很熟悉,是艳红的。最让他印象深刻的却是张朝歌的声音,那个非常有礼貌的声音。郭振邦突然乱了阵脚,与其说这是突如其来的,不如说是他从中午起一直担心的,只不过这个意识他并没有觉察到。他想离开,但此时路征从旁边走了过来。他是个话很多又阳光的青年,他跟郭振邦热情地打了个招呼。在郭振邦印象里路征一直这么跟他打招呼。但此时郭振邦多希望他没有出现,因为郭振邦本来想转身离开的,但因为路征的出现,他就要假装什么都不知道地回宿舍换衣服。这些想法也就是一瞬间的事情。因为当路征推开门走进宿舍的时候,郭振邦也走了进去。宿舍里只有白惠民一个人,伍超没在。郭振邦进屋直接冲着柜子走了过去,他打开柜子将干净衣服拿出来,脱下了身上的衣服,换上了干净的。他假装镇定地将脏衣服叠起来装到塑料袋里准备带回家。但电视里的声音开始急剧分散他的注意力,因为他听到了自己的声音。接着郭振邦以完全正常的速度离开了宿舍,没有跟路征、白惠民说一句话。在他离开后,白惠民扭头戏谑地看了一眼关上了的门,接着对路征说道:"这货是没听见?"路征看了眼离开的郭振邦,有些尴尬,接着对白惠民问道:"你不是都看过了?"白惠民懒懒地看着路征说道:"又不是老子要放的,电视要放我就要看了哇。"路征没再说话,而是拿起了一本《天龙八部》看了起来。"你别说,这货在电视上还挺帅。"白惠民说着,抽了口烟,津津有味地又看了起来。

整个节目里,郭振邦就像个毫无根据的臆想症患者,而且在栏目组配上的音乐和字幕当中,他看起来就像个小丑,跟张朝歌的温文尔雅形成了鲜明的对比。这些只是让郭振邦非常生气,但最令他震惊的是他看到了张朝歌开着劳斯莱斯来他家那盛况空前的赔付。他看到了呆滞的郭礼隽,看到了双眼无神的刘咏梅,也看到了被栏目组旁白字幕解释成"通情达理"的刘咏春。在艳红做完总结陈词后,郭振邦的双眼暗沉了下来。他重复着艳红刚才的话:"任何的冲动和没来由的怀疑?"郭振邦摸着自己锁骨上还未痊愈的伤口,接着又将手从衣服下边伸进去摸着伤口上结的痂。他自言自语道:"都像没事人一样?"郭振邦想起中午回家时父母亲那毫无波澜的表情,还有李宏伟、黄文英,这下都对上了。郭振邦关掉手机,站在楼顶上,此时夜色浓郁,他来到楼顶边缘。很久没有训练了,他熟练地攀爬到楼角,挂在钢筋上开始做引体向上。起初有些吃力,伤口处隐隐作痛,但在做了几个之后,疼痛感就消失了。回到楼顶时,他迅速地打了两套军体拳,此时他扭过头看着已经沉睡的古交市,长长地舒了口气。接下来,他闭上眼睛,不想任何事情。片刻之后,他睁开了眼睛,非常仔细地从楼顶下来。回到家的时候,他听见了郭礼隽呼噜停止的声音,郭振邦知道他又睡在客厅了。他没有理会,径直来到了卫生间,浅绿色的军装已经被红色浸透。脱衣服的时候,绿色的背心粘在身上,他轻轻地将背心从伤口上分离下来。接着他将莲蓬头打开,用冷水仔细冲洗着自己的身体,接着将军装清洗干净,挂在了卫生间的晾衣竿上。

进入梦乡前,郭振邦的内心空空如也。他唯一能感觉到的是一股寂静,深深的寂静。

第十五章 沉默的革命

1

柯素云似乎是铁了心跟自己分手了。这么想的时候，张京都正站在她服装店对面的马路上。车水马龙不时遮蔽张京都的视线。他看见柯素云在跟一个快递员核对着什么。虽然实体店生意一般，但柯素云在网上同时开的店，生意却好了起来，柯素云也是天天抱着电脑、手机。看着柯素云依然在忙碌，张京都突然有种被抛弃的感觉。事情已经了结了，张朝歌办得滴水不漏。张玉犀应该更欣赏他了吧。这么想的时候，张京都笑了起来，正好经过他的路人扭头看了他一眼。张京都看见斜后方的麦当劳，冲它走了过去。

张京都点了很多，他想吃得尽量饱。他很久没吃这种垃圾食品了，但今天就是很想吃，还有个原因，就是今晚韩琳琳过生日，让他务必回去。这是韩琳琳每年最盛大的节日，比过年都重要，而且形式都差不多，在饭店吃饭、接着一堆人又是唱又是跳，跟开Party一样，只不过他们都是唱歌剧。这个活动从2013年之后就改在山西饭店举行了。之所以不想去，除了最近心情不太好外，还因为那里离柳巷不远。张京都恨不得柳巷这个地方从太原直接消失。他在想怎么推辞韩琳琳，但一想到下次去韩琳琳那里，她又要鼻涕一把泪一把地拽着自己说她不能没有儿子的爱，张京都就打消了推辞的念头。这段时间，李渊没有再联系自己，张京都除了在家睡觉外，什么事都干不进去。前两天莉莉来找过他一次,虽说莉莉很主动,但张京都有种被强奸的感觉。莉莉住了一晚就离开了,没说任何话。她是一个任意而为的女孩,但她的行为模式让张京都不断地想起韩琳琳。因此莉莉走后张京都把床单被罩全换了一遍,接着做了一遍大扫除。最后洗澡的时候,他的幻想里是一片虚无的美感,跟肉体无关。洗完澡后,张京都在收拾整洁的客厅里来回转悠,最后他坐在阳台上哭了很久。

站在黑胶唱片店的张京都烦躁不已,原因是他压根就不懂歌剧。张朝歌倒是懂,但张京都并不想问他。这家店是韩琳琳常来光顾的,据她说"圈里"的好多人都在这儿买唱片。她这个"圈"指的是山西歌舞剧团这帮人。韩琳琳总喜欢听黑胶,但在张京都看来,手机、音箱的音质不知道比那个黑胶机好了多少倍,但韩琳琳似乎情有独钟,而且动不动就听得泪流满面。张京都不理解,也不想理解。他让店主推荐了一张包起来,步行去了山西大饭店。

2

来到"未来生物"时,已经下午六点了,天已经开始擦黑。郭振邦骑着摩托车到来的时候,梁建武正在收拾东西。郭振邦穿戴整齐,给人一种孔武有力的感觉。昨晚郭振邦睡得很好,起床后,他在心里盘算了很久如何行事,但都没有找到一个确切的方法。他在脑海里朦胧地觉得应该先去山西电视台,这件事情占据了他很多的思考时间。因为昨天的录像中有两个明显遗漏的问题——第一,栏目组并没有提及自己被人险些谋杀的事情;第二,作为当事人的自己,在栏目组答应做收尾工作时并没有通知自己,而是直接找了自己并不想让他们接触的父母解决了事情。想着这两个问题，最难让郭振邦忍受的其实是整个栏目给人的印象。郭振邦觉得栏目组在刻意为张朝歌的"礼貌"制造舞台，这样郭振邦自己最后出不出镜其实就无所谓了。郭振邦感到一股难以名状的不理解犹如沼泽上腾起的沼气，无可辩驳地布满了周身。此时郭振邦没有觉察到，他的潜意识已经铁板钉钉般地认为这件事是张玉墀手眼通天的社会关系造成的。这股不理解正是来源于此。如此推理事情的全貌，使郭振邦的意识里浮现出了一股力量，他企图荡涤这种不理解。这股力量让他感受到了从未有过的清明，他一边想着这些，一边将自己仔细地武装了起来，这在以前丛林训练中经常出现，也正是在此时，郭振邦接到了信息，是梁建武发来的，他提醒郭振邦这件事情已经结束了，甚至在最后留言道："咱俩可以一起当他的肿瘤了。"这才是郭振邦此时出现在"未来生物"的原因。郭振邦上午没有给《为您跑腿》栏目组打电话，但是他去了五一广场。他只是如同踩点一般地看了看，并没有采取任何行动。接下来他便来到了"未来生物"。郭振邦将摩托车骑到梁建武的跟前，并没有从摩托车上下来。梁建武戏谑地看着郭振邦，以为郭振邦会说些什么。但郭振邦一言不发地看着梁建武，表情平静，看不出个意思。梁建武见状终于开口了："你准备咋闹呀？"郭振邦仍旧不发一语地看着梁建武。梁建武此时也有些莫名其妙了，他不知道对方为何一直这么看着自己，接着就开始收拾东西，一边收拾一边说道："我早说过，张狗这浑蛋办法可多了。你弟的那事情看起来大，实际上莫拉占我地的事情大。你这结果我早看出来咧。"话音未落，梁建武就感觉自己的衣领被一股强大的力量拽起来，将他身体扭了过来。郭振邦比他高不了几公分，但梁建武已经感觉到自己的双脚不踮起来就站不稳了。梁建武并不是弱不禁风的类型，但在郭振邦手腕上感受到的是一股他无法抗拒的力量。他恐惧地望着郭振邦，甚至把求助的眼神看向了人迹罕至的街道，最后竟然看向了"未来生物"的保安。郭振邦在梁建武的恐惧从脸上确切无疑反映出来时，将梁建武放开了。梁建武不解地望着郭振邦，不敢出声了。"你知道他家在哪？"郭振邦望着"未来生物"问道。"谁了？"梁建武试探性地问道。"你在当谁的肿瘤？"郭振邦反问道，梁建武明白了。"这板机住的地方可多了。"梁建武用很脏的太原话骂道，也有宣泄恐惧的成分。见郭振邦一言不发，他赶紧又说道："我知道迎泽公园的那地方有套房，长风街那地方也有了。不过张狗房可多了。咋咧？"问这些的时候梁建武似乎稍微忘掉了刚过去不久的恐惧瞬间。"你没去过？"郭振邦头也没回地问道。"老子又没养下他，去那干甚呀？给他做饭？还是交物业费？"梁建武自以为幽默地说道。郭振邦突然扭过头逼近梁建武，梁建武吓得坐到了地上。郭振邦凑近梁建武，弓着身子说道："你要是有本事，就做点事情。没本事你就在这儿坐着骗自己。但别给我发消息。你不是他的肿瘤，你连他丢掉的垃圾都不算。"说完这些，郭振邦扭头就走了。这些超出了梁建武的认知。因为在当时拆迁被人打的时候，他都没有惧怕过谁，腿断了他都没有这么害怕过。唯独面前的这个年轻人让他感到恐惧，但这恐惧源自何处他却一无所知。他望着扬长而去的摩托车，感觉郭振邦像个"鬼"。但同时也为郭振邦的话感到一股羞愤。

3

夜色浓郁，周围泛起了一阵雾气。天空中的乌云在夜色中也有了相当的辨识度。此时已经深夜一点半了，街上的车辆少之又少。"得一理想国"别墅小区的门前，两个保安站在保安亭外抽烟，这里比起"未来生物"倒有股戒备森严的意思。郭振邦站在对面的树丛中，并没有被保安发现。本来郭振邦已经准备到下元村的青年旅馆住下，但在下车后翻手机时，他收到了梁建武发来的消息，里边除了三处张玉墀的房产信息外，什么留言都没有。这个举动在郭振邦的内心里激起了一股好感，他喜欢越挫越勇的气概，这是人品的显现。"得一理想国"是个很新的小区，也是郭振邦最后来的小区。这里在小店区，人迹罕至，但周围都是新开发和正在开发的楼盘。接下来在三个楼盘间的路上，郭振邦骑着摩托车思考着下一步的布局。他有种不敢轻举妄动的感觉，但轻举妄动的事件是什么他也不是很清楚。他想着这整件事情的经过：郭宇直接出现在山大医院的太平间——肇事者拿了一百万来家里——他找律师复核——他找肇事者还钱——律师说事情没问题——交警队复核说没问题——他险些被谋杀——他找电视台——电视台没通知他就将事情了结了。郭振邦越梳理，越有种绝望出现在脑海里与他相对抗，以至于最终郭振邦只是想在精神层面打压这个绝望，他感觉自己与腐朽的战争才刚刚开始。他在草丛里盘腿坐了下来，从远处看，那个草丛里什么都没有。郭振邦觉得首先不能再去找媒体，公安机关他也信不过。这些人掺杂在一起，只会导向使他的言论越来越像精神病人的后果。郭振邦觉得太便宜肇事者了，他可以轻松地从一条人命上跨过去，过他自己的生活，而不需要承担任何罪责。这么想的时候他回忆起栏目上张朝歌递给父母的那张对折的信封，他突然涌上了一阵恶心，这股恶心不可抑制，他开始狂呕起来，从胃里涌出的液体散发着一股铁锈的味道。这呕吐的动静，让马路对面的两个保安瞬间警觉了起来，他们一起朝这边看了过来。有一个样子很凶的甚至朝这边走了过来，但郭振邦此时内心里的战斗欲望是很强烈的。他从草丛里走了出来，毫无畏惧地立在马路对面，那个很凶的保安在行进的路上停住了脚步。语言此时是多余的，因为气势隔着马路在两派之间流动。郭振邦的扫兴来源于保安并不敢往前走，那腐朽的气息与胃里涌上的铁锈味如出一辙。这么想的时候，郭振邦扭过头，朝着几百米外自己的摩托车走去。此刻他饿得发慌。

康师傅红烧牛肉面拯救了他，他只吃这一种方便面，因为每次吃都会想起小时候的味道。郭振邦一边吃，一边想着自己刚才莫名其妙的呕吐。是因为饥饿吗？他从未这样过，说着他开始有些担心自己得了什么病，他下意识地将自己右胳膊的袖子推上去，用力将手捏成拳头再放开，小臂上的肌肉随着他手掌的张弛来回地戒备。郭振邦也不知道自己为什么做这个动作，但这样做了之后，他对于自己健康的担心就消失了一大半。

唐久便利的门前不远处有个流浪汉在抽烟，他一脸不屑地看着空无一人的马路。郭振邦盯着他看了半天，流浪汉都没搭理他，或者说根本就没感觉到他的存在。流浪汉身边都是捡来的一些矿泉水瓶子，腰间的麻绳上吊着放完烟花的烟花筒、皮鞋，甚至还有一把刀。最好笑的是他旁边有一只棒球棍，棍头上有一处深深的凹陷，这也许就是它被丢弃的原因。它的把手上印着一面美国国旗，侧面有"ML"的标志，似乎还有字母隐藏在球棒的后边。郭振邦此刻无聊地蹲在台阶上想要看清球棒侧面的字母，他企图用手将球棒移动一下，就在这时，流浪汉一把将球棒从旁边拽了起来，灵巧地指着郭振邦。郭振邦此时才清楚地看见这个流浪汉的样子：他有两道极其英武的剑眉，但却是一双跟剑眉极不匹配的鼠目陈于眉下，蒜头鼻又将鼠目的比例映衬得更加狭小，但那副厚厚的嘴唇却又将他可能呈现的猥琐拉回了憨厚。他留长髯，加上披散的长发，看上去像个被赶下山的道士。郭振邦被他握着球棒的样子逗笑了，因为这个场景让他想起小时候跟小伙伴拿着棍子在院子里模仿电视上武林高手比武的场景。"道士"什么话也没说，用那双鼠目盯着郭振邦，郭振邦一时间也不知说什么好，只能扭头往摩托车跟前走。"十五，要不要？"郭振邦听到一个大舌头的声音从后边传过来，他回过头望着道士。道士依然举着球棒，只是换了个方向，还是指着郭振邦。郭振邦没说话，盯着道士，"十块。"

郭振邦骑着摩托车想着递给道士十块钱的场景时，已经忘了他长什么样子了。那支凹陷的球棒绑在"铃木250"的侧面，看上去很奇怪。

4

青年旅社的房间十分简易，仅有的床与桌子呈现着它实用的价值，毫无装饰，这也是它便宜的原因。郭振邦不想在他没有明确行动计划的情况下多花一分钱，而且住的地方让他想起部队，这样的条件才会让人保持警觉。郭振邦从背包里拿出了一个日记本，接着将中性笔放在日记本旁边。那支中性笔是郭宇留下来的。虽说郭振邦平时有读书的习惯，但他从来不做笔记。他拿出手机，打开百度搜索引擎开始搜索张玉墀的信息，龙华集团的主页首先浮现在眼前。他之前点开过，但只是粗略地扫了一眼，这个时候他发现这个主页设计得很有未来感，郭振邦脑海里迅速划过了"未来生物"的样子。主页上除了发展理念和国内外的房地产开发项目外，基本都是"生物工程""未来医药""纳米机器人"之类的概念产物。在各种场合的照片中，郭振邦发现张朝歌都是主角，这很罕见。因为在郭振邦的印象里，不论是郭礼隽单位的庆典、宣传，还是他们矿上的网站，都是矿长、党委书记的照片。郭振邦不断地翻看着网页，发现网页做得非常精致。在他不断的努力下，终于在企业领导的介绍中找到了一张张玉墀的照片。那是一张很普通的照片，很像证件照。虽然照片上的张玉墀看起来很平和，但郭振邦还是敏锐地在张玉墀的面相上看出了他那平和背后的老辣。这么想的时候他笑了出来，因为他想起罗队长上次接受一个拍单位纪录片的人采访的时候那副稚嫩的伪装，看起来就像一个穿上不合身校服的学生。直觉告诉郭振邦事情没这么简单。他退出主页，点了搜索引擎里的图片功能，在这里他发现了很多张玉墀的照片。郭振邦像一个寻找谜底的侦探一样，兴奋地上下翻动着。这些照片下方的时间很多都是一两年以前的。也就是说这个网页是这几年搞的。照片里的张玉墀多是出现在签订项目书的桌子前，要不就是在视察工地。在了解了这些情况后，郭振邦才打开百度百科。之前他也查过，不过这一次他看得很仔细，他发现张玉墀现在在龙华集团的网站上用的照片跟百度百科里的是同一张。他还发现张玉墀在1984年曾经到日本留过学。而且在"相关关系"中他看见张玉墀的父亲叫张万古，之前在苏联留过学。张万古虽然已经退休了，但上世纪八十年代曾经在重要的电力和煤炭部门当过工程师和副部长。郭振邦关掉网页的时候，反思着自己刚才的一切心理活动。那个刚才在"得一理想国"前感受到的绝望，绝不简简单单来源于事情本身。这套逻辑的背后就是"手眼通天"的背景。郭振邦在内心合理化这个心理过程，同时没观察到在潜意识层面形成了一股难以名状的烦躁。他控制着自己在笔记本上将这些线索全部记录了下来。证据已经没有了，或者说已经被销毁了，但这个印记必须被打上，就如同他们处理郭宇的事情时带给一个家庭的无尽打击。郭振邦想起了那个犯法的富二代和他的父亲。这些案子在当时都让他非常的愤怒。"你们自视过高，你们麻木不仁，你们手眼通天。但你们终将死无葬身之地。"郭振邦自言自语着这句话，这是当年一个网友的回复，很贴切。这么想的时候，郭振邦内心又涌起了一股巨大的勇气。他将手边的一大瓶冰露矿泉水一口气喝下了一半。"必须给他惩罚。"郭振邦仰躺在了硬硬的木板床上。他闭着眼睛在心里重复着刚才的话："惩罚。必要的惩罚。"

5

已经两天没有见到郭振邦了。问起这件事情的不是郭礼隽也不是刘咏梅，而是刘咏春。这几天刘咏春每天都要找时间来一趟郭礼隽家。事情解决后，刘咏春一直很紧张。特别是那期节目播出后，他走出门都是跟他打招呼的人。但让刘咏春想不到的是，为什么跟他打招呼的人都用很羡慕且佩服的眼神看着自己。常超昨天的一句话倒是能解答他一部分的疑惑："你拿着那名片联系联系张玉墀，工程不是随便干？"刘咏春没说话，他大概知道那些人是怎么想的了。但他之前为什么会疑惑，包括在看节目的时候也没有意识到这一点，他此时才恍然大悟。因为他并没有关注自己的表现，也没有在乎张朝歌递来的名片的价值，他只是很担心郭振邦看到这个栏目会怎么想。没错，就是这个感觉。但这个恍然大悟并没有让刘咏春很轻松，而是让他瞬间紧张了起来，就像一个延迟的否定一样，他不知道郭振邦到底会做何反应。眼下刘咏春正吃着姐姐刘咏梅端上来的一碗臊子面，看着土豆和猪肉做成的臊子他还是开心了一点，毕竟姐姐开始做一些相对复杂的饭了。自从郭宇出事后姐姐很久没做饭了，都是郭礼隽在对付，姐姐刚缓过来的时候也就是锅盔、馒头，加点咸菜。臊子面让刘咏春看到了刘咏梅的变化，再过些日子也许生活就可以顺畅地过下去了。刘咏春这么想着。"振邦啥都没说？"刘咏春终于问出了这句话。郭礼隽很随便地摇了摇头，似乎并没有把这件事情挂在心上。刘咏春很讨厌郭礼隽的态度。自从把卡里的钱转到自己卡里之后，郭礼隽似乎对所有的事情都放下了心。虽说郭宇的事情已经过去二十多天了，但看起来郭礼隽的伤口已经快愈合了。钱的本事真不一般。刘咏春这么想着的时候，没有接郭礼隽递过来的烟。"不知道他看电视了没。"刘咏春还是有些担心地问道。刘咏梅扭过头盯着弟弟，她知道弟弟是真的担心。这么想的时候，大儿子郭振邦还是给了她一种极其陌生的感觉。对比之下，温暖如玉的郭宇又清晰地浮现在刘咏梅的脑海里，她的眼泪又掉了下来。本来在盯着电视看的郭礼隽看见刘咏梅哭，瞬间感到十分烦躁，他猛吸了一口烟说了句："看见了就看见了。事情都完了，他能咋？"刘咏春对郭礼隽这莫名其妙的勇气感到好笑，这种荒谬的感觉让他一时不知道说什么好了。"你也没觉得他有啥不对劲？"刘咏春还是想就事论事。"我哪有心情看他。吃饭吧。事情完了，不要想了。"说着郭礼隽大口吃起了面条。刘咏春觉得郭礼隽的逃避非常好笑，让他想起刘浩良从学校回来跟他讲的鸵鸟，一遇到事情就把脑袋扎到土里。掩耳盗铃。刘咏春没再说话，他一边吃饭，一边想着郭振邦的事情。他感觉自己的推理没了落脚的地方，原因就在于郭振邦的很多做法他都不理解，而且郭振邦说出的很多话刘咏春也不知道他为什么会那么想。这种陌生感，上学做数学题的时候曾经遇到过，但又不尽相同，毕竟郭振邦不是数学题。不管那么多了，此时在没有察觉的情况下，刘咏春跟郭礼隽站在了同样处理事情的位置。他猛地刨了几口面，将面汤喝了个精光。最后在郭宇的遗照前上了炷香就离开了。离开的时候他脑海里想起头七那晚，在郭振邦找律师的闹剧影响下，他跟郭礼隽在山大医院附近的一个荒地里烧了点纸就算完事了，而那个时候小宇还躺在太平间里。"孤魂野鬼"的概念一闪即逝，刘咏春烦躁地摇了摇头，此时他对郭振邦充满了深深的厌恶。

6

毫无线索。郭振邦在"得一理想国"连个鬼影都看不见。此时他猛然醒悟，知道张玉墀住在哪根本就无济于事。所谓"敌明我暗"是建立在他能看见敌人的情况下，但现在很明显是"敌暗我暗"。郭振邦想起中队长在汽训课的时候边修车边跟自己讲的间谍故事。这么不着边际的思考让郭振邦警觉了起来，他觉得毫无办法的时候就会被这种于事无补的杂念填充脑海，以至于丧失行动力。他不可能去问保安，这是搬弄是非的大妈才会干的事情，郭振邦脑海里划过了黄文英和楼下那些无所事事的妇女群像。他拿出手机，无意识地搜索了黑客，发现有很多都是QQ联系。郭振邦在脑海里认为这必是骗子无疑。在所有的路都被堵住的情况下，郭振邦主动给梁建武在账号上留了言："有没有具体的地址？"接下来，郭振邦骑着摩托车又来到了龙华集团的大楼下边。他不想去"未来生物"，也不想见到梁建武，但寄希望于张玉墀会出来。似乎是在等郭振邦一样，梁建武竟然很快就回复了郭振邦。梁建武问郭振邦可不可以把他的手机号公布在一个"反张玉墀"的群里，那里应该有消息。本来郭振邦是很介意这件事情的，但现实的问题还是让他很快妥协了。妥协的感觉并不舒服，但与这股不舒服伴生在一起的是他觉得自己无法把握而生出的无能感，他讨厌无能。只是郭振邦没觉察到那个介意是来源于对交流的厌恶。此时的郭振邦，身体处在紧绷状态，他从昨天开始就没有活动身体了。这么想的时候，他将摩托车的扶手用力抬起，再放下，这样往前走，他给自己设定了一个三百米的距离，但这个行为太过奇怪，引得路人不断侧目，像看一个怪物一样。这种侧目是认为他的精神脱离正常范畴的直接表现。郭振邦并没有能力在理论上把握这个事情，但他在直觉上选择对这些人完全无视，以至于长期的训练让他可以随意对自己想要屏蔽的路人做出最稳妥的反应。

7

韩琳琳的事情交代完了，据说那是一张典藏级别的《托斯卡》唱片，至于是谁唱的，名字太长，张京都根本记不住。他只记得母亲的相好王国忠好像说了半句话，后半句被韩琳琳用胳膊肘拦回去了，张京都猜想那后半句大概是这张唱片他送给过韩琳琳。想着王国忠这么不合时宜地献殷勤，张京都突然有些同情王国忠。王国忠要是跟韩琳琳结婚，张京都是不会反对的，张京都觉得韩琳琳应该知道。此时在山西美术馆看展的张京都被眼前平庸的画作夺去了欣赏的情志，他在内心里对韩琳琳与王国忠的关系做起了细致的推理。首先王国忠的岁数跟韩琳琳差不多，他们是省歌舞剧院的同事，但更近的缘分是他们都来自介休，是高中同学。这一点是从舅舅韩推那里得知的。虽然韩琳琳从不跟他讲王国忠，但不难推论王国忠跟她是青梅竹马。王国忠是吹唢呐的，至于在团里是个什么地位，张京都就不得而知了。不过在张京都与他不多的几次见面中,王国忠虽然穿得很体面,但总给人一种出门探亲的印象。韩琳琳为什么不跟王国忠结婚,张京都并不清楚原因,但从韩推只要提到王国忠就破口大骂的情景来看,韩琳琳肯定有所忌惮,因为她从来不还嘴。不过张京都很确信的是,他从未在韩琳琳的生活里嗅到过其他男人的气息。虽然他听到公子那边有些搬弄是非的人说过韩琳琳的风言风语,但那些传说根本与自己的感觉毫不相干。韩琳琳是衣食无忧的,但韩琳琳是不快乐的。因为张京都每次看见韩琳琳的时候,她都会在某一个时刻流泪或即将流泪。张京都最开始将这个行为归因于韩琳琳歌舞演员的特质,但在经历了柯素妍的事情后,他开始认识到内心里的某种更深层次的创痛。那是与张玉墀有关的,但具体是什么,由于材料不足,张京都暂时分析不出来。昨天见到王国忠的时候,他观察到王国忠那并不健康的蜡黄肤色,应该是喝酒导致的。望着在生日宴上高歌的韩琳琳,张京都知道她平时也总是以酒为伴,她到底是从什么时候开始喝酒的?张京都潜入意识深处也只能得到一个小时候抱着足球站在门口看母亲喝得烂醉样子的自己。韩琳琳总是生活在"皮肤很糟糕"与"拼命保养"之间形成的恐惧中。她办了很多美容卡,但午夜总是让她不断陷入失眠、烂醉、说胡话的循环。经历过几次之后,张京都就搬出去自己住了,那个时候他对韩琳琳还只是厌恶。此刻他坐在山西美术馆的椅子上,眼前是一幅名叫"神行太保"的水墨画,上边是两只似乎飞向太阳的老鹰。他也不知道为什么叫这个名字,但总有个原因吧,就像生活里很多不知道为什么的事情,背后其实都有它的原因。张京都想象着王国忠跟韩琳琳的关系一定也很困难,因为逝去的事情已经不存在了,现在他们的关系就像一具怀念过去的躯壳,也许在酒精麻痹神经的时候,他们就能时光倒流般地回到过去吧。这么想的时候张京都突然很同情王国忠。韩琳琳跟张玉墀到底是怎么认识的？张玉墀是横刀夺爱吗？这些张京都可能永远都不知道的生活密码只会在时间里归于平静，留下那些存在的躯壳仿佛一个倔强的遗迹，向那些根本就不关心它的人宣示着它曾经的存在。

走出山西美术馆的时候，张京都感到一阵茫然。他突然觉得自己什么都抓不住，这样想的时候他就非常想念柯素妍。他拿出手机，但最终败给了性格。以前他不知道在哪里看到一句话，性格就是一个人的疾病。这可怕的疾病。

8

一觉醒来的时候已近黄昏。青年旅社窗外的高楼遮住了夕阳的余晖，提前进入了黑暗的前兆，那些散射过来的光线像恩惠，又像施舍，慢慢地从对面的高楼上移开，直到隐没。郭振邦侧躺在床上盯着这些散射的光线消失。周围很快开始转暗了，郭振邦住的二楼可以看见一盏老式的路灯已经亮起。刚才的梦很凌乱，醒来后的郭振邦甚至连梦的印象都回忆不起来，更不要说内容了。他只记得自己吃了一碗兰州拉面，就感到脑袋昏昏沉沉的，即使在昏昏沉沉的状况下，他依然在想自己下一步的行动，但因为缺乏有效信息，也就没有手段的浮现，这么想的时候他的昏昏沉沉就转化成巨大的疲惫。躺在床上，他感到一股巨大的压力，紧接着就被疲劳强行推进了睡眠的深渊。他想过去龙华集团门口拉横幅，去网上发帖子，甚至强行冲进龙华集团的大厦，但这些念头让他无法避免地想起了梁建武，那被自己所鄙视的抗争，已经连形式都崩塌了，更不要说本质了。梁建武还记得他要干什么吗？还是就像上班一样，变成了机械的重复。郭振邦感到一阵窒息。正在此时，他的手机响起，并不是百度消息的声音，很奇怪，是短信的声音。自从有了微信后，他基本上听不见短信的声音了。他拿出手机，看到了一条简短且明确的信息："张玉墀明天上午十点在龙华集团跟人有合作会议，奔驰600车牌号：晋AM8868。平时住处：'得一理想国'。周末有时在小店的'半山国际花园'。"郭振邦看着信息，说不上是一种什么感觉。他知道这是梁建武把他手机号公布到群里去的结果，而且给郭振邦发消息的并不是一个手机号码。但此刻郭振邦不愿再想这些细枝末节的事情了，因为他拿到的信息非常具体，他脑海里曾经闪过一丝是不是会被别人恶作剧的念头，但很快他就觉得无论是不是恶作剧，这都是他唯一的机会。想到这儿他迅速起身走出了旅社。

摩托车在街道上飞驰，此时的迎泽大街非常拥堵，由于修路的缘故，旁边的小巷更是水泄不通，即使是郭振邦的摩托车，有时候也会被堵在后头。郭振邦连推带骑地穿过了最拥挤的路面。来到五一广场的时候已经是七点半了。车还是很多，但已经比刚才好了不少。接着郭振邦从五一广场向着龙华集团的方向骑了过去。到了龙华集团的楼下，他看见了一个高大强壮的保安穿着黑色的西装在楼前巡逻着。郭振邦猛拧油门，绕着龙华集团的大楼骑了一周，接着又顺着每条小巷骑到了尽头。最后他顺着大楼西北侧的小巷绕回了大楼正面，他看了眼手表，已经晚上九点十五了。他发现通向大楼的路只有迎泽大街这一条，并没有什么小路。当郭振邦的摩托车再次停在龙华大厦前边不远处的时候，穿着黑西装的高大保安瞬间警觉了起来，虽然还有别的汽车出入，但很明显，他的记性很好。他直接冲着郭振邦走了过来，郭振邦没有理他，猛拧油门离开了龙华大厦。在路上他想着刚才那个训练有素的保安,如果不是有更重要的行动,跟他较量一下郭振邦还是很有兴趣的,至少他看起来比"得一理想国"那两个棒槌可强多了。郭振邦这么想着,又想着保安的训练有素,突然觉得梁建武这"工作"一般的静坐也许不是自己想的那么没意义,至少他让张玉墀更警觉了,刚才那个高大强壮的保安就是个例证。

  郭振邦的头发被风吹得向后背了过去,他感到一股清洌,沉重睡眠带来的阴霾一扫而空,他现在想赶紧回到旅社,做好布局,明天就是这条老狗第一次露面的时刻。郭振邦为自己这么想感到厌烦,不是因为别的,而是因为"狗"这个词被梁建武经常使用,这勾起了他对梁建武那股猥琐气息的回忆,这猥琐与他此刻感到的清洌太过冲突,于是他猛地拧了一下油门,摩托车像离弦的箭一般,在已经变得空旷的迎泽大街上冲着青年旅社飞驰而去。

第十六章 行进的赋格

1

清晨五点半的手机闹铃响起，郭振邦昏昏沉沉地抬起了头。昨晚他十一点就直接睡了，但不像平时那么容易入眠，他集中精神尽量什么都不去想，但这种强行的催眠只能让他在最浅层次的睡眠中逡巡。具体是什么时候睡着的郭振邦不清楚，他只知道自己有种一直醒着的感觉，有几个瞬间似乎是在原野上，但这些感觉还没变成稳定的思路时，他就听见手机闹钟的声音了。脑袋很胀，身体也跟着拥有了沉重的触感。郭振邦不喜欢这种感觉。他来到简陋的洗手间，将凉水打开，迫不及待地冲进了淋浴里。刺骨的冰凉让他的精神清醒了过来。但用毛巾擦拭身体的时候，那股沉重又回到了自身，并且伴着那股冰凉刺骨的余韵，让身体产生了强烈的发热感。郭振邦觉得自己发烧了。

楼下早点摊前有几个上早班的人在吃饭。郭振邦要了一碗豆腐脑，还要了两笼韭菜鸡蛋馅的包子。吃饭让郭振邦产生了麻烦的感觉，平时早就狼吞虎咽完的他，此时却连半笼包子都没吃完，而且他有种强烈的想要呕吐的冲动。此时已经六点零五分了。郭振邦担心赶不上昨晚的计划，他有些慌张，但呕吐感袭来，他急忙冲出摊位，在还未熄灭的路灯杆下狂呕了起来，刚吃下去的半笼包子伴着胃液喷在路灯杆的周围。老板有些不悦地看着郭振邦，因为他担心郭振邦的行为会让别人对他的食材产生疑问。郭振邦没有理老板，而是把钱递给他，走出了巷子，因为他记得之前进来的时候看见那里有家药店。郭振邦看见拉下的卷闸门上开着一个口子，门旁有一个门铃，上边挂着缺角的格子纸，一看就是从本子上随意撕下来的。纸上用非常难看的字写着："买药按铃。"郭振邦按了门铃，但外边什么都听不见。等了一会儿，见里边没动静，郭振邦又按了一下。等了一会儿还是没有动静。郭振邦看了眼手机，发现已经六点十二分了，他突然有些着急，接着更频繁地按起了门铃，里边依然没动静，郭振邦就一边按门铃，一边疯狂地砸卷闸门。在他砸到第三下的时候，窗口被打开了。一个睡眼惺忪的微胖女孩子有些不悦地看着郭振邦。很显然，她充满了起床气。"买啥？"她没好气地问道，顺便揉着眼睛。"感康。"微胖女孩机械地从手边拿了一盒避孕套，并没有递给郭振邦："三十八。""感康。"郭振邦的声音有些粗野。微胖女孩瞬间清醒了，她闪过了一丝不易察觉的尴尬，接着她将避孕套扔在旁边，冲着里屋走了进去。当她走出来的时候依然没有把感康递给郭振邦："十六。"她没好气地说道。"微信。"郭振邦的声音开始有些虚弱。微胖女孩从手边拿起一张印了微信支付码的纸，展示给郭振邦，郭振邦扫码成功后，微胖女孩把感康递给了他。郭振邦拿起药离开了。他来到早点摊前，跟老板要了杯热水，看到郭振邦手里拿的感康，老板露出了恍然大悟后的同情，在郭振邦喝完后，他询问郭振邦还要不要水，郭振邦摇了摇头。郭振邦想要药效来得快，所以他加了一片的用量，吃了两片。心理作用的关系，郭振邦觉得自己的症状正在好转。他发动摩托车的时候正好是六点二十五。摩托车驶上迎泽大街，天刚蒙蒙亮，但郭振邦的脑袋依然昏昏沉沉的，早上的太原还是有些冷，他不时地摇摇头，希望可以将这股昏沉赶走。

身体精神双重的滞浊让郭振邦有种厌恶的感受,他想在车上探寻这厌恶的根源,但他强烈地感觉到自己此刻并没有这种能力。

2

来到龙华大厦的时候才七点钟。郭振邦刚才那股"时间不够用"的感觉其实是他处理方法并没完全想好的外在表现。昨晚他回到青年旅社就坐在桌子前把刚才勘察的路线图画在了笔记本上。堵到张玉墀肯定没问题,但问题就是他要怎样行动才够有效。郭振邦把张玉墀想象成背后绝对的推手。现在整件事情在节目播出的推动下已经完美收官了,如果自己还抱着跟他交涉的态度,那将什么作用都起不了,这一点他是非常肯定的,至少前边发生的事情让他见识过了这种无效。那他到底要怎样做呢?郭振邦想不到,但郭振邦心里觉得一定要制造些动静。此时龙华大厦门前一如往常,之前那个保安换班已经走了,剩下的一个身高差不多,但强壮程度差了点。看着这么平静的现场,郭振邦心里开始嘀咕,不会是真的被人耍了吧?不是有会议吗?起初郭振邦觉得现场怎么都会很隆重,但这个现实无疑击碎了他的想当然。他不明就里,内心的胡思乱想已经控制不住了。他烦躁地抠着手指。此时保安也已经注意到他了,但没有走过来,只是很狐疑地望着他。郭振邦盯着大厦前边一百多米处的红绿灯发呆,他不知道自己该怎么办。因为他只是收到了一条没有号码的短信,真假的识别只能让他自己来试,这让他想起了郭礼隽时不时就去彩票站花几块钱碰运气的行为。郭振邦感到愤怒,但毫无办法。离他们开会的时间还有两个多小时,他唯一的机会就是在这儿等,哪怕是被人耍了。

等待的时间里，郭振邦开始昏昏欲睡，药物也开始作用于精神，他有种奄奄一息的感觉。郭振邦将摩托车停在离龙华大厦二十米远的人行道上。那里有一棵树，郭振邦就靠着树闭上了眼睛。他的内心由于这种昏昏欲睡起了微妙的变化，在他合上双眼的一瞬间，意识遽然造访。千军万马间，自己阵营的士兵们丢盔弃甲。一个人突兀地拿着03式自动步枪，以一人之力，将千军万马打得落荒而逃，之后这个人就像雾气消散一般地消失了。睁开眼睛的郭振邦，发现自己流鼻涕了。真的是感冒了，他感觉脑袋一阵阵的昏沉、发热。但此时他的意志支撑着他坐了起来。他没为时间赶不上而紧张，几年的部队生涯，让他对时间感有很准确的把握，即使是在梦里，这个时间的发条也从不松懈。但当他将手机拿起来的一刻，冷汗却冒了出来，因为不知不觉间已经九点整了。郭振邦为自己丧失把握而感到沮丧，也同时害怕真的错过了张玉墀的出现。他起身朝斜前方的龙华大厦望去，发现门前比刚才忙碌多了。他发现刚才还空空如也的停车场此刻已经停了好几辆车，除了奔驰宝马外，还有几辆给他留下不好印象的阿尔法。郭振邦有些紧张地往前走去，他很想看见那几辆奔驰的车牌号。因为打死他都忘不了晋AM8868。郭振邦没管其他人，就往停车场走，因为他害怕错过张玉墀的意识占了上风。保安此时想上前询问郭振邦，但郭振邦已经走进了楼前的停车场。步履强健的郭振邦在不大的停车场绕了一圈，都没有发现张玉墀的车。此时他的内心充斥着两种情感，喜悦与痛苦纠缠着。喜悦的是张玉墀还没来，痛苦是害怕自己被耍了。"你是哪儿的？"一个声音粗声粗气地从郭振邦身后传了过来。郭振邦抬头扫了高大的保安一眼，就往停车场外走，结果保安一把将郭振邦扭住，但郭振邦强大的力量将保安扭住的手瞬间拉松，保安有些不可思议地追上来问道："问你话呢？没听见？"郭振邦继续往外走，很显然保安为刚才没拉住郭振邦感到愤怒，他想继续较劲，所以贴了上来。郭振邦非常想把保安撂倒，正在此时，保安听见后边一个女声喊道："领导来咧。"保安条件反射般地就往门口走，瞬间对郭振邦失去了兴趣。郭振邦警觉地向着停车场外看，但什么都没看到。就在这时，他看见保安和另一个看起来像主管的女孩肃立着望向远处。郭振邦顺着他们的视线看过去，发现在一百米左右的红绿灯前停着一辆奔驰，虽然看不见车牌号，但那无疑是张玉墀。郭振邦此时大脑一片空白，但身体却先于思想开始行动。他发现自己迅速冲到了摩托车前，发动摩托车后，冲着红绿灯就冲了过去。保安有些错愕地望着已经飞驶出去的郭振邦，他并不知道郭振邦会怎么样，不过一股不安的直觉却在保安的脑海里一闪而过。绿灯后，奔驰车往前刚一起步，就是一脚急刹车，司机吓得低吼了一声，没系安全带的张玉墀脑袋重重地砸在了驾驶座椅背后的屏幕上。郭振邦的摩托车刹在奔驰车前，他确定了一下车牌：晋AM8868，没错。接着郭振邦盯着车子，他的视线越过司机看向了后排，此时捂着额头的张玉墀与郭振邦对上了视线。郭振邦辨识着张玉墀，跟网上的照片有一些出入，看起来似乎更年轻些。一瞬间气氛滞浊，接着就是司机暴怒地从车上冲了下来。这个司机拥有着强大的身体素质，看起来至少有一米九，而且体格非常壮硕。他下了车用极其愤怒的声音粗声喊道："往哪骑了你？"周围的人群已经站在了道路两旁。除了这条道被堵住之外，其他的车都在两侧通行，由于一些喜欢看热闹的司机缓慢地行驶，引得一些赶时间的车辆在后边狂按喇叭。郭振邦的脑袋还是没有想好，他的身体在地上来回转悠，像是在寻找什么。"能起开了不？"司机冲着郭振邦吼道。郭振邦突然抬起头用手指着司机："没你的事，走开。"司机一时间没明白郭振邦话里的意思，这源自语言当中关键信息的不透明。司机本来想再跟郭振邦理论理论，但发现张玉墀在后排阴沉的脸，便打消了这个念头。他示意后排的车往后挪挪。后排的车往后挪了挪，司机上车倒了一把，但就在他准备拐过郭振邦和摩托车的时候，郭振邦手里拿着从摩托车侧面卸下的球棒，三步并作两步地爬到了奔驰车的引擎盖上。司机再也顾不得礼貌了，他下了车骂道："你是有病了哇？"郭振邦根本就没理司机，接着对车里的张玉墀大声地说道："你儿子撞死我弟你知道吗？"这一声与其讲是"说"不如叫"大声宣布"更为贴切。周围的车再也不往前走了，除了后边不明就里看不见前边的车还在按喇叭以外，剩下的人都围上来开始看热闹了。与此同时，龙华大厦下的保安和那个女孩也远远地冲了过来。司机开始用手去捞郭振邦，郭振邦一抬腿，司机的手捞在了引擎盖上。司机恼羞成怒，冲着郭振邦的小腿就是一拳，郭振邦灵巧地躲开这一拳，球棒顺势对着司机的额头就是一下。司机抱着脑袋坐在了地上，周围很多人都把手机拿出来开始录像。郭振邦此时走上车顶，因为他看见天窗是开着的。他蹲在天窗上，此时他可以清晰地跟张玉墀对视，他居高临下地望着张玉墀，用非常沉静的声音说道："你儿子撞死我弟，还想杀我，这些你都能接受？"张玉墀只是充满恐惧地望着郭振邦，一句话都不敢说。郭振邦狠狠地说道："我他妈让你说话！""说话"两个字郭振邦非常凶狠地喊叫出来。"我不知道。"张玉墀的声音在颤抖，郭振邦喜欢这种颤抖。"你也知道害怕？"郭振邦居高临下地看着张玉墀。接着他站起来，对着周围群众的手机镜头，他突然有了主意，他在心里想："这不就是让他毁灭的最好方式吗？这不就是同归于尽的最好方式吗？"郭振邦内心里升起一股英雄气概，他猛地站起来，将外衣脱掉，接着将里边的套头短袖脱了下来，身上的伤痕清晰可见。他俯视着张玉墀说道："这就是你和你儿子的杰作？有能耐，就在这里杀了我，别玩阴的。"张玉墀颤抖地望着郭振邦身上的伤痕，从张玉墀的角度，能看见郭振邦身体侧面一道非常深的疤痕，还渗着血。郭振邦拿着球棒对人群说道："我弟弟让龙华集团董事长张玉墀的儿子撞死了，我怀疑他儿子在我弟没死的时候故意倒车碾死了我弟，然后我就被他们找来的杀手弄成现在这个样子了。"郭振邦对群众说话的声音也有些颤抖，但他感到了前所未有的满足，他看着前方说道："他们想让正义闭嘴，他们想让真相闭嘴。但他们办不到！"郭振邦像演讲一样，越说越激动。这时，两个交警骑着摩托车在不远处鸣着警笛歪歪扭扭地挤了过来。他们来到郭振邦跟前，就在他们说话的时候，后边的警笛也响了。不知道谁报的警，但警车很明显也过不来。看到交警的时候，郭振邦觉得自己看到的是伙伴。交警看到这个架势不明就里，他们用手指着郭振邦，充满了戒备。这给了郭振邦非常不好的体验，他觉得自己被人当成了恐怖分子。他将球棒扔掉，举起手，慢慢从车上走了下来，他看了一眼还在捂着额头的司机，司机见势向后退了退。交警见状，迅速冲上来将郭振邦按在了地上。郭振邦被按在地上的脑袋看着奔驰车的方向，这时他已经看不见张玉墀了。

3

太原五一广场派出所的办公室里，张玉墀在做着笔录。张玉墀说了自己从早上开始到事发的所有经过，并表示自己对很多事情并不知情。其实说这些话的时候，张玉墀的意识还是处在混沌状态，毕竟刚才发生的事情让他很茫然，还来不及整理。但听到张京都车祸的事情，张玉墀的意识还是苏醒了过来。至少这件事情他是知情的。他说了一些抱歉的话，也表示对当事人的同情，与此同时想到已经被治安拘留的郭振邦，在张玉墀的授意下，司机表示自己不会对他提起诉讼。这给警察留下了很深的印象。但根据治安处罚条例，郭振邦必须被拘留七天，以示教育。郭振邦对此没有异议，因为他知道这是自己必须付的代价。

从派出所出来的张玉墀有种不好的预感，他满脑子都是事发周围群众手里高举的手机。这还不是关键，最关键的是张玉墀在心里盘算着这件事背后主使是谁。清晰的理性开始占据他的脑海，因为所有这一切都不符合经济原则。如果单纯从对方弟弟被撞身亡这件事来说，交警已经定了他闯红灯的主要责任，那么剩下的纠纷就是赔偿问题了。根据张朝歌向他汇报的线索来说，两百万并不少，而且据说对方的家属都是满意的。这些都是逻辑上没有任何缺陷的推论。如果说之前是因为一百万的赔偿太过微薄所以他来闹事，这个张玉墀还可以理解，那么这一次的闹事背后绝对是有更加深层的本质目的，绝对没有表面这么简单。张玉墀看见张朝歌站在劳斯莱斯旁边，他坐在了后排。一路上他一句话都没说。张朝歌也在心里盘算，自己这件事没办好，到底要怎么跟二叔说。张玉墀在梳理这背后的逻辑。对方选在今天早上会议的路上来干这件事，很显然是有人向他通报了。今早的会议是讨论"未来生物"上市的问题，而且因为很重要，除了股东外还邀请了政府相关负责人的秘书列席。结果就在会议马上就要开始的时候不偏不倚地出事了。而且对方并没有造成非常严重的事故，除了保安挨了不轻不重的一下外，他站在车顶对着群众说话那段才是关键。虽然他对着天窗居高临下地冲着自己怒吼，但这在张玉墀看来根本就是无关痛痒的障眼法。"有人要害自己。"张玉墀感到十分心烦。"韬光养晦"是张玉墀内心里默念过无数遍的指南。不过现在不是考虑这些的时候，到底是谁，想要干什么？这才是张玉墀首先要考虑的事情。话虽然这么说，但内心里压抑的怒火还是在往上冒，此时对方站在天窗上盛气凌人的样子，让他隐隐开始不快，虽然他在用自己的修养压制着这种想法，不过很明显还是有些满溢的趋势。"最近咱们跟其他公司有什么利益上的冲突吗？"张玉墀平静地问道。张朝歌没料到张玉墀会这么问，他揣测不到张玉墀想要干什么，但他很快调整了心态，在脑海里仔细地盘算着。"好像没有。""好像是什么意思？"张玉墀不怒自威地反问道。"除了收购晋阳街那边一个机械厂以外，没别的事。也就是工人之后的待遇问题，不过我们一次性付清了，那是他们没搞清楚之前厂子归属的问题。"张朝歌战战兢兢地回答道。"还有谁要收购？"张玉墀问道。"没有啊，谁接那破厂，我们要的是地啊……"张朝歌突然明白张玉墀的意思。"应该是有几家，不过我们拿的钱多，他们就没说了。"张朝歌补了一句。"谁？"张玉墀问道。"南方地产和宏宇实业。怎么了？"张朝歌问了一句。"找可靠的人问问，他们想干什么？"张玉墀平静地问道。"您是说，郭振邦跟他们有关？"张朝歌试探性地问道。"废物。"张玉墀突然很失态地说了这么一句。这让张朝歌非常惶恐，他不知道要怎么回应，只是默默地开车。"晚上把张京都叫来。"张玉墀说完这句话后，张朝歌终于松了一口气。"我把会议延到三点了。二叔您要不要歇一会儿？"张朝歌问道，因为现在才一点半。"我跟陈总解释了。"张朝歌向张玉墀汇报道，取消会议后，他跟几个与会的领导和老总简单说了下情况。"多此一举，这事晚上才开始，这个阴谋论我看你怎么解释。"张玉墀的这句话虽然说得很平静，但很明显有些生气了。张朝歌一言不发，也开始在脑海里盘算解决的方案。

4

见到郭振邦的时候，刘咏春的脑袋都是木的。这证实了自己之前的预感，他怎么会变呢？他不一直都这德行？刘咏春的烦躁渐渐转化成了一种深刻的厌恶，他巴不得郭振邦赶紧死了。郭振邦在派出所的拘留室里坐着，旁边坐着三四个人跟他关在一起。看见刘咏春来了，郭振邦直接走了过来，他非常镇静地跟刘咏春说道："不用管，我一个礼拜就出去了。"这话让刘咏春绝望，他好希望郭振邦永远都别出来。此刻刘咏春压抑着内心即将喷薄而出的怒火，有一丝丝颤抖地张开了嘴："你哪里还不满意？"听到这句话，郭振邦有些不解地望着刘咏春。刘咏春依然压抑着声音，这是因为顾及拘留室里其他人的心理所致。"能不能不要闹了？"刘咏春微低着脑袋，眼珠朝上看着郭振邦。郭振邦顿时露出了荒唐的表情，他不知道怎么跟刘咏春解释，他觉得完全交流不了。"你回吧。"郭振邦说完这句话就向拘留室深处走去，他不再想跟刘咏春说了，他觉得很累。短暂的停顿后，刘咏春走出了拘留室，他觉得郭振邦的老祖宗肯定造过孽才会报应到郭振邦的家里。这么想的时候，刘咏春就更加可怜姐姐了，他想如果当时李店乡那个语文老师没出车祸，姐姐就能跟他在一起了。这么想的时候，他就更加厌恶郭礼隽一家人了，他想起郭礼隽那个自以为是的哥哥，想起郭礼隽家里父母那副不可一世的样子，都加深了他对郭振邦的痛恨，要是雷能劈死郭振邦，也许他们就安宁了。在开车的时候，刘咏春想着那个李店乡的语文老师，突然想不起他叫什么了，别说是叫什么，姓什么他都记不起来了，以至于他难受得狂按了几下帕拉丁的喇叭。他在心里恨恨地想着，就这么关上几天他就老实了，省得出来祸害人。但这样饱含激情想象的时候，一个念头还是悄悄地占据了刘咏春的头脑："他不会干出什么出格的事吧？"刘咏春这样想的时候，后背一阵冷汗涌起，他逃避似的猛踩油门，在太原的高架上冲着东社高速的方向快速驶去。

5

张京都的内心十分平静，就像一个延迟的枪决，他老早就在意识深处进行准备了。不过张京都还是没有想到这件事情来得这么迟，虽然他不知道原因，但听张朝歌说是因为那场车祸，但为什么过了这么久才来教训自己？张京都百思不得其解。此时他坐在出租车上，脑海里漫无目的地飘着一些与自己或相干或不相干的事情，他连干涉一下的兴趣都没有。自从出事以来，张京都就没再碰过车，以至于那辆从保险公司维修完的车一直停在地库里，他甚至以后都不想再开车了。去"得一理想国"的路上车并不是特别多，这是因为太原修了高架的缘故，那些路灯间距在出租车行进途中产生的忽明忽暗让张京都内心迷茫了起来，他在思索存在的价值。他想起在新加坡上学的时候，在一堂哲学选修课上老师讲存在的意义，他讲了很多流派，但始终没有哪个流派找到问题的答案，在张京都看来那都是暂时的权宜，再怎么想都似乎是在铸造一个价值欺骗自己，但非常不幸的是张京都脑海里已经开启了这个想法，如果假装不存在那也只是欺骗的另一种形式。迷思缩短了时间感，等他回过神的时候已经来到了"得一理想国"小区门前。付完钱下了车，张京都内心一阵惶恐，刚才在路上还能感受到的平静此刻荡然无存，这种强烈的反差给了张京都很明显的荒谬感，他突然内心躁动，以至于不能自已。他用官能上的自言自语缓解着这种精神疼痛，以至于路过保安的时候，保安莫名其妙看着张京都自言自语。张京都报了自己要去的楼层，保安打电话询问了业主，在得到确认后，保安放行了。

小区里有很多人在牵着狗绳遛狗，这种闲适感加深了张京都的焦虑，他希望对方能从眼前消失，仿佛这样就能缓解这种无法控制的焦虑。张京都此时无法平静地思考，但这种焦虑其实在他每次来见张玉墀的时候都会出现，那是一种近似于噩兆的感觉。

进了电梯，张京都躲在摄像头的下边，他也说不清自己为什么要躲避拍摄，但那样确实给了他一点安全感。

按响门铃后的张京都就像在等待审判的犯人一般，既希望死刑快点执行，又非常担心生命瞬间就会结束。门开了，张朝歌引着张京都走了进去，非常奇怪，张朝歌今天没有表现那往常被张京都视为矫饰的礼貌。情况不妙，这就是张京都的感觉。进入张玉墀房间前的一路上，张京都都没有看见圆圆和张尚书，按道理他们平时都住在这里，因为张尚书在这边读书。张玉墀这边的书房张京都来过一次，跟迎泽公园别墅的书房没有差别，都是那种暗得看不清人的光线，令人窒息。来到房间时，张京都看见了通透的房间，这间房要比迎泽公园的房间大一些，书房中有张非常夸张的美式工作台，上边摆着很多图纸，此时张京都想到张玉墀年轻时候就是学建筑设计的。书房如此明亮是因为所有灯都被打开了。大灯、灯带，甚至落地灯和台灯都开着。站在门口，张京都看见张玉墀背对着自己，应该是在看一张图纸。张朝歌站在屋子中间，张京都并没有完全越过书房的门。张玉墀抽着雪茄，面前云山雾罩的。张朝歌停在中间什么都没说，大家都在等着张玉墀看完图纸。过了一小会儿，张玉墀找到了停顿的点，猛吸了一口雪茄，扭过了头。这一次他越过张朝歌直视着张京都。这给了张京都非常强的震撼，因为在他的记忆里，张玉垾只在他上小学的时候这样看过自己一次，那一次是因为自己过生日，张玉垾给他买了一个航天飞机的模型，自那以后张玉垾从未正眼看过自己。张京都的震撼慢慢转化成了奇怪，他有一种极强的抽离感，这种抽离感反而淡化了张玉垾直视带来的压迫感。"为什么没送花圈？"张玉垾直视着张京都，张京都一时间不知道要说什么，他的沉默像极了小时候被张玉垾训斥的时候低着头不作声的样子，那时候他就是靠这种沉默不语将事情敷衍过去的，因为张玉垾不喜欢别人跟他犟嘴。"说话的能力都没了？"张玉垾不怒自威地问道。张朝歌有些着急地看了张京都一眼，张京都知道这一次可不是不说话就能敷衍过去的了。"没想到。"张京都有些颤抖地回答道。"怕别人的家人打你？"张玉垾问道。张京都张开的嘴开始颤抖，因为他知道张玉垾说得对，但他没有回答。张玉垾依然直视着张京都，平静地说道："人家孩子都被你撞死了，打你两下怎么了？"张京都感觉自己眼泪都快掉下来了，这些情绪都是被动接受张玉垾语言的结果，张京都强忍着眼泪，低着头。"看微博了吗？"张玉垾紧接着问道。张京都摇了摇头，因为最近他除了在家躺着，就没有用过手机。"现在看。"张玉垾依然直视着张京都。张朝歌望着张京都，张京都将手机从外套内侧口袋里拿出来，点开了微博。"点搜索。"张京都听见张玉垾的声音，就像命令一样。他点开搜索，热搜上除了一个当红艺人跟另一个明星疑似同居的消息外，就是一条"龙华集团太子车祸疑云"。张京都这次真的被吓到了，他有些惶恐地抬头望着张玉垾，张玉垾面无表情地盯着张京都说道："搜索。"张京都机械地执行着张玉垾的指令，发现在搜索后，微博上出现了非常多营销号写的标题："另一个药家鑫？""爸爸要比李刚强。"

张京都关掉了微博，此时他脑海里还没有理清楚究竟发生了什么，因为在他的认知里这件事情已经结束了，但此刻他混乱的脑海中想到的竟然是李渊为什么没有告诉自己，是不是他也没有看到？这消息是怎么变成这样的？是因为那个栏目吗？"怎么办？"张玉堚的问话依然很平静。张京都不知道回答什么，因为他的惶恐已经转化成了僵死状态。看到张京都半天没说话，张朝歌赶紧接茬道："我看……""我没问你。"张玉堚突然怒吼道。这让张朝歌感到一阵窒息，他不敢再说一句话。张京都低着头，脑海里浮现出死者哥哥的样子，想起他那天在火车站十字路口说的话，突然之间荒唐地笑了出来。这是张玉堚和张朝歌始料未及的，张朝歌非常恐惧地看了张京都一眼，张玉堚则盯着张京都没说一句话。张京都想不到别的办法，他想着自己从出事以来这些应对都无法阻止死者哥哥的行为，钱也不行，给多少可能都不行，但他也不知道要怎么办。"不知道。"张京都说了这么一句，声音里没有了刚才的颤抖。这让张玉堚泛起了一阵不快，他压抑着这种不快，依然用不紧不慢的声音说道："不知道？不会吧？你不是挺知道的吗？"张京都不明所以地望着张玉堚。"这么快就忘了？"说着张玉堚走到了书柜前站定，接着说道："你还知道找黑社会？"张京都脑海里纷乱地想到了孔介，他懊悔不已。"听说他们还开了枪？"张玉堚平静地说道。张朝歌有些恐惧地望着张玉堚，因为这还是他头一回听说，他又扭头看了张京都一眼，因为他不相信张京都会干出这种事情。"要不是今天做笔录，我都不知道这事情。"张玉堚此时没再盯着张京都，而是用手摩挲着烟灰缸的边缘，接着他把雪茄摁熄，扭过头对着张京都说道："你应该找他们来对我开枪。"这句很明显是气话，但却深深地激怒了张京都，这种语言上的暴力他从小就在张玉堚训斥下属以及跟韩琳琳吵架的时候深深体会过。此时张京都的大脑重新开始工作，他想着如何解决眼前这件事情，他抬头直视着张玉堚，张玉堚不喜欢这种感觉。张京都平静地说道："没有别的办法，死者的哥哥也想撞我一次，只要我死了，事情就结束了。"张玉堚突然哈哈大笑，他用一种看见新鲜事物的眼神望着张京都说道："知道接下来会发生什么吗？我们会被调查，不论有没有问题。接下来网上的言论会铺天盖地，你一点小小的事情就会被别人放大，很有可能变成大事。你死？知道你死会被说成什么吗？说成是为了家族你变成替罪羔羊，而不是正义得到伸张，这就是这件事情的结果。死都死得没意义。"张玉堚最后这句话说得极其丧气，这是因为他并不觉得张京都会死，他自认为对张京都非常了解。"我不需要什么价值，我自己来解决，我不需要别人来定义我。"张京都下了决心一般地说道。"狗屁，你少给我来这套，现在事情成了这样，就是你处理的结果。"张玉堚烦躁地说道。"总之我会去找他，如果他觉得捅我两刀解气，我会挨着。你只用对媒体说你一无所知就可以了。"张京都说这些话的时候很为自己的表现满意。"捅了这么大的娄子，一句认错的话都没有，还在我这儿逞能？他要是冲着你，干吗来找我？你用你那猪脑子想一想？你有那么重要吗？"张玉堚恨恨地说道，他真的被张京都的态度激怒了。张京都一时间感受到了一阵恍惚，他那艺术的直觉给了他诗化的冲动，他突然对张玉堚表达道："我是没有张尚书重要，我不会做生意，你也看不起我画画，但我喜欢画画是我能决定的吗？反正在你眼里能挣钱才是本事，所以张朝歌都比我更像你儿子。我去柳巷开那个破酒店就是为了跟你证明。"说这句话的时候张京都荒唐地笑出了声，他接着说道："但从开始就被讨厌的人，做什么都会被讨厌的吧？我有时候在想，钱有那么重要吗？除了挣钱人生就没别的追求了吗？"说完这些话的张京都像一个在舞台上念完独白的演员一样雄壮。张朝歌内心涌上一阵不祥的预感。张玉墀则用异常鄙视的神情望着张京都,张京都多次看见他望着韩琳琳的眼神跟这时候很类似。张玉墀似乎有千言万语,但因为张京都这种诗化的表达,突然让张玉墀没了说话的兴趣,但他还是被张京都的话逼着想了很多东西,接着他像在寻找什么,却又没看任何人地说道:"钱是最重要的。"张京都误认为这是在回答自己,他猛地接起话头说道:"那是你的价值……"话音未落,张京都就感到脑袋上被什么东西重重地砸了一下,伴随这个感受的是张玉墀歇斯底里的一声"滚!"钢化玻璃烟灰缸来不及沾到血就掉在了地上,张京都的额头上此时才后知后觉地流下了血,很快,血迹顺着张京都的右额头流向了右脸底部,途经右眼的时候,模糊了他的视线。张玉墀扭过头没再看张京都。张朝歌赶忙冲上去查看张京都的伤口,但张京都愤怒地甩开了张朝歌,冲出了门。这是父子关系真正的结束,张玉墀感觉到这么多年气若游丝的联结终于在此刻绷断了,他说不上是一种什么感觉,因为他已经很久没有这样动气了。但他好像获得了解脱,伴随着解脱的还有一股很遥远的难以辨识的痛,但痛的本质是什么,他却怎么都看不清楚。

6

从"得一理想国"出来的时候,起风了。张京都的头发被吹得凌乱了起来,他突然有种很强烈的无家可归感。这样想的时候他荒唐地笑了起来,因为他想到自己其实从来都无家可归,只是今晚的事情将这层窗户纸捅破了而已。张京都感觉很累,他在马路牙子上坐了下来,平常他是绝对不会这样的,但此刻似乎一切都归于平静了。他想起刚才自己在张玉墀面前的"演出",感到无比懊恼,原因是那些发自肺腑的话竟然得到了让他始料未及的反应。张京都此刻内省的心灵才真正意识到，原来在之前很长时间的生活里，他都在隐隐寻找着跟父亲掏心掏肺的时机。这样想的时候，他突然觉得一切都不会按照你想的来，人是很难改变的。父亲张玉墀刚才那句"钱是最重要的"此刻也开始在张京都内心发酵，那是一个他无法读懂且走近的内心。如果是在网上看到这种言论，他可能天然地就觉得自己明白了，但这个看起来非常浅显的道理从父亲的嘴里说出来后，竟然让张京都感到如此陌生。就在张京都被困惑占满头脑的时候，非常奇怪，造访他的情绪并不是烦躁，这超出了张京都的经验。此刻他莫名其妙地非常想柯素妍。张京都虽然很累，但反刍着刚才张玉墀的一切行为，让他感觉自己已经成了张玉墀的累赘，一点附加价值都没有了。仔细想想，这些年张玉墀养自己、送自己出国、买房子、给自己公司的股份，甚至连自己刚毕业时在798的一意孤行都是张玉墀在买单，他从未打过工。是啊，在这个意义上，自己确实是个赔钱货。张京都开始自暴自弃。他拿出手机，点开微博，看到一篇用客观口吻写出的文章，作者就像亲眼看见了张玉墀给自己走关系、疏通公检法，把一件可能是谋杀的案件改成简单的交通事故。他在评论栏打了一句脏话，但却因为文章设置了评论的权限而不能发。他点开另一个有视频的微博，那场面瞬间把他吓到了。那是从很远的角度拍到的一个视频，看起来死者哥哥手里拿着棍子，蹲在张玉墀的车顶上说着什么。张京都的脑袋"嗡"的一声，他感到强烈的窒息。怪不得张玉墀那么生气，为什么张朝歌不在电话里跟自己说清楚？为什么刚才张玉墀要用那么冷静的态度跟自己说话呢？他们为什么不能有话直说呢？但直说了又有什么用呢？张京都就这么坐在路边来来回回地盘问着自己。烦躁此刻就像一个伺机很久的野兽，猛地扑向了张京都。他从地上站起，向着不远处的唐久便利走去。

一杯梅酒下肚后，张京都的脑袋平静了很多。他盘算着刚才的这些事，突然对死者哥哥产生了很强烈的仇恨。如果说之前张京都对死者哥哥仅仅只是恐惧，那么现在这种恐惧消失了，张京都脑海里闪现了一瞬间的意识，怀疑这是不是酒精的作用。但他没有理会那个意识，他只是觉得自己充满了仇恨，这反而给了他一股面对这件事情的勇气。恐惧产生了逃避，而仇恨却使他充满了勇气。张京都坐在便利店门口想象着接下来的布局，他要怎么收拾死者的哥哥呢？但这第一步的想法瞬间让他认为自己智力低下，因此产生了极强的挫败感。张京都想到自己无论跟死者哥哥产生任何冲突都会给张玉墀带来麻烦，便轻笑了一声，原因是他意识到张玉墀的影响还是那么深远。但随着张京都理性的回归，他开始认真地思考这件事情。"他到底想要什么？"张京都从这个角度一步步地开始发问。如果说死者哥哥之前找律师、不相信交警队的结论，这些都是冲着自己来的，那么现在找张玉墀的行为就已经跟找自己没什么关系了。张京都顺着这些思路一直想下去，接着他从容地拿起手机给李渊打了个电话。

7

凌晨三点的五一路派出所，拘留室里的四五个人全都睡着了。他们有的斜躺在角落里四仰八叉，有的身体蜷曲着窝在凳子上，还有的蜷起膝盖，头埋在抱着膝盖的臂弯里。只有郭振邦笔直地用背贴在拘留室中间的墙上，一条腿伸直，另一条腿蜷曲着，双手抱在蜷曲的腿上，眉头紧锁地睡着。郭振邦在梦里，看见自己被一颗子弹击中胸口，他甚至能看见子弹打进来的画面，他发现自己身体的组织全部被破坏了，接着子弹穿透了心脏。他看见自己的胸口血流如注，但他并没有感觉到疼痛，反而是留在身体里的弹头开始发出尖锐的"咣当"声，伴随着中队长粗暴的呼唤，郭振邦感觉自己离死亡很近，他一直在想弹头为什么会发出声音，而且声音这么难听。突然一声粗暴的喊叫打破了宁静，郭振邦猛地睁开了眼睛，发现拘留室里所有人都盯着自己，郭振邦一时间没明白自己在哪里，等他回过神的时候，他顺着角落里四仰八叉的视线望出去，发现警察正在叫自己的名字。

　　派出所走廊里的一盏灯仿佛寿命不长地忽闪着，郭振邦的脑袋还在被刚才的梦境牵制，紧绷着，他不知道谁来探视自己，他脑袋里没有任何期待的人物，也没有被呼唤起强烈的好奇心，此刻他只是机械地跟着警察来到了一个办公室。当看见坐在对面的人是张玉墀儿子的时候，他瞬间清醒了。这是要来直接跟自己谈条件吗？这么想的时候郭振邦内心浮起了一阵胜利的喜悦，他想起郭礼隽每次挂在嘴边的"梦见血有好事"的言论。在他思考的时候，警察把手铐铐在了暖气片上，接着跟张京都说道："说完了喊我。"张京都点了点头，在警察将门关上的时候，张京都长舒了一口气。郭振邦盯着张京都，这个眼神比张玉墀的压迫感强很多。张京都刚才打车来的路上演练了很久开场白，此刻他想起自己第一次登台做戏剧演出的时候，心情跟现在也差不多。他回过神来，用比较平静的口吻问郭振邦："你如果还有别的要求，可以跟我说。"张京都对自己开场白使用的语气感到满意。但郭振邦盯着张京都的眼神中有一些迟疑，看起来他在思考，但很快他的神情就宣示了他有了一个落地的想法，他盯着张京都，眼神坚定地问道："你爸让你来的？""没有谁让我来，本来这就是我的事情。"张京都用颇有担当的语气说出了这句话。"你是怎么想的？"郭振邦突然毫无来由地问了张京都一句话，张京都顿时蒙在原地。"我问你，你爸'未来生物'门口的那个瘸子你知道吗？"这是张京都始料未及的，他顺嘴说道："不知道。""张朝歌你知道吗？""不知道。"张京都条件反射地回道，正准备改口，郭振邦却哈哈大笑。"行了，你回吧，我相信你不是你爸派来的了。"郭振邦说完这句话，开始拿手铐敲打暖气片，准备站起来。张京都瞬间有些不淡定了，他急忙说道："哎。"郭振邦停止敲打动作，突然回头盯着张京都，眼神犀利。张京都被吓到了，他声音有些颤抖地问道："我不太明白你的意思，我只是说……"话音未落就被郭振邦打断了："再给你一次机会。"张京都期待地看着郭振邦，郭振邦靠在暖气片上问道："我叫什么？"张京都一时支吾起来："郭……"他是真不知道郭振邦叫什么。"我想的没错，你走吧。记住我叫郭振邦。"说着，郭振邦开始用手铐敲打暖气片。"等等。"张京都突然在混乱与张皇失措间被郭振邦的态度激怒了。"你可以不要故弄玄虚吗？"张京都的声音有些粗暴。郭振邦盯着张京都，一句话都没说，仿佛在看一场表演。"我知道跟你讲不清楚道理，因为你根本不在乎事实。"郭振邦面无表情地看着张京都，但内心里已经怒火丛生了。"说实话，我并不知道这整件事情你到底想要什么。但你家人都接受赔偿后，你还要把事情搞大，虽然明面上很难理解，但实际上事实是清楚的。"张京都越说越有自信，但郭振邦很明显已经在爆炸的边缘了。"你想让网友人肉我爸，让网友来攻击他。但肇事的并不是我爸，而是我。我不知道你经历了什么，但这件事情现在显露出来的事实就是仇富，不是别的什么。"张京都说得很平静，连他自己都被自己的推理折服了，这是他刚才在唐久便利门口推理出来的。他看见郭振邦的手在颤抖，此时暴力的气氛开始弥漫，如果不是郭振邦被手铐限制着，张京都一定不敢跟他共处一室，虽说刚才他的发言很震撼，但此刻沉默的办公室内，郭振邦的气场十分强大。他突然从暖气片前站了起来，这让张京都本能地往后退了半步。郭振邦把衣服撩了起来，身上结痂的部分还历历在目，张京都想起张玉墀关于黑社会的斥责，又不无羞愤地想起了孔介的成事不足败事有余。"《为您跑腿》的节目你看了吗？"郭振邦明显是用按捺过的平静在问张京都。张京都摇了摇头。"你既然是来说话的，就别跟我用动作，看没看？"郭振邦又问了一遍。"没有。"张京都感到一股不可违逆的力量。"好，很诚实。那我来告诉你他们省略了什么。"郭振邦像一个胸有成竹的辩护律师一般，开始侃侃而谈。"我的伤是被一帮开着阿尔法的流氓打出来的，但因为那几个棒槌差点被我收拾了，所以他们的流氓行为就换成了用枪震慑我，弹孔还留在山上。"郭振邦在复述这一切的时候，惊人的自省，他发现自己用了很客观的口吻，因为之前他在东曲派出所可是说有人要杀他的。张京都克制地咽了口口水。"他们拍了弹孔，也听我复述了事实。但报道里除了你跟张朝歌很有礼貌的表演外，那些都被删光了。你说谁袭击的我呢？"郭振邦盯着张京都问道。"不知道。"张京都说道。"不知道，就对了。因为以你的智商干不出这些事来，找人处理我，想让我闭嘴。我找了媒体，他们可以把我塑造成神经病。这手眼通天的功夫，你确实不会知道。至于你没看那个节目，估计也是早就知道会以什么方式示人了。这个应该是家族的耳濡目染吧？"郭振邦很满意自己的发言，因为他发现张京都用一种非常莫名其妙的神情望着他。"谁袭击的你我真的不知道，但事情真的不是你想的那样。"张京都觉得自己的宽慰很苍白，但他真没想到这场谈话会变成这样。"我想的是哪样？"

张京都一时间不知道怎么回答了。郭振邦接着说道:"现在是凌晨,你告诉我现在是探视时间吗?"张京都被问住了。"是吗?"郭振邦不依不饶的。"不是。"张京都压制着自己的沮丧回答道。"那你是怎么进来的?"郭振邦问道。张京都突然为自己的欠考虑感到万分沮丧。郭振邦紧接着大声地喊起警察来,警察闻声打开了门,看起来睡眼蒙眬的。"他问完了。"郭振邦语带嘲讽。警察没搭理他,过来给他解开手铐。"有本事你就冲我来,利用不明就里的网友算什么本事。"张京都利用仅有的时间赶紧说道。警察也有些蒙,他不明所以地望着张京都。郭振邦扭过头看着张京都说道:"赶紧回去吧,富二代。""你不就是仇恨富人吗?利用群众算什么本事,有本事仇恨,就自己来啊。"张京都这句话已经是气话了,警察很明显感觉自己拉不住眼前的郭振邦,郭振邦扭过头迅速冲到张京都面前,揪起他的领子,警察赶紧在旁边架住郭振邦,但非常吃力。"有本事,你就弄死我,你不相信警察,不就是相信你自己幻想的事情吗?"张京都也有些失控。"你这个浑蛋。"郭振邦突然泻了力,警察架着郭振邦离开了。张京都顿时发觉自己的心脏跳得异常快。

[插曲]

张京都已经在五一路的街道上走了一阵了,但心跳得还是很快。这是张京都长这么大第一次自己做决定,他感到了莫大的压力。郭振邦戴着手铐冲上来的那一刻,张京都感到了前所未有的恐惧。是怕死吗?张京都这么想着,突然对死亡有种明确的恐惧。他从未想过死,一次都没有。现在被刚才逼近的郭振邦影响着,他开始明确思考死亡的意思。他试着闭上眼睛,屏住呼吸。由于缺乏锻炼,很快他就憋不住气了,但他在快坚持不住的基础上又忍耐了几秒,直到再次呼吸的时候，他感到一股极强的贪婪，他大口大口地呼吸着。"这是死亡的感觉吗？"张京都这样想着，但总觉得哪里不对劲，原因是他用这种方式体验的恐惧根本就没有郭振邦带来的那种死亡幻觉来得真实。那么到底哪一个才是真正的死亡呢？张京都没有答案。在专注思考死亡的时候，张京都暂时忘记了刚才的压力，但当这个没有答案的问题被搁置之后，张京都重新想起了刚才的一切。他在脑海里迅速回溯了一遍事件发生的经过，突然对张玉墀没了那么强的依赖，他并不再害怕给张玉墀带来什么影响，相反他觉得一切事情他都要自己去承担，这样想的时候，张京都哭了出来。

8

龙华集团的股票跌了一些，但没有想象中的多，只有百分之一点三。这个结果，张朝歌是满意的，但对于张玉墀来说，就不是这样了。张玉墀觉得幸好自己从前几年开始就很少在公开场合露面，以至于切断了很多阴谋论的温床，但接下来要如何应对这件事情，还必须要有一个高明的手段，不然百分之一点三只是个开始。张朝歌除了接到父亲张玉正的电话外没有接到任何其他人的电话，包括股东的。这是个奇怪的信号，也让张朝歌十分不安，他机敏地感觉到这些老狐狸都在假装镇定，其实都在观望。张玉正年初才从国家电网退休，虽然跟张玉墀很多价值观都不合，但这件事情还是让作为兄长的他牵肠挂肚，所以他只能在儿子这里了解张玉墀的情况。这个现象让张朝歌感到一种强烈的孤立无援，他记得爷爷那时候总抱怨现在的世界没意思，一点人情味都没有，虽然父亲二叔姑姑都坐在爷爷旁边，但他那时候就发现没人真正在听爷爷说什么。

混乱的场面总会产生强烈的不安,特别是这个时代,网上那些铺天盖地的阴谋论经过昨天一晚上的发酵,在今天早上已经达到了峰值,但下午的时候,一则某明星吸毒被捕的新闻迅速占据了各大头条,这让张朝歌兴奋了一阵,但他下午见到张玉墀的时候,张玉墀并没有笑逐颜开的表现,他表情严肃,看起来比之前更加心事重重。"外汇管理局那边的手续就剩一道了,到时候我去处理吧。"张朝歌企图分散注意力,因为这个事情昨天下午开完会,张玉墀说过一嘴。"你怎么看?"他没来由地问了张朝歌一句。但张朝歌敏锐的脑袋很快分析出这并不是在问越南的项目问题。这种对话已经成为张玉墀考验员工智力的测验了,这种倾向是要把所有人都纳入自己思想体系里的表现。"二叔还是不放心这个叫郭振邦的?"张朝歌结合张玉墀紧皱的眉头仔细分析后说道。"他可不是那个大胡子。"张玉墀少见地做了比较。张朝歌也毫无办法,但他知道张玉墀也一样。他只是等着张玉墀说点什么,张玉墀却聊起了别的工作,至少表面看起来,张玉墀只是在等待,这是他在所有事情不确定前最常做的动作。

9

新苑小区炸开了锅。原因是年轻人上网看到的消息在父辈那里变成了茶余饭后的谈资。黄文英更是出现在了小区里交谈最盛的1号楼的侧面。因为网上的言论陡起,以至于太原地方电视台以快讯的方式播报了五一广场发生的事情,一些近距离的镜头明显拍摄到了郭振邦蹲在天窗前跟车里人说话的情景,而且因为手机的抖动,配合上电视台耸人听闻的音乐,让场面异常震撼。但此刻聊天的邻居们都不是特别理解郭振邦的做法,车队身高一米八二的"徐大个"

徐德志就操着浓重的唐山口音不无疑问地在人群中说道："你说这是因为啥呀，钱也给咧，人家态度都挺好的，又不短他啥，他这是干啥呀？"窦乾坤的老婆操着河南口音说道："我看还是因为钱，给得太少咧。"一个身材矮小的四川女人回答道："都两百万喽，还嫌少？那还要好多嘛？"说话的是老汤家的儿媳妇。东北老王挺直腰板看着几个人，眼神里流露着看不起，他抽了口烟说道："你们懂啥，你儿子考个西安交通大学给我瞅瞅，知道那是啥地方不知道？那是211、985，知道啥叫211、985不？"因为老王平时说话的分量，大家都不明所以地望着老王。老王看见大家那副无知的样子直接说道："啥也不知道。我这么跟你们说吧，这西安交通大学比北大清华也差不了多少，你们自个儿掂量掂量。能明白不？"所有人都没说话，徐德志一看这样子，跟老王开玩笑："老王，你这么明白，你儿子咋不考一个呢？""我儿子要能考上，我还跟你们搁这说啥？尽说些废话。我让你们明白人家郭宇是人才，要是毕业了，混得好，不比给他赔钱那帮人差，知道不？啥也不懂。""我们哪有你懂，我要是懂了，不也跟你一样成大明白咧？"徐德志只顾跟老王逗闷子，已经忘了刚才在说啥了，大家便都笑起来。

　　此时就着夜色，刘咏春从常超家往郭礼隽家走去，别人的议论他也听见一些，这些天只要碰见人都会问他姐姐家的情况。之所以去找常超，是想让常超帮他看看这件事可能会往什么样的方向发展。常超喝了一口酒又猛吸了一口烟，并不乐观地摇了摇头说道："你外甥再这么弄，结果不好。"刘咏春不想听这些废话，因为平时常超在工会经常跟单位领导接触，很多时候他最能揣摩领导的意思，现在他来问常超，就是希望常超帮他看看他姐夫一家还能做什么。"这可不是一般人，别说是太原了，他就是在咱古交把哪个煤老板得罪了，弄些小事你都不好过。这个张玉墠是什么人？要是有办法就让他不要闹了，不然出事了，你姐一家可不好过咧，郭宇这事情刚完。"常超说这句话的时候语重心长。想着这些的时候，刘咏春已经在敲姐姐家的门了。门开后，刘咏春也没打招呼就走进屋里去了。自从郭宇出事后，他对这个家已经跟自己家一样熟，没有亲戚的感觉了。姐姐家乱七八糟的，看起来已经好多天没人收拾了，郭礼隽醉眼蒙眬。刘咏春看见郭礼隽家茶几上摆着酒杯，还有一个没有商标的酒壶里装着散装白酒，旁边就一盘炸花生米，碗里的主食已经吃完了。姐姐并不在客厅，郭礼隽去砸了一下卧室的门。不一会儿，刘咏梅从里屋走了出来。刘咏梅的头发很凌乱，她只是顺手理了理，刘咏春看姐姐的精神状态很奇怪，但他又说不出哪里奇怪。因为姐姐平时可是一个非常爱干净的人，郭宇的去世让姐姐消沉了很多，但回过神来的她习惯使然，还是把家里打扫得一尘不染，但不知道从什么时候起，刘咏春发现姐姐的整个状态都让他很陌生。刘咏春当然没有能力分析这种陌生，这其实是刘咏梅精神遭受打击后，产生的观念位移。因为赖以生存的郭宇去世，让她对存在价值产生了新的认识，这种外在表现就是生活里曾经无法忍受的事情都卸下了它们不可一世的外壳，变成了随时都会消失的实质。刘咏梅也没理论的能力把握这种变化，但她听到郭振邦被拘留的消息，只是觉得一股轻飘飘的沉重，"落井下石"是她经常在电视剧里看到的台词，但那一刻没法解释她的心境，因为她觉得这个词并不准确。

本来看到郭礼隽醉意蒙眬当中产生的腐朽让他非常愤怒，但看到姐姐的样子，刘咏春突然涌上一股心疼。他看着郭礼隽，本来不打算说什么，但离郭振邦出来的日子只有一天了，他觉得不能再这么敷衍下去了，他点起一支烟，颇有些无奈地说道："姐夫，你说咋办？"刘咏春这句近乎无意义的开场白透露着他没有办法的办法。郭礼隽双眼无神地四处看看，似乎是在寻找帮助。刘咏春很鄙夷他这种态度，之前把钱转到另一张卡里后，郭礼隽曾经隐隐地透露出一种志得意满，但得知郭振邦被拘留的事实后，他重新回到了用酒精麻醉自己的老路上。刘咏春把常超的判断用自己的话转述给了郭礼隽，他不想再一个人去承担，况且现在这种情况他也承担不了什么了，毕竟郭振邦是郭礼隽的儿子。想到"儿子"的时候，刘咏春竟然划过了一丝疑问，因为他实在觉得郭礼隽没能力驾驭这个儿子。他不会让刘浩良成为这样的，他要把这种趋势扼杀在源头，想到这里的时候，一种有把握感让他内心舒服了一些。但郭礼隽依然一言不发，此时刘咏梅竟然先开口了："不行把腿打断。"听到这话的郭礼隽瞬间清醒了，他和刘咏春用听错了话的诧异眼神望着刘咏梅。"这样他就出不去了，就晚上打，你打。"刘咏梅指着郭礼隽说道。郭礼隽被刘咏梅这一反常态的言语惊得酒醒了大半。刘咏春觉得姐姐在说气话，他赶忙打圆场："姐，不是……""不是什么？"刘咏梅犀利地盯着刘咏春说道。"你还有啥办法？"刘咏梅无可辩驳地问道。"你怎么说这？"郭礼隽有些反感刘咏梅话里的残忍。"这不是为了保住你卡里的钱吗？"刘咏梅冷冰冰地说了这句话。"放屁！"郭礼隽顿时生气了。"你说的是啥话？小宇不是我儿子？我要钱有什么用。"说着郭礼隽就要进屋去找卡，"老子把卡给你，你爱咋咋。"刘咏春怒吼了一句："喊啥喊？还没给别人看够笑话？"郭礼隽站在原地，怒气难平，他在内心里觉得刘咏梅很不懂规矩，大男子主义的情绪占了上风。如果是以前，刘咏梅不会这么说话，但自从郭宇去世后，他觉得刘咏梅的魂也跑了，就前两天他还给郭礼怀打电话让他在老家先人坟头烧点纸。要是平时，刘咏梅这样说话，刘咏春离开后，郭礼隽会好好地收拾一顿刘咏梅。让男人在外人面前没面子，这是郭礼隽价值观里绝对不能妥协的。但不知为什么，此刻他感到恐惧，他害怕刘咏梅做出什么不可接受的事，害怕自己成为孤家寡人，所以他没再说什么，而是冷冷地站在原地。"姐夫，我和你说，振邦是你儿子，这一次蛊（赖）也要蛊住。不然出下大事我也就没办法了。他惹的那不是随随便便的人。"刘咏春语重心长地说道。郭礼隽怕麻烦的心境占了上风，他还想狡辩两句，把事情推给刘咏春来做，但刘咏春的眼神告诉他这次不可能了。被逼无奈，郭礼隽只能应承下来，但随之而来想起的就是大儿子那如山一般强悍的气势，他深吸了一口气，找不见任何情绪上的支点，只是想起1979年在韩城建设煤矿的时候，他们用人力将一辆解放车从泥沼里往出推的情景。郭礼隽是焊工，没受过大苦，对于力量的理解，那是他记忆深处最深的一次。

第十七章 不包含在原因里的结果

1

徐良是个不错的人。这么想的时候，王丽娟感到周身都弥漫着幸福。这是邻居宋开来的老婆薛丽给介绍的，在兴县上班，是总工程师的秘书。王丽娟的家人也见过徐良，说实话都有捡到宝的感觉，特别是王丽娟，除了初三对班长产生过强烈的爱慕外，就是在煤干院上学的时候真正谈恋爱，她都没有这种感觉。她很主动，徐良跟她第二次约会的时候，他们在水泉寨公园没人的小树林里亲吻、拥抱，王丽娟像少女怀春一样，想赶紧把自己献祭给这理想的爱情，徐良也似乎很喜欢她这股热情。对于徐良来说，王丽娟身上有一股禁欲的美，非常吸引自己。虽说王丽娟已经跟徐良确立了关系，但一想到郭振邦她就有些害怕。这种关系太奇怪了，郭振邦从来没跟她提过做男女朋友，她也从来没有答应过郭振邦什么，但不知道为什么，她刚跟徐良确立关系，郭振邦就像一个鲠卡在王丽娟生命的喉咙里一般，让她不得不在意。她想跟徐良说，但她怕徐良乱想自己的清白，但不说，她又怕郭振邦做出什么过分的事情来，毕竟他已经上过微博热搜了，而且上次跟徐良约会的时候，徐良还聊起这件事，他的口吻像评判一个神经病一样评判着郭振邦，这更加让王丽娟无法开口，她甚至觉得自己错过了最佳时机。此刻王丽娟在工人文化宫西南角的冷饮店里等着毛莉，她今天从太原休班回来了。毛莉一直在太原一家培训机构教小孩子弹钢琴，此刻王丽娟想到自己要是也能躲到另一个地方跟徐良一起生活就好了。正想着，毛莉走了进来，她点了一杯柠檬绿茶。等听王丽娟讲述完所有事情后，毛莉只是喝了一口绿茶，没说话。"到底咋办啊？"王丽娟不无困惑地询问着毛莉。"你该怎么办就怎么办啊。你不是都跟人家确立关系了吗？"毛莉看似轻描淡写地说了一句。"但郭振邦很恐怖啊。"王丽娟说道。"他会怎么样你吗？"毛莉问道。"你没看微博吗？"王丽娟问道。毛莉摇了摇头。王丽娟难以置信地看了毛莉一眼，接着把手机拿了出来。

视频里的郭振邦蹲在车顶上，对着车里说着什么。毛莉在脑海里回忆着那次在水泉寨公园看到的郭振邦。"恐怖吧？"在毛莉把手机还给王丽娟的时候，王丽娟问道。"你认识这人几天了？"毛莉若有所思地问道。"郭振邦？"王丽娟问道。"不是。"毛莉回答道。王丽娟想了想说道："你是说徐良？"毛莉点了点头。"有四天了。"王丽娟说道。毛莉有些难以置信地歪了歪头，想说什么，又把话头咽了回去。这让王丽娟瞬间不安了起来，她慌忙问道："咋了，你说呀。你干吗啊？""我看你好像很着急？"毛莉又问道。"哎呀，你就别绕来绕去了行不行？我刚才都说了，我怕郭振邦知道了干出什么事来。"王丽娟直截了当地说道。"他要是真爱你的话不会的。"毛莉似乎很确定地说出了这句话。结果王丽娟冷哼了一声说道："你快算了吧，你是没见之前他把贺刚按树上的样子。""那也没别的办法，要不你就跟那个徐良说，反正你现在是他对象了，郭振邦要是找你麻烦，你让徐良出头不就行了。"毛莉半开玩笑地说道。王丽娟没再说话，她陷入了沉思，似乎在找解决的办法。毛莉饶有兴味地看了苦恼的王丽娟一眼，问道："我记得几年前你谈到他的时候还挺得意的。""瞎说啥呢，啥时候？"王丽娟觉得这个说法不可思议。"那可能是我记错了吧,当时你说他对你有意思。"毛莉说道。王丽娟仔细思考,实在想不起这样的对话,但她记得郭振邦刚从部队回来的时候他们在小区饭店的邂逅。那次确实聊了很多,聊了很多初中时候的事情。但她不想再想了。"其实郭振邦这人挺认真的。"毛莉主动说出了自己的看法。王丽娟有些不可思议地望着毛莉。毛莉没理会王丽娟,她回忆着刚才在微博上看到的视频,接着说道:"他肯定有他的想法吧。""人家都赔钱给他家了。"王丽娟说道。毛莉摇了摇头说道:"不知道,我就说说我的感觉而已。""你不会对他有意思吧?不过话说回来,他家现在可是有两百万呢。"王丽娟突然像忘了烦恼一样,开起了玩笑。毛莉笑了笑,对王丽娟说道:"反正你要是真心喜欢徐良,就按你内心的想法去做呗。现在又不是旧社会。""我当然是真心的。"王丽娟似乎是在给自己打气一样说了这样一句。毛莉又喝了一口柠檬绿茶,她虽然眼睛望着窗外,但在脑海里浮现出那晚郭振邦认真推理的神情,那就是网上说的疯子吗?她漫无目的地想着。

2

外边的阳光极其刺眼,重新回到生活里的郭振邦根本无暇顾及这种重见光明的感受。出派出所签字的时候,警察又教育了郭振邦一阵,郭振邦没说一句话,脑海里全是这几天思来想去的策略。他迫不及待地拿到手机,但手机已经没电了。

他走进一家清真牛肉面馆,里边没什么人,主要是现在才早上十点钟。郭振邦点了一碗牛肉面,还加了一碟牛肉。他一边狼吞虎咽,一边盯着桌面上正在充电的手机,充电器是他在店铺旁边的手机店里临时买的。因为店里没人，所以老板做完面就坐在前厅玩手机，看到郭振邦用极快的速度将一碗加量的面和一碟牛肉吃了下去，老板投来了好奇的目光。他询问郭振邦用不用加面，免费的。郭振邦点了点头。老板加了一碗面后，又给郭振邦盛了碗汤。郭振邦又是以极快的速度吃了下去。他给老板点头示意，表示感谢。老板觉得这个年轻人似乎特别紧张。郭振邦的手机已经可以开机了，他点开微博、百度，查找张玉墀的信息，很快他就如愿以偿了。视频里不管远近都是郭振邦蹲在车顶上手持球棒的姿势，还有少量的郭振邦挥棒打倒司机的视频，以及一些郭振邦扔下球棒投降的画面。郭振邦翻了半天，还找见一些博主剪辑过的郭振邦拦截张玉墀的完整视频。郭振邦发现了一些骂他是神经病的留言，但他很自动地在脑海里屏蔽了这些留言。他更多看见的是所有人都把矛头对准了张玉墀，认为无风不起浪，郭振邦有这样的举动，背后肯定有不可告人的隐情。郭振邦对这种一边倒的言论非常满意。而且他不断翻看的信息中，一些公众号开始扒出很多张玉墀之前干房地产的时候造成的强拆问题，还有一些坊间传闻，张玉墀跟多位女星有不正当的关系，以及张玉墀为了捧红某女星，竟然不计成本地投资了一部叫作《宦官的女人》的历史剧。公众号把郭振邦描述成了现代荆轲，说他切开了这个两极分化社会的肿瘤。郭振邦很满意这篇文章，只是"肿瘤"二字让他想起了梁建武，郭振邦潜意识里划过了一丝梁建武与自己无法相提并论的意识，但并没有被即刻捕捉到。

　　骑着摩托车回家的路上，他脑海里刚才由比较满意的心情点燃的激情开始消退，他感到一股力量的丧失，这让他十分沮丧。之所以会有这种感觉，是因为郭振邦觉得这个事情目前处于停滞的状态。他此刻在风驰电掣的摩托车上，回忆着刚才搜索信息的过程，发现没有看到一条结果。何为结果，就是张玉墀真正受到了什么惩罚，但他没有找见一条这样的信息，甚至连一条张玉墀的回复都没有。郭振邦想着刚才看到的最新消息，也是他进去后的第三天，热搜早就换成某网红的奶茶店用过期牛奶的消息。"难道就这样了吗？"郭振邦被强大的失落感攫住，以至于真的想不出别的办法了。郭振邦觉得自己似乎又回到了刚开始想办法的时候了。"人总是办法很少的。"郭振邦这么想着，骑着摩托车飞快地朝古交驶去。

3

除了几个记者来采访过外，《为您跑腿》栏目组的编导也联系过张朝歌，但张朝歌用一句"他个人的行为我们也无能为力"作为回应。之后热度似乎就这样悄悄散去了，张朝歌之前以为会有什么大事的直觉看来只是他自己对环境癔症式的反应。张玉墀去北京开会了，但前天他把张朝歌叫去，让他把公司里的所有事情能整理的都整理一下，说是有领导打电话说舆情可能会造成一些影响，让把各种问题都勘察一下，有的迅速处理，没有的心里也有底。这个张朝歌非常擅长，他先是把龙华集团旗下所有公司账目上的问题跟各个财务总监开了个会，接着将所有项目中产生的纠纷做了一个备案，最关键的是他把晋阳街机械厂工人安置问题给处理了，钱由龙华集团先行垫付，跟之前的负责人在第三方的监督下签了一个协议，算是把这个最可能生事的问题给压了下去。这些事情在今天上午全部完成了，他给张玉墀视频汇报的时候，张玉墀的表情是认同的，这让张朝歌重拾了信心。

朱阳穿着一身休闲装，跟她在电视上主持节目时的样子大相径庭。此刻她跟张玉墀在伯爵园高尔夫俱乐部的酒店阳台上。下午打了高尔夫后,张玉墀似乎很累,现在竟然在她侧边的躺椅上睡着了。对于朱阳来说,张玉墀就像一个等待被征服的领地一般,在她内心里激起了很强的驾驭欲。朱阳从小接受的就是精英教育,高中就被送到伦敦去上学,虽说那时候父亲朱怀文已经不在市委任职了,但家里的财政状况基本上都成了供她读书的燃料,每次听见父亲不无诗意地说道"火箭的动力就是我和你妈的生产力,你就是那支火箭"的时候,朱阳内心里涌起的竟然不是感激,而是非常强的不安定感,因为她从父亲的话里听到了一股浓浓的末日气息,这是她在剑桥大学哲学选修课上听到的最认同的理论,她也无时无刻不在生活里实践着这种思想。因为想到父亲,所以朱阳突然很烦躁,此刻她冲到熟睡的张玉墀面前,开始跟张玉墀接吻,张玉墀被朱阳吻醒了之后,朱阳依然没有停下她的动作。

做爱的过程中,张玉墀会从没有拉严实的窗帘缝隙的反光中隐隐辨识出朱阳的表情。他看见朱阳闭着眼睛,表情扭曲、痛苦。但张玉墀没兴趣知道她在想什么,只是这种被人压在身下的感觉让他有了一种短暂的踏实感。

疲惫的二人趴在黑暗中,朱阳想着张玉墀跟自己谈论过之后想要移民到澳大利亚的想法,而朱阳却一直觉得自己可是英国公民,去他的澳大利亚吧。这样想的时候,朱阳开始讨厌这次约会,因为并没有想象中那么好,每次到这个时刻,朱阳就无法驾驭自己的理性,她开始胡思乱想,她知道自己像一个怨妇,但她到底在怨什么呢?她刻意地回避着那个她早就看清的现实,她不想去想,但她还是会想起。想到这儿,她猛地起身,拿起睡衣向浴室走去。张玉墀长舒了一口气,一股轻松感袭来,他感觉前一段时间那些乱七八糟的事情终于可以过去了。

4

从井下出来的时候，郭振邦非常疲惫，这致使他的注意力非常集中，摆脱了头脑里那些因为意识清醒而无法抑制的胡思乱想，他感到真正可以控制自己了。洗澡的时候，郭振邦满脑子都是这件已经失去热度的事情。他想找人说说，但这个人是谁呢？这样想的时候他感到一阵极强的无所依傍感。郭振邦靠在冷水池的边沿，想起那天张京都在派出所跟自己的对话。"仇富"这个词以重音的形式出现在郭振邦对这段对话的每一次回忆中。他想象着张京都的样子，那副样子从弱智、低能，再到傲慢、不可一世，这段在意识里夹杂着幻想出现的形象逐渐被郭振邦固定成了一个十分令人憎恶的面貌，这样的意识设定，让郭振邦充满了仇恨。"他凭什么过得这么好？""杀了人还能活得这么心安理得？"这里郭振邦在意识里已经将张京都无可辩驳地定义成了一个杀人者。这样想的时候，郭振邦又为自己的行动意识添加了燃料。他从水池里站起来，赤手空拳在水池旁的方形柱上已经裂缝的瓷砖上狠狠地砸了一拳，那块裂缝的瓷砖瞬间变成了粉碎状粘连在墙上。它们并没有掉下来，但那只是时间的问题，离开的时候郭振邦这样想着。

夜里的风十分凛冽，已经十月份了，很快就要入冬了。郭振邦今天从派出所直接去了屯兰矿上班，他盘算着自己还是不能旷很多工，假期用得差不多了，要速战速决。此时郭振邦突然对自己回家的事情感到麻烦，这是他第一次思考这件事情，郭振邦从未因为回家感到这样的情绪，仔细琢磨着，他发现自己只是觉得应该回家，是习惯,也是理所应当,他感到这是无稽之谈,接着突然哼了一句歌,以此来欺骗自己从没有这样想过。快十二点的时候,郭振邦把钥匙插进了家门,就像转动了某个机关一样,他听见郭礼隽如雷的鼾声又一次警觉地停止了。开了门后,郭振邦就着门口声控灯的灯光找了半天自己的拖鞋,直到声控灯自动熄灭,他都没有找见。郭振邦光着脚径直朝着自己的房间走去,他听见郭礼隽似乎坐了起来,但他并没有理会。他本能地将房门插销插了起来,接着他躺到了床上,在黑暗里,他意识清醒,回忆着自己今天去矿上的情形。他刚好赶上班前会,所有人都对郭振邦的突然出现感到诧异,但情绪过后接着就是一些正常的程序,看起来跟平时没有任何区别。郭振邦此刻回忆着众人的反应,感到非常诧异。"他们难道没有上网吗?怎么连装一下的感觉都没有。"郭振邦这样想的时候,开始对自己的感觉产生怀疑。是不是自己一直在考虑张京都的事情,没有注意大家的反应,再说井下那么黑,他能看见谁呢?不过郭礼隽刚才从床上坐起,让郭振邦感到了一股区别于往常的气氛,他要说什么吗?如果是劝自己,那还真是让人烦。想着,郭振邦闭上了眼睛。

5

醒来的时候,郭振邦一时间分不清自己身在何处。等意识归位后,他拿起枕边的手机,发现已经下午两点了。睡得够久的了,他这么想着,例行公事一般侧耳倾听客厅里的动静,发现客厅里有电视剧的声音。他从床上坐起,竟然感觉到了一股尴尬的情绪,他对自己产生这种情绪感到愤怒。仔细想想,从初一他第一次对郭礼隽有了身体上的反抗后,他就再也没有这种类似的情绪了。那个时候郭振邦经常跟人打架，时常因为对方的家长找到家里来而在走出卧室时产生一种尴尬的情绪，他既不怕郭礼隽打他，也不怕对方的家长怎么样，但就是有一种面对自己家人时感受到的尴尬。可现在这种情绪的产生让郭振邦感到不舒服，他觉得这是力量丧失的前兆，于是他用意志将这种情绪强行赶出脑海，打开门走了出去。

郭礼隽抽烟的手在空中短暂停留了一瞬间，这是被郭振邦的出现打断意识的身体表现。郭振邦从屋里出来，发现茶几上什么吃的都没有，他便走进厨房，准备在灶台的报纸下边找点父母中午吃剩的饭来填饱肚子。结果就在这时，郭礼隽竟然跟郭振邦说了句话："冰箱里有牛肉。"郭振邦看了一眼郭礼隽，感到极其不适，在他的意识里，自从初一那次将用擀面杖砸向自己脑袋的郭礼隽推倒在地之后，郭礼隽就没有在单独的情况下跟自己说过话。郭振邦将报纸下腌制的胡萝卜和白菜拌在饭里，在阳台上站着吃了起来，他看了一眼垃圾桶里的"平遥牛肉"包装，知道又是刘咏春拿来的。他迅速将饭刨完，从水龙头接了一口凉水喝，接着将碗洗完，然后洗了把脸。本来准备出门的他，感觉自己嘴里有一股铁锈的气味，所以他来到卫生间，在牙刷上挤了点中华牙膏，接着仔细地清理起了口腔。这些事做完之后，郭振邦就准备出门了，就在他走到门口还没打开门的时候，郭礼隽叫住了他。郭振邦那刚才被意志赶出去的尴尬瞬间又侵袭了他的精神，他的情绪非常烦躁，接着语气就十分不耐烦。"干啥，我还要上班。"郭振邦没好气地说道。"先坐下。"郭礼隽的语气和缓，看起来没有平时那副一脸严肃的样子，这反而让郭振邦非常不适。郭振邦走过来，站在茶几旁看着郭礼隽，等他说话。"你先坐嘛，咱爷儿两个好好说一下。"郭礼隽看起来慈眉善目的。"说啥，你说吧。"郭振邦也说起了方言，平时他是不说方言的，他被自己的这个行为震惊到了。"你舅舅他们要在太原买个房子。"郭礼隽没头没尾地说了这么一句,这让郭振邦感到莫名其妙,他在揣测郭礼隽到底想干什么,他在预设他接下来会说什么话。"我们也想买到太原,我退休了,到时候和你舅舅住得近,互相也有个照应。"郭礼隽又说了这么一句。郭振邦不想说话,他不知道要刘咏春照应什么。"我们看好,给你也买一套,到时候你结婚了,就搬到太原,有个娃娃,上学啥的肯定比古交条件好。"郭振邦的脑海瞬间被那卡里的两百万占据了,接着张京都的样子出现在了他的脑海里,他瞬间被一股无法遏制的愤怒攫住,他感觉自己就快要爆发了。"我不用你买,我自己的房自己买。"郭振邦克制着愤怒,低着头说出了上边这句话。郭礼隽听到郭振邦接了话,很满意地接着说道:"我是你老子,老子不给你考虑给谁考虑。"郭振邦突然抬头死死盯着郭礼隽,这让郭礼隽始料未及,他甚至有些害怕地用右手捏着沙发垫。"我上班了。"郭振邦用普通话说出了这句话后,扭头就往门口走。"你别再找麻烦了行不行?"郭礼隽的声音里带着央求。郭振邦突然感到一股扫兴,原因是他昨天晚上的设想竟然在今天实现了,他甚至笑出了声。"你弟已经没有了,我们不闹了行不行?"郭礼隽用"我们"这个称谓将郭振邦拉进了家庭的范畴,郭振邦心里五味杂陈,他沉默着,扭过头看了一眼郭礼隽,郭礼隽的祈求依然挂在脸上,郭振邦一言不发;但就在这个时刻,卧室的门突然被拉开了,刘咏梅从里屋拿着一个扫床的笤帚冲了出来,她直接冲到郭礼隽面前喊道:"来,腿打断,快点,腿打断。"她一边说,一边将笤帚递到郭礼隽的面前,郭礼隽有气无力地看着刘咏梅,刘咏梅的嘴没有闲着,接着说道:"你不打我打。"说着刘咏梅冲到郭振邦面前,劈头盖脸地就用笤帚在他身上挥舞了起来。刘咏梅下手没轻没重,但郭振邦丝毫没有闪躲，他只是那么看着，他知道刘咏梅不正常了。刘咏梅一边打郭振邦，一边喊着，此时郭礼隽冲过来将刘咏梅抱住，刘咏梅开始撕心裂肺地哭了出来，郭振邦心如刀绞，他扭头看见郭礼隽老泪纵横。刘咏梅坐在沙发上，安静了下来，她就像失掉了魂魄一样，双眼无神，等回过神来的时候，她跟还站在门口的郭振邦说了句："振邦，锅头上有饭。"郭振邦瞬间绷不住了，他难受得有些眩晕，但并没有流泪。他扭头出了家门。摩托车高速行驶在路上的时候，他的手机响了。

6

工人文化宫西南角的冷饮店里，郭振邦坐在王丽娟对面。这一时刻在郭振邦个人的世界里是历史性的，因为他从未跟王丽娟这样坐在一起，这是情侣的方式。郭振邦说不上是什么感觉，因为刚才刘咏梅的举动对郭振邦产生的影响至今还深刻地遗留在他的情绪里，这难言的痛苦与眼前的甜蜜让他感到错愕、荒谬，这究竟是什么？郭振邦这样想着，竟然对面前的一杯珍珠奶茶产生了完全陌生的观感，这个叫奶茶的东西到底是个什么？一股强烈的出世感默默地袭击了被两股情绪纠缠的郭振邦。郭振邦的眼神过于呆滞，以至于不明就里的王丽娟怀疑郭振邦听到了什么风言风语。她不知道如何开口，从昨天晚上开始，她就间歇性地产生恐惧，醒着的时候她害怕告诉郭振邦后会挨打，她很怕挨打，睡着了之后又梦见郭振邦杀了自己，所以醒来后王丽娟把梦的内容写在纸上，然后烧掉，这是她学母亲的，从小她就看见母亲用这样的方式消除噩梦带来的恐惧。但烧掉后她依然感到恐惧，连丝毫的缓解都没有，以至于郭振邦出现时，她一直观察郭振邦是否带了凶器。这是一次奇怪的"约会",因为两人从见面到点好了东西坐着已经半个小时了,谁都没有开口说第一句话,这气氛让王丽娟感到窒息。想起昨天晚上她家跟徐良家吃了顿饭,她还是感到幸福。王丽娟的母亲冉连娣直接管徐良的母亲叫"亲家母",虽然王丽娟隐隐地感觉到了徐良母亲的不高兴,但徐良的父亲徐增新对王丽娟非常满意,他们约了春节前后摆订婚酒,这才让王丽娟下定了决心一定要解决郭振邦这个"定时炸弹"的问题。王丽娟的弟弟王作磊也在兴县上班,说"姐夫"在矿上很吃得开,当官是迟早的事,看着弟弟也这么兴奋,王丽娟又下了下决心,为了家里人都有好日子过,这个一定要说。这么想的时候,王丽娟已经把金橘柠檬喝了一半,她咽了口口水,左右看了看,没敢直视郭振邦,开口说道:"最近不忙哇?"这一句没头没尾的话一讲出来,王丽娟就感到一阵后悔,伴随着后悔的是一种恐惧,她好害怕自己说不完这件事。郭振邦只是点了点头,没有接茬。王丽娟选择着措辞,就在她鼓足了勇气准备再一次发动攻势的时候,郭振邦先开口了:"应该快有个了结了。"王丽娟的话被噎了回去,她有些茫然地看着郭振邦,郭振邦抬起头看了一眼王丽娟,这一眼让他把内心里的这个历史性一刻发挥了出来,他盯着王丽娟情真意切地说道:"我弟这个事快完了。"王丽娟点了点头,郭振邦像想起什么似的突然问道:"你以后想在太原住吗?"王丽娟有些错愕,接着机械地回答道:"不知道,有可能吧。""我弟的事情我花了些钱,卡里现在还有十四万,今年过了我们在太原付个首付,以后好好过吧。"郭振邦认真且平静地说道。王丽娟瞬间清醒了过来,她有些难受,也有些眩晕,这是被意识到的现实与恐惧夹杂着袭击出现的症状,但也正是这个症状突然让她有了说话的勇气,她语速很快地说道:"我年底要订婚了,别人给介绍的。到时候你一定要来啊。"说完这句话后,王丽娟本能地闭了一下眼睛,因为在想象里她觉得可能会挨一记耳光。但郭振邦只是很呆滞地望着王丽娟,似乎还没明白刚才那句话的本质。"我家人也觉得我该结婚了,昨晚我们两家人都见过面了。"王丽娟壮着胆子说道。起先郭振邦的脑袋一片空白,接着脑海里飘过了刘咏梅,接着张京都以那副被郭振邦固定的仇恨对象的姿态出现在了他的面前,他突然生起了一股使命感,接着他麻木地望着王丽娟,王丽娟的面貌也有了与刚才奶茶一样的陌生感,但这个感觉只停留了几秒钟,郭振邦的内心就被一股巨大的悲痛攥住,郭宇去世的时候他都没有这样的感觉。一阵沉默。突然郭振邦拿起桌上一口未动的奶茶,一口气将它喝了个精光,接着他将塑封膜撕开,把里边的珍珠全倒进了嘴里,杯子里空空如也。王丽娟做好了最坏的打算,她充满恐惧地忍受着这漫长的一分钟,自保的本能让她一直注意着郭振邦的腰间,她满脑子胡思乱想,自己会死在这儿吗?会成为新闻吗?她有些颤抖,但此时郭振邦就像完成了一个任务,他慢慢地站起身,扭头走出了冷饮店,跟他刚才喝奶茶时的样子完全是两副面孔,王丽娟屏住呼吸,等着郭振邦走向门前的摩托车,摩托车发动的时候,王丽娟坐在原地一动也不敢动。正当王丽娟庆幸一切都结束了的时候,摩托车突然熄火了,王丽娟看见郭振邦下了摩托车,又慢慢地向自己走来,看样子一点都不像失去理智。郭振邦走到王丽娟跟前,王丽娟的恐惧达到了顶点,身体神经质地抽动了一下,她害怕地看着郭振邦。郭振邦的眼神里满是疑惑,他望着王丽娟,问道:"咱们不是说好的?"王丽娟还没来得及回答,郭振邦就转过身,自言自语地咀嚼着意识离开了。摩托车慢吞吞地掉了个头,骑下马路牙子驶上了街道。这个时候留给王丽娟的不是解脱,反倒是一种更加强烈的不安,她幻想着订婚的现场，郭振邦不会来闹吧？这么想着，王丽娟不禁打了个冷战。

7

那个年轻人站在车顶的样子和被警察带走的画面一直在手机上被重复地播放着。梁建武盯着屏幕，内心涌起一阵羞愤，从这个事情开始发酵一直到热度衰减，梁建武每天都这么反复盯着视频看，而且每次内心都被羞愤所占据。他位于西山河龙湾杜儿坪矿区的房子已经破败不堪，再加上梁建武生活习惯的问题，此刻这个六十来平方米的住宅散发着一股霉味。这股霉味来源于门口堆积的半米高的一堆垃圾，除了上边露出的几个啤酒瓶外，底下的已经不知道放了多久。梁建武光着膀子躺在已经泛黄的沙发上，双眼迷离，这是由于喝完酒后的精神萎靡。桌子上的盘子里充满油渍，盘子旁边一本没有表皮的演算本上写着一些算式，那是梁建武女儿四年级的时候用过的一个本子，此刻她在梁建武七十岁的母亲家，原因是家人觉得梁建武有些走火入魔。妻子去世已经三年了，确诊肺癌晚期之前的几年，梁建武就总能听见妻子强烈的咳嗽声，即使是现在他也时常在谵妄状态中幻听到妻子那似乎要把肺都咳出来的声音。大哥梁建新对于梁建武的行为很不以为然，他是个逆来顺受的人，觉得既然猪场的一大半都是违章建筑，你喊也没办法。但梁建武觉得梁建新是站着说话不腰疼，他对这个念过大专、在机械厂当车间主任的大哥充满了鄙夷。因为大哥早就在市里买了房子，一向对风水一说充满了不以为然，但令梁建武不解的是，拆迁款下来的时候，梁建新还是分了一份。想到这里梁建武依然生气，反倒是二哥梁建文之前对他去龙华集团拉横幅抗议表示支持,但随着梁建武抗议形式的单一,二哥也渐渐失去兴趣了,因为他已经把拆迁款全部赌完了,但却没有看见梁建武的抗议带来新的收益。母亲是个退休的小学语文老师,她一直喜欢大儿子,但对小儿子这种极端的性格,她只是将之归结在死去的老公那并不优秀的遗传上。对于母亲来说,她时常抱怨命运,说自己命不好,这些反而强化了梁建武对于风水被破坏之后全家不幸的想法。母亲不明白梁建武为什么不继续养猪,因为即使是之后养猪遭遇了猪瘟,但凭借技术还是可以东山再起,况且梁建武的女儿梁郁学习很好,将来肯定是有出人头地的希望的,如果为了这些无谓的东西连家都不要了,那不是脑子有问题是什么。这些拉拉杂杂的事情都让梁建武烦躁不已,但这些都在岁月里被当作习惯接受了下来,此刻让他最难受的还是那个年轻人,至少他用行动证明了自己的勇气,而自己呢?梁建武感觉到那天郭振邦用手揪着自己衣领的力量,又联想到之前网上将那个年轻人比作荆轲,而自己只能在贴吧里搜索各种张玉墀的信息,进行那根本就对对方无效的谩骂攻击,亏自己还叫"现代刚峰",狗屁。梁建武想起梁建文跟自己讲的海瑞的故事,自己哪有那个本事叫海刚峰,自己跟那个年轻人比简直就是个小丑。这么想的时候,他突然感觉羞愤不见了,取而代之的是一股极强的行动力,他站起来,将一个腐烂的苹果砸向了门口那堆令人作呕的垃圾,他强烈地感觉自己要做一个决定了。

8

刚从井下出来的郭振邦被一身黑黢黢的煤面包裹着,活像一只猿。他在往浴室走的路上被罗队长一把拽住了,郭振邦有些愠怒地望着罗队长，罗队长有些着急地低声说道："派出所来了几个人。"郭振邦一脸莫名其妙，愣在原地，罗队长这才发现自己啥也没说，于是他赶紧补足了信息："派出所的人找你。"郭振邦扭过头，推理着事情的逻辑，他们为什么会找自己，自己还什么都没干呢。郭振邦在脑海里这么想的时候，有一种心事被人看穿的紧张感，因此他猛地拽了一下腰间的矿灯电池。

办公室里四个警察在聊天，看见罗队长把黑黢黢的郭振邦带进来的时候，四个警察停止了聊天。一个身高不到一米七、身材肥胖的警察站起身，用主人的姿态跟郭振邦说道："我们是屯兰派出所的。这两位是长风东派出所的，来找你了解点情况。罗队你先忙吧，了解完了我叫你行哇？"罗队长意犹未尽地离开了。郭振邦莫名其妙地望着那两个四十多岁太原来的警察，其中一个身材颀长的警察猛吸了一口手里的烟，问道："你认识梁建武吗？"郭振邦脑海里的信息显然不够用了，他不明白警察为什么找自己，他与梁建武没有任何交集，他怎么了？死了？郭振邦在脑海里打上了一连串问号。"见过，不认识。"郭振邦如实回答，但警察紧接着问道："你们上次联系是什么时候？"郭振邦有些被激怒了，这种问法他在电视上看过，这已经把他当作嫌疑人在问了，但他根本不知道发生了什么。"怎么了？"郭振邦颇有情绪地反问道。这让屯兰矿的两个警察有些不悦，这是权威被冒犯后的表现。但颀长的警察不为所动，接着说道："你先回答我的问题。""我都不知道发生什么了，回答你什么问题？"郭振邦也模仿着颀长警察的语气说道。颀长警察想了想，没有看任何人，回答道："梁建武今天早上袭击了张玉墀八岁的儿子，但杀人未遂。"郭振邦清楚地接收到信息后非常震惊，这个震惊当中有一个信息是他之前根本不知道的，那就是张玉墀还有一个八岁的儿子。这些都不重要，紧接着伴随震惊而来的是一阵鄙夷，郭振邦在心里怒骂了一句："这个傻逼。"这是因为他从这个简单的事实当中感到的一股深刻的腐朽，这种报复来源于腐朽本身，因为他并没有选择更加强力的对象，而是一个根本不足以对他产生有效反击的力量，这种选择里本身就夹杂着一种自保，这在郭振邦看来是一种最没用的利己，那是非常令人作呕的东西。这样想的时候郭振邦内心涌起了一阵厌烦，他非常没有耐心地对顾长警察回答道："我就在'未来生物'见过他，没说几句话，没留手机号，没有联系过。"郭振邦有意略去了两人百度账号上的交流，但他并没有注意到自己这种人为的忽略也是在选择。顾长警察扭过头跟同事以及另外两个同行面面相觑，屯兰派出所的矮胖警察有些不快地说道："你有什么就说，人家大老远跑一趟，别隐瞒，要是查出来再说就晚了。"这个颇具威胁的口吻，先让顾长警察产生了不快，但他还没来得及开口，郭振邦对着矮胖警察说起了话："你哪只耳朵没听见我说？你又怎么知道我心里隐瞒了事情？你上我心里看过？"矮胖警察瞬间觉得有些没面子，他急忙想要找补地说道："我告诉你，你这样的我见多了。"语气十分愠怒。郭振邦针锋相对："你这样的我倒是头回见。"屯兰派出所的另一个警察赶忙拦住了矮胖警察。顾长警察态度缓和地跟郭振邦说道："我们调查了一下，保安见过你跟他在"未来生物"好几次，而且之前你也对张玉墀发起过攻击。""我没有。"郭振邦斩钉截铁地说道。矮胖警察似乎觑到了报复郭振邦的时机，他紧接着说道："你那视频谁在网上没看过？你明明拿着棒球棍打了司机。""打司机，是他先要袭击我，刚才他说我袭击张玉墀，你能分得清楚主次吗？"郭振邦非常挑衅地对矮胖警察说道，顾长警察知道矮胖警察已经被情感左右了理性，他紧接着说道："我的问题，总之就是那次事件，让他们很不安,而且调查中保安又多次看见你跟他在一起,这两起事件又间隔得不远,所以我们必须来了解一下情况。"郭振邦颇有些不解地问道:"他们是谁?"顾长警察这一下是有些生气了,但他并没有显露出来,而是继续冷静地说道:"就是张玉埄一家人,特别是那个孩子的母亲,而且孩子受到了惊吓。我觉得从社会治安上来讲,有什么事情还是好商量,毕竟大家都是生活在一起的人。"顾长警察最后这几句话说得语重心长,因为他强烈地感觉到了郭振邦身上那股无法驾驭的力量才是导致那次拦车事件发生的肇因,但这里的心理问题不是法律管得了的,他只能劝导。"是他们家找你来的。"郭振邦说出这句话的时候,顾长警察再也无法淡定了,他眉头紧皱,非常严肃地对郭振邦警告道:"你要对你说的话负责任,我们依法办案,找你了解情况是完全有法律依据的。"郭振邦对他的态度很满意,他此刻对梁建武的厌恶本来就没有排解的出口,顾长警察那理智的态度加剧了他内心的厌烦,所以他是故意激怒他的,接着郭振邦低着头,没再说什么。顾长警察知道是该离开的时候了,年轻同事合上笔记本的时候,一脸无功而返的沮丧。回去的路上顾长警察在车上,非常悔恨最后的态度,办案多年,什么人他都见过,唯独这个郭振邦给了他一种另类的感觉,但具体是什么感觉他一点都说不好,此刻郭振邦那没来得及冲洗的黑黢黢的面容在顾长警察的脑海里形成了一个印象,一种如同猿猴般的原始。

9

山西医科大学第一医院的高级病房里,张尚书靠着一个乳胶靠垫坐在床上。他稚嫩的右臂因为骨折被固定住挂在脖子上,眼神非常呆滞,这是惊吓过度导致的。辛建国医生戴着眼镜站在一旁,圆圆则是不断地流着眼泪,但没有发出声音。辛医生跟张玉墀说张尚书的胳膊没什么问题,慢慢恢复就可以,但最关键还是孩子受了过度惊吓。圆圆已经联系了一个上海的心理医生,明天就到。这两天他们一直住在医院,门口有保安看守,"得一理想国"的家已经让张朝歌连夜张罗搬去了小店的别墅,那个家圆圆打死都不愿意回去了。圆圆现在想起前天的事情还心有余悸,要按平时的习惯他们早就将车开进地下停车场,坐电梯回家了。谁知道那天路过小区门口时她就莫名其妙地想吃凤爪,她到现在都非常悔恨自己的这个决定。因为她竟然带着张尚书一起去,而且让司机先走了。不幸的事情就那么发生了。在他们还没走进便利店的时候,就听见身后有人尖叫"小心",圆圆一回头,一个大胡子手持菜刀已经冲她劈了过来,圆圆慌忙闪躲,谁知道跟张尚书分成了两头,她刚想朝张尚书冲上去,大胡子已经冲着张尚书砍了过去,张尚书求生的本能促使他拼了命地朝保安亭跑,圆圆捡起路边的砖头冲大胡子扔了过去,大胡子看也没看圆圆一眼就又冲着张尚书砍去。张尚书一边跑,一边感觉根本跑不过大步流星的大胡子,情急之下他朝着保安亭与小区大门夹角的缝隙里跑去,结果大胡子一刀就砍了上来,张尚书情急之下一回头重重地撞在了保安亭突出的棱角上,倒在了地上,圆圆眼看儿子就要命丧黄泉之际,保安拿一个铁叉将大胡子控制了起来,另两个保安也拿着铁叉远远地将大胡子隔离住,大胡子奋力将刀掷在了张尚书的旁边,圆圆大叫一声,刀擦着张尚书的右腿飞了过去,留下了一道浅浅的伤口。张尚书被吓傻在原地,圆圆抱着他的时候,他一口气憋在胸口,哭都没哭一声。张尚书右腿上不深的伤口已经沁住,圆圆越看那个伤口越难过,她的自责无处排解,她在想自己为什么那天要吃凤爪，不吃会死吗？她越想越气，内向的性格导致她用右手在左手细嫩修长的手指上用力地抓了几把。这一幕被张玉墀看在眼里，他感到十分懊恼，他倒没有要怪罪圆圆的意思，不过这么一点看孩子的事情她都没做好，还是让张玉墀的脸色不太好看，但此刻最要紧的是张玉墀在等待一个信息，那就是张朝歌的调查。昨天出了这个事情之后，他认为这件事必定跟上次那个死者家属当街拦车的行为有关。事情似乎麻烦起来了，张玉墀有种不好的预感。

辛医生又跟护士嘱咐了几句之后便离开了病房，房间瞬间安静了下来。这两天他们夫妻一句话都没说，此时当着孩子的面他们更是什么都说不出来，但圆圆内心的恐惧并没有消失，之前站在张玉墀车顶的那个青年是大胡子吗？到底怎么了？她除了知道张京都之前车祸撞死了人之外什么都不知道，至少这件事没有在家里引起什么波澜，那么会是那个青年吗？视频里远远的根本看不清。她想把张玉墀叫到门外问个究竟，但看到张尚书那呆滞的目光她一步都不敢离开。张玉墀察觉了圆圆的情绪，但他没功夫搭理，他只是看着儿子的状况万分担心，他生怕造成的阴影会伴随着他的一生，之前他在美国邻居的孩子就有严重的心理障碍，想到这里他心里掠过一丝不安，他非常害怕一语成谶。他还在等着张朝歌，此时两声轻微的敲门声传来，张尚书被吓得颤抖了一下，圆圆慌忙抱住了张尚书。张玉墀看到这一幕，心中一股火涌了上来，他来到门口将门打开，映入眼帘的竟然是韩琳琳，躲在她身后的是张京都。张玉墀内心涌上了一股荒谬感，代替了他之前的怒火，因为他看见张京都的时候，直感到一股全方位的无望。虽然张玉墀不知道说什么，但本能的动作却是将两人引到了楼道里，接着将门在身后关上了。韩琳琳脸上的妆并没有掩盖她酗酒后萎靡的精神，看着韩琳琳，张玉墀感觉自己已经非常久没有见过她了,但具体是多久他根本就不记得。就这样,三个人竟然产生了一阵尴尬的静默。就这样沉默了一阵子,韩琳琳看了一眼旁边的张京都,突然涌起了一股责任感,她首先开了腔:"孩子没事吧?"这句话着实将张玉墀的火点燃了,但他用自己老到的经验压制住了这股火,平静地回答道:"最近你们就别来了,我不想让尚书受太多的刺激,你们过好自己的日子就行了。"说完张玉墀头也没回就进了病房,扭头的瞬间他下意识地瞥了一眼张京都,那里边是一股说不清道不明的意味,让张京都浑身难受。张玉墀一进门就将病房的门反锁了,这样似乎让他有了一种安全感。

坐电梯从医院往外走的时候,韩琳琳开始喋喋不休地说道:"谁刺激他了?谁知道他在外边招惹谁了?怪到我们娘儿俩头上来了。什么叫过好自己的日子?我过得好不好我自己知道,需要他张玉墀操心?阴阳怪气地给谁看呢?"张京都的脑海里一直浮现着张玉墀看自己的眼神,因为那个眼神让他周身都不舒服,但韩琳琳在旁边喋喋不休,甚至她在开车的时候也没有要停下来的意思,她一直从张玉墀的没良心说到现在的老婆年轻什么的,这都让张京都非常反感,他想韩琳琳已经忘了他们来的初衷了。张京都恰巧在韩琳琳家吃饭,是韩琳琳叫他过去的,说是想张京都了。之后张朝歌就给张京都打了个电话,说了张尚书的事情,正在吃饭的张京都愣在桌上半天没缓过神来,最后在韩琳琳的追问下,张京都才把事情跟韩琳琳说了,韩琳琳说按照礼数应该去看看,但张京都竟然在内心里揣测韩琳琳是不是去看热闹的。此刻这么回忆的张京都被韩琳琳的喋喋不休彻底点着了,他低吼了一句:"停车。"韩琳琳说高架上停不了,张京都接着又吼了一句,韩琳琳将车停在路边,后边喇叭声四起。"你抽什么风?"韩琳琳有些莫名其妙地问道。"我真不知道咱俩去干吗?"张京都没好气地说道。"人家儿子差点死了，我们不该去？""你不就是想去看热闹！"说出这句话后，张京都就后悔了，但已经晚了。"你就是这么想你妈的？"韩琳琳慢慢地说出了这句话，很快眼泪就流了下来，张京都瞬间有一股麻烦缠身的感觉。"我这都是为了谁？我不去，他脑子里还有你这个儿子吗？你也不是他捡来的啊。"韩琳琳异常伤心地说。此时张京都脑海里被一股深深的绝望所占据，这是他从小到大的感觉，自从父母离婚后这种感觉一直存在，他觉得自己就是他们的附庸，张玉墀永远一副看他恨铁不成钢的眼神，韩琳琳则永远都在帮他想着利益，虽然张玉墀从来没有亏待过她，但这种心理当中最本质的东西依然是韩琳琳对张京都能力的不放心，她似乎觉得张玉墀有了新儿子就会忘记这个旧儿子，那么这个旧儿子少了张玉墀将很难"养活自己"。张京都在这种心情的占据下，异常绝望地打开了车门走了下去，在各种车灯的照耀下，张京都回头无奈地望着韩琳琳，说了句："你们要是没生下我该多好？"接着韩琳琳泪眼婆娑地望着儿子汇入了前边滚滚的车流。张京都在喇叭与车灯的交响中想到张尚书被报复的事情，那个跟郭振邦一起站在"未来生物"门前的大胡子。张京都觉得一切的事端都是因自己而起，那么也应该因自己而落，这么想的时候他内心里涌起了一阵悲壮，在车流中间他真正感受到了学校剧场中普罗米修斯的力量。

[插曲：幽灵]

从医院病房出来，张玉墀看了一眼张朝歌，张朝歌正要说话，被张玉墀一个手势制止了。张玉墀一边走一边看着医院的楼道，那里有两个很明显的摄像头，张玉墀看了一眼，心里涌起一阵不安。他径直往医院门外走，张朝歌只是跟着，其间两人没说一句话。停车场里的劳斯莱斯安静地泊在车位上，张玉墀依然不安地四处看看。上车的时候，他从包里拿出了一个黑色的比胶囊大不了多少的东西。他按了按钮，接下来黑色胶囊开始发出频率很高的令人不安的红色信号灯。张朝歌坐在驾驶座上看着后座的二叔做着这一切，接下来的三十秒感觉很漫长，两人依然维持着静默，只有时不时经过的车辆打破这难熬的静默。黑色胶囊复归绿色后没两秒，绿灯也熄灭了，如同死掉了一样。此时在后排黑暗处的张玉墀先开了腔："你也随身带着，别乱说话。"说着张玉墀递给了张朝歌一个黑色胶囊。张朝歌机械地接过胶囊装在了西服内侧的衬衫口袋里，看着车子前方说道："目前没发现他俩有什么联系，调了他们的手机通话记录，也证实这一点了。""没看他们的手机？"张玉墀问道。"看手机？"张朝歌反问了一句，随即脑子转得非常快地回答道："找黑客不行吧？张总？"张玉墀没说话，张朝歌接着说道："那帮人能黑他们的手机，但找不见信息则已，要是找见了，他们不难从信息里发现是谁在雇他们黑这俩人的手机，到时候会比较麻烦。"张玉墀第一次没有反驳张朝歌，因为他实在找不出反驳的理由，这让他的意识划过了一丝不快。带着这种情绪他反问张朝歌："接下来怎么办？"这又是一次智力考验，并且没有任何条件的支撑。张朝歌非常快地冷静下来，他从黑色胶囊切入，预见到了张玉墀的不安，紧接着从张尚书的事情上判断出了张玉墀的恐惧，又从刚才张玉墀少见的对黑客这个事情上的判断解读出了他此刻寻求安全感的迫切，这些心理活动张朝歌是在一瞬间分析出来的，所以他说道："我找人盯着那个叫郭振邦的，大胡子目前还在审讯，杀人未遂的刑事责任是跑不掉的。他要是上诉那就更好处理了，药厂门口他是站不住了。"张玉墀仔细地消化着张朝歌说的话，突然觉得这个侄子给了自己太大的安慰，他非常感动，但他并没有表现出来,而是接着吩咐起了张朝歌:"公司的事呢?"张朝歌想都没想就回答道:"之前黑我们的情况我们找了媒体公关,再把地方台那个栏目拿出来之后,风向变回来了。尚书这个事网上评论比较两极化,但看热闹、带节奏的还是之前那些,毕竟……"张朝歌本来想说"毕竟他行凶的对象是一个八岁的孩子",但直觉告诉他他不该这么说。"毕竟他们老干这事。"张朝歌把话引向了圆满。"外汇局的事情怎么样了?"张玉墀又问道。"批文这礼拜应该能拿到,现在就是海防政府的事情了。之前河内的项目我们合作的施工方海防这边也能用。"张朝歌从容地应对道。张玉墀点了点头。提到越南的这些项目,他暂时忘记了这些缠绕周身的烂事,但短暂的汇报结束后,他重新陷入了恐惧,那个青年站在天窗上对自己居高临下的注视,让他不寒而栗,此刻他不想一个人待着,他对张朝歌说道:"有安全点能喝酒的地方吗?陪我喝两杯。"张朝歌很快应承了下来,但也有些遗憾,因为二叔这个草木皆兵的状态让他非常不喜欢。他开着车离开了停车场,在扫码付费的时候,他在后视镜里发现二叔已经睡着了。张朝歌猛轰了一脚油门,劳斯莱斯驶出了地下车库,进入了灯红酒绿的太原。

第十八章 一件事情的终结

1

　　快速的新陈代谢让郭振邦周身的伤口已经愈合得差不多了。此刻他刚从楼角爬上楼顶，大汗淋漓的他依然以极快的速度打完了三套军体拳。盘腿坐在楼檐的郭振邦有一种通体舒畅的感受，但这种周身的舒畅感很快就过去了，原因是他依然没有找到事情的解决办法。这两天网上的风评开始倒戈，很多人把梁建武行凶未遂的事情跟郭振邦拦截张玉墀车子的事情捆绑在一起，甚至有很多营销号开始撰写小作文分析保安曾经看见郭振邦与梁建武两人在"未来生物"门口的事实，他们加以发挥，觉得这就是密谋的证据，有些措辞激烈的作者将这个引申到了恐怖主义。这些事情让本来已经无计可施的郭振邦又产生了焦躁的感觉，他有一种螺丝钉卡进了高速运转机器里的感受。这样想着他又起身以非常慢速认真的方式打了一套军体拳，接着擦了擦汗，穿戴整齐，回到家中。

　　因为刘咏梅上一次的反常表现，郭振邦这几天总是固定时间上班然后回家，虽然日子看起来跟平时没两样，但因为郭振邦的这个举动，郭礼隽安心了许多，他主观地认为儿子"改过自新"了，同时也为自己在心里把郭振邦叫作"儿子"感到震惊。吃饭的时候，刘咏梅很正常，这几天都是这样。郭振邦迅速地吃着饭，吃完饭后他将自己的碗洗了，接着从厨房出来，出门上班了。三个人没有谁多说一句话，这种沉默维持着这个家庭原始的气氛，这让郭礼隽安心，但也让刘咏梅不断地想起郭宇，她时不时就会独自流泪，连避开人的想法都没有，也没有要跟别人倾诉一下的冲动，她就这么默默地哭泣。

摩托车路过迎宾大桥的时候，一辆轿车追尾了一辆农用货车。轿车司机没有说话，只是在车旁站着。农用货车司机也在车旁边站着，看起来已经给保险公司打过电话了。郭振邦记得小时候古交街道上一遇到车祸，两个司机要不就是互相谩骂，要不就升级成了拳打脚踢，但现在看起来两个人都站得远远的，丝毫没有想要跟对方说一句话的兴趣。郭振邦正想着的时候，突然觉得身边开过的一辆黑色的桑塔纳vista好像刚才见过，但很快桑塔纳vista就拐上了迎宾大桥。他有些怀疑地望着扬长而去的桑塔纳，开始对自己的状态产生反思，是自己太神经质了吗？这样想的时候他的意识突然被四天前王丽娟跟自己的"约会"占据了。说实话，这两天他都没有想过这件事，郭振邦在内心深处非常恐惧自己可能做出的行为，这是依据他对自己的了解。郭振邦觉得自己总是后知后觉，经常做出的反应是自己都想不到的，虽说他对王丽娟的看法在内心是很坚定的，但既然王丽娟已经那样跟自己说了，自己也应该"好聚好散"，这不正是爱她的表现吗？但很快郭振邦就被一团意识的黑雾所笼罩，他想起三年前跟王丽娟重逢，他们甚至每天晚上都一起散步，他想起王丽娟对自己的笑容，他想起王丽娟甚至说过："也不知道我的孩子以后是什么样？"她为什么要这么说？郭振邦十分不理解，一定要把所有的事情都挑明吗？他骑着摩托车飞驰而去。

开完班前会，郭振邦换了衣服就往人车跟前去了，这时候他看见几个人穿着工作服坐在走廊不远处的橘红色凳子上。他平时是不会注意这些人的,但非常奇怪,郭振邦觉得今天总有人跟着自己,这种感觉是从什么时候开始的呢?郭振邦在意识里筛查,是从家里的单元门出来的时候。难道真的有人跟踪自己?还是说上次在神堂岩的枪击事件使自己杯弓蛇影?如果是那样,为什么二十多天了,自己现在才有这感觉?郭振邦坐上人车的时候感觉到身在丛林般危机四伏。不对,肯定有人跟踪自己!

2

张京都的壮烈感汇成了红色颜料在画布上的形状,那是一个如同鬼魅一样的形体,张京都内心里燃烧着的混乱意识汇集在了画布上,变成了这样一个形象,有点类似西方油画上撒旦的形象,也有些中国民间画里钟馗的味道,这个形象在画布上显现的时候,张京都将颜料全部泼在了画布上,他觉得刚才还在内心燃烧的"杰作感"在变成形象后竟然如此虚无。"这是什么垃圾。"张京都对着画布骂道,泼上去的颜料顺着画布滴滴答答地淌在了木质地板上铺着的白布上。张京都窝在沙发里,望着已经被自己毁掉的画作雏形,内心的混乱意识重新集中在了张尚书的身上。虽说张京都并没有亲眼看见张尚书被追砍的场面,但从张朝歌不含感情、颇为冷静的叙述中,不难想象那个只有八岁的孩子经历的如同噩梦一般的几分钟。张京都用艺术的想象力延展着张朝歌的叙述,张尚书变成了背负着一生心理创伤的可怜孩子,他这辈子都要去看心理医生,就像他高中被送去英国当交换生的时候寄宿的那家人的小女儿一样,听说她就是亲眼看见了一块广告牌砸到一个路人身上,造成了极强的心理阴影。张京都握紧了拳头,但这并不是因为同情张尚书,而是因为自己造成了张玉墀对自己轻蔑的目光,虽然那个目光里绝不仅仅是轻蔑。在出了车祸这件事后,张京都虽然已经在内心反思过很多次,对张玉墀在心理上的这种从属关系不要再继续下去了,但令张京都万万没想到的是,这种不再从属的心理竟然让张京都在张玉墀那意味深长的眼神中再次抬不起头来。"为什么?"张京都自问。前两天张京都在一个异常轻松的梦境中彻底地摆脱了张玉墀潜移默化的影响,他不再愿意为向张玉墀证明自己的价值而感到苦恼,那个梦境里的原野上是风在跟张京都说话,风说张京都是"嫡出的困惑"。醒来后,张京都笑了很久。但此刻想着这些当时觉得卸掉包袱的轻松时刻,张京都得到的竟然是过分的沉重,为什么会这样呢?究其原因,张京都觉得都是因自己而起,才导致了张玉墀那个实际上"庶出"的儿子差点命丧黄泉,如果这件事情没有板上钉钉地解决,张京都觉得张玉墀的存在会一直给予他精神上的压力,让他无法生存。这样思考的结果就是张京都将矛头全部指向了郭振邦,那个冥顽不化的疯子。张京都想着当时去给张朝歌送合同的时候在"未来生物"见到的郭振邦,前几次去见到的那个大胡子,再加上张朝歌丝丝入扣的分析,没错,肯定是他俩的预谋,这已经不是钱可以解决的事情了。张京都突然触碰到了事件的核心,他想起了孔介在御风楼关于穷人的理论,再加上当时郭振邦在事故现场关于肉的理论,他突然觉得孔介像个傻子,但也同时被郭振邦这个想法里的黑暗核心所震慑了,张京都觉得自己刚才想要解决这件事情的勇气突然减了一半,但很快令他意想不到的是,张玉墀那意味深长的眼神又横亘在他意识出现胆怯的领地,怎么办?张京都内心突然被黑暗所笼罩,他起身将房间仅有的落地灯也关掉了,他就那么坐着,在黑暗里竟然渐渐升起了一股向死的勇气,他仰着头看着天花板被窗外路灯照亮的局部，渐渐露出了连他自己都无法理解的笑容。

3

三把不同的军刀在郭振邦房间的写字台上一字排开，但这三把刀却在郭振邦内心深处激起了一阵厌恶感。郭振邦仔细观察自己的内心，发现是这三把刀太新的缘故。五天前的夜里十一点，郭振邦从井下出来，径直穿着工作服就往屯兰矿的大门外走，没有理任何人，他强烈地感觉有人在跟着自己，这已经不是直觉那么简单了。离大门还有三十米的时候，郭振邦迅速地跑了起来，他冲出大门，直接朝右跑了过去，很快不见了踪影。利用全身的黑色武装起自己的郭振邦，就那么静静地站在路旁的草丛中，站在一棵树后，因为他很清楚，这种能见度下不可能有人看得见自己。等待是漫长的，郭振邦在草丛里等了约十分钟左右，都没有看见一个人，以至于他开始怀疑自己真的是惊弓之鸟。在这种绝望的支撑下，郭振邦逐渐放弃等待，但正当他准备从草丛里走出来的时候，却发现马路对面走过来两个人在东张西望。行动看起来非常迟缓的两个人，虽然只在马路对面东张西望，但很明显，这两个人都经验老到。郭振邦想着刚才十几分钟的等待，这两个人完全不露面，但就在他要出来的时候，两人反倒出现了，这在郭振邦看来已经是跟他打明牌了。第一，对方不认为郭振邦已经跑远了，刚才之所以不露面是因为不想暴露自己。第二，十几分钟不想露面，后来却又出现了，肯定是请示后的结果。这也就是说背后那个人不怕让自己知道他们在盯着自己。第三，让你看见，但又不让你看清他们，这样他们依然在暗处。这种老手般的感觉给了郭振邦非常好的印象，他感觉到了真正的尊重。郭振邦无法抑制此刻想要冲出去将对方揪出来的冲动，但他知道自己绝不会这么做。他不需要知道他们是谁派来的，郭振邦感觉自己准确地知道答案。这样想的时候，郭振邦突然觉得梁建武的行凶给了对方将自己与梁建武联系起来的理由，这是他没有机会辩驳的事实，这让他升起的那股被尊重的感觉瞬间转为了沮丧，那面横亘在他面前的墙重新屹立在意识之中，让他万分懊恼。此刻盯着写字台上的军刀，郭振邦在脑海里重复着具体的实施原则，必须在一处确定他被准确跟踪的地点对这几个人实施定点打击，然后从容地离开，不给对方一丝一毫的反应机会。这首先是对上次对方向自己突袭的一次有力回击，接着要逼迫对方对自己采取更进一步的行动，这样他就会让事情稳健地推进下去，再一次在对方的精神深处造成更深层次的打击。"他们必须担心。这是袭击的代价。"郭振邦这样坚定地想着。郭振邦觉得对方在自己这次有着精心准备的袭击中一定会遭受重创，而自己将会在行动后面临两种选择，一则是自己报警，假装有人跟踪自己，而且自己袭击他们的时候，他们一定会还手；二则是自己直接隐形，这样对方就会采取下一步的行动。郭振邦不觉得自己会采取第一种，因为那显然就会同对方的枪击事件一样变成一个如同老鼠一般的行为，他厌恶这种行为。他觉得第二种是光明正大的，因为对于对方来说，这也是明牌。郭振邦一边思考，一边将刀武装在身体各处，那里绑着的行军带如同各种利器的枢纽，给了郭振邦丛林深处的感觉。但这些新刀的触感依然糟糕，反而让他有了极不踏实的感觉。正在这种感觉占据上风的时候，郭振邦突然想起郭宇去西安的那天中午吃饭时，他送给郭宇的瑞士军刀。郭振邦将写字台右侧的抽屉拉开，那把没被郭宇接受的瑞士军刀就躺在抽屉里，红色的刀柄显得异常鲜艳。郭振邦将瑞士军刀拿在手里，很明显比他买的那几把军刀小很多，但郭振邦突然有了种非常踏实的感觉。他想起那天中午跟郭宇说的话："如果谁主动欺负你，一定要还回去。"郭振邦想起这句话后，自己获得的不仅仅是力量，还有一种诗化的冲动。他在意识里将郭宇的车祸以及在山上的袭击，还有他拦截张玉墀汽车的行为固定成了一个印象，这个印象有它自己的道理，而且它已经强壮到可以让郭振邦振奋起来，郭振邦感觉自己即将要在今天的晚些时候给予对方致命一击。

4

　　天空一片猩红，在短暂的黄昏离开后，屋子里很快陷入了黑暗，但那一整天都透过红色窗帘将房间映成猩红的氛围却给了郭振邦强烈的印象，甚至伴随着一股血的味道。勐腊丛林里那只挂在龙脑香树上的长臂猿死亡的气味就是这个，他深呼吸了一口，加强了这个印象。郭振邦一整天都关在拉着窗帘的屋子里，从早到晚没出去过一次，为了减轻上厕所的风险，他一整天都没有喝水，此刻因为身体的缺水，他的嘴唇上起了一层皮。夜色渐浓，等到客厅已经没有声音的时候，郭振邦知道九点已过，打开门后，他先打开厨房的水龙头猛喝了一阵水，接着走进了浴室，这种洗礼是必要的。郭振邦将水龙头拧到了冷水一侧的尽头，冰凉刺骨的冷水直接从头淋到了身体，他感到一阵战栗。伴随战栗而来的是一股极其难得的清明，他的专注力在这股清明的洗礼下达到了一个很高的峰值，郭振邦喜欢这种感觉，接着他将身体挂在墙上的膨胀螺丝上，这螺丝是用来固定晾衣绳的。他在膨胀螺丝露出的非常小的支点上做起了引体向上，身体的肌肉在这个熟悉的记忆中开始绷紧，这是战斗前的准备。一身是汗的郭振邦打坐在卫生间的瓷砖地面上，他的屁股旁边就是下水道，他再次打开冰凉刺骨的水，开始在这股冷冽中进行冥想。脑海里的丛林伴随着他小时候回过的定西老家，一股寂静笼罩在郭振邦的头顶，他感到周围一片死寂。

郭振邦的肌肉将背心撑得饱和，套上相对比较宽松的迷彩服也不能掩盖他强壮的身体。一切准备停当后，已经九点四十五分了。此时，郭振邦拧灭了床头的台灯，准备出门。刚才经过洗礼的精神与身体现在处在一种高度的一致当中，这是胜利的前兆，郭振邦很开心。

郭振邦走出卧室，凭着经验径直来到了门口。就在他把手放在门锁上准备将上边的滑扣拉开的时候，从背后传出了一声不安的询问："干啥去？"这是非常难堪的时刻，郭振邦感觉自己的高度一致有一种瓦解的征兆。他急忙拉开门准备出去，但与此同时，郭礼隽已经冲到了门口，将门重重地关上了。两人就在黑暗里这么对峙着。郭振邦迅速意识到，自己刚才去厨房喝水，接着到卫生间淋浴的过程中都忽略了郭礼隽的存在，但此刻他没有意识到的是，他其实是在故意回避郭礼隽的存在。按理说这几天相安无事，郭礼隽没道理突然变得如此敏感，更何况是一个不是儿子的儿子。但郭礼隽就是在郭振邦黑暗中的行动里感受到了某种极强的不安，说直觉也没错。郭振邦唯一想到的词就是"鬼使神差"，但他不想跟郭礼隽解释，他觉得这个存在正在瓦解自己凝聚起来的意志力。郭振邦随便一用力就将郭礼隽拨到了一边，但郭礼隽就像一个意识到自己命不久矣之人一般突然泛起了回光返照般的力量，他猛地再次冲回来拦住了郭振邦，而且在这之前他做了一个让郭振邦最不能接受的动作，他打开了客厅的灯。郭礼隽在并不明亮的灯光下伫立在了郭振邦的面前。长期身处黑暗对光产生的反应甚至都没有干扰郭振邦此刻内心的感受，他忽略了视线的不适，因为此刻内心的不适才是他最大的障碍。郭振邦低吼了一句："走开。"郭礼隽没说话，他眯缝着眼睛盯着郭振邦，仿佛在确认一件事情。这种敏感度郭振邦在整个二十七年的人生中从未见过，这不是那个经常在酒精里寻找精神麻痹的叫作"父亲"的人，这是另一个人。郭振邦有种强烈的感觉。他整个人都在颤抖，他意识到这是精神正在瓦解的身体表现。郭振邦粗暴地将郭礼隽推到一边，直接将门拉开就往外走，郭振邦的力量让郭礼隽无法抵挡，但他使出了撒泼打滚的功夫，直接坐在了地上，将郭振邦的右腿死死地抱住，然后使劲加重身体本身的重量。郭振邦在挥动两下右腿后，产生了用手击打郭礼隽脑袋的冲动，但很快就被这种不孝的想法产生的道德感打击出了一阵强烈的愧疚，接着他开始懊恼这股愧疚，因为他被一种非常黏腻的感觉缠绕了，那种精神的高度一致在这里似乎已经消失不见了。郭振邦奋力地冲着自己狂吼，他将郭礼隽从自己身上撕开，接着退后了几步，就像摆脱传染病患者一样。但此时刘咏梅也意外出现在了大卧室门口，她用恐惧的双眼盯着郭振邦。郭礼隽已经满头大汗，他冲刘咏梅喊道："把我床头的手机拿来。"刘咏梅机械地执行着郭礼隽的命令。郭振邦很快意识到这是要给刘咏春打电话，他直接说了句："你要是给他打电话，今天谁也别好。"刘咏梅停下了手中的动作。郭振邦此时看着父母，突然涌起了一股强烈的陌生感。他觉得哪里出了问题，突然郭振邦明白了，如果刚才自己跟他说要去单位，哪有这么多事？他怎么知道自己今晚要干什么？自己在干什么？真是蠢。郭振邦这样想着，同时为自己想要去撒谎这个事情感到懊恼，因为撒谎这件事也在破坏他精神上的一致性。短暂的停滞后，郭礼隽还是从刘咏梅手里拿到了手机，他像个癔症患者一般，一边自言自语，一边开始打电话：

"本来我就没好过,我没办法,我管不住你,我没好过,我能怎么好？谁也没我这么倒霉过。"郭礼隽一边拨电话,一边喋喋不休地说道。郭振邦此刻产生了极强的抽离感,他突然不想阻止郭礼隽打电话了,因为他想刘咏春来了也没什么用,充其量只是郭礼隽逃避恐惧的一个方法。这样想的时候,郭振邦竟然又产生了应战的决心,虽然他感到疲劳,因为这打乱了他想要给那帮人致命一击的计划,但总比让郭礼隽缠在身上丧失力量来得强。这么说的时候,郭振邦突然来到郭礼隽散着被子的床上坐了下来,他想调整一下呼吸,但这个信号让郭礼隽产生了极强的不理解感,按道理在这么激烈的冲突下,以他对郭振邦的了解,他应该做出让自己更加恐惧的事情才是,毕竟刚才这个东西已经对自己动过手了,但此刻他坐在床上是什么意思,郭礼隽思量着,被一股未知的恐惧激得羞愤了起来,他喊道:"我不知道上辈子做了啥孽了,这辈子这么倒霉,一个死了,一个还不让我们好活。"说着郭礼隽开始为自己的命运感到悲愤,他哭得鼻涕一把泪一把。刘咏梅只是这样看着,突然也被关于郭宇的记忆引着默默流起了眼泪。郭振邦看着郭礼隽突然升起了一股蔑视,这是丧失力量的具体表现,郭振邦盯着郭礼隽这样想着。正在这个时候,刚才没有接电话的刘咏春把电话打了过来。郭礼隽开始哭诉郭振邦一天没出门,半夜三更的突然要出门,而且他抱着郭振邦腿的时候摸到他的刀了。郭振邦被郭礼隽的这个观察震惊了,他再一次觉得这个敏感的郭礼隽他并不熟悉,他到底是从哪里感觉到的？郭振邦再一次想到了"鬼使神差"这个词。

5

刘咏春走进门的时候,身上非常干净,看起来就是一副刚刚洗完澡的样子。的确,刘咏春跟包给他工程的单位财务科长贺远洋在洗浴中心洗完澡出来,刚把手机从柜子里拿出来就接到了郭礼隽的电话,这让他有一种早就有过无数次的麻烦缠身之感。本来他想等把贺远洋招待完了再过去,但郭礼隽那股喋喋不休的劲儿还是把刘咏春弄得非常担心,因为他想到郭振邦带刀的事情,脑海里的不祥让他的脸色开始泛白。贺远洋询问他,他应付了一下,接着还是让贺远洋先上去按摩、足疗。他跟前台交代了一下,说自己之后回来,如果贺远洋先走,就把账记着,自己改天过来结,说着刘咏春就拿出三千块钱押在了前台,自己先行离开了。

郭振邦坐在郭礼隽客厅的床上,一脸准备接招的样子。刘咏春进门后,就像刚才来的路上一样,不知道怎么开场,但郭礼隽拯救了他。郭礼隽一见刘咏春进屋,马上开始老泪纵横,这让刘咏春异常反感,他只是看了一眼站在沙发旁洗衣机前的姐姐,姐姐一脸悲伤,同时还透着些许无奈。刘咏春见姐姐精神还比较正常,就放下心来了。本来不知道说什么的刘咏春,看见郭礼隽老泪纵横地重复刚才电话里说过的话,忍不住对郭振邦说道:"振邦,他们又找事了?"刘咏春这种说话方式,是以从语言上站在郭振邦一边为前提的,但因为他在跟郭振邦不多的交流当中从来没用过这种口气,所以并没有收到很好的效果,反而让郭振邦在心里把他对刘咏春"市侩"的印象夯实了。这让郭振邦开始用非常油滑的语调跟刘咏春说起了话,他说道:"你问我爸,我不知道啊。我只是要回单位。"刘咏春扭头看向郭礼隽,郭礼隽猛地说道:"他放屁,这么晚他回什么单位,回单位带刀干什么？""我之前就带着刀，又不是第一次。"郭振邦明显在说谎，但此刻精神上只有些微的不适，这是因为他对刘咏春单方面的"市侩"印象产生了谎言中和的作用，让他觉得这些话说出来也没什么问题，他感到不用单独面对道德感的舒适，但也被这种舒适激出了一阵羞愤产生的愤怒。刘咏春权衡着这些话，觉得什么头绪都理不出来，因为这个场景没有他接到电话后想到的剑拔弩张。"你爸也是为你担心，这么晚了，要不明天再去单位？"刘咏春开始打圆场。"他不是去单位，骗鬼去。"郭礼隽坚定地说道，他生怕刘咏春觉得自己是没事找事。"我把银行卡落在宿舍了，不拿到手我不放心。"郭振邦平静地说道。这张卡是他昨天放在枕头下边的，今天一早回来的时候他想到要去拿，但就是没去拿，难道他老早就预料到有这件事情的发生？不可能！还没等郭振邦想明白，郭礼隽已经冲着郭振邦冲了过来，他开始在郭振邦身上搜索，郭振邦毫不客气地把郭礼隽推开了。刘咏春有种心惊胆战的感觉，他觉得郭礼隽这个不管玩命的举动确认了他对郭振邦真实的恐惧。"你看，他不敢让我搜，哪有啥银行卡，就是借口。"郭礼隽仿佛谮妄般说道。"要不舅舅你来搜？"郭振邦冲着刘咏春说道。刘咏春此时非常不敏感，他看不出这里边的道理，只是觉得郭礼隽的不正常是否让郭振邦产生了逆反心理，如果是这样，确实是郭礼隽做得不对。"要不就让他去吧，银行卡丢了也麻烦。"刘咏春有些顺着情绪说出了这些话。"不行，哪也不能去。"郭礼隽气急败坏地说道。郭振邦觉得有些好笑，但他并没有表现出来。他看了一眼刘咏春，刘咏春看了看表，已经十点四十了，接着说道："要不我开车送你去屯兰？"郭振邦有些震惊于事情发展的方向，说道："也行。"郭礼隽此时有些蒙，他一方面很放心刘咏春，一方面对郭振邦就是不放心，最后他取了个折中的办法说道:"把你腿上的刀放下我就让你去。"郭振邦没说话,也没犹豫,直接从绑腿外侧抽出了一把新的军刀放在了郭礼隽的床上,然后起身就往外走,刘咏春开了门,两个人一起走了出去。郭礼隽望着那把放下的刀,顿时松了口气。

6

松了一口气的还有郭振邦。虽然出现了很大的障碍,但毕竟解决了。令郭振邦不适的是事情发展的方式,这种方式以郭振邦撒谎为契机,成功使刘咏春用他的车送郭振邦去屯兰矿,这个谎言显然违背了郭振邦刚才精神与肉体高度一致的感觉,但好在结果还能接受。接下来郭振邦觉得还需要确认一些事情,他小心地在后视镜里搜索跟踪人的踪迹。从刚才下楼开始他就在搜寻,但令他沮丧不已的是并没有人跟踪自己。这种感觉让郭振邦对刚才的突发事件有了更强的不满,他对郭礼隽也存了厌恶之情,他甚至毫无关联地觉得自己要是活成郭礼隽那样一定会自杀。此刻坐在车里,郭振邦还是不想放弃地望着后视镜。车里的氛围极其尴尬。刘咏春本想打开车载CD放点音乐,但想想自己喜欢的郭振邦不一定喜欢,也就作罢了。他看郭振邦心不在焉地望着后视镜,以为是故意躲避跟自己讲话,自己也就没再说话,这样想的时候竟然产生了一种极强的解脱感,刘咏春感到很荒唐。

车快到矿上的时候,刘咏春问郭振邦今晚是不是住在矿上。郭振邦本来想在这里跟刘咏春作别,但想了想这么晚矿区是打不到车回古交的,就让刘咏春等一下自己。郭振邦进矿区的时候,刘咏春思考着刚才发生的一切,脑袋突然开始转动了。为什么郭振邦想要这么晚来拿银行卡？为什么郭礼隽偏偏这个时候开始发疯？这些都说不通啊！不会什么都没发生！但刘咏春这么想的前提是郭礼隽刚才的反常行为，并没有其他支持的证据。很快刘咏春就想到了郭宇，监控上显示郭宇在马上红灯的情况下竟然选择拖着行李往马路对面狂奔，这是为什么？刘咏春的思维竟然回到了故乡，回到了已经故去的母亲。那时候母亲经常坐在炕上跟他们讲以前的故事，虽然他总是当个乐听，但母亲经常说被鬼抓住了，你就控制不住自己了。刘咏春的思维被这种玄妙的迷思解放了。他不再觉得郭振邦奇怪了，他想应该找个机会去趟五台山拜拜。

　　郭振邦出来的时候，还是在四处搜寻，但依然没有看见跟踪自己的人，这让他失望极了，那些偶尔呼啸而过的大货车加重了他的沮丧，他很想骂人。坐上刘咏春的车，刘咏春随便问了句："拿到了？"郭振邦只是冷冰冰地"嗯"了一声就没了下文。刘咏春脑海里划过了那个拜拜的念头后，对郭振邦没礼貌的行为反而可以忍受了。

　　刘咏春在大门前掉头，猛轰了一脚油门朝着市区开去。但正在这个时候，车灯在掉头时滑过了草丛，郭振邦看到一辆车上有两个人。那个草丛就是那天自己站立的地方。但是不是那几个人呢？只有两个吗？郭振邦这样想着，开始在后视镜里期待这两个人的到来，那辆车是什么车郭振邦没看清，但他记得前几天看见的是桑塔纳 vista。

　　到了楼下，郭振邦打开车门就冲着单元门去了，没跟刘咏春说一句话。刘咏春感到懊恼，他想起郭宇，觉得为什么他就差郭宇这么多呢？说着他熟练地掉头，猛轰了一脚油门离开了新欣苑小区。

　　郭振邦此时从单元门走了出来，他很自然地走到了自己的摩托车跟前，发动了摩托车。他没看见有车进来。他在心里想道："以那天晚上这帮人跟踪的水准，不会这么轻易放弃的，如果他们以为我上了楼,接着离开了,那就太业余了。"于是郭振邦发动摩托车,猛拧油门,在寂静的深夜里冲进了大川东路的街道。

7

摩托车在滨河南路上发了疯般飞驰。在郭振邦想象里,背后一定有人跟着自己,这种想象随着摩托车的速度和十月中旬华北地区的夜风被凛冽地催生壮大。来到古钢附近的加油站,郭振邦娴熟地从空旷的街道上拐了进去。加油站里的灯光寂寥,工作人员看起来十分清醒,清醒得不想跟任何人说话。郭振邦看着加油枪往顶部油罐里灌注汽油的时候,脑海里盘旋着一股绵密的滞浊,一种极强的廓清感将他环绕,他在脑海里如同定点射击一般,一个又一个确认着身上军刀的位置。他并没有做战术设计,这不是阵地战,也不是游击战,他需要应对的是一种必然性,结果的准确性并不在他控制之内,唯有成功失败的二元假设是可以看见的毫无意义的结果。付过钱后,郭振邦扬长而去,车后时不时晃过的大灯撩拨着郭振邦此刻并不稳定的心态,他觉得这一定是刚才郭礼隽的举动造成的。他压抑着已经生起的懊恼,放慢车速,尝试复归平静,那种精神肉体的高度一致已经不见了踪影,郭振邦唯一能做的就是放空。这样想着,他已经来到从太原到古交的国道收费站前。他并没有从挡杆的缝隙里钻过去,虽然他经常看见别人这么干。收费员放下手机,收了他五块钱。郭振邦过了收费站,猛轰了一脚油门朝着山上冲了上去。

没有路灯的山上黑黢黢的一片,只有摩托车的灯光寂寥地照在一片能被照亮的区域。在摩托车往前行驶的过程中,郭振邦懵懵懂懂,他感到一阵迷惘,这种感觉给了他很强的出离感。通常情况下,他只在短暂的人生里极少的时刻感受过这种感觉，而且都是起床时眼睛睁开前与睁开后的几秒钟，那种不知道自己身在何处的出离感，在意识清醒的状态下，这还是第一次。他就这么想着，就这么往前骑，此刻他甚至忘了自己骑到这里来的目的，以及背后真的有人跟踪吗？这些事情他都没有想，因为这种出离，郭振邦之前经历过的一切都犹如一个绵密的感觉漂浮在他的脑海里，他就那么远远地看着，没有任何态度。但这种感觉并没有降低郭振邦现实里摩托车的速度，也就在这一刻，转弯处身后照来的车灯将他生硬地拉回了物质世界。郭振邦几乎是本能一般地将摩托车开进了一个村庄口，接着将车熄灯灭火，然后从摩托车上下来，靠在了旁边的墙上。此时一辆看不清楚的黑色轿车从村庄口猛地加速驶了过去，郭振邦望着刹车灯消失在拐弯处，脑袋里恢复了与郭礼隽冲突之前的力量。他的布局开始复苏，他靠在墙上判断那是跟踪自己的车，还是一辆过路车。这条路从太古高速通车后，除了往山上村落深处走的货车以外很少有轿车在这里行驶。如果是村民的车，那么此刻已经凌晨一点过五分了，当然不排除村民晚归，但这种概率较小。那么剩下的唯一结果就是对方会不会因为目标丢失再次开回来，这样想的时候，郭振邦脑海里掠过了一种坚定，加强了他已经复苏的力量。

等待的时间并不长，因为很快有一辆车就从拐弯处驶了过来，但这能说明的问题还有一部分值得怀疑，因为黑暗无法让郭振邦确定这辆车就是刚才那一辆。他只是静静地等待着，只为将那最后一丝犹疑剔除掉。村里的狗在狂吠，这是嗅到陌生气味的条件反射，郭振邦有一种周围被狼群包围的幻觉，他极力用意志控制着这种幻觉，因为幻觉产生的混乱会扰动他理性的思维。很快一辆车又从刚才第一次驶来的拐弯处开了过来，并且车速有些慢，郭振邦认为这是在搜寻。因为从刚才驶来的方向分析，郭振邦不可能瞬间消失，那么只能从跟丢的地方来确认消失的位置。郭振邦仔细回忆着，刚才离开收费站后应该没有看见跟踪自己的车辆。除了收费站暗淡的灯光外，这山上没有任何光源，为什么刚才没有看到这些人？第一，他们跟的距离很远；第二，他们关掉了车灯。那为什么会在刚才远远的拐弯处突然打开车灯呢？郭振邦百思不得其解，正想着，这辆车已经再次慢慢地驶过了村庄。郭振邦等到车子驶过村庄后突然从村庄口走了出来，他觉得自己非常蠢，因为他再一次估计错了条件。上一次的枪击事件是以暴力为手段让他闭嘴为目的定点打击，而这一次显然不是这个目的，如果是他们早就动手了。跟踪是为了什么呢？郭振邦再一次想起令他不愉快的梁建武，他们是为了预防自己再次伤害张玉埠那个小孩。郭振邦被自己的愚蠢搞得非常不痛快，他讨厌自己情绪化后偏离主题的愚昧。但很快他就回到了正轨，他必须用行动去洗刷这些愚蠢带来的不痛快。这么想着的时候，郭振邦盯着重新没入黑暗的道路，他看着刚才离开的汽车，非常清晰地想道："他们是以监视自己不去伤害他们的主子为目的的，那么暴力不是他们的目的，预防才是。但这次暴力是自己的手段，目的是让他们重新恐惧起来。"这样想的时候前边拐弯处亮起了灯光，这是一种必然性，但来临的时候还是让郭振邦内心得到了满足，那种梦想成真的感觉，充满了梦幻的满足。

8

汽车驶过拐弯处的时候，车灯依然是打开的。通过第四次的重复，郭振邦已经不去想这个必然性了，他只是凭着驶近的汽车被一股深刻的激情所控制，他感到战栗、激动，这是战斗前的准备，郭振邦想起了那次缉毒行动，他瞬间的意识激起了一股"为民除害"的激情，同时在这种雄壮的"为民除害"中又短暂划过了一丝他并没察觉的担心。他三步并作两步横跨到了并不宽敞的马路上，车子一个急刹车，看起来是被突然冲出来的人吓到了。也就是电光石火间，车子像反应过来了似的，一个左打轮就想绕过车前的郭振邦，此时在车灯的照耀下，能看到郭振邦手里竟然拿着一块不大不小的石头。郭振邦以让人反应不及的速度，将石头猛地掼进了车前的挡风玻璃上。这个投掷非常准确，以至于驾驶座前的钢化玻璃粘连着碎成一个喷溅的形状遮挡住了视线，汽车差点就翻进了路左边的沟里，车在距离郭振邦有三十米的样子停住了。此时车子里一阵骚动，接着副驾驶的门打开了，从车上下来一个十分高大的人，但亮度根本看不清对方的脸。郭振邦在往前走的时候没有丝毫畏惧，反而是车上下来的人有些犹豫，这在一瞬间就让郭振邦确定了对方就是来跟踪自己的人，他觉得话是多余的。脑海里的演练现在派上了用场，郭振邦一边向前疾行，一边注意着对方手里是不是有枪。枪他是没看见，但郭振邦觉得额头上被什么东西重重地砸了一下，他再回头的时候，发现车左侧后座的人把一个不知道什么东西掷了过来。郭振邦非常迅速地来到副驾驶高个子面前，还没等对方把手抬起来，郭振邦就用手拨开对方左臂，将肩膀顶到了他的胳肢窝里，往前猛地一用劲，只听一声骨头闷闷的响声，对方发出了一声惨叫。但郭振邦此时感觉后脑勺即将遭受重击，他猛地将头往回一缩，大个儿的胳膊又挨了一闷棍。但与此同时，郭振邦感觉背上一阵钻心的疼痛，这是一记非常有力的打击，郭振邦觉得比上次那几个人强多了。他一转头就看见面前有一个人的腰，郭振邦一顺左腿上的军刀，拉起来便是三下很快速的挥舞。那个露在面前的腰在慌忙躲避间还是遭受了一划，他急忙躲到了大个儿后边，此时立起身子的郭振邦才发现驾驶座上的人打着一个手电筒给刚才打击自己的两个人照亮。两个人已经失去了战斗力，剩下了那个刚才打自己后脑勺没成功的人，郭振邦内心涌起一股劫后余生的仇恨，他向着对方冲了过去，这个人体形肥胖，身高没有一米八，但也接近，郭振邦冲到前边的时候，对方用铁棍来回挥舞，郭振邦根本近不了身。但他一直被驾驶员手里的电筒照耀着清晰的位置，以至于这个灵活的胖子猛地击打了郭振邦两下，分别是左肩与右肋。右肋的疼痛感非常强烈，但郭振邦知道是皮肉的问题，如果是肋骨断了，不是这个感觉。但他想不了那么多，应变能力让他一下跃上了并不高的汽车车顶。此时手电筒的强烈光源照在他的眼睛上，他调整了头部的姿势避开了直接的照射，接着一脚踢在了对方的脑袋上。驾驶员滚在了路边的沟里，手电筒的光斜着耷拉在一边，像一个死物。郭振邦腾出手后，从车左侧绕了回来。胖子见状开始有些虚，他不断拿汽车的尾部作掩体，跟郭振邦打着太极。郭振邦立在原地不再走动，胖子随即也站在原地没有动弹，但就在这一刻，郭振邦非常迅速地扔出了一个石头，砸向了胖子的脑袋，胖子下意识地躲了一下，究竟砸在哪里了看不清楚，但能看见胖子捂着脸，同时依然警觉地手握铁棍。郭振邦扔完石头随即上了两步试探，发现对方捂着头的某个部位，他迅速近身，胖子的铁棍在近距离根本施展不开，郭振邦左右开弓，对着胖子的腰两侧各出两拳，干净利落。接着他一脚踢在对方的小腿骨上，这下胖子也惨叫了一声，低头去扶小腿，郭振邦右膝盖给予了最后致命一击，这一下顶在了对方的额头上，胖子应声倒地，发出剧痛的呻吟，那体重砸在地上的声音还在郭振邦脑海里回响。郭振邦此时无意识地拿出了腰间的瑞士军刀，他将刀刃掰出，这是已经杀红了眼的征兆，他无意识地冲着地上的胖子走了过去，胖子带着哭腔开始求饶。此时郭振邦才被这一声求饶拉回了现实，他有些陌生地盯着自己手边黑乎乎的地方看，他知道那是瑞士军刀。他深呼吸一口，一股滞浊感袭来，他头也没回地骑上摩托车离开了这个地方，此时他才惊觉，这个地方离上一次枪击事件的地方并不远，就在神堂岩村口，而上次是在上边一些的地方。往回骑的路上郭振邦的摩托车在路中间陷入了一个被大车压成的大坑里，他回头看见侧面路中间有两三个接连很紧的大坑，他才恍然大悟这帮人为什么刚才打开车灯了，只是自己骑摩托车贴边行驶，因此没注意，可自己为什么要贴边呢？郭振邦想起自己的下意识只是为了摆脱这股越来越强的滞浊感，这跟他想的完全不同。这场打斗除了几个人被打后疼痛的叫声外，就是最后胖子的求饶。让郭振邦感到震惊的是他最后刹不住车的冲动，他确实动了杀心，拽住他的究竟是求饶，还是别的什么呢？正这样想的时候，郭振邦接到了一个电话，他停下车，拿出手机，发现号码很陌生。他接起电话，听到了十分沉重的呼吸声，他等着对方说话。片刻之后，对方开口了："别再找张玉垩的麻烦了，对一个八岁的孩子动手不是什么本事。我撞的你弟弟，来找我吧，不论是几斤肉我都还。""你在哪？"郭振邦条件反射般问道。"就到老火车站吧。"张京都回答道。"我现在去，你在吗？"郭振邦问道。"在。"张京都回答完，郭振邦挂了电话。挂掉电话的郭振邦被一股莫名其妙的感觉占据了头脑。张京都为什么会打来电话？在郭振邦的印象里张京都一直都是个怂包，就像他在香港电影里看到的阿斗。但这个电话他的思维很清晰，他说到了肉，郭振邦想到了那次在事发地自己的言论。此时他思考着张京都的存在，发现自己从来都没把张京都当回事过，就是现在他依然认为张京都是这件事情发展过程中的棋子，他的这个举动不过是弃卒保帅的举动。郭振邦的脑袋开始发热，这里有一个他并没有察觉的潜意识在起作用，那便是他为刚才起了的杀心感到愤怒，他觉得那个个体是无辜的，该死的应该是张京都还有张玉墀。这种愤怒的起源中有一种更深层次的愤怒，来源于郭振邦的分离心，他将跟踪他的人与张玉墀分离开了，而之前的枪击事件没有找见的人，还有这些跟踪的人都被郭振邦认为是一体的。这种察觉不到的潜意识作用在郭振邦的意识里变成了一种强烈的复仇感，此刻他觉得张京都的邀约是一个信号，他必须应战，这是要必然动刀子的时刻，这个动刀子的念想将刚才他意识到杀人不合法的感觉遮蔽掉了，以至于这种复仇感变成了一个必须当下完成的任务，需要当下就解决，如同性欲一般，越是拖得久就越让他产生无尽的焦灼感。这样想着，郭振邦的摩托车已经行驶在了去老火车站的路上，路过神堂岩的时候，他看见那个现场还在，只是有人还在往车里走，郭振邦的摩托车驶过的时候，这帮人本能地伫立在了原地，郭振邦没有停留，呼啸而过，他在脑海里一闪而过的意识觉得是不是有人死了？但他没有发展这个意识，在他精神的经验里这是软弱的前兆。这样想的时候他猛地拧了一下油门，朝着老火车站迅猛驶去。

9

这件事情在张京都的脑海里盘旋好几天了。自从张尚书出了事后，这几天张京都把张玉墀的眼神换着角度地观看，直到在脑海中剔除这种眼神为止。说起来那个感觉并不让人舒适，张京都在离开张玉墀的眼神时，发现自己需要放弃眼前的一切，这激发了他内心的胆怯。这种胆怯并不是张京都性格里的东西，而是一种对未来生活的恐惧，这种恐惧激起了张京都对自我缺乏勇气的愤怒，他回想了自己的人生，如果当时不是韩琳琳的支持，他可能真就听从张玉墀的建议去美国学经济了，那样自己的人生会不一样吗？这样的幻想让张京都的脑海里滋生出了一阵梦幻感，他无数次地经历过这样的时刻。去新加坡的时候，他幻想着到了那里的生活应该是什么样子的；回国后去798，他幻想着到了北京的生活应该是什么样子的；他想象着自己因为一幅画作成名，成为现象级的艺术家。这样想的时候他感到一阵荒唐，忍不住笑了。是啊，他从来没有主动地决定过什么事情，哪怕就是此刻，他也在犹豫，因为几天前他可是自己做了决定要去找郭振邦了这桩黏稠的事件。张京都望着漆黑的屋子，盯着室内的一面墙，他清晰地知道那里是莫迪里阿尼的一幅画作《持扇女人》的仿作，模仿人正是自己。张京都无法忘记自己第一次看见这幅画时的感受，那种震撼来自他第一眼就将画上的人认成了韩琳琳，那比真实的韩琳琳都像韩琳琳，他认为那幅画作画出了韩琳琳的灵魂。不知道自己的灵魂会是什么样子呢？张京都突然非常想念柯素妍。"已经一个多月了，小柯已经把我忘了吧。"这样想的时候张京都突然觉得自己像一个彻彻底底的懦夫，面对柯素妍感情上的大胆，自己连接受的能力都没有。他拿起手机，给柯素妍编辑起了短信。短信发出后，张京都关掉了手机，像是了了一桩心事一般。他起身看了一眼窗外的汾河，直接出门了，出门的时候他在想自己是不是要带把刀，但很快他就荒唐地笑了出来。"自己可是去献祭的。"张京都这样想着的时候，内心里感受到了一股耶稣般的雄壮，那是他在《圣经故事》上读到的，但过了这么多年他才感受到，他得到了满足同时也获得了勇气，他怀抱着这种满足与勇气走出了家门。

10

  一辆老式皇冠行驶在太原高架上。据说这辆车是张玉墀的第一辆车，距今已经二十一年了。张玉墀一直没处理这辆车的原因张京都不得而知，这辆车之所以会在张京都手上，是因为张京都从北京铩羽而归，学完驾照后张玉墀让他拿来练手。此刻想起车他就想到了那辆普拉多，撞死郭宇的事情重新浮现在脑海中，他猛加了一脚油门，让这件事情从脑海中出去。

  离老火车站越来越近了，张京都心里生起了一股勇气，他觉得所有的事情都要在今晚有个了结了。本来一件非常简单的事情搞成现在这个样子，全是因为自己的懦弱。张京都脑海里迅速闪现出张玉墀和柯素妍的面容。张玉墀的他还可以理解，但柯素妍此刻的出现他不但不理解，甚至因此产生了一股异常想念柯素妍的思绪，他慌忙将注意力集中在张玉墀身上，随即那个他并没有亲眼看见的张尚书被砍场面就出现在了张京都的意识里。他有种英勇就义的感觉，他心想："这件事后，我就不欠张玉墀什么了。"这样想着，张京都的车已经拐过了迎泽大街，进入了老火车站的视野范围。老火车站周围做了一圈护栏，看起来比以前有秩序了，但此刻这里没什么车，等客的出租车都在护栏内侧的接客区停留着，零零星星的人在老火车站的广场上或站或走，根本形不成什么规模。张京都不知道自己为什么对这些平时根本就不在意的细节展开了分析。他将车停靠在了火车站对面的人行道前边，也正是这时，他感到了一股巨大的力量。他回头看着空空荡荡的人行道，人行道上的黄灯不停地闪烁着，他看着的地方就是当时郭宇冲出去的地方。他当时在想什么呢？张京都这样思考着，但同时想道："我当时在想什么呢？"那个时候，张京都刚跟柯素妍吵完架，满脑子都是仇恨，此刻远离仇恨的时候，很多东西在他的脑海中复活了。他想起自己的愤怒，他愤怒的原因是因为柯素妍想跟他结婚吗？并不是，他也觉得柯素妍是他最想结婚的对象，那他在愤怒什么呢？柯素妍那时候执意要见张玉墀，但这个执意是自己强加上去的吗？因为在这之前他们还见过韩琳琳，而且韩琳琳祝福了他们，柯素妍那晚还很开心。张京都这时候被自己搞得莫名其妙，但很快他就觉得自己不敢往下想了，这是他自己对自己的限制造成的结果。他向四周看看，并没有见到郭振邦的身影，这样他反而获得了一种勇气，因为他知道郭振邦的出现可能就是自己的死期，他突然生出了想把所有的事情都搞清楚的冲动。他潜入意识深处，回溯性地查看那天晚上的具体细节。饭桌上张玉墀没问柯素妍任何信息，他好像一直在跟圆圆谈张尚书明年的科技夏令营的事情。他想起柯素妍主动给张玉墀倒茶；想到柯素妍主动谈起自己的家庭和结婚的事宜；同时他也想到了张玉墀应付自如地回答，说张京都跟柯素妍商量就行，他没有意见，但很快就在卫生间跟张京都说让他慎重考虑考虑，他也在帮张京都物色结婚对象。这是张玉墀第一次跟张京都这么严肃地谈话，他决定到新加坡去学艺术的时候，张玉墀都没有找他谈过话，也都是让张朝歌跟他联系的。从那个时候起，张京都加深了张朝歌更像张玉墀儿子的印象。张京都很生气，回去的路上他想起张玉墀在饭桌上的道貌岸然，觉得柯素妍有些卑躬屈膝，但同时也为张玉墀在卫生间说出的话感到一种被控制的不舒服。但这些都不是让他最生气的，令他越来越愤怒的竟然是他在内心深处认同了张玉墀在卫生间说的话，他像驴叹气一般哼出一口气。因为这些东西搞清楚了，柯素妍那晚的要求并不过分，她一定是感觉到了他的动摇。张京都当时把所有的事情都归咎在柯素妍攀龙附凤上，但要结婚了，难道柯素妍不该见见他的家长吗？此刻，张京都在神化柯素妍的同时，又将所有问题都归咎在自己身上，这让他有种戴上枷锁的快感。正这样想着，一阵摩托车的声音从身后传了过来，张京都猛地回头，发现摩托车慢悠悠地在附近逡巡，似乎是在寻找。这个时候张京都突然感到一阵眩晕，这是他控制不了的事情，无论他怎么让自己镇定都不行，他发现自己开始紧张了。情急之下，他在车里开始不知道要寻找什么似的到处翻找着，这时候他的手不小心按到了喇叭，闷闷的喇叭声在空旷的街道上回荡着。张京都条件反射地用双手捂住了方向盘，生怕再次按响。此时摩托车慢慢地停在了车后，等了一会儿，见皇冠车没动静，摩托车又向前行驶了过去，看起来是想在前边掉头。但此时摩托车上的人似乎像想起什么似的，在车前边停了下来，他一阵活动，最后将手放下了。张京都猛然意识到对方是在给自己打电话，他庆幸自己关掉了手机；这个时候他最想做的事情竟然是逃走。他没开车灯，发动了引擎，轰一脚油门，往前驶去。与此同时，摩托车调转车头直对着张京都，张京都看见摩托车开着大灯，他的恐惧达到了峰值，他管不了那么多，此刻脑海里只有一个字："逃。"他轰着油门猛地往前去的时候，却惊讶地发现摩托车冲着自己高速驶来，完全没有减速的意思，两辆车即将相撞的时候，张京都猛地打了一把方向盘，但还是撞在了一起。一声碰撞的响动让火车站广场上零零星星的人不明就里地望向这边。张京都一脑袋糨糊，他蒙在车座上无法动弹，就在此时，从车前边爬起一个满头是血的人，在汽车大灯的照射下，他非常清晰地看见这个人是郭振邦。郭振邦嘴里念念有词，但因为关着窗户，张京都很难听清他在说什么。很快郭振邦就一瘸一拐地来到了张京都的车门前，张京都确认自己的车门都处在锁死状态，他恐惧地望着郭振邦。郭振邦开始用手肘猛地撞击车窗，车窗竟然在郭振邦的撞击下开始破裂。张京都管不了那么多了，他想踩油门逃离，但郭振邦迅速绕到车前挡住，他依然念念有词，接着他从衣服内侧拿出了那把瑞士军刀，掰出刀刃后，他激动地望着张京都。张京都已经吓傻了，但不难猜测，郭振邦正在说着几斤肉的事情，因为张京都已经看见郭振邦拿着刀刃在脸上做着切割的比画。一时间，张尚书、大胡子、普罗米修斯……各种形象乱七八糟地飞来，他猛地加油冲着郭振邦冲了过去。郭振邦被撞倒在地，张京都觉得车子压过了什么东西，咯噔一下，接着他感到什么东西又被他拖拽着前行了几米，接着车子像驶下台阶一般，扬长而去。张京都此刻除了惊慌就是恐惧，他估计自己撞死了郭振邦，那他就是撞死人家兄弟俩的元凶。他脑袋里一阵发晕，连哭都忘记了，他只觉得自己的车开得飞快，从远处看，张京都老式皇冠轿车的前保险杠耷拉着，眼看就要掉下来了。

11

二院大病房里有八个床位，郭振邦的床位虽然靠近窗户，但床又是抵着墙的，这样他的视野就被严重压缩了，只能从一个特别小的角度看见窗外阳台前的少量景色。虽说斜对面就是二十二小，但不全的视野让他对外边的景色产生了一种极想看见的欲望，似乎那里有什么神秘的东西。

郭振邦右腿骨折，被吊在一个钢架上，他觉得自己看起来就像一个负伤的战士，但他这么想的时候，被这种内心的比喻激怒了。"狗屁。"郭振邦自言自语地说出了这句话。坐在床头的刘咏梅一阵战栗，她有些慌张地望着郭振邦，郭振邦看到母亲这个样子，顿时充满了愧疚。他急忙说道:"我没说你。"说着,他将不锈钢饭盒端起来刨起了里面的米饭。除了土豆丝,饭盒里还有几块排骨,排骨旁是炖好的大骨头。郭振邦狼吞虎咽地吃掉了里边的饭,这让刘咏梅紧皱的眉头短暂地舒展开来。事情已经过去两天了,第二天的时候郭振邦曾为自己行动的草率感到生气。因为他觉得自己没有把过程发到网上,或者联系媒体,那么那晚跟张京都的"决斗"就失去了意义。经过了这么多事情的洗礼,郭振邦早就发现,没有事实在场这件事。昨天他满心后悔地想到,如果摄像头拍下了张京都撞自己的画面,郭宇的事情是不是就可以翻案了。因为这件事情,郭振邦生气得饭都没吃,这让父母异常担心,但因为他的性格以及以往和他们的交流方式,父母也不知道怎么跟郭振邦说。但今天早上一直到现在,郭振邦的心情莫名其妙地好了起来,他自己也想不明白是为什么,但他观察不到的潜意识已经将他自己的行为演变成了长期的抗争,那些他认为是跟踪自己的人没有报警,警察没为这件事来找过自己,这个判断让他产生了自信,他觉得自己的打击终于成功了一次。但他并没有观察到这次成功打击让他潜意识里想要长期对张玉埕进行"骚扰",只是他在这里想到了梁建武,他非常不开心,他把这个解释成"莫名其妙"想到的,但其实潜意识里他为长期"骚扰"张玉埕的战术找到的同类模型是梁建武,这件事情才是他"莫名其妙"想到梁建武的心理依据。此刻坐在床上的郭振邦突然想起了王丽娟。这一想,第一个唤起的情绪竟然是一种挫败感,紧随其后而来的是王丽娟之前那些或明示或暗示的语言以及行为。他没有生气,他靠在摇起的床头,第一次脑海里没有想到郭宇被撞的"整件事情"。他感到自己被一股温柔裹挟着,无论如何要再跟王丽娟谈一次。他拨了王丽娟的电话号码,但想了想又挂断了,紧接着他又打了一次，接着又挂断了，如此往复了几次，郭振邦突然觉得自己不知道怎么开口了，也就是这个档口，他点开了微信，编辑起了信息。

郭礼隽手里拿着一个银色的暖水瓶从二楼走廊的尽头往三楼楼梯口走，本来寂静无声的走廊突然之间一阵喧嚣，郭礼隽条件反射地回头看，走廊里空无一人，正在他神经质的反应还没有着落的时候，一楼到二楼的楼梯口，一个扛着摄像机的人先出现了。郭礼隽怕挡了道，慌忙让开了位置，站在一旁等候，但其实楼梯的宽度完全不存在挡道的问题。紧接着上来的是一个西装笔挺、领导模样的人，这个人正是张玉墀，但郭礼隽并不认识他。随着张玉墀身后而来的是韩琳琳，她穿着朴素，没有平时那股在现实里显得突兀的舞台范儿，她紧跟着张玉墀，似乎关系很好的样子。在后边紧随而来的另一台摄像机前的是张京都，他表情木讷地跟着韩琳琳，韩琳琳没有回头看张京都一眼。郭礼隽拿着暖水瓶，觉得张京都非常眼熟，当他反应过来是撞死郭宇的那个孩子的时候，对方已经上了楼。望着空旷的楼道，郭礼隽一时间不知道何去何从。

来到病房门口的时候张玉墀停下来愣了几秒，似乎是在思考。接着他便推开了病房的门。

病房里的人都回头看着这个气质不凡的人。时间仿佛凝固了，出现了短暂的沉默，没有人率先说话，记者从后边走进来，让这个场景再次活了过来。郭振邦的思维复活了，他想起那天凌晨交警来到现场，询问了他的情况后就将他拉到了附近的医院，之后他们说会去核实他所说的情况。接下来的第二天一早，他在刘咏春拉着转院的时候撞上了警察，不是交警。对方说了郭振邦带刀袭击的事实，他们还查看了皇冠车的窗户，他们说到了"决斗"的事情，刘咏春和郭礼隽都没有显得太惊讶。警察告诉他，对方说会为了这件事情承担任何责任,但也正是这个时候,坐在轮椅上的郭振邦平静地说了一句:"我和他都有责任,剩下的事按法律办吧。"这一句话倒是让一旁的刘咏春和郭礼隽着实惊讶了一番,但郭振邦心里已经愤怒到了极点,他在压抑着,以至于右手有些颤抖,但因为他的腿骨折了,郭礼隽和刘咏春以为这颤抖似乎跟骨折有一定的关系,就没在意。郭振邦不喜欢对方说的"为这件事情承担任何责任"。如果是这样,那天晚上他跑什么?"这个浑蛋。"郭振邦这样想着,张玉埠在往前走,背后跟着一个他从没见过的韩琳琳,张京都也走在后边。但此刻扎眼的摄像机出现在了张京都身后,这让郭振邦内心再也抑制不住情绪了,他还在压抑,但很明显他已经不能自已了。主持人负责的是山西卫视一档叫作"深度调查"的节目。一个看起来十分学究、留着剪发头的戴眼镜女主持人出现在了郭振邦的面前,她极其冷静地交代了她来的目的,说是想要为郭宇这整件事情的调查做出一些细致入微的分析,希望可以化解这些因为不了解造成的矛盾。此时郭振邦脑海里那堵挡在面前的墙又出现了,他突然觉得这个从任何角度都没有跨越条件的东西是如此让自己厌烦,他看着女主持人的嘴巴在动,却再也听不清楚她在说什么了。他只是把张玉埠带着媒体来的行为当成了一种恶意,此刻,"作秀"这个词跟这种恶意的认识伴生在了一起,以至于产生了"张玉埠想掩盖最本质问题"的认识。郭振邦突然低哼了一声,这让很理性的主持人一惊,险些失态。就在主持人刚要转变态度进行采访的时候,郭振邦突然对主持人说:"你说要化解矛盾?"主持人愣了一下,接着点了点头。此刻张玉埠冷静地看着郭振邦,郭振邦扭过头看着站在自己面前的张玉埠,这一次他是躺着看的。他记起那次自己站在天窗上俯视张玉埠时他那恐惧的眼神,此时这个眼神荡然无存。郭振邦回过头看着主持人,平静地说道:"你能让摄像机离我近一点吗?"主持人脸上闪过了一丝错愕,这是因为来的路上听张玉墀他们描述过郭振邦后产生的结果。她示意摄像机离得近一点。摄像师调整了位置,给了郭振邦一个近景。接着郭振邦问道:"不拍他们吗?"这让主持人有一丝不悦,因为她不喜欢被人安排。另一个摄像师调整姿势给了张玉墀以及身后的人一个小全景。郭振邦对着摄像机问道:"是张玉墀让你们来的?"主持人冷静地说道:"你的事情我们已经关注一段时间了,是我们联系的张总。张总也比较配合我们。"此时的郭振邦感觉那堵墙的坚不可摧感让自己窒息,他偏执地认为对方已经配合得很精妙了,他没有任何机会。"你想干什么?"郭振邦冲着张玉墀问道。张玉墀虽然有些猝不及防,但十分老练地接过话头:"事情发展到现在这样,是我们都不希望看到的。我首先代表张京都给你们全家道歉。"说着张玉墀冲着床的位置给郭振邦以及早已站起来的刘咏梅深深地鞠了一躬。郭振邦看见了母亲的错愕,以及主持人脸上闪过的敬佩,还有就是病房里其他不明就里的病友那动容的表情。"他们在感动什么呢?"郭振邦内心浮现出一阵荒谬感。他眉头紧皱,茫然地望着张玉墀,接着问道:"你是怎么知道我在这个病房的?"这一问,让张玉墀瞬间有些茫然,他的社会经验一时间没有条件反射成功,他愣在原地,但紧接着回答道:"我们联系了之前的医院,然后联系了院方。""你们为什么不联系我?我说了可以接受采访了吗?"郭振邦平静地问道。主持人瞬间有些惊诧,但很快就试图稳定住局面。她沉着地回答道:"这是我们的过失,向你道歉,但我们的初衷还是想要让你们放下彼此的心结,真诚地沟通,毕竟生活还要继续下去。""继续下去。"郭振邦重复着这句话。"对,继续下去。"说着,郭振邦冲着主持人挥了挥手说道:"你过来一下。"主持人看到郭振邦如此没礼貌的行为瞬间有些愠怒,虽然她并没有表现出来,但郭振邦刚才的表现,加之她之前了解到的情况,还是让她有些犹豫。郭振邦没说话,只是在等待着一个结果。最终主持人还是靠近郭振邦,郭振邦像咬耳朵一样跟主持人说道:"你看见他儿子了吗?"主持人顺着郭振邦的"悄悄话"看向张京都。张京都"躲在"韩琳琳后边不敢向前。"你看他像不像躲着?"郭振邦问道。主持人显然被郭振邦这种有些活在自己世界里的语言激怒了。"小伙子,你听我一句话。"主持人想用语重心长的语言劝说他一句。"先听我说完。"郭振邦低吼道。主持人被震慑了,没再说话。接下来郭振邦依然保持着说悄悄话的姿势,但声音却是大家都听得见的。"我弟死了,他就躲起来了,葬礼没看见、下葬没看见,如果不是我,估计这辈子都看不见。为什么?躲起来了嘛。但躲也要有个地方,空旷的地方是玩不了捉迷藏的。但这究竟是捉迷藏还是游击战,你们也别太自信了,游戏规则有时候也不是你们定的。"郭振邦说出这番话,让张玉墀对自己想要前来"和解"的行为感到一阵后悔,他觉得自己受到了侮辱,他还觉得自己非常天真。他将这种情感集合投射在躲在韩琳琳身后的张京都身上,张京都因为这个眼神,从韩琳琳身后走了出来,张玉墀觉得自己被一种挫败感袭击了。他回过头保持着风度对郭振邦说道:"我真的很抱歉,我希望你能直接说出你的诉求,什么样的都可以,只要我办得到。"张玉墀已经打出了明牌。"也让你的宝贝儿子死掉怎么样?"郭振邦愤怒地说道。一时间病房里的所有人,包括郭礼隽都用愤怒的眼神望着郭振邦,只有刘咏梅眼里含泪,意识早就离开了这个场所。郭振邦这句犯众怒的语言开始让他说的一切都没有说服力了,他很快就被集体意识划到了"疯子"的领地,那里也为集体意识的愤怒找到了心理支撑。张玉墀知道说什么都没用了,他只是停着没有讲话,但周围的气氛他感受到了,郭振邦也感受到了。韩琳琳此刻突然冲出来说道:"钱也赔了,你要更多你就说,哪有你这么说话的?你懂不懂事啊?"还没等韩琳琳说完话,郭振邦一句声嘶力竭的"滚!"伴随着一个砸过来的饭缸,瞬间让韩琳琳尖叫一声,退避三舍。"你神经病啊?"韩琳琳条件反射地说道。郭振邦接着疯了一般将手边能抓起的东西都掷了出去。"滚,都你妈滚,化解你妈的矛盾,解开你妈的心结,都你妈滚。"郭振邦一边毫无教养地骂,一边将东西掷出去,甚至连被子都丢了过去。记者和张玉墀一行人全都出去了。张京都在离开门口的时候,看见站在门口战战兢兢的郭礼隽。张玉墀就要出门时,郭礼隽突然对张玉墀说道:"对不起,对不起。"接着郭礼隽跟随一行人来到了门口。疯了一般的郭振邦此时从门上那条竖长方形的玻璃上看见郭礼隽一脸卑怯地对着别人道歉,从隐隐闪现的身体局部他知道那是张玉墀。此刻郭振邦骨折的腿因为剧烈的运动十分疼痛,他看着玻璃外的情景,脸上歇斯底里留下的红潮转化成了一丝悲愤,他扭过头想奋力看看窗外的景色,但没有成功,他靠在床上,突然非常想念王丽娟。

12

回去的路上司机沉默地开着车。张玉墀罕见地坐在了副驾驶座上,韩琳琳和张京都在后座。车子已经快到韩琳琳家了,这一路上几个人一句话都没说,回想这趟令人窒息的旅程,张京都想要快点结束。韩琳琳本来想跟张玉墀理论两句,但她强烈地感觉到不会有回应,所以她少见地沉默了一路。车子到了韩琳琳家,韩琳琳下了车,她让张京都跟她下车,但发现张京都很犹豫,最后张京都看了一眼依旧无话的张玉垾,还是下了车。奔驰600扬长而去。张京都此刻没有考虑张玉垾的态度,因为他早就认为这段关系结束了。韩琳琳往楼上走去,她认为张京都会跟来,因为她有一肚子话想跟张京都唠叨,但等她回头的时候发现张京都已经打了辆车离开了。她赶紧拨打张京都的电话,却发现张京都的电话依然关机。出租车行驶在张京都回家的路上,张京都没有感到预设的轻松,相反他感到一阵强烈的孤独,他飞快地回忆了自己的过往,发现自己从失去小柯的那一刻起就什么都没有了,原来一切都这么简单。他突然抑制不住想哭的冲动,此刻的张京都脑子不再理性地想问题,他只是默默地流泪,以至于司机从后视镜不断查看他的状况,几次想询问都欲言又止。张京都不想管别人,这个时候他只想哭。

张京都没找任何人,去了一家酒吧,这家酒吧是他随便在亲贤街看见就走进去的。酒吧生意萧条,这让张京都很不快乐,他扭头走出酒吧,转了一整圈还是来到了李渊当时带他去的那个地方。他担心的碰见熟人的事完全没有发生,整个喧嚣的环境让张京都尽情地喝酒,他喝掉了整整一瓶威士忌,连冰块都没加。

从酒吧出来的时候已经凌晨四点了,张京都觉得自己依然没有困意,他讨厌酒的味道,但他只能忍受酒味的恶心来换取大脑的暂时麻痹。他想再去喝点什么,但一想到酒的味道他就想吐。他趴在树边狂呕了一阵,接着打了辆车回家。张京都东倒西歪地按开了电梯,但他的意识没有他预想的模糊,他讨厌清醒。他颤抖着在密码锁上按了半天密码,最终走进了屋里。令他感到奇怪的是房间里的一盏落地灯竟然亮着,他的神经在醉酒时依然敏锐。那盏灯是柯素妍买的,她喜欢整晚开着那盏灯,说是有氛围。正想着,张京都突然看见沙发上坐起了一个人,他没开灯也知道那是柯素妍。一定是自己醉了,他微笑了一下,觉得这个幻觉那么可爱。他冲过去抱住了柯素妍,接着在她的肩膀上撕心裂肺地哭了起来。

13

毛莉素面朝天地坐在沙发上看着电视,电视上播放着山西电视台一档叫"深度调查"的节目。节目时间不短,加上广告有接近一个小时的时间,这档节目对"名牌大学生之死"做了详尽的调查,值得注意的是张玉埻的露面,他将原因归于对儿子修养方面的教育不够,导致了他做事考虑不周,也再次通过荧屏向郭振邦家属道歉。郭振邦在病房里的发狂行为,也通过剪辑压缩时间,把关键性的语言跟激烈的动作都做了展示。最后栏目组将结论指向了商业社会人与人之间缺乏沟通导致的不信任,也对很多网上"仇富"的言论进行了善意的劝导,认为双方多一些理解与沟通,事情就会往好的方向发展。

看完节目,毛莉坐在沙发上感觉自己整个人都放空了。不知为什么,郭振邦刚才那个扔东西的举动在她心里勾起了一阵悲怆。她想起自己仅有的几次与郭振邦的见面,他绝不简单是这两个节目里侧写的这样。毛莉想起了贝多芬,还有那《升C小调第十四钢琴奏鸣曲》中她永远都弹不好的第一乐章。她觉得自己的心理发生了微妙的变化,但也就是此刻,她听见坐在一旁的母亲袁凤兰先说话了:"也不知道是抽啥子风了,钱人家也给了,歉也道了,他还想做啥子?我听孙广平老婆说他妈、老汉都不敢出门了。幸亏不是我娃儿。"父亲毛燕升有些反感地说道:"你别跟到起那些婆娘一天到晚地说三道四,人家的事你们晓得好多嘛?"袁凤兰直接反唇相讥:

"都上到电视头,网上也都有,还要哪个晓得?我就不晓得你老抬啥子杠?就显到起你不一样?你再看哈儿毛莉,就你支持起她学钢琴,现在也没得办法到单位头,不一样有个屁用。"毛燕升一股"秀才遇到兵"的苍凉,化成一口酒喝了下去,他一言不发了。毛莉没离开,她知道自己一走就显得自己很在意弹钢琴这件事。虽然王丽娟约她下午去走走但她只是静静地坐着,脑海里想着郭振邦,突然有种想弹琴的冲动。

　　古交的汾河公园有不少人在散步,大部分都是老人,还有些情侣在不远处的石凳上谈情说爱。王丽娟一路走来,把自己跟徐良的点点滴滴说了个遍,毛莉只是跟着附和,她满脑子都是郭振邦,她连为什么都没想。突然王丽娟说道:"你说他不会来闹吧?"她终于说,毛莉这么想着,因为她觉得王丽娟不可能这么轻易不谈郭振邦。"你很怕?"毛莉问道。"废话,你说他来闹可咋办啊。""你不是都跟他说清楚了吗?"毛莉接着问道,因为上次王丽娟把他俩见面、郭振邦骑车离开的事情都跟她说了。王丽娟有些不耐烦地把手机拿出来翻开微信给毛莉看,毛莉有些不解地接过手机,发现上边是一条长长的微信,内容如下:"丽娟,第一次这么叫你,突然很不习惯,本来我想留着咱俩在一起之后再这么叫你,但可能没这个机会了。对你的感情不敢说一厢情愿,因为至少在某些时刻,我觉得你对我也不是毫无感觉。我一直想在这个浮躁的时代拥有一段纯粹的感情,以此抵挡这个时代中人的不负责任,但我忘了一件事情,那就是我们也都是人类。我认为感情是古典的,是克制的,而不是那些肆意妄为、不加限制的性。婚姻在很多人看来都是爱情的坟墓,或者是青春的结束,但在我看来它是开始,是学习的开始,是做人的开始。我不喜欢那些一张嘴就谈钱的爱情,钱是手段,但绝不能成为目的。当然你可以说那是因为我没有钱，但我觉得凭我的实力，我会脚踏实地让你和我过上衣食无忧的生活，这根本就不是奢谈。我一直觉得我们的关系是默认的，是不需要去无聊地确定的，因为我在这样对待我们关系的时候，已经深深地将责任嵌进了这段关系里。但那天你说怕我的时候，你已经将我推到了一厢情愿的深渊，你因为找到了新的关系，所以将之前的一切都解释成我的一厢情愿，这是我感到最悲哀的地方。虽然这些都是你我的精神活动，说给谁听都会经过自己的加工，但你说怕我的那一刻起，你也成了这个时代中那些不负责任人当中的一分子。这样的你我不爱，但我也不否认我绝对挚诚地爱过你。我不会祝福你，也不会伤害你，只是我认为你要在心里想想，你把我推到'一厢情愿'境地的时候到底在想些什么。此致，敬礼。曾经爱过你的郭振邦。"

毛莉将手机还给王丽娟的时候，脑海里再次响起了自己弹不好的第二乐章。王丽娟看见毛莉的神情很肃穆，但她顾不上这些，只是问道："你说他到底会不会找我麻烦？我怕死了，你看没看电视？好吓人。""他应该不会找你麻烦了。"毛莉平静地说出了这句话。这句话反而让王丽娟诧异了一下，她有种自己魅力被否定的不快，她紧接着回道："那可不一定，他那人啥事干不出来。"这样说的时候，王丽娟还撩了一下自己右半边的头发。"其实看着还挺感动的。"毛莉平静地说出这话。王丽娟颇为诧异地望着毛莉的脸，因为毛莉歪着头，王丽娟还特地扭过头，脸对着脸看毛莉："你不会是喜欢上他了吧？"毛莉不置可否，王丽娟有种自己剩下的东西被闺密捡起来的满足感，她调侃地说道："那你可是救了我了。他太吓人了。"王丽娟那副有了徐良后有恃无恐的样子，突然在毛莉内心深处激起了一阵庸俗的观感，她没再说什么，她只是在自己内心审视自己是不是真的喜欢上郭振邦了。"是的,我就是喜欢了。"她在内心问自己:"为什么喜欢?""就是喜欢,以后再说为什么吧,如果有为什么的话。"毛莉这样回答自己的时候,脸上露出了一丝不易察觉的笑,那是笑给自己的。

14

张京都醒来的时候已经下午三点半了,他感到一阵焦渴。他揉了揉惺忪的睡眼,起身将窗帘拉开了一道缝,接着来到厨房,打开冰箱门找出一大瓶依云矿泉水喝了起来,起床后的焦渴得到了迅速的缓解。张京都没有感到饥饿,接着走回卧室重新窝进了床里。他的脑袋由于酒精的作用还有些昏昏沉沉的,他无目的地想到是不是因为自己平时不喝酒的缘故,如果自己总喝酒是不是醉了之后就不会这么难受了?正这么想着,张京都看见自己深蓝色的枕头旁有一根长发,他有些诧异地将头发轻轻拈起,窗外的风将窗帘吹得一阵飘荡。张京都想起昨晚自己进屋后见到柯素妍的情景。"那不是梦吗?"张京都在心里这样想,突然他俯身在床上闻起了味道,这里确实存在过另一个人,难道说柯素妍真的来过吗?张京都绞尽脑汁搜索着昨晚的记忆,但不管怎么回忆,到最后都是他抱住柯素妍号啕大哭,之后他真的什么都不记得了。这时候他的手机振动起来,张京都从床头柜上将手机摸了过来,上面非常罕见地显示着姑姑张念真的名字。他有些不习惯地接起了电话。"壮壮?"张念真毫无挂碍地问道。"姑姑。"张京都被张念真非常自然的声音打消了预设当中不熟悉造成的尴尬。"在家吗?"姑姑问道。"在。"张京都回答道。"你能来松鹤堡吗?"姑姑紧接着问道。"爷爷怎么了?"张京都敏感的情绪瞬间来到了好几年没见面的爷爷身上。"他想见你。"姑姑接着说道。"他没事吧?"张京都有些担心。"来了再说吧,有时间吗?"姑姑询问道。"有。"正说着话,张京都家的门被打开了,此时柯素妍从门外拎着一堆东西走了进来,张京都一时间有些分不清是睡着还是醒来了,他只是愣愣地回复完姑姑后,傻傻地望着柯素妍。

15

郭振邦的腿依然挂在钢架上。医院的领导也来跟郭振邦道歉,说他们不应该把郭振邦的病房号告诉媒体,希望得到郭振邦的谅解。郭振邦不为所动,因为他觉得院领导肯定是听说了他的事情,由于恐惧才跑来做这个表面工作的。郭振邦说不清心里到底是怎么想的,自从上次的事情发生后,他就一直处在一种放空的状态,他很想念中队长许睿智,以至于他特别想吃川菜,他想起许睿智炒的火爆双脆竟然流起了口水,但他的腿不能支撑他去做这件事情。这两天郭振邦的情绪很稳定,除了刘咏春来过两回外,没有其他人来看自己。由于这两天他很安静,所以郭礼隽和刘咏梅也没有显现出前几天的紧张,但要说放松那也是不可能的,因为眉头紧锁已经成为他们面部表情的一部分了。下午吃完饭,郭振邦翻开了手边的地图册,这是他让刘咏梅从郭宇写字台中间的抽屉里找到的,之前一直是郭宇在用。他翻开地图册找见了陕西省,他从榆林一直看到宝鸡,再从宝鸡看到安康,又从安康看到渭南,再从渭南看到西安。刘咏梅不知道郭振邦在看什么,接下来郭振邦将地图翻到了云南省,楚雄、玉溪、蒙自、思茅、景洪、勐腊。他又打开四川省,就这么静静地看着。他也不知道自己为什么想看地图,但看着看着他就有股很难排遣的情绪堵在胸口,让他非常难受。这时病房的门打开了,所有病人都朝着门口望去,但只有郭振邦一眼就认出了她,是苏以沫。

苏以沫找了一圈,在确定了郭振邦的病床后朝着他走了过来。苏以沫走过来的时候没有上次见面时的迟疑,她看起来很自然,但走近郭振邦的时候她还是显出了迟疑,这是由于郭振邦的气场导致的,苏以沫调整了一下情绪,把手边的水果放到了床头柜上。刘咏梅不在,只有郭振邦一个人在床上,他有些诧异地望着苏以沫,他不明白这个正在上学的孩子怎么跑到这里来了。是郭振邦先开的口:"你是在哪念书来着?""青岛。"苏以沫回答的时候,有些没想到郭振邦会先开口。"郭宇还有什么事吗?"郭振邦脑子非常清晰,因为除了郭宇他们家不会再跟苏以沫有什么联系了。苏以沫有些迟疑,看起来是准备过的话被拦回去后有短暂的不适,郭振邦看她这个样子又问道:"是要跟我爸妈说吗?他们应该在水房那边,要不就在楼下操场。""哥,我是来找你的。"苏以沫直接说道。这一声"哥"着实让郭振邦吃了一惊,他一时间不知道说什么好了,刚才心里的防线瞬间消失了,他只是看着苏以沫,不知道怎么表达。苏以沫做了个吞咽的动作,接着将一个手机从卫衣的口袋里掏了出来,郭振邦看得很清楚那是郭宇的手机。他感觉会有什么事,但什么话都不敢说。"哥,我试出郭宇的密码了。"郭振邦不知道说什么,只是伸展身子将床边刘咏梅坐过的凳子朝苏以沫推了推:"坐下说。"苏以沫坐在了凳子上,接着说道:"我试遍了所有我跟郭宇相关的数字,我的生日、他的,以及我们确定关系的日子,但都不对。最后我只能去求助手机维修的地方帮我打开手机,但那天在路上不知道为什么,我就想起你了。我从未听郭宇谈起过你,所以我也不知道为什么就想起你了,我给阿姨打了个电话,说明原因后,阿姨告诉我你的生日,我还要了阿姨和叔叔的,然后在去修手机的路上我试了一下,用了你的生日,手机密码就解开了。"说完话后苏以沫低着头,不知道是不是因为想起郭宇的缘故,她的眼圈又红了。郭振邦木在床上,没说一句话,他没有任何想哭的冲动,笼罩着他的是不理解。"为什么?"他在心里这么问。苏以沫将手机递给郭振邦,接着说道:"我翻了他手机里的所有记录,还有qq空间的文章,但最后是在记事本里看到这些的,你看看吧。"郭振邦像个机器一样接过手机,眼前的这一幕非常陌生,以至于没有经验的他根本不知道做何反应。他笨拙地在手机上找寻着记事本,由于这个手机跟自己的不一样,他一时间还有些不习惯,背景是一张苏以沫穿着汉服的艺术照。很快,郭振邦就看见在苏以沫照片胸口的位置有一个记事本的软件,他说不上是什么情绪,只是机械地点开了。记事本里记了很多东西,有数学的笔记,也有英语、地理、物理的笔记。苏以沫看见郭振邦不得其法,说了句:"哥,我帮你找吧。"郭振邦木然地将手机递给苏以沫。等苏以沫将手机再次递回来的时候,郭振邦看到了一篇有些长的笔记,内容如下:"郭振邦,再这样下去你会干出什么事呢?我没法理解你将整个世界跟自己对立起来的想法,我也无法明白你觉得暴力是解决一切问题的方式。虽然我知道我只要跟你说你就会否认,然后说这是我自己的理解,甚至我也知道这场对话是不可能发生的。你到底在仇恨什么呢?我一直想搞清楚,你到底在追求什么呢?你好像很讨厌我们,讨厌爸,讨厌妈,但你如果讨厌我,你为什么又要跟我不断地说教呢?我不喜欢回家,不喜欢见到你,也不喜欢见到爸。爸整天觉得世界待他不公平,但我觉得你是另一种方式的爸。我就想考上学离你们远远的,但每当我这么想的时候我就很愧疚。为什么?为什么我读的书上都是一家人相亲相爱,但我就不能在我的家里见到这些、感受到这些、做到这些呢？你怎么了？我又怎么了？如果我可以那么轻易地离开你们，我就不会在手机上像个懦夫一样发牢骚了。哥，你可以不那么紧张吗？我可以不跟别人比吗？好累，我好希望你变成我三年级以前的样子，如果我可以用我的命换回一家人像书上写的那样相亲相爱，我愿意去死。"郭振邦看完了这个前言不搭后语的笔记后，特意看了一下时间，那上边写的日期是"2013.6.18"。郭振邦不记得那天发生了什么，但他觉得窒息，这种窒息并不是愤怒带来的，他第一次觉得郭宇是个非常敏感的人，原来他是这么看自己的。郭振邦木然地扭头看着苏以沫问道："你俩是啥时候搞的对象？"苏以沫有些害羞，但紧接着回答道："2014年9月15号。"郭振邦想着这两个时间，一时间不知道说什么，接着将手机还给苏以沫，说："谢谢你了。"这一声谢谢非常意味深长，苏以沫有些不好意思地想要说些什么，却发现郭振邦眼神有些空洞地靠在了摇起的床头。苏以沫准备离开，但还是有些迟疑，想了想，她还是说道："哥。"郭振邦抬起头看着苏以沫，苏以沫接着说道："网上那些视频我都看到了，手机上的笔记我其实不全明白，因为很多事情只有你们经历过的人才有记忆，那是属于你们自己的。但我还是想说一句，别太紧张了。"郭振邦害怕自己生气，因为以自己以往的状态肯定会发怒，但他奇怪地觉察到自己并没有生气，他点了点头，苏以沫便离开了。到门口的时候她正好碰见散步回来的刘咏梅，两个人在门口不知道说着什么，郭振邦看到她们都在抹眼泪。

16

松鹤堡在太原郊区的一个山上，是一个高级私人养老院。张万古从这个养老院建成后就一直住在这里，但到底是哪一年建成的，张京都脑袋里一片空白。之所以在想这些有的没的事情，是为了避开和开车的柯素妍之间尴尬的沉默。想起刚才那一幕，张京都整个人傻坐在床上，而柯素妍把买来的食材都放进了冰箱。张京都起床后又是洗漱，又是换衣服，不知道要怎么面对柯素妍。这些心理上的纠结来自他前几天给柯素妍发的信息，虽然不想回忆内容，但那里透露的雄壮的诀别之情还历历在目，因为那个时刻张京都以为自己跟郭振邦见面等同于赴死。他起身准备出门的时候，柯素妍主动询问他去哪里，他说要去见爷爷，柯素妍说可以跟他一起去。虽然张京都摸不清柯素妍的心理，但内心还是能感觉到一阵高兴。此刻在车里已经二十分钟了，两人没说一句话。柯素妍的车里播放着王菲的《君心我心》，张京都觉得歌很好听。张京都想了几次要跟柯素妍说话，但最终作罢了，因为他觉得自己的尴尬在柯素妍受的委屈面前不值一提，他觉得就等柯素妍说吧，如果她想说的话。

路上的车越来越少，车子跟着导航的提示转上了一条盘山路，绕着曲曲弯弯的路一路前行，竟然一辆车都没看见。车子行驶到一个特别大的平台上，两人看见了极具排场的大门。这个大门是仿唐代建筑的风格，看起来异常气派。登记过后，车子开进电动大门，他们看见了一马平川的前脸。前边古色古香的办公大楼后可以看见山上鳞次栉比排列的各个疗养中心叫不上名字的基础设施，这让张京都联想起小时候张玉墀仅有的一次带他去紫荆山天文台的经历，尽管这里显得比那里更辽阔。他们在停车场停好车后，张京都就给姑姑张念真打了个电话，张念真告知他详细的路线后说会出来接他。张京都以为柯素妍不想去，本来想让她在车里等，但发现柯素妍跟着他就往上走，他便什么都没说。两人只是默默往上走着，张京都有种非常想牵柯素妍手的冲动，但他抑制住了。

　　往山上去有一个中转大厅，人们可以在这里等待不断循环的摆渡车。摆渡车比公交车小一些，上了车后两人挑了最后一排坐下。车上除了司机和他俩没有旁人，这给张京都造成了一种明显的资源浪费的感觉。摆渡车在雁翎阁停下后，张京都和柯素妍相继下车。待车驶离，映入眼帘的是一个类似于寺院风格的建筑，大部分都散发着浓浓的青铜感，从寺院内部往上有一座吊桥连接，此刻需要抬头仰望才能看得清楚。吊桥连接的地方有一个凸出的球体，看起来跟整个寺院风格的建筑极其不搭，张京都的艺术思维已经开始对眼前的建筑进行评判，那个凸出的球体带来的不自洽感让他非常不舒服，这种不舒服化成了一个用右手狠狠抹了把脸的动作，一旁的柯素妍看在了眼里。

　　正说着话，从大殿上走下来一个极其素雅的女性，她穿一身雅致的白色衬衫，充满了道风，下身的暗蓝色绸裤与上衣相得益彰，不夺上身锋芒。张京都已经两三年没见过姑姑了，这样的姑姑让他十分陌生。张京都记得上次见她时是在市中心的一次家庭聚会上，那个时候的姑姑还画着精致的妆，处处显露着作为太原美容界第一把交椅的品位。可此刻看见的姑姑有种洗尽铅华的感觉，这两三年她都经历了什么？姑姑热情地跟张京都打了招呼，她对一旁的柯素妍也非常热情，但她并没有询问柯素妍跟张京都的关系，反而是张京都自己提了一嘴："这是我对象。"说出这句话的时候张京都很怕柯素妍否认，但柯素妍没有搭话。三个人往大殿走的时候，张京都注意到姑姑白色衬衫上有一朵水晶质的白玉兰花，非常雅致，正是这朵花还带着姑姑几年前的影子。

　　穿过吊桥，两人在张念真的引导下走进了那个非常突兀的球体。

置身室内，张京都发现，这个球体除了天顶有一扇天窗外，没有任何采光设施，他不知道是不是还暗藏着什么机关，但显然天窗也处在关闭状态，大白天室内的照明全是灯光完成的。张念真没跟张京都说任何关于爷爷的事情，她只是引着张京都向着室内深处的一个房间走去，此时张京都赫然发现西面有一道阳光射入，在墙上留下了阳光的痕迹，这给了张京都一种非常陌生的感觉，虽说有自己不熟悉建筑结构的缘故，但更多的是这阳光加强了的突兀感。张京都没有询问爷爷的状况，但离房间越近，他的疑问就越来越明显，再想掩盖也无济于事了。

门打开的时候，张京都看到了一个有七十平方米左右的空间，室内并没有开灯，房间的墙上有一个圆形的窗户，爷爷竟然正对着他们站着，似乎早就看见他们一路走来了。张京都条件反射地叫了一声："爷爷。"他在心里震惊自己怎么叫出声来了。几个人都停在门口，张念真赶紧引着两人走了进来，当走到张万古面前的时候，张京都正要介绍柯素妍，张万古率先开口了："没有病，没有死亡通知，只是做了个梦。"爷爷直接的语言把张京都要介绍的话噎了回去，他迅速补充齐了爷爷话里的其他条件，接着点了点头。"你先出去吧，我跟他说会儿话。"爷爷对姑姑说道。柯素妍处在一个尴尬的境地，因为爷爷没说让她出去，但也没让她留下来，张念真也不好赶她，柯素妍正在犹豫的时候，张京都对着爷爷说道："爷爷，这是我对象。""看过了。"爷爷说着把一盘苹果端到了茶几上，接着坐到了沙发上。柯素妍冲张万古点了个头，随着张念真走了出去，门被关上了。

爷爷的视线一直盯着窗外，由于地势，从坐着的角度只能看见窗外的天，蓝天上飘着几朵白云。张京都想问问爷爷的身体，但觉得怎么问都不好,所以就没说话。反而是爷爷先开口了:"那天昏迷了,还没等儿女过来就醒了,医生也没找见原因。"这话里又没有任何张京都可以接的东西,他只是默默地听着。"他们说我昏迷了,但我以为我睡了一觉。"说着爷爷转过头看着张京都,张京都发现爷爷的眉毛已经全白了,右嘴角有些歪,这是很多年前脑出血的后遗症。"然后我梦见你了,我已经很久没梦见人了。"爷爷盯着张京都看。张京都听见这些话,没有任何可以应答的地方,他有种自己被叫来听一个老人喃喃自语的感觉。"壮壮,你是不是遇到什么事了?"爷爷问道。张京都不知道爷爷指的是什么,他怀疑自己的那些事情爷爷都知道了,因为他对爷爷的印象就是那时候张玉墀在他面前大气不敢出的样子,虽然爷爷现在八十六岁了,但那股威严一直存在,张京都害怕他也来质问自己,他低着头没说话。"我们有多长时间没见面了?"张万古问道。"好几年了。"张京都回答道。"我感觉自己快死了。"张万古没来由地这么说了一句。张京都不知道怎么回,他想问问爷爷,但又不知道怎么张嘴。爷爷看了张京都一眼说道:"我就是梦见你一个人在那站着,要是没事你就回去吧。"爷爷说完,便站起来往床跟前走,看起来有点累了。张京都内心被刚才那句话触动了,他突然有种非常想诉说的欲望,接着他第二次叫了声"爷爷"。张万古坐在床上慢慢地回过头来,看着张京都,张京都将这一个来月的事儿全跟爷爷说了。说完后,张京都坐在沙发上,感觉有什么东西哽在喉咙里。爷爷靠在床上,突然从旁边的抽屉里拿出了一包烟,张京都没动声色,爷爷点起一支抽了起来。他的眼神依然望着窗外,此时天色已经开始暗了下来,爷爷的脸也开始不太清晰了。沉默在蔓延,张京都不知道爷爷在想什么,还是什么都没想。张京都感觉过了有二十分钟左右,爷爷很平静地开了口:"张玉墀在追求一些很虚无缥缈的东西。别光往外看。"等了一会儿房间里完全暗了下来,爷爷又说话了:"回去吧。"张京都站起来,跟爷爷告别,他说下次会来看爷爷的,爷爷想说什么,但最后只是在黑暗里点了点头。向门口走去的时候,张京都感到一股经验之外的光怪陆离,他打开了门,一道亮光照进室内,但爷爷依然隐没在黑暗里。

17

下山的摆渡车上,车厢前边还坐着一个穿着华丽的女性,她头上包着丝巾,戴着一副能遮住一半颧骨的墨镜,看样子很怕别人认出她来。张京都和柯素妍依然坐在最后的位置。此刻坐下后,刚才的印象全部变得晦暗起来,但也正是这种晦暗形成了浓稠绵密的感觉。记忆中刚才在阳光下的爷爷也是一片黯淡,难道真的要去世了吗?张京都在脑海里回忆起了一个令他震惊的印象,他坐在张万古的怀里,张万古抱着他,张京都甚至能看见张万古办公桌玻璃板下压着的照片,那照片是张万古当兵时候的。"不可能啊。"张京都在心里这么寻思着,接着他很想打电话跟韩琳琳确认一下这个事情,但最终还是没打。张京都的思绪处在一片混沌之中,甚至有些惶恐,这种情绪是因为张京都对刚才与爷爷的见面总结不出任何明确的意义。爷爷说是因为梦见他了所以才叫他来,然后又问张京都是不是有什么事,如果从逻辑上解释,那就是爷爷明明知道他说的事情,这些就只是个借口。但这样想的时候张京都非常不满意,原因是他根本没在刚才的气氛里感受到这一点,而且他跟爷爷讲完后,爷爷的反应根本就不是事先知道的样子,除非他很会表演。那目的是什么呢?张京都在这里一阵迷茫,因为理智告诉他,车祸的事情在他来之前就解决了。此时他回头看了眼柯素妍,发现她在盯着车前边那个裹得严严实实的女人。张京都也将视线投向前方,这也有逃避刚才事件造成的迷茫的因素。"你说她为啥把自己盖起来?"柯素妍平静地问道,音量只有两人之间才能听到。但这道题似乎把张京都从刚才的迷茫里解救了出来,他说道:"要么是不想见人,要么是怕人见到她。""是明星吗?"柯素妍问道。"也有这个可能。"张京都觉得柯素妍的描述自有一种可爱,他感到温暖。这是他们今天第一次说话。

回去的路上,柯素妍车开得不快,她像什么都没发生似的跟张京都聊着她的一些计划。她说想把服装店兑出去,原因是现在的服装找不出太大的差异,她之前做这个生意也是想把各处比较流行的式样引到太原来,但现在的趋势已经没有这个差异了。想干什么她还没想好,但她已经看了几个方向,其中一个就瞄准了高端农家乐,她说她想赚中产阶级的钱。张京都听着这些,怎么都觉得柯素妍比自己有商业头脑。但此刻这个念头只是一闪而过,他看到柯素妍没有旧事重提,突然对自己之前那样想她感到愧疚,他轻轻说了一句:"小柯,对不起。"刚才还说得很兴奋的柯素妍突然不说话了,短暂的沉默笼罩在车里。汽车驶上高架,在路灯忽明忽暗的照射下,有一股悲伤笼罩在车里。柯素妍率先开口了:"其实挺想哭的,但为了孩子不能。"张京都有些蒙,他不明白孩子是什么意思,是说自己吗?但很明显不是。"其实那天李渊带我去找你,就想跟你说了,结果没说成。"柯素妍接着说道。张京都依然沉默着,柯素妍继续:"放心,已经两个半月了,没有'隔壁老王'。"张京都一阵心痛,他听见柯素妍最后的这个保证,突然非常难过,他不知道这个情绪是从哪里来的,但很明显综合了很多,他根本顾不上分析,就抱着柯素妍的侧脸亲了一口。车子停在了路边,两人忘情地亲吻起来,仿佛两个只有在书信中长时间联系的情侣突然见面了一般。

18

街上人来人往,厚厚的羽绒服让行人显得十分臃肿。街上的积雪还没融化,天上又零零星星飘起了小雪。透过栅栏可以看见味道源广场上停了很多车,但大门前跟平时一样,没有什么差异。郭振邦在脑海里已经觉得看见了味道源大门前立起来的拱门,那大红色的拱门上写着新郎新娘的名字。这件事迟早是要发生的,郭振邦在脑海里预演着那个画面。李宏伟总是欠揍的,郭振邦这么想着。原因是李宏伟在单位把王丽娟今天订婚的确切时间告诉了他。他可以理解李宏伟想看热闹的心情,但理智依然拦不住情感上的冲动,他十分想揍李宏伟。郭振邦按时上了班,从井下出来他依然去洗了冷水澡,他依然对王丽娟有冲动,只是这次他集中精力注视着自己的性幻想对象,却意外地发现那个幻想对象的面部是不清楚的。这是之前就发生的?还是现在?是因为得知王丽娟终将一去不复返后在脑海里的自我调节吗?郭振邦不得而知。下班后,郭振邦骑着摩托车已经快到家了,但他突然掉头去金牛街上找了个卖庆典用品的店铺,买了一包红包,原因是人家不单卖。此刻在味道源门口的郭振邦,手揣在衣兜里,他能摸见红包的厚度。他观察着自己的内心,竟然发现自己的情绪更多的是一种深深的遗憾。那次发的消息并没有得到回复,郭振邦在这几个月里没怎么想起王丽娟,他在心里觉得王丽娟并不值得被爱,但他也同样害怕承认自己是在自我麻痹。此刻郭振邦在想怎么把这个红包递进去。这不是结婚,门口没有代收随礼的人,如果自己贸然进去,王丽娟一定以为自己是来抢婚的,他感到荒唐，他不愿意给别人这个错觉。郭振邦就在脑海里这么乱七八糟地想着，此时一群人从他身边走过，拐进了味道源，郭振邦下意识地往路边躲了躲。人群都进去的时候，他发现有个人穿着白色的羽绒服在围巾后边盯着自己。这是王丽娟吗？应该不会吧？郭振邦被刺激得无法理性思考，他只是呆呆地站在原地看着对方。两人就这么互相看了几秒钟，白色羽绒服突然冲着郭振邦走了过来，郭振邦有些紧张得不知道如何是好，他只是别过了头。"哎。"白色羽绒服说了话，郭振邦听出不是王丽娟，他扭过头看着对方，围巾已经从对方脸上拿了下来，是毛莉。毛莉看见郭振邦摩托车上放着一包红包，猜出了七八分。她问道："要我帮你吗？"郭振邦一时没反应过来，茫然地望着毛莉。"红包。"毛莉补充道。"噢，不用了。"郭振邦条件反射般说道。毛莉扭头正要走，郭振邦像意识到什么似的说："还是帮我给一下吧。"毛莉走回来接过了红包，又要往里走，被郭振邦叫住了："那个。"郭振邦有些吞吞吐吐，毛莉盯着郭振邦看，也没有要催的意思。郭振邦犹豫了一会儿说道："别说是我给的。"毛莉盯着郭振邦，嘴角划过一丝不易察觉的笑。她点了点头，扭头就往里走，刚走到大门口，突然回头喊道："郭振邦。"声音有些大，郭振邦一时间没反应过来。他看着门口。"你回家吗？"毛莉问道。郭振邦愣了一下，说道："回。""那等我一下，我送进去就出来，带上我。"毛莉说完后就跑进了味道源。留下了愣在原地的郭振邦，毛莉已经跑进了味道源，他才后知后觉地回道："噢，好。"

第十九章 祖先的遗迹

1

郭振邦在做梦，他清晰地知道这个事情，但梦的是什么他根本看不见。这是奇怪的事，因为通常的经验是他醒来之后不记得梦的内容，但在睡着时也完全看不清内容还是第一次。之所以说这是梦，是因为郭振邦被一股强大的氛围笼罩着，他感到头痛欲裂，却又醒不来，他似乎能听见一些咕嘟咕嘟的水声，又似乎有一些遥远的声音。他被推醒了，一时间丧失了时空感，他莫名其妙地看着周围，此时咯噔咯噔的车轮与火车铁轨的接触声才让他回忆起自己是在火车上。毛莉在对面睁着一双大眼睛盯着他看，郭振邦回忆起自己刚才也没认出她来。真是奇怪的感觉。"到岳池了。"毛莉说道。郭振邦想到下一站就到广安南了。不知道为什么他有点恐惧，又有种想哭的冲动。

郭振邦背着一个登山包，穿着一身干练的战术服，这是毛莉在网上给他买的。随着人流出站的时候，郭振邦那种矛盾的心情依然占着上风。毛莉始终挽着郭振邦的手，郭振邦每次跟毛莉这么亲密的时候都有一种梦幻感，这种梦幻感冲淡了他那种矛盾的心理。

出了站后，人群开始各奔东西。郭振邦有些紧张地握紧了毛莉的手，毛莉抬头看看郭振邦。正在这时，郭振邦看见不远处正在往里寻找他的许睿智。许睿智一眼认出郭振邦，他从远处快步走了过来，中队长穿着一个迷彩背心，皮肤黝黑，个子比毛莉高，比郭振邦矮一些。他二话不说，走过来一把抱住了郭振邦，郭振邦顺势抱住许睿智，眼泪竟然流了下来。退伍时候的情景又一次浮现在眼前。许睿智放开郭振邦，认真打量了一下说道："混得可以嘛，各老子地，那个身体还是保持得很好嘛。"班长热情地说道。郭振邦被中队长熟悉的语言拉回到了记忆深处。

中队长开着他的五菱之光，车上堆满了调料和干货，还有一些食材。郭振邦让毛莉坐在副驾驶，自己则跟这些调料们挤在了后边。他看着车在他叫不上名字的街道上行驶，那种害怕见到中队长后产生落差的恐惧早就消失了，他感到了这几年里从未有过的宁静。

中队长的苍蝇馆子非常火爆，他七岁的儿子竟然能在中队长老婆忙不过来的时候搭把手拿个酒、递个餐巾纸，接着就坐在收银台里在人声鼎沸中写作业。郭振邦觉得他跟中队长长得一模一样。

忙完的时候已经夜里十二点过了，只有一桌客人还没吃完，中队长老婆在忙着张罗，中队长则坐在小桌前跟郭振邦喝了起来。中队长特意拿了一瓶泸州老窖，倒了两杯后他先一饮而尽。他咂了咂嘴，看了一眼郭振邦说道："老子跟做梦一样。"接着笑了一声，郭振邦也笑了，但还是有部队遗留下来的上下级关系中些微的拘谨。中队长猛拍了一下郭振邦，郭振邦很亲切，因为中队长在部队的时候就喜欢这么拍他："还是那么不爱说话。""你多带哈他嘛。"毛莉用成都话跟中队长说道。"好嘛，他要是不找个四川婆娘，都不晓得啥子时候见面。"正说着话，最后那桌客人也走了。中队长老婆也没忙着收拾桌子，就从收银台直接走了过来。她在护袖上抹了把额头上的汗，过来坐在中队长旁边说道："不好意思，忙得很。""啥子不好意思嘛，都是自己人，他长眼睛了嘛，又不是看不到。"许睿智逗得大家哈哈大笑，毛莉接嘴道："我们是来看领导的，服从上级安排。""啥子上级，猴年马月的事情喽，还拿到起摆，老子要是上级，就该你娃儿们各老子炒菜喽。"中队长说完大家笑着，郭振邦也笑了起来。

毛莉在帮中队长老婆收拾，许睿智和郭振邦两人背对着桌子坐着，虽然喝了很多酒，但两人只是有些微醺。中队长扭头看了一眼毛莉说道："这个娃儿很好，四川婆娘巴适。"郭振邦点了点头。中队长又倒了杯酒给郭振邦，接着跟郭振邦碰了一下，说道："振邦，谢谢啊，还能想到我。"说着一饮而尽，郭振邦也一饮而尽，接着说道："很想勐腊。"这一次许睿智没说话，他看着对面寂寥的街道似乎也被郭振邦拉回了记忆深处。"你比我深，我是从文山调过去的，不像你，一直在那哈儿。"许睿智说道，郭振邦没接话，许睿智接着说道："我晓得，你不喜欢说话，心里的事比较多。但还是要多说哈话，不得行就和你老婆摆。"郭振邦点点头，看着许睿智，许睿智抽了根烟，他没给郭振邦，因为他知道郭振邦不抽烟。"许哥，给我一根吧。"郭振邦说道，这是今天郭振邦第一次没叫"中队长"。许睿智将烟递给郭振邦，两人就那么抽着烟，吐出来的烟短暂地弥漫在空气里，转瞬即逝。两人就这么坐着，背景里两个女人早已熟络起来，不知道在说着什么，两人也在咯咯地笑。夜色渐浓。

2

柯素妍带着七个买手在银座吃简单的午餐，她们旁边都摆着一堆大包小包的各式商品。这七个女孩子都是柯素妍之前在太原做服装的时候认识的。本来代购并不是一个多热门的生意，但柯素妍把服务范围限定在了特定的圈子，就具备了能精准服务客群的特点。柯素妍找了李渊，李渊帮柯素妍引荐了很多人，柯素妍也用提前询问的模式，对他们圈子里一些东西的用量做了提前安排，渐渐地让他们产生了习惯。孔介有一次在御风楼当着众人面前笑话柯素妍是现代女仆，李渊觉得他连基本的商业素养都没有。本来柯素妍还很怕张京都反对，但张京都并没有。柯素妍将便当的最后一口刨完后，安排买手将货物拿回宾馆，她则朝着车站走去，买手们明天就要回国，而柯素妍还有件事要做。

新干线上人并不多，柯素妍一个人乘坐多少有些紧张，这种紧张里更多伴随着的是一种对自己语言能力的不自信。柯素妍到现在已经学了一年半日语，马马虎虎的样子。平时在东京行走，七个买手里，林丹英语非常流利，基本都是她在负责沟通，这样出来的时候瞬间觉得林丹真是不可或缺。新干线上的报站用日语说了一遍，又用英语说了一遍，柯素妍连听带猜，发现比想象中强很多，因此她放心了一些。在东京逛了一整天，此刻确认完语言后，她感到一阵疲惫感袭来，她将整个身子窝在椅子里，但却毫无睡意。她想起了一岁三个月的女儿，她出来采购的时候，基本上都是张京都跟她在一起，柯素妍母亲时不时过去帮一下忙。起初柯素妍觉得这不可能，已经做好了请保姆的准备，谁知道在月子中心张京都对一切一学就会，就好像他本来就会做一样。这让柯素妍着实惊讶了一番，因为就是她也没有做得很好。张京都自嘲说自己应该去做保姆，柯素妍说可以开个月子中心。现在想起这些，柯素妍在座位上笑了起来。她觉得张京都跟以前不一样了，但到底是哪里不一样，她一时也说不清楚。

晚上在订好的酒店里，柯素妍跟张京都打了个视频。视频接通后，女儿在地上蹒跚地来回走，其实是在追逐一只发条黄鸭。张京都在旁边陪着她。"啥时候回来?"张京都眼睛看着女儿问道。"后天。"两人又说了会儿话,柯素妍说自己要睡了就挂断了电话。柯素妍睡着前,想起张京都跟自己讲他就是在这里被母亲怀上的,她逐渐进入了梦乡,她感觉有一股绵密的气氛笼罩着自己,以至于睡前她连眼前的台灯都没力气关了,在完全进入梦乡前,柯素妍看到自己在抱着张京都,她爱他。

六点十分的京都十分宁静,西本愿寺门前已经有几个人往里走了。柯素妍裹了裹外套朝着寺里走去,不知为什么她的心情竟然有些忐忑。西本愿寺没有五台山那种辽阔,相比起来更像一个精致的艺术品。不知是不是自己本身抱有的心境,此刻她竟然能在寺里感觉到一股深深的寂静,但那不是自己之前很多次曾感受到的孤寂,而是跟一个人在一起的心无旁骛般的寂静。柯素妍想起2017年年初她跟张京都去领结婚证,之后张京都要自己张罗给她办婚礼,但不知道为什么柯素妍突然对那些形式失去了兴趣。她不认为自己一直是这样,甚至对自己当时失去兴趣感到震惊。他们领了结婚证,她让张京都跟她去吃了一家很好吃的东北菜馆,她点了一盘最爱吃的锅包肉,感到深深的满足,虽然当时自己不知道这种满足来自哪里,但此刻站在西本愿寺虎溪庭院内时,突然悟到那是张京都那颗安静的心导致的。韩琳琳一直说要给她补办个婚礼,但她真的不在乎。她想起张京都说听说自己是在京都被怀上的,那天他们好像去了西本愿寺。说这些的时候,张京都脸上有一丝迷惘,柯素妍不知道这迷惘是什么意思,但自己却生起了一股非常想要深入了解张京都的冲动。西本愿寺依然寂静,柯素妍在这里能感受到的只有这些,这些给了她一种心境,那种从头至尾了解张京都的心境,这够了吗?柯素妍这样问自己。"够了。"她心里回答。

3

张京都开着柯素妍那辆丰田卡罗拉，后座的安全座椅上坐着三岁多的女儿张希。张希手里拿着一个儿童魔方，看起来玩得很认真。张京都的卡罗拉掉过头停在晋阳街一个正在装修的厂房前，看起来已经盖起不少了。张朝歌戴着口罩从工地上走出来，刚出大门他就把安全帽给了身边一个陪同他的监理，之后他就冲着张京都走了过来。张京都把一个文件袋递给张朝歌，张朝歌看见坐在后排的张希，冲张希打了个招呼，张希冲着张朝歌露出纯真的笑容。张朝歌拉开车门坐在了副驾驶上，张京都并没有露出惊讶的表情。"你爸让你再想想，疫情刚好点，生意不好做。又有孩子。"张朝歌语重心长地说道。"我想好了，你给他吧。如果像你转告的，让给我妈，那也是他的事。"张京都平静地跟张朝歌说。张朝歌还想说些什么，但想了想，最后跟张希打了个招呼，跟张京都道了个别就下了车。张京都看见张朝歌冲着那辆奔驰走去，之后他掉头，跟张京都按了个喇叭示意后便离开了。"爸爸，我头晕。"张希冲着张京都说道。"那你别玩魔方了。"张京都说道。"爸爸我想坐在前边。"张希说道。"那你不乱动行不？""行。"张希说着点了点头。张京都把女儿抱到了前排坐下，帮她系好了安全带，之后张京都回到驾驶座。"爸爸，我要听《捉泥鳅》。"张京都在手机上连接了音响，给女儿放了《捉泥鳅》。女儿有个习惯就是一直要重复听，所以张京都按了单曲循环。车子调头离开了施工现场。伴随着《捉泥鳅》的歌声，张京都想起跟柯素妍说要把自己的股份还给张玉墀时，柯素妍很爽快地答应了。过完年，张京都新加坡的同学阮永安联系他，让他给一款香水设计一个包装，不知为什么，他非常想做，但由于疫情他一直拿不到这款香水的样品。直到一个月前他才第一次拿到样品，闻到样品后，张京都把从年初就在脑子里进行的很多抽象设计，以及画出来的草图全都推翻了。他在一个下午的时间就画出了一款很有印象派风格的设计，在一片充满粗糙质感的裂痕中隐隐浮现的血色，在那血色中有一个看起来非常不显眼的白色小点，看起来就像事故一样。张京都将设计方案发给阮永安，上了一次会，竟然通过了。张京都得到了七万块的设计费，他也记住了那款香水的味道，一种淡淡的木香。阮永安说公司想跟张京都签约，张京都答应了，不坐班，按单收费，每月有个底薪，合同期间张京都不能给别的公司私下做设计。张京都都答应了，不知为什么，他感到很开心。卡罗拉继续向前行驶，前边红绿灯处，张京都随着红灯将车停了下来。张希跟着已经重复了好几遍的歌声也哼哼唧唧地唱了起来。张京都从思绪里回到现实，转头看张希的时候，猛然瞟到了"太原站"三个字。不知为什么他突然思绪万千。往前开着车的时候，他突然在前边掉头，以至于张希非常敏感地在座位上动起来，她叫道："爸爸，走错了，走错了。"张京都声音有些哽咽地说："爸爸知道，你跟爸爸去个地方。""好玩吗？"张希问道。张京都对女儿笑了笑，没有说话。

前台的女接待在电脑上查着张京都想要的信息，最后她报了一个六区十二排十九号的位置。张京都询问了从哪里进去，女接待指了指门外，说往右拐就直接能看见。她看了眼两手空空的张京都接着问道："如果需要祭奠用品，左边的店里有。"张京都谢过女接待，扭头往商店走去。他选了些冥钱、黄纸，还有香。这些都不是他主动要的，都是卖方推销给他的，他不懂这些，只是觉得别人说能用到的肯定有用，拿在手里时，张京都莫名地想起了爷爷，他在想，爷爷的葬礼也要用到这些吧。

在找到六区的位置时，张京都往上看了看，发现还要爬很高的一节。他看了眼旁边的张希问道："要不要爸爸抱你？""不要。"张希倔强地说道。于是张京都牵着女儿的手往更高处爬着。女儿好奇地四处观望，然后指着墓碑突然问道："爸爸，这些是什么？"张京都一时语塞，突然发现非常熟悉的东西都需要向这个刚来世上不久的孩子解释，他在想着怎么说，张希接着问道："为什么上边有照片？""他们离开这个世界了。"张京都说出来后，思考自己说得对不对。张希的眼睛仿佛是在思考般转来转去。"怎么离开这个世界？飞到天上吗？"张希问道。"离开这个世界就是去世了，死了。"张京都突然觉得跟一个三岁多的孩子说这些很残忍，但他也想不到要怎么用别的方式说。"就像孙悟空把妖怪打死一样吗？"张希好奇地问道。张京都突然觉得不能让女儿这么幼稚地理解世界，反正迟早都要面对这些难解的问题，想到这里张京都突然说道："不是动画片演的那样，人都会死的。"张希张着嘴巴难以理解地问道："为什么？""因为我们会变老，体内的细胞会衰竭。"张京都很有耐心地对女儿说道，不管女儿听不听得懂。"细胞是什么？"张希好奇地问道。"我们就是由无数的细胞构成的。"张京都很有耐心地回答着女儿的问题。"那细胞不衰竭我们是不是就不会死了。"张希充满期待地望着张京都。张京都说不上内心是喜悦还是什么，他很开心女儿这么想问题，但自身又觉得这个问题很虚无缥缈。"对。"张京都回答道。张希没有再问问题，小小的脑瓜不知道在想什么。此时他们来到了十二排，顺着数字很顺利地找到了十九号，一个背对着前面十八号的位置，看起来很幽静。张京都看见墓碑前有一些新鲜的贡品还有鲜花，知道不久前有人来过。他盯着墓碑上的照片，看到了一个很帅气的男孩子，并没有笑，甚至有些严肃。张京都盯着他，突然想起那天车祸现场看见的脸上都是血的死者。这是他们第二次见面。"爸爸，这是谁呀？"张希在旁边冷不丁地问道。张京都突然想到了车祸现场那天的场面。如同一个结好的伤疤突然被撕裂，他想起那天从玻璃上撞击过来的郭宇，接着他将车刹在了原地。他想起了自己下车时那个手刹。"手刹。"张京都在心里这么想的时候突然抑制不住地感到一阵怆痛。那天那个手刹他是情急之下选择没拉的。虽说郭宇是在从车顶上掉下来头部着地死亡的，但自己的这个下意识的动作此刻让张京都感到一阵绞痛。他没觉察到的是他之前的麻木，那种麻木和处理的犹犹豫豫有一部分原因就是怕别人看见他当时没拉手刹这件心事。此刻在墓地上，伴随着张希一句好奇的问话，这些尘封在内心的东西突然排山倒海地来了。张京都想起了郭宇妈妈临走时问他的那句话："小宇最后还说什么了吗？"突然眼泪止不住地往下流。他似乎能感觉到郭宇妈妈那最深的痛。张希看到张京都的哭泣不明所以，自己也跟着哭了起来。她哭着问："爸爸，你怎么了？"张京都一把将张希抱在怀里，哭出了声，他在内心对郭宇说着"对不起"。这是对郭宇说的，也是对自己说的。墓地除了父女俩，空无一人，在这放声的哭泣中，张京都更加理解他在香水包装上那个白点的设计缘由。此刻他紧紧地抱着女儿，女儿也跟着他一起哭着，他能从最深的生命体验中感受到自己对女儿的爱。

4

欢迎新生的标语横幅在西安交通大学的门口高高悬起。郭振邦想起这个标语的样子，内心有股说不出的滋味。他在脑海里搜寻着刚才在手机上查看的能源动力工程学院的位置，凭借着多年当兵的经验，他可以毫不费力地找到具体的位置。他在前边走着，毛莉挽着他的胳膊跟着。由于是第一天报到，人着实不少。郭振邦在拐过一个拐角的时候，看到了航天航空学院，他在脑海里确定着位置，知道再往前走就是能源与动力工程学院了。但也正是这个时候，他的脚步放慢了。毛莉在一旁看了一眼郭振邦，虽然不知道他具体在想什么，但她还是给予信心般地握了一下郭振邦的手，郭振邦扭过头看着毛莉，笑了一下，继续朝前走。

转过弯正对着郭振邦的就是能源与动力工程学院的办公楼了。郭振邦突然觉得内心一阵压力，毛莉在旁边的石凳上拽着郭振邦坐了下来。郭振邦的表现就像个十分紧张的孩子，他呼吸急促，一副无所适从的样子。毛莉始终握着他的手，他也寻找依靠般握住了毛莉的手。郭振邦的心情有一些平复了，他想起了自己此行的目的，无非是想要看看郭宇曾经考上的学校。但此时他脑海里出现的却是郭宇那留在手机里的笔记。苏以沫将笔记复制发给了郭振邦，来的路上郭振邦看了非常多遍，要说懂，他也不是很懂，但郭宇那些战栗的表达中包含着郭振邦说不清的一种东西，他觉得那正是自己来这里的目的。他将背包拿下，从里边拿出了一本书，看封皮是狄更斯的《大卫·科波菲尔》。那是苏以沫告诉他郭宇最喜欢的一本书。郭振邦翻开书，将一张压得非常平整的录取通知书拿了出来。录取通知书似乎给了郭振邦莫大的勇气，他起身牵着毛莉朝着学院门口走了过去。

郭振邦正对着学院门口站着，此刻盯着学院的名字，他的视线在模糊与清晰之间转换着。就在这种逐渐集中注意力的过程中，郭振邦觉得自己感受到了郭宇的存在，感受到了郭宇可能有的心情。身边不断有人走进学院，在这些人群中，郭振邦在视线模糊的过程中看见郭宇走进了学院,他回头冲着郭振邦笑了,一如他三年级在二十三校时的笑容。郭振邦感觉自己的灵魂受到了深深的震撼,因为他在这样一幕场景中,突然在内心深处真正地感觉到了郭宇,那个他一奶同胞的兄弟。也正在此刻,他才惊人地发现自己之前很多的行为都是由于不愿意承认郭宇离开的事实。两行热泪从郭振邦的脸上滑落。他伸出胳膊擦去了眼泪,将录取通知书再次夹进了《大卫·科波菲尔》的书里。他转过头看着毛莉,毛莉的眼圈也有些红。郭振邦问道:"饿了吗?"毛莉笑着点了点头。郭振邦搂着毛莉朝着学校门口走去,2020年了。郭振邦这么想着,他在内心深处非常渴望明年年初那个婚礼,从未如此渴望过。这么想的时候,他用有力的右胳膊紧紧搂住了毛莉的右肩,毛莉感到一股深深的疼痛,但那紧实的触感让她充满了安全感,一种踏踏实实的安全感。